KB070048

Rachesommer

Andreas Gruber

여름의
복수
Rachesommer
ANDREAS GRUBER

안드레아스 그루버 지음

송경은 옮김

단숨

하이데마리에게

차 례

법정에서, 망망대해에서
우리는 신의 손안에 있을 뿐이다.

_로마 격언

누구든 괴물과 싸우는 자는 그 과정에서
자신이 괴물이 되지 않도록 주의해야 한다.
당신이 오래도록 나락을 들여다보면
나락 또한 당신을 들여다보는 법이다.

_프리드리히 니체

프롤로그

그가 좋아하는 순간이다. 새파란 하늘, 갈매기 울음소리, 부서지는 파도, 이리저리 둘러봐도 차 한 대 없는 텅 빈 해안가 도로.

에드워드 호킨슨은 가속페달을 힘껏 밟았다. 커브길에서 자동차 타이어가 날카로운 마찰음을 냈다. 달리는 차량 안으로 강한 맞바람이, 해풍의 짭짤한 소금 맛이 입술에 느껴졌다. 뭔가 근질근질한 이 기분이라니! 어느덧 육십이 된 그의 인생에서 삶을 만끽하는 순간은 베니 굿맨의 음악을 크게 틀어놓고 절벽 위 해안도로를 따라 시속 180킬로미터로 카브리오를 몰아, 한계상황에 다다른 듯한 엔진의 굉음을 들으며 강한 맞바람을 맞는 것이다. 북해의 해안도로는 드라이브를 즐기기에 안성맞춤이었다. 전속력으로 차를 몰 때면 어느새 피부에 닭살이 돋고 다시 젊어진 것 같은, 미칠 것 같은 기분이 들었다.

바위섬 위에 우뚝 서 있는 등대가 점점 가깝게 보였다. 가파른 내리막도로가 있는 지점에 가장 위험한 커브길이 있었다. 그는 시속 70킬로미터로 거뜬히 그 커브길을 주행할 수 있을 것 같았다. 그 정도는 식은 죽먹기다. 타이어에도 무리가 가지 않으리라.

그런데 그게 아니었다.

갑자기 어디서 나타났는지 커브길 아래 흰색 중앙선 위에 여인이 서 있었기 때문이다. 호킨슨은 브레이크를 밟았다. 여자는 뒤돌아보지 않았다. 어째서 저 여자는 도로 한가운데서 하이힐을 벗어 들고 맨발로 아스팔트 위를 걸어가고 있는 거야? 그는 차를 천천히 몰면서 가까이 다가갔다. 다리가 근사한걸!

호킨슨은 바람에 마구 헝클어진 희끗희끗한 머리 위로 선글라스를 밀어 올렸다. 그리고 여자와 눈높이가 같아지자 차를 세웠다. 그의 딸 나이 정도쯤 되었을까? 아니, 손녀 나이에 더 가까워 보였다. 한창 좋을 나이라고 그는 생각했다. 가느다란 어깨끈이 달린 푸른색 원피스를 입은 그녀는 창백했고 비쩍 마른 몸매였다. 그럼에도 어깨에 숄을 두르고, 머리에 쓰고 있는 스카프 밑으로 금발 머리가 물결치고 있는 그녀의 모습은 순결하면서 동시에 뇌쇄적이고 에로틱한 느낌을 풍겼다. 초기 영화작품에서 볼 수 있던 그레이스 켈리를 연상시키는 모습이었다.

호킨슨은 베니 굿맨의 음악 소리를 낮추고 조수석 쪽으로 몸을 내밀며 말을 건넸다.

"신발을 벗어 들고 등대로 갈 참인가?"

"에잇, 굽이 부러졌지 뭐예요!"

그는 싱긋이 웃으며 다시 물었다.

"어디로 가는데?"

"어쨌든 이놈의 갈매기 떼를 좀 벗어나려고요. 이것들이 끼룩거리는 소리를 계속 듣다가는 미쳐버릴 것 같아요."

호킨슨은 회심의 미소를 지었다. 푸른색 원피스를 입은 여자는 그가 원하는 스타일이었다.

"차에 타. 내가 태워다 줄 테니."

그녀는 차에 탈지, 아니면 갈매기 소리를 더 참고 들어야 할지 잠시 고민하는 것 같았다. 호킨슨의 눈길은 원피스 위로 봉긋하게 솟은 자그마한 가슴에 머물렀다.

이윽고 그녀가 대답했다.

"그럴게요. 대신 음악은 다른 걸 듣는 거예요."

호킨슨은 차문을 열어주며 말했다.

"좋을 대로."

그녀는 다시 하이힐을 신고 차에 올랐다. 호킨슨은 잠깐 그녀의 다리를 훔쳐보다 하이힐의 굽이 양쪽 다 부러지지 않은 걸 알았다. 하지만 무슨 상관이람? 이 순간 그녀가 차에 앉아 있다는 사실, 그걸로 족했다. 차를 출발시키는 순간, 그녀는 이미 라디오의 채널을 이리저리 돌리고 있었다. 그러다 스피커에서 최신 유행 음악이 들려오자 그녀는 볼륨을 더높이고 편한 자세로 의자에 몸을 기댔다.

호킨슨이 물었다.

"안전벨트는?"

그녀는 꼼짝도 하지 않았다. 절벽 너머 등대로 시선을 향한 채 그녀는 이렇게 말했다.

"당신을 믿어요."

아직 앳돼 보이는 그녀는 완전히 그의 취향이었다. 호킨슨은 가속페달을 힘껏 밟았다. 갑자기 그녀가 바짝 그에게 다가앉았다. 그는 자신의 안전벨트가 찰칵하고 풀어지는 소리만 들었을 뿐, 그녀가 뭘 하는지는 보지못했다. 안전벨트 잠금장치 부분이 복부 위에서 미끄러지듯 올라갔다.

"이봐, 난……."

"인생은 모험이죠. 안 그래요, 에디?"

그녀는 한쪽 눈을 찡긋하며 덧붙였다.

"내기할까요? 당신은 저 앞 커브를 90킬로미터로 절대 통과하지 못할 걸요."

그의 맥박이 빨라지기 시작했다. 대체 어떻게 이 여자가 내 이름을 알고 있는 거지?

"더 속력을 내요, 에디! 나한테 보여줘봐요. 옛날처럼!"

'옛날처럼?'

호킨슨은 곁눈질로 그녀를 살펴보았다. 처음 보는 여잔데!

그녀는 머리에 쓰고 있던 스카프를 벗고 긴 금발 머리를 늘어뜨렸다. 그런 다음 어깨에 두르고 있던 숄도 벗었다. 따로 떨어진 것처럼 보였던 숄과 머리 스카프는 벗고 보니 하나로 이어져 있고, 진주 장식이 달린 몇 미터는 족히 될 법한 긴 스카프였다. 그녀는 두 팔을 높이 치켜들어 스카프가 깃발처럼 뒤쪽으로 나부끼게 했다.

"속도를 높여요, 에디!"

"이것 봐요, 난……."

갑자기 그녀가 그의 옆으로 몸을 밀고 들어오더니 한쪽 다리를 들어 그의 발이 놓여 있는 곳으로 밀어 넣었다.

"더 빨리 달리라고 했잖아!"

그녀는 하이힐 굽으로 그의 발을 찍어 누르며 가속페달을 있는 힘껏 밟았다. 엔진이 요란한 소리를 냈다. 하이힐 굽이 찍어 누르고 있는 발이 너무 아픈 나머지 호킨슨은 핸들을 홱 꺾고 말았다. 그러자 순간적으로 차가 미끄러지는 듯했다. 그가 가속페달에서 발을 떼려 하자, 그녀는 좌석에 등을 대고 버티면서 안간힘을 다해 가속페달을 밟았다.

"당신 누구시오? 나한테 원하는 게 대체 뭐요?"

그는 억지로 짜내듯 말했다. 그제야 그는 자신이 더 이상 그녀에게 반말을 하지 않고 있음을 깨달았다.

그녀는 한숨 쉬듯 말했다.

"에디, 에디, 에디! 그렇게 기억력이 나빠서 어쩌나?"

그의 두 손이 핸들을 꽉 붙들고 있는 동안, 그녀는 그의 목에 스카프를 감고 끝 부분을 차 밖으로 늘어뜨렸다.

"우리 자기, 춥지 않게 해주려는 거지!"

백미러로 호킨슨은 긴 스카프가 차 뒤에서 소용돌이치며 휘날리는 모습을 보았다. 스카프의 진주 장식이 계속 차체를 때리면서 바람에 위아래로 왔다 갔다를 되풀이하고 있었다.

호킨슨이 소리 질렀다.

"드라이브는 끝났소. 차를 멈출 거요!"

"리자는 멈추지 않으려 할 텐데."

그녀는 다시 두 팔을 위로 치켜들었다.

리자? 어디서 들어본 이름이지? 위를 올려다본 순간, 그는 또 한 번 핸들을 잘못 꺾었다. 등대 앞의 커브 구간이 순식간에 가까워졌다. 그는 속도계를 살폈다. 바늘이 시속 90킬로미터를 가리키고 있었다.

호킨슨은 팔꿈치를 써서 여자를 옆자리로 밀어내려고 했지만, 의외로 그녀는 놀랄 만큼 힘이 셌다. 그녀의 하이힐 굽이 그의 발을 파고들었다.

"리자, 이러다 우리 죽겠소!"

"당신이 죽겠지!"

시속 95킬로미터.

사이드미러로 보니 스카프가 아스팔트에 닿았다가 다시 바람에 휘날리기를 반복하고 있었다. 스카프가 차 뒷바퀴에 말려들어가기라도 하는 날에는 그의 목을 조여서 즉사하고 말 것 같았다. 이 여자는 같이 죽을 작정이라도 한 것인가? 여자가 미친 건가? 그는 목에 감긴 스카프를 벗으려고 했지만 차가 과속방지턱을 넘어 튀어 오르는 바람에 다시 두 손으로 핸들을 붙잡았다.

"나한테 원하는 게 뭐요?"

"프리트베르크 승객 명단에서 맨 끝에 있는 이름이 뭐죠? 까맣게 지워놓은 이름 말이에요!"

프리트베르크! 순간 그는 리자가 어디서 들어본 이름인지 생각났다.

"세상에…… 그건 벌써 10년 전 일이오!"

그녀가 몰아붙였다.

"마지막 이름을 대란 말이야!"

시속 110킬로미터.

이 속도로는 커브길을 절대 통과하지 못하리란 건 불 보듯 뻔했다.

"모르겠소!"

그 순간 차는 마지막 과속방지턱을 넘어 등대로 이어지는 가파른 내리막 커브길로 돌진했다.

그가 울부짖었다.

"난 모른다고……."

그는 정말로 몰랐다.

타이어가 날카로운 마찰음을 냈다. 호킨슨은 몸이 붕 뜨는 걸 느꼈다.

두 사람의 머리 위에서 갈매기들이 끼룩거리고 있었다.

3일 후……
9월 15일, 월요일

1

웅성거리는 소리, 찢어질 듯한 웃음소리, 샴페인 병 코르크 마개를 따는 소리가 에블린 마이어스의 사무실 유리문 밖에서 들려왔다. 복도를 지날 때마다 유리가 흔들렸다. 이런 소음 속에서 집중할 수 있는 사람은 아무도 없다.

에블린은 변호사 사무실을 일찌감치 떠나려 했었다. 저녁 8시였다. 고양이 두 마리, 보니와 클라이드에게 먹이를 줄 시간이고 그녀의 배 속에서도 꼬르륵 소리가 나기 시작했다. 빈(Wien)에 있는 변호사 사무실 접견실에는 열 가지 정도 되는 칵테일이 놓여 있었고, 커다란 회의실과 게스트룸에도 캐비아와 연어, 참치를 넣은 빵이 수도 없이 많이 있었다. 에블린은 의뢰인이나 변호사들과 합류하고 싶지 않았다. 그녀는 그런 모임쯤은 어렵지 않게 포기할 수 있었다. 사람들과 어울려 이런저런 얘기를 나누는 걸 좋아했던 적이 한 번도 없었다.

에블린은 책상 위에 서류를 펼쳐놓고 들여다봤다. 각종 자료, 경찰이 작성한 서류, 형사와 구급대원에게 받은 증인 심문과 현장 사진이었다. 그 옆에는 원고의 변호사와 레스토랑에서 작성한 합의 내용을 적은 서류가 있었다. 상대측은 몇천 유로로 만족할 사람이 아니었다. 하수구 사건! 에블린은 이 사건과 관련해 한 시간 정도는 더 일할 생각이었다. 서류를 몽땅 들고 뒷문으로 살금살금 빠져나가 집에 가서 일을 계속 할 수도 있었다. 사무실이 시끄러우니 조용한 집에서 일에 몰두하는 것도 나쁘지 않다. 집에는 보니와 클라이드 말고는 아무도 없으니 그녀를 방해할 사람도 없다. 일에 집중하는 건 충분히 가능한 이야기다. 그런데 에블린은 자신을 잘 알고 있었다. 일을 들고 집에 간다면 분명 결과는 뻔하다. 거실에 앉아 먹다 남긴 식어버린 피자 옆에서 수많은 나무를 보느라 숲을 보지 못할 것이다. 그리고 분명 새벽 4시, 거실 소파에서 눈을 뜨게 되리라.

무엇보다 나쁜 기억은, 며칠 전 몇 초씩 간헐적으로 아주 이상한 데자 뷔를 경험한 것이었다. 그녀는 꿈속에서 주 지방법원에 있었고 서류를 힐끔 쳐다보고 있었다. 그때의 연상은 나타났을 때도 그랬듯이 사라질 때도 쏜살같이 없어졌다. 이런 경우 뭔가 자세한 내용이 숨겨져 있는 때가 많았다. 어떤 사실에 대해 그녀에게 말해줄 것 같았는데 그게 무엇인지 알아내지 못했다. 서류를 오래 넘기면 넘길수록 자신의 판단력과 이해력에 회의가 들었다.

멀리서 들려오는 회사 대표의 목소리가 그녀의 생각을 방해했다. 그가 복도에서 그녀 사무실로 걸어오는 소리가 들렸다. 그의 그림자가 그녀의 방 반투명 유리문 뒤에 나타났다 싶더니 곧 노크 소리가 나고 그가 방 안으로 들어왔다. 그는 항상 방문을 노크한다. 이런 관점으로 본다면 크라거 대표는 신사였다. 그는 아르마니 슈트 차림이었고 관자놀이가 희끗희끗했다. 얼굴형은 모가 난 편이고 키가 상당히 커서 60세라는 나이에도 불구하고 여자들이 꽤 매혹적이라 생각할 수 있는 그런 사람이었다. 아니, 한편으론 여자에게 선심을 쓰는 호색 기질이 있어 보이기도 했다. 게다가 그는 말을 잘하는 설득력 있는 사람이다. 그녀에게 크라거 대표가 어떤 사람인지 묻는다면 한마디로 '진지한 사람'이라고 말해도 좋을 그런 사람이다. 의뢰인 중에는 그녀에게 종종 이렇게 말하는 사람이 많다. '진지한 변호사'라는 표현 자체가 모순이라고 말이다. 사실, 이들 말이 전적으로 맞기는 하다. 크라거 대표는 분명 테레사 수녀같이 순수한 사람은 아니다. 그래도 그는 공정함을 잃지 않으려 무던히 애를 쓴다. 물론 사업이 허락할 정도에서 그렇긴 하지만. 투견용 개의 일종인 '피트불'이라는 그의 별명이 괜히 붙은 건 아니다.

그가 그녀 앞에 섰다. 손에는 서류와 샴페인 잔이 들려 있었다.

"에블린, 당신이 정열적으로 일하는 변호사라는 걸 나한테 증명할 필요는 없소. 오늘은 더더욱 아니오."

그는 아버지 같은 다정한 눈빛으로 말했다. 오늘은 그의 날이었다. 크라거·홀로베크&파트너 변호사 사무실은 창사 25주년 축하 파티를 하고 있었다. 방마다 사람들이 꽉 들어찼다. 공증인, 판사, 언론인, 기업 변호사, 대기업 임원 등 사람들로 복작였다.

크라거는 의뢰인을 택할 때 원칙적으로 작은 회사의 일은 맡지 않았다. 그래서 오늘 행사의 손님들도 대형 은행 임원이나 항공사와 보험회사 매니저를 비롯해 식품회사나 전자제품 생산 업체 등 규모가 큰 회사에서 온 사람들이었다.

"자료를 좀더 보려고……."

"에블린, 그건 핑계일 뿐이오."

크라거가 그녀의 말을 막았다. 딱 잘라 말하는 그의 태도에 에블린은 뭐라고 항변할 수가 없었다.

"일은 잠시 미뤄놓고 사람들 있는 곳에 합류해요. 별 소용도 없는 일에만 매달리지 말고."

소용이 없다고? 피고는 에블린 아버지의 가장 친한 친구이자, 그녀 부모님의 사고 이후 그녀를 돌봐준 유일한 사람이다. 이 사실은 분명 크라거 대표도 다 알고 있지 않던가!

에블린이 무슨 말을 하려는데 크라거가 문을 가리켰다.

"흥미로운 사건들도 있지 않소? 자동차에 있던 트랜지스터 라디오가 운전대 위로 떨어졌는데, 이때 에어백이 터지면서 시참사회 위원의 얼굴을 라디오가 덮쳐버렸소. 위원의 부인이 에어백 회사를 상대로 500만 유로의 소송을 걸었소."

에블린도 이 사건을 알고 있었다.

"안타깝지만 우린 승소하지 못했죠."

"나도 알아요. 하지만 이런 사건들은 돈이 되는 계약이란 거요. 한 남자가 공사장에서 넘어져 하수구에 빠져 죽은 사건과는 정반대로 수익이 되는 사건이란 거요."

에블린은 크라거의 말이 자신을 비웃는 것처럼 들렸다.

그녀가 말했다.

"개인적으로 피고인은 제가 잘 아는 사람이고, 공사 현장은 안전상의 문제가 없었습니다."

"나도 알고 있소. 소송에 패하면 당신 지인이 망하게 되리라는 것도. 그렇지만 내 말을 잘 들어봐요. 우리가 카리타스(독일 가톨릭 사회복지 사업단―옮긴이)도 아니고 그런 잡다한 사건을 전문적으로 하는 변호사 사무실은 수두룩하게 깔려 있어요."

그의 목소리에 더 이상 자상한 기운은 감돌지 않았다.

에블린이 대답했다.

"이번엔 어쩔 수 없어요."

얀 아저씨는 그녀가 아주 어렸을 때부터 아버지와 가장 친한 친구인데다가, 그가 운영하는 건설회사는 요즘 경영 상태가 썩 좋지 않았다. 만일 이번 소송에 패한다면 그는 완전히 몰락해버릴 것이다. 에블린은 얀 아저씨를 위험에 빠지게 할 수는 없었다. 그냥 놔둔다면 그녀의 책임이 될 것이었다.

크라거가 그녀의 책상 모서리에 걸터앉았다. 평소 그답지 않은 행동이었다. 그의 시선이 사진 뭉치에 꽂혔다. 그중 맨 위에 있는 사진을 들었다.

"이 사진도 정체불명의 당신 해결사한테서 나온 것들이오?"

얼마나 여러 번 이 주제에 대해 설명을 해야 한단 말인가.

에블린이 짤막하게 답했다.

"저는 사건을 제 방식대로 해결해요. 대표님은 성과를 원하시고, 제가 성과를 내려면 저는 일을 계속해야 해요. 아직 할 일이 남아 있거든요."

크라거 대표는 에블린을 한동안 바라봤다.

"뭐 그렇다면 할 수 없지. 그래도 이번 일이 끝나면 진지하게 얘기 한번 합시다. 에블린 변호사에게 맡길 만한 돈이 되는 사건들이 있으니 말이오."

"대규모 은행이 고객을 다 끌어간다고 소규모 은행에서 고객이 없다고 불평하나요?"

"그런 말로 비꼬지 마시오. 그러기에 에블린 변호사는 너무 젊고 아름다우니까."

그는 고개를 문 쪽으로 향하며 끄덕였다.

"밖에 나가 같이 어울리지 않겠소?"

"일해야 해요."

"정 그렇다면. 키슬링거의 부검 결과가 오늘 오후에 나왔소."

크라거가 서류철을 들고 흔들었다.

에블린은 의자에서 벌떡 일어났다. 키슬링거는 열려 있는 맨홀 뚜껑 속 하수구에 빠졌다.

"3일 전부터 기다려왔던 자료예요!"

"오늘 피로연 끝나고 서류를 내일 아침에 주려 했소. 당신이 이 사건을 물고 늘어지며 놓을 생각을 안 하니……."

크라거는 말을 다 끝내지 않고 서류철을 책상에 내려놨다.

에블린은 표지를 열고 법의학자가 뭐라고 썼는지 단숨에 읽어 내려갔다. 그러다 사망 시간과 사인이 쓰인 곳을 찾았다.

그 순간 호흡이 잠시 멎는 듯했다.

크라거가 말했다.

"키슬링거의 사인은 목뼈 골절도 두개 골절도 아니오."

"대표님도 부검 결과를 읽어보셨나요?"

"물론이오. 샴페인과 캐비아 빵, 친목의 대화 중에도 침묵의 시간은 있는 법이오. 잘 들어요, 에블린……."

크라거의 목소리에는 또다시 자상함이 깃들었다. 그런데 이번엔 아주 낮은 소리로 위험한 뒷맛이 느껴졌다.

"이번 사건에서 당신은 이기지 못할 거요. 부검 결과가 말해주고 있지 않소. 키슬링거는 좁은 하수구 맨홀 속으로 곤두박이로 넘어져 그 상태로 거기 갇혀 있었던 거요. 하수구 물이 바닥에 30센티미터 정도 고여 있었소. 키슬링거는 하수구에서 움직이지 못했던 거고, 그리고……."

"술에 취했죠."

에블린이 말을 이었다. 그녀는 부검 결과를 바라봤다.

"기관지와 폐, 위 속에 2리터의 하수가 있군요."

2

빈(Wien) 제2지방자치 구역의 좁은 도로는 이렇게 늦은 시간엔 개미 한 마리 없는 것같이 조용했다. 이처럼 조용한 곳을 밤에 지나는 사람이라면 포주나 돈을 뺏는 사람, 술에 취해 비틀거리는 사람, 아니면 바에 가서 어떻게든 돈을 좀 써보려는 사람일 터다. 늦은 밤 거리는 낮보다 더 흉측해 보였다. 가로등 불이 꺼진 곳도 많았다. 쓰레기 자루가 산더미처럼 쌓여 있었고, 집 모퉁이마다 개똥이 널브러져 있었으며, 안에서 부부 싸움하는 소리도 간간이 들렸다.

소리 지르며 싸우는 소리가 들리자 에블린은 소녀 시절 자신의 부모가 싸웠던 기억이 되살아났다. 사실, 그녀의 어린 시절은 행복하게 흘러갔었다. 그녀가 그 사내를 만나기 전까지는 말이다. 그 남자는 모든 걸 바꿔놓았다. 그 순간부터 그녀의 어린 시절은 끝나버렸다.

에블린은 과일가게 앞 나무 깔판 위에 올라섰다. 가게 안의 블라인드가 반쯤 아래로 내려져 있었다. 부검 결과를 사무실에서 여러 번 읽어보고 나서 에블린은 파트릭에게 전화를 걸어봤다. 파트릭이 바로 그녀만 알고 있는 '정체불명의 출처'다. 파트릭은 수사에 종종 도움을 주었지만 이번엔 그가 전화를 받지 않았다. 하지만 그녀는 파트릭 없이도 2주 전 체르 닝가에서 무슨 일이 있었는지 혼자 찾아낼 수 있겠다는 생각이 들었다.

에블린은 변호사 사무실 뒷문으로 아무 말도 안 하고 빠져나왔다. 샴 페인 몇 잔을 더 마신 크라거마저도 그녀가 없다는 사실을 눈치채지 못 했다. 차를 몰면서 이웃집 딸 코니에게 전화를 걸었다. 그 집에 자신의 아파트 열쇠를 아예 맡겨놓았다. 코니는 에블린의 고양이 보니와 클라 이드에게 닭고기 통조림을 주는 걸 좋아했다. 이번에도 코니는 기꺼이 에블린의 부탁을 들어주었다. 저녁 회식이나 중요한 회의가 있으면 자 정이 되어서야 끝나는 경우가 종종 있어서, 배가 고픈 두 마리의 고양이 는 자기들만의 폭동을 일으키기도 했다. 에블린의 신발에 오줌을 싸놓 거나 커튼을 갈기갈기 찢어놓기도 했다. 그런 일이 없도록 미리 코니에 게 부탁을 한 것이다.

가로등 불빛이 희미한 주택가 모퉁이에 에블린은 포드 피에스타를 주 차했다. 거기서부터는 걸어서 체르닝가로 갔다. 그녀의 하이힐 소리가 주택가 벽에 울려 메아리치듯 들렸다. 몇 미터 더 가 키슬링거가 2주 전 에 사망했던 현장에 도착했다. 길모퉁이에 현금지급기 부스가 있었고 은행 간판 불빛이 보였다. 길 건너엔 바가 있었다. 화려한 네온사인이 있 는 바의 입구에는 앙트레 누(Entrez-Nous)라는 간판이 걸려 있었고, 절반 정도 꺼져 있는 네온 불빛이 빛날 때마다 웅웅거리는 소리가 났다. 클럽 앞에는 포르쉐 한 대, 메르세데스 한 대, 아우디 두 대가 주차되어 있었 다. 초라한 이 동네와는 도무지 맞지 않을 법한 차다. 이 차량들의 소유 자는 아무도 예측하지 못한 곳에 있는 바를 즐기는 사람들이리라.

도로 중간에 아스팔트가 깨져 있었다. 공사 중이라 길을 막아놓은 곳 엔 여전히 하수구가 열려 있었다. 맨홀 뚜껑은 그 옆에 있었다. 에블린은 이곳에 한 번 다녀간 적이 있다. 그때는 형사들이 사고 지점에 접근하지 못하게 차단했기 때문에 안쪽을 볼 수는 없었다. 시간이 지난 지금 공사장 주변을 신경 쓰는 사람은 아무도 없었다. 루돌프 키슬링거, 저명한 소아과 의사로 일하다 은퇴한 그를 여기까지 오게 만든 게 뭘까? 현금지급기?

키슬링거가 죽은 지 3일도 지나지 않아 그의 부인은 얀 아저씨를 상대로 소송을 걸었다. 얀 아저씨 회사 이름으로 들어 있는 보험회사 배상의무 감정인은 공사 현장이 안전에 문제가 없다는 결론을 내렸다. 그래서 보험회사는 한 푼도 지급하지 않겠다는 입장이었다. 얀 아저씨가 소송에서 지면 그는 자기 사유재산으로 지급해야 한다.

상대측 변호사는 경험이 많고 숙련된 사람이었다. 그의 주장에 따르면 키슬링거가 그날 밤 소아암 환자 아이들을 위해 지하철역까지 걸어가는 자선행사에 참여했다가 사고를 당했다는 것이다. 조명이 밝지 않아 안전장치인 공사장 출입 금지 차단봉에 발이 걸려 넘어졌고 하수구 속으로 고꾸라져 추락했다고 했다.

키슬링거 부인은 700만 유로를 요구했다. 장례비용과 정신적 고통, 생계비 등을 참작한다 해도 과한 금액이었다.

에블린은 담당 판사에 대해 알고 있었고 전망은 그리 밝아 보이지 않았다. 만일 소송에서 패한다면 얀 아저씨는 파산 신고를 해야 할 것이다. 그렇다면 일곱 명의 근로자와 여직원 한 명, 실습생 한 명이 길거리에 나앉게 될 것이다. 그렇게 되면 에블린의 어린 시절부터 그녀 가족을 사로잡고 있던 불행의 길고 긴 사슬의 마지막 한 방이 되리라. 에블린은 이제 지긋지긋했다. 언제나 패자의 편에 서야 하는 자신이 말이다.

그녀는 조수석 서랍에 항상 가지고 다니는 작은 손전등을 꺼내 불을 켰다. 하이힐을 벗고 치마를 걷어 올리고 차단봉을 넘어갔다. 손전등을 입에 문 채 길게 늘어진 금발 머리를 하나로 질끈 묶었다. 철제 사다리를 타고 하수구로 통하는 수직굴로 내려갔다. 수직굴은 비좁았고 하수구 냄새가 심하게 났다. 종아리 정도 깊이의 오물이 있을 거라 생각했는데 사다리 끝까지 내려가니 바닥은 의외로 말라 있었다. 사고 후 시에서 급수를 차단했을지도 모를 일이다. 지금처럼 9월의 따뜻한 날씨라면 하수구 수로가 며칠 만에 마른다는 게 놀랄 일도 아니다.

이곳에 키슬링거, 곰처럼 덩치 큰 남자가 머리를 처박고 있었다니. 그것도 얼마나 꽉 박혀 있었으면 구급대원들조차도 기중기를 불러 끌어올려야 했을 정도라니. 사고가 났던 그 시간엔 거리에 키슬링거를 도와줄 사람은 아무도 없었다. 지금도 마찬가지다. 에블린은 키슬링거의 상황을 가정해보았다. 꼼짝도 못 하고 여기 매달려서 얼굴이 물 아래에 잠겼을 것이다. 그의 무게만으로도 몸은 점점 더 아래로 떨어졌을 테고, 팔을 쓰지 못해 몸을 일으켜보려는 시도도 못 했을 것이다. 물은 점점 그의 코와 눈으로 들어갔을 것이다. 도움을 청할 수도 없었으리라. 그러다 결국엔 숨조차 쉬지 못했을 것이고, 그리고…….

에블린은 얼굴 위에 황마 자루가 씌워지는 걸 느꼈다. 눅눅한 벽 냄새와 곰팡내가 났고 바닥의 냉기가 느껴졌다. 그녀의 손가락이 축축해졌다. 그녀는 더 이상 움직일 수 없었다. 밧줄이 점점 더 깊이 관절 속으로 파고드는 것 같았고, 위산이 올라와 심하게 메슥거렸지만 침을 뱉을 수가 없었다. 테이프가 입을 너무 꽉 막고 있었기에.

에블린은 소리를 지르다 눈을 떴다. 절대 다시 반복되어선 안 돼! 그녀는 이마에 흐르는 땀을 닦았다. 좁은 하수구 바닥에 웅크리다 무릎이 시멘트벽에 긁혀 상처가 나는 것도 몰랐다. 손에서 놓친 손전등이 옆에 있는 하수구관으로 굴러갔다. 폐소공포증이 없는 게 다행이었다. 그렇지 않다면 이 순간 엄청난 공포로 발작을 일으켰을지도 모른다.

에블린은 몸을 더 바짝 웅크렸다. 그런데도 관이 너무 좁았다. 손전등은 손이 닿을 수 없는 거리에 있었다. 바로 그때 한쪽 끝에 번쩍이는 물체가 보였다. 말라버린 진흙 속에 뭔가가 있었다. 동전인 듯했다. 그녀는 그 자리 흙을 손가락으로 살살 팠다. 동전이라기엔 너무 컸고 작은 타원형 모양의 플라스틱 같았다. 오물을 닦아냈다. 그러자 포르쉐 로고가 보였다.

자동차 리모컨 키였다!

3

　손전등도 없이 에블린은 수직굴을 기어올라왔다. 손에 자동차 키를 들고 하수구 밖으로 나왔다. 이때 실수로 리모컨의 열림 버튼을 눌렀다. 그러자 멀지 않은 곳에서 삑삑 소리를 내며 자동차 불빛이 들어왔고, 잠금장치가 찰카닥하고 풀리는 소리가 났다.

　에블린은 중얼거렸다.

　"운이 좋은걸!"

　길 건너 나이트클럽 근처에 세워져 있던 포르쉐 안의 내부 조명이 들어왔다. 몇 초 동안 오렌지 빛을 내며 깜빡이가 켜졌다.

　열쇠는 사고 후 진흙 속에 묻혔을 텐데 배터리가 방전되지 않아 다행이었다. 키슬링거의 포르쉐가 없어진 걸 아무도 몰랐나? 에블린은 하이힐을 손에 들고 맨발로 공사 중 출입 금지 차단봉을 뛰어넘어 자동차를 향해 걸어갔다. 은회색의 포르쉐 911 카레라는 늘씬한 모양의 2인승 스포츠카로 하드톱과 경금속 휠, 특수강 재질 배기관이 달린 차였다. 차량 앞 유리에는 주차 위반 스티커가 몇 장 붙어 있었다. 이 차는 적어도 12만 유로가 넘을 것이다. 괜찮은 위치에 한 가족이 살 만한 집을 구할 수도 있는 돈이다.

클럽 안에선 둔탁한 저음의 베이스 소리가 흘러나왔다. 문 앞에 서 있는 사람도 없고, 줄지어 기다리는 손님도 없었다. 문에는 검은색 블라인드가 내려져 있었고 네온사인의 이상한 소리만 들렸다. '앙트레 누.' 에블린은 차문을 열고 운전석에 앉았다. 문을 닫자 차 안의 내부 조명이 꺼졌다. 그제야 자신의 블라우스에서 오물 냄새가 진동한다는 걸 깨달았다. 양발엔 하수 찌꺼기가 발목까지 묻어 있었지만 어쩐지 그녀는 자신이 살아 있다는 기분이 들었다. 운전대와 좌석 시트는 가죽으로 되어 있었고 막 공장에서 출고된 듯 새 차 냄새가 났다. 그녀는 열쇠를 꽂았다. 계기판에 나와 있는 주행거리는 3,000킬로미터밖에 되지 않았다. 계기판과 다기능 운전대는 마치 비행기 조종석 같았다. 시속 태코미터는 300킬로미터까지 나와 있었다.

조수석 서랍을 열자마자 에블린은 숨이 멎는 듯했다. 휴대폰 한 대와 라이터, 담배, 볼펜, 주차 요금 징수기가 있었고, 콘돔 상자가 바닥으로 툭 떨어졌다. 없는 게 없군! 여러 가지가 들어 있어 취향대로 쓸 수 있는 제품이었다. 딸기부터 바닐라까지.

누군가 차 유리를 톡톡 두드리는 소리가 나서 에블린은 몸을 일으켜 쳐다봤다. 얼굴이 벌겋게 부풀어 오른 남자가 유리창 밖에서 안을 들여다보고 있었다. 오십대 전후쯤으로 보였고, 그가 입고 있는 양복은 남루했으며, 넥타이는 옆으로 비뚤어져 있었다. 숱이 적은 머리를 빗으로 가지런히 빗어 넘겨 대머리가 되어가는 걸 조금이라도 감추려는 게 역력했다.

본능적으로 에블린은 차량 라이터 버튼을 꾹 눌렀다. 그러고는 백미러를 통해 뒤를 살폈다. 거리에는 남자 혼자였다. 그녀는 차의 옆 유리를 아래로 내렸다.

"안녕하시오."

남자가 말을 하자 지독한 술 냄새가 차 안으로 들어왔다. 남자는 술집에 있는 술을 혼자서 다 들이부어 마신 사람 같았다.

"이렇게 예쁜 금발 머리 아가씨가 이런 차에 혼자 계신단 말인가."

그는 숨을 편히 쉬려는 듯 넥타이 매듭을 잡아당기며 말했다.

"지금 위험한 상황이거나 제 도움이 필요한 게 아니라면, 부탁인데 그냥 가주세요."

남자는 운전석 문에 몸을 기대고 차 안을 보며 씩 웃었다.

"부탁인데 그냥 가주세요."

남자는 에블린의 목소리를 흉내 내며 똑같이 말했다.

"당신 애인은 좀 거만하지, 안 그래? 그 사람을 내가 알거든."

그래, 그 사람은 거만했겠지. 남자가 운전석 문손잡이를 만지려는 순간, 에블린은 차 유리를 다시 올리려 했다.

에블린이 날카롭게 소리쳤다.

"손 치워! 상관 말고 당신 일이나 신경 쓰시지!"

"상관 말고 당신 일이나……."

남자가 중얼거리며 한 걸음 물러섰다. 남자는 바지 주머니에서 열쇠 꾸러미를 꺼내더니 손가락으로 열쇠를 뱅글뱅글 돌렸다. 그가 히죽히죽 웃으며 말했다.

"내가 운전석에 앉아도 반대는 안 하시겠지? 아니면 나를 집까지 태워주든가?"

이 무슨 말도 안 되는 선택권이란 말인가!

"어떻게 할지 결정했어?"

에블린은 거짓말을 했다.

"여기 서랍에 최루가스 스프레이가 있어! 스프레이 한 방이면 당신 결막이 다 녹아버릴걸! 만일 당신이 천식 환자라면 기관지가 다 오그라들 거야. 그럼 당신은 숨이 막혀 질식하겠지!"

한순간 남자가 멈칫하더니 생각을 달리한 듯 창문 안으로 손을 뻗었다. 에블린은 남자 손이 자신의 목에 닿기 전에 얼른 그의 손을 꽉 움켜쥐었다. 그리고……

에블린은 또다시 그 황마 자루가 얼굴 위에 씌워진 기분이 들었다.

바로 그때 달궈진 라이터가 툭 튀어나왔다. 에블린은 한 손으로 새빨갛게 달아오른 라이터를 잡고 그의 손가락 쪽으로 가져갔다.

그가 몸을 뒤로 뺐다. 에블린은 그의 손을 놔줬다. 남자가 비틀거리며 뒷걸음치다가 넘어지면서 열쇠 꾸러미를 손에서 놓쳤다. 그가 기어가서 열쇠 꾸러미를 찾아 자리에서 벌떡 일어나는 사이, 에블린은 차 유리창을 얼른 올렸고 도어록도 잠갔다.

창문 밖을 보니 남자는 가고 없었다. 백미러로 뒤를 살피자 남자는 옆길로 사라지고 있었다.

그녀의 심장이 쿵쿵거렸다. 그녀는 숨을 깊게 쉬고 라이터를 다시 제자리에 꽂아놓았다. 몇 년 전부터 유도를 배워야겠다고 생각했었는데 도무지 시간을 내기가 힘들었다. 유도를 배우려면 매일 공원을 도는 조깅 동호회를 포기해야만 하는데 그게 쉽지 않았다. 조깅을 자신의 삶에서 소중하게 생각했기에 더 그랬다. 그런 머저리 같은 놈은 잊어버리라고 그녀는 자신에게 말했다. 너 자신에 집중해!

조수석 쪽으로 몸을 숙여 서랍 안을 뒤졌다. 콘돔과 담배 상자 사이에 접힌 광고지가 있었다.

에블린은 중얼거렸다.

"당신은 누구신가?"

장크트 안나 아동병원.

카탈로그에는 소아암 환자 아이들을 위한 자선행사에 초대한다고 쓰여 있었다. 이 차는 분명 키슬링거 소유가 맞았다. 포르쉐가 2주 동안이나 여기 있었단 말인가?

키슬링거의 부인은 포르쉐에 대한 말을 한 적이 없다. 어쩌면 부인은 포르쉐에 대해 전혀 알고 있는 게 없을지도 모른다. 에블린은 빨간색 딸기 콘돔을 쳐다봤다. 그때 자동차 옆 유리에 번쩍번쩍 네온 빛이 비쳤다. 앙트레 누의 간판 네온이었다. 이런 동네에 클럽이라면 그렇게 고급스럽거나 품위가 있는 곳은 아니겠지만 그래도 분명 뭔가 있는 게 틀림없다. 그렇지 않고서야 아우디나 메르세데스가 여러 대 이곳에 세워져 있지는 않을 테니 말이다.

키슬링거의 부인은 포르쉐에 대해서도, 자기 남편이 이런 곳에 출입하는 것에 대해서도 모르고 있음이 분명하다. 에블린은 그걸 밝혀내고 싶었다.

4

나이트클럽은 밖에서 보기보다 실내가 훨씬 좋았다. 주머니에 돈이 많은 손님들을 위한 곳이란 신호랄까. 가장 저렴한 음료 가격이 15유로였다. 이런 동네에 있는 클럽이라면 임대료가 높은 것도 아닐 텐데 음료값이 상당히 비쌌다.

밤 10시인 지금 홀 안은 담배 연기로 뿌옇고, 앞도 잘 보이지 않았다. 에블린은 바가 있는 쪽으로 걸어가 의자에 앉아 다이키리 칵테일 한 잔을 주문했다. 바텐더가 주문한 음료를 들고 오자 그녀는 바텐더에게 더 가까이 오라고 손짓했다.

음악 소리가 시끄러워 에블린은 거의 소리치듯 말했다.

"밖에 양복을 입은 주정뱅이가 차 주변을 비틀거리며 돌아다니고 있어요."

반짝이는 대머리에 턱수염을 기른 바텐더는 입술에 피어싱을 했고, 목에 거미줄 모양의 문신이 있었다. 그는 테이블에 기대고 있다가 대답했다.

"아, 그 사람 루디예요. 이 시간쯤에 자주 와요. 저희 단골 고객이죠."

"완전히 취했던데요."

"일주일에 두 번 이곳에 와서 술을 마셔요. 좌절감에 그러는 거죠. 결혼 생활은 깨졌고 피로에 절어 몸과 마음이 지친 사람이에요. 회사는 부도나고 전처한테 보내야 할 양육비……. 매일 똑같아요. 그 사람이 당신을 해쳤나요?"

에블린은 대답하지 않았다.

"그 사람이 누굴 해치려는 건 아니에요. 단지 말할 상대가 필요할 뿐이죠."

에블린은 삶에 찌들어 탈진한 루디가 자신에게 뭔가 다른 걸 원했다는 느낌을 받았다. 그녀는 그 사람을 잊으려 노력했다.

에블린이 물었다.

"2주 전 토요일 저녁에도 여기서 일하셨나요?"

"그럼요, 전 매일 밤 일해요."

에블린은 키슬링거의 부검 결과가 담긴 파일을 테이블에 놓고 바텐더 있는 쪽으로 밀었다. 바텐더는 영문을 모르겠다는 표정으로 그녀를 바라봤다.

에블린이 재촉하듯 말했다.

"넘겨보세요."

바텐더는 머뭇거리더니 겉표지를 펼쳤다. 키슬링거의 퉁퉁 부어오른 얼굴을 보자마자 그의 표정이 굳어버렸다. 네온 불빛 때문에 부검 보고서에 있는 키슬링거의 얼굴색은 더 창백해 보였다. 몇 주 동안 하수구에 매달려 있은 듯한 얼굴이었다. 사진 옆에는 100유로짜리 지폐가 있었다.

에블린이 물었다.

"이 사람을 아세요?"

바텐더는 지폐를 옆으로 밀었다.

"이 사람 이름은 모르는데요."

"이름은 중요하지 않아요. 이 사람을 아세요?"

"여기 가끔 오는 사람이에요."

에블린이 그의 말을 고쳐주었다.

"여기 왔던 사람이겠지요. 은퇴한 소아과 의사예요. 2주 전 토요일에도 여기 왔었나요?"

다른 바텐더가 빈 쟁반을 들고 테이블 쪽으로 다가오자 대머리 바텐더는 지폐를 치우고 서류철을 닫았다.

"경찰서에서 오셨나요?"

"그렇게 보여요?"

바텐더는 에블린을 똑바로 쳐다보더니 갑자기 히죽이듯 웃었다.

"이렇게 사슴 같은 눈을 가진 분이요? 아니요. 경찰이라기엔 당신은 너무 예뻐요."

에블린은 얼굴이 화끈 달아오르는 걸 느꼈다. 그녀는 노숙자나 범죄자, 약물중독자 같은 사람을 대하는 데 아무 문제가 없다. 밤에 혼자서 지하철을 타고 다니는 것도 무섭지 않았다. 그런데 이런 종류의 아첨 같은 말을 들으면 대체 어떻게 반응해야 하는지 영 난감한 게 아니었다.

"이 사람이 2주 전에 여기 왔어요, 안 왔어요?"

"여기 왔었어요."

바텐더는 테이블 끝을 바라봤다.

"저기 저쪽에 앉아 있었어요. 날씬한 금발 여자랑 얘기를 나누다 스킨십도 좀 있었던 것 같아요. 그러더니 계산을 하고 나갔어요."

"그 여자는요?"

바텐더는 어깨를 으쓱했다.

"아마 다른 남자를 물었겠죠."

갑자기 에블린은 단골손님이라던 술주정뱅이 생각이 났다. 포르쉐 앞에서 기어갔던 그 남자 말이다. 기어갔던 그 사람! 바로 그거야!

에블린이 흥분해서 물었다.

"그 소아과 의사가 술을 얼마나 마셨나요?"

"몇 잔 정도요."

"얼마나 마셨느냐고요?"

"정확한 수치는 모르죠."

에블린이 다그쳤다.

"잘 생각해보세요."

바텐더는 얼굴을 찡그렸다.

"그날 꽤 많이 마셨어요. 적어도 샴페인 한 병은 마셨을 거예요."

부검 결과에는 키슬링거가 술을 마셨던 것으로 나와 있다. 그래서 법의학자와 형사들은 키슬링거가 소아암 환자 자선행사장에서 샴페인이나 와인 몇 잔을 마신 걸로 생각하고, 행사가 끝나고 다음 지하철역으로 걸어가다가 잘못해서 공사 현장에 세워져 있던 차단막에 걸려 넘어져 하수구 속으로 고꾸라졌다고 알고 있다.

진실은 완전히 다른 것같이 보였다. 탈진 상태인 루디가 그녀에게 증거를 보여준 셈이다.

에블린은 다이키리를 조금씩 다 마시고 계산을 했다. 계산할 때 지폐 한 장을 더 내놨다. 바텐더는 의아한 눈빛으로 지폐를 바라보더니 눈썹을 추켜올렸다.

"다음번에 루디란 사람이 오면 가기 전에 이걸 전해주세요. 그 사람한테 빚진 게 있거든요."

에블린은 클럽을 나왔다. 내일 아침이면 키슬링거 부인과 그녀의 변호사에게 깜짝 뉴스가 전달될 것이다.

9월 16일, 화요일

5

해가 아직 지평선에 모습을 드러내지 않은 시간이지만 발터 폴라스키는 차를 타고 라이프치히 남쪽 외곽을 향해 달리고 있었다. 헤드라이트 불빛이 여명을 갈랐다. 도로 위에는 차가 별로 없었다. 평상시라면 아직 자고 있을 시간이지만, 오늘은 새벽 6시에 전화를 받고 마르크클레베르크로 가는 길이다.

그는 고속도로를 빠져나와 해안도로로 접어들었다. 창밖으로 담뱃재를 털고 상쾌한 아침 공기가 차 안에 들어오도록 유리문을 내렸다. 잠에서 깨야 했다. 딸이 먹을 아침상을 서둘러 준비하고는 곧바로 나왔다. 이곳의 공기는 도심 한복판과는 달랐다. 녹지대가 이렇게 많은 곳을 본 지가 언제인지도 모른다. 도착하면 제일 급한 게 커피였다. 설탕을 넣지 않은 아주 진한 커피 한 잔을 마셔야 했다. 자판기에서 뽑은 가루커피로 만든 싸구려 카푸치노나 향커피 같은 것 말고 정통 커피로 말이다. 가루커피나 향커피 같은 걸 마시면 속이 부글부글 끓었다. 안에 들어가면 사람들이 자신이 원하는 커피를 준비해줬으면 좋겠다는 바람을 품고 차를 몰았다.

잡음 없이 깨끗한 라디오 주파수를 찾으려고 여러 번 시도하다가 결국 포기하고 라디오 전원을 꺼버렸다. 아침 뉴스는 벌써 끝났을 테고, 마르크클레베르크에서 무슨 일이 있었는지에 관해서 아직은 아무 소식도 들려줄 수 없을 것이다.

몇 분 뒤 덜덜거리는 그의 차 스코다가 병원에 도착했다. 막다른 골목 끝에 2미터 높이의 돌담이 나왔다. 철제 대문은 열려 있었다. 그를 기다리고 있는 게 있었다. 담장 위의 감시카메라가 일거수일투족을 다 촬영했다. 폴라스키는 스코다로 과속방지턱을 넘어 잘 가꿔진 정원 사잇길로 들어갔다. 잔디가 아침 해를 받아 반짝였다. 스프링클러가 좌우로 번갈아 물을 뿜어 그의 차 앞 유리까지도 물방울이 흘렀다. 도로 끝까지 가자 3층짜리 벽돌건물이 나왔다. 들어서 알고 있었던 정신병 환자 치료 시설처럼 보이는 건물이었다. 기다란 건물의 양끝은 생각보다는 작았다. 그런데도 이곳엔 병동 여섯 개와 수많은 치료실이 있었고, 병실은 70개나 있었다.

폴라스키는 스코다를 현관 앞에 주차했다. 얼른 정장 재킷을 입고 뒷좌석에 있는 무거운 캐리어를 꺼내 들고 계단을 올라가 떡갈나무로 된 문 앞에 도착했다.

마르크클레베르크 정신 치료 센터라는 간판이 있었다. 전에는 사람들이 이곳을 '정신병원'이라고 불렀었다. 요즘은 '슈타이너르네 글로케(돌종)'이라고들 부른다. 그 이유는 밤에 수도원에서 치는 종소리가 코스푸데너 호숫가까지 울려서 그렇다고 했다. 안개가 물 위에 자욱할 때면 섬뜩하기도 했다. 그리고 종이 울리면 실제로 두려움에 성호를 긋는 사람이 항상 있었다.

폴라스키는 초인종을 눌렀다. 본능적으로 그는 넥타이를 똑바로 하려고 셔츠 깃을 만졌다. 그런데 오늘은 넥타이를 하고 오지 않았다. 사무실에 넥타이를 두고 왔다. 집에는 넥타이가 없었다. 아니다. 그의 부인이 넥타이를 선물한 적이 있었지만 서랍 안 어딘가에 넣어놨었고 그 서랍은 5년 동안 연 적이 없었다. 그는 부인이 선물한 넥타이가 어떤 모양이었는지조차 기억나지 않았다. 의사들이 넥타이를 매지 않은 그를 들여보내길 바랄 뿐이다. 지금까지는 누구라도 그를 맞아줬었다. 어디든 다 그랬다.

두 번 정도 벨 소리가 나고 뿔테 안경을 쓴 젊은 금발 여자가 문을 열어줬다. 여자는 한동안 말없이 쳐다보기만 했다.

여자가 진료 시간 안내 표지판을 가리켰다.

"죄송하지만, 진료 시간은 화요일 10시부터……."

풀라스키가 그녀의 말을 끊고 답했다.

"시체를 보려고 왔습니다."

여자가 움찔하더니 그를 의아한 시선으로 바라봤다. 여자가 그에게 안으로 들어오란 소리도 하지 않고 또 다른 사람이 있는지 문 앞을 쳐다보기만 하자, 풀라스키는 주머니에서 가죽 케이스를 꺼내 신분증을 보여줬다.

"발터 풀라스키입니다. 라이프치히 경찰서 형사입니다. 혹시 진한 커피 한 잔 부탁드려도 될까요?"

6

커피 맛은 나쁘지 않았다. 김이 모락모락 나는 커피 잔을 손에 들고 풀라스키는 금발 여자를 따라 건물 안으로 들어갔다.

삼십대 중반 정도로 보이는, 흰 가운을 입은 남자가 두 사람을 맞았다. 남자는 옆 가르마를 탄 검은색 머리에 테 없는 안경을 쓰고 있었다. 서로 자기소개를 했다. 남자 이름은 슈타이들, 성인 정신과 병동 과장이라고 했다. 풀라스키가 보기에 슈타이들은 과장이란 직함을 달기에는 아직 어린 나이로 보였다. 좋은 관계를 유지한다면 불가능한 일은 없는 법이다. 이 의사는 어딘지 모르게 풀라스키 눈에 호감이 가는 타입은 아니었다. 풀라스키는 의사에게서 나는 부담스러운 애프터셰이브 냄새가 싫었다. 게다가 슈타이들 과장은 자신에게 악수도 청하지 않았다. 그런 사소한 것들이 이 의사에 대한 인상을 결정짓기엔 충분하다고 풀라스키는 생각했다.

슈타이들 과장이 물었다.

"동료들은 어디 계십니까?"

"동료들이라뇨?"

슈타이들 과장은 숨을 헐떡였다.

"사망사건을 조사하러 오신 거라 생각했는데……."

폴라스키는 자신에게 되물어보았다. 그럼 나는 시신을 조사할 수 없는 사람으로 보였단 말인가?

"자살사건이라 하셨죠?"

그는 확인하려고 물었다. 적어도 오늘 새벽에 경찰은 전화로 자살이라고 주장했다.

"만일 자살이 맞다면 한 시간 안에 조사와 서류 작성까지 다 끝날 것입니다."

그런데 자살이 아니라면…….

이곳 사람들의 얼굴 표정, 특히 슈타이들이 폴라스키를 보는 시선에는 분명한 생각이 담겨 있었다. 이렇게 나이 많은 사람을 현장에 보냈느냐는 눈빛이었다. 몇 년 전부터 계속 심해지는 천식 발작 때문에 조기 퇴직을 눈앞에 두고 있는, 그래서 사건이 발생하면 가장 먼저 현장에 가서 단순한 조사만 진행하는 '현장출동 대기팀'에 있는 늙다리 형사. 일상적인 사망사건이라 법의학자나 사진 담당 형사도, 감식반도 필요 없는 사건에만 가는 남자. 일상적인 사무 업무로 충분한, 약간의 서류만으로 사건이 종결될 수 있는 그런 일만 담당하는 형사. 검사가 혹시라도 다른 견해를 보이면 살인 담당 강력반이 연방 범죄수사국을 부르겠지만 지금까지는 한 번도 그런 일이 없었고, 앞으로도 가능성은 희박하다. 법원엔 할 일이 넘쳐난다. 정신병을 앓고 있는 여자가 자살한 사건에 눈 하나 깜짝 안 할 것이다. 그들에겐 조기 퇴직을 앞둔 늙다리 형사 한 명 보내는 걸로 충분한 사건이다.

"시신은 어디 있습니까?"

"환자 병실에 있습니다."

"누가 처음 발견했죠?"

"접니다."

"언제?"

"아침 회진 때요."

이건 당연한 말 아닌가. 풀라스키가 다시 물었다.

"정확한 시간을 묻는 겁니다. 몇 시였죠?"

"새벽 6시 조금 전이었습니다."

"그 시간이면 병원에서 보통 뭘 하시죠?"

"아침 약을 나눠줍니다."

"약은 간호사가 전해주지 않습니까?"

"제가 확인을 해야 해서 직접 나눠주는 환자들이 많습니다."

이런 식으로 간다면 저녁때까지도 질문과 답은 끝나지 않을 것 같았다. 풀라스키는 양팔로 진심 어린 환대를 받지 않는 일에는 이미 적응되어 있었다. 자신의 집에서 뭔가를 찾으려고 쿵쿵대는 사람을 좋아할 사람은 아무도 없다.

풀라스키는 트렁크를 들고 의사를 따라 긴 복도를 걸어갔다. 복도 양쪽에는 문이 죽 늘어서 있었다.

"사망사건에 대해 아는 사람은 또 누구죠?"

"병원장인 닥터 볼프와 비서 한나, 이 둘 말고는 아무도 모릅니다."

한나는 뿔테 안경을 쓴 금발 여자로, 풀라스키에게 문을 열어주고 커피를 가져다주었던 사람이다.

풀라스키가 물었다.

"이곳에서 과장으로 일하신 지는 얼마나 됐습니까?"

슈타이들은 멈칫했다. 그가 칠흑같이 새까만 눈썹을 찡그렸다.

"그게 중요한가요?"

풀라스키는 고개를 저었다.

"중요하지 않습니다."

풀라스키는 의사의 대답을 이미 알고 있다. 이 건방진 젊은이는 기껏해야 네다섯 달 정도 전부터 과장을 맡았음이 분명하다. 또한 그는 칵테일파티마다 가서 자기가 성인 정신과 병동 과장이라는 것을 적어도 다섯 번은 말했을 것이다. 풀라스키는 자신의 선입견이 나이 들어갈수록 늘어간다는 걸 알고 있다. 그의 부인도 매번 그에게 누군가를 알게 될 때면 그 말을 상기했다. 하지만 그는 자신에게 이렇게 말했다. 아무 생각이 없는 것보다는 선입견이라도 있는 게 낫다고 말이다.

슈타이들은 27호라고 써진 방 앞에서 멈췄다. '나타샤 좀머'라는 작은 플라스틱 이름표가 벽에 붙어 있었다. 예쁜 이름이다.

풀라스키는 방 안으로 들어갔다. 슈타이들은 방문 앞에 서 있었다. 첫눈에 풀라스키는 외부의 침입 흔적이 없다는 걸 알 수 있었다. 떠오르는 태양 빛이 블라인드 사이로 들어왔다. 방은 침대와 옷장, 책상, 의자, 세면대가 들어갈 정도로 충분히 컸다. 수건걸이에 수건이 걸려 있지 않다는 사실이 풀라스키의 눈에 띄었다. 자살이란 말을 듣고 처음엔 창문에서 투신했거나 허리띠로 목을 매었거나 사무용 칼 같은 도구로 동맥을 끊어 피범벅이 되어 있는 이불 같은 걸 상상했었다. 그런데 그가 상상했던 건 아무것도 보이지 않았다.

나타샤 좀머는 열아홉 살이 넘을 것 같지는 않았다. 짧은 갈색 머리로 코에 주근깨가 있고 연약한 몸매였다. 예쁘장한 이목구비로 봐서는 동유럽 출신 같아 보였다. 루마니아나 우크라이나 출신일지도 몰랐다. 그녀의 팔은 가늘었고 40킬로그램도 나가지 않을 듯 보였다.

소녀는 침대에 반듯하게 누워 있었다. 살인의 흔적이나 몸에 입은 상처도 없었다. 평화로워 보이기까지 했다. 그녀의 눈을 보지 않았더라면 죽은 사람이란 생각이 안 들 뻔했다.

풀라스키는 나타샤가 입고 있는 환자복으로 시선을 돌렸다. 크림색 바탕에 파란 동그라미가 있는 잠옷은 무릎까지 내려왔다. 왼쪽 팔은 소매가 접혀 올라가 있었다. 나타샤의 팔에는 주삿바늘이 꽂혀 있었다. 50밀리리터짜리 큰 주사기가 달려 있었다. 정맥주사였다. 주사기 가장자리와 밑바닥에 피가 묻어 있었다. 침대 아래에는 투명한 병이 있었다. 내용물이 한 방울도 남아 있지 않은 빈 병이었다.

나타샤의 손목에 자살을 시도했던 것으로 보이는 흉터가 꽤 길게 남아 있었다. 이미 몇 년은 지난 것으로 보였다. 때로는 꽤 한참 걸리지만 언젠가는 결국 자살에 이르는 경우가 있다. 그리고 이런 경우 대개는 도움의 손길이 너무 늦게 도착해 손을 쓸 수 없다.

풀라스키는 트렁크를 세워놓고 커피 잔을 책상 위에 올려놓은 뒤 침대 주변을 한 바퀴 돌았다. 나타샤의 동공이 아직 흐려지지 않은 걸로 봐서 사망한 지 두 시간이 넘지 않은 걸로 보였다. 그는 나타샤의 눈을 감겨주었다.

"보호자가 있었습니까?"

슈타이들이 말했다.

"나타샤는 병원으로 올 때부터 고아였어요."

풀라스키가 슈타이들의 얼굴을 쳐다보지 않고 물었다.

"과장님 전임자가 이 병원을 그만둔 지는 얼마나 됐나요?"

"4개월⋯⋯."

슈타이들은 문장을 끝까지 말하지 않고 멈췄다. 모르긴 몰라도 그는 자신의 입술을 깨물고 있는 듯했다.

풀라스키는 속으로 쾌재를 불렀다. 그는 라텍스 장갑을 끼고 침대 밑에 있는 유리병을 손에 들었다. 100밀리리터짜리 페르팔간이었다. 병에 붙어 있는 성분표에는 파라세타몰이라는 해열진통제가 1,000밀리그램 들어 있다고 쓰여 있었다. 편두통이나 관절통, 치통에 효과적인 진통제라고 적혀 있었다. 병 입구에 있는 고무 병마개에 주삿바늘 구멍이 두 군데 있는 게 풀라스키의 눈에 띄었다. 나타샤가 두 번에 걸쳐서 주사기로 이 병의 주사액을 모두 맞고 병은 비워진 듯했다.

그는 나타샤의 팔꿈치 안쪽 팔오금을 유심히 관찰했다. 바늘이 꽂혀 있는 곳 옆에 주삿바늘을 찌른 자국이 두 군데 더 있었다. 두 번을 찔렀는데도 혈관을 찾는 데 실패한 게 분명했다. 세 번째나 네 번째에서 성공했던 것이다. 그런데 왜 그렇게 복잡하게 했을까? 게다가 여성이 주사로 자살을 하는 건 흔치 않은 일이다. 손목 동맥을 끊는 방법이 더 간단하지 않던가. 그리고 그렇게 하는 것이 고전적이고 일반적이다. 아니면 나타샤 자신이 경험을 통해 더 나은 방법을 찾은 걸까?

풀라스키가 물었다.

"파라세타몰을 몇 밀리그램 써야 치명적입니까?"

슈타이들은 고개를 저었다.

"상황에 따라 다르지만 이 정도 양이면 여기 병동에 있는 환자들 전부의 통증을 없애줄 수는 있습니다. 그런데 치명적이요? 그럴 가능성은 희박합니다. 나타샤같이 이렇게 비쩍 마른 사람이라도 이 정도로 사망하지는 않습니다."

"그러니까 주사약을 과다 투여해도 사망하지는 않는단 거죠?"

"알코올이랑 같이 들어갔을 때만 그렇습니다."

알코올이랑 같이 들어갔을 때라. 풀라스키는 주삿바늘과 주사기, 약병을 비닐 봉투에 집어넣었다. 어쩌면 유리랑 플라스틱을 지문 감식할 필요가 전혀 없을지도 몰랐다. 하지만 어떤 일인지 아무도 모르는 법이지 않은가!

풀라스키가 몸을 일으키며 물었다.

"유서는 어디 있죠?"

"유서라뇨?"

풀라스키는 나타샤의 손가락 끝을 가리켰다. 손가락에 파란색 잉크가 묻어 있었다.

슈타이들이 대답도 하기 전에 풀라스키는 책상 쪽으로 걸어갔다.

"이것 좀 열어봐도 되겠죠?"

그는 서랍을 열었다. 안에는 노트와 만년필과 지우개, 여러 가지 색의 볼펜 몇 자루가 있을 뿐 편지는 없었다. 풀라스키는 옷장 안을 찾아봤다. 없었다. 벽에 걸린 선반 위에 놓여 있는 책을 펼쳐봐도 편지는 나오지 않았다. 부코스키의 『핫 워터 뮤직(Hot Water Music)』이란 책 옆에 빈 술병이 있었다.

"이 술과 부코스키도 이 병원의 치료 도구입니까?"

풀라스키는 대답을 기다리지 않고 술병을 들고 뭐라 써 있는지 읽어봤다. 카덴헤드의 올드레이 진, 알코올 도수 55퍼센트.

목숨을 잃는 건 알코올과 같이 섭취했을 때만 그렇다고 했다.

슈타이들은 계속 문 앞에 서 있었다.

"제 생각에, 그건……."

"쉿!"

풀라스키는 손을 들어 그의 말을 막았다. 풀라스키는 나타샤의 섬세한 얼굴을 바라봤다. 이 소녀가 편지 한 장 남겨놓지 않고 자신의 목숨을 그렇게 간단하게 끊지는 않았으리라.

파란색 잉크는 잘해야 하루 정도밖에 안 된 것 같았다. 어쩌면 몇 시간 전에 묻은 것일지도 모른다. 분명 이 소녀는 할 말이 있었을 것이다. 그걸 찾아야 했다.

풀라스키는 나타샤의 머리를 들어봤다. 머리 밑에는 베개만 있을 뿐 편지는 보이지 않았다. 그는 나타샤의 입을 열고 목구멍 안쪽을 들여다봤다. 술 냄새가 확 났다. 진 냄새였다. 그가 아는 냄새였다. 그 안에도 쪽지는 없었다. 풀라스키는 나타샤의 옷을 더듬었다. 그녀의 치부 쪽에 손이 닿아 잠옷 안쪽에 있는 속옷 고무줄을 만지자 이상한 기분이 들었다. 뭔가 딱딱한 것이 속옷 안쪽에서 만져졌다. 분명 생리대는 아니었다.

풀라스키가 나타샤의 환자복을 허벅지 아래로 내리자 그녀의 하복부가 드러났다. 흰색 속옷이 그대로 노출됐다.

"지금 뭐 하는 겁니까?"

풀라스키는 슈타이들이 다가오는 소리를 들었다.

"뭐 하는 거 같아 보입니까?"

풀라스키는 속옷 속으로 손을 넣어 여러 겹으로 접힌 종이를 꺼냈다. 만년필로 썼음에 분명한 글씨였지만 문장은 몇 줄 안 됐다.

7

30분 정도 지나 풀라스키는 나타샤 방을 조사하는 일을 끝냈다. 방 안과 시신 사진을 찍었고 나타샤의 지문을 채취했다. 그녀의 만년필과 편지, 빗, 칫솔도 비닐에 챙겨 넣었다. 혹시라도 DNA 검사를 할 수도 있을 것 같아서였다. 나타샤의 베개 밑에서 발견한 가죽 커버 일기장도 비닐에 넣었다. 딸아이를 통해 알게 된 것이다. 거의 모든 십대 소녀들은 자신의 생각과 이야기를 공책에 적어놓는다는 것을 말이다.

나타샤의 일기장에 적힌 필체는 유서의 필체와 동일해 보였다. 특별히 전문가의 감정도 필요 없어 보였다. 마지막 일기는 토요일이었다. 나타샤는 자신의 치료 담당자 소냐와 이제 더 이상의 악몽은 없다는 걸 깨달았다고 했다. 이제 서로 잘 지낸다고도 했다. 술에 관한 얘기는 한마디도 없었다. 우울증의 신호도 없어 보였다.

그런데 이런 일기를 쓰고 이틀 뒤에 유서를 쓰다니.

사방의 벽이 점점 다가온다. 난 이 방에서 더 이상 견딜 수가 없다.

풀라스키는 트렁크를 닫았다.

"자, 이제 가장 중요한 얘기를 해야겠군요."

슈타이들이 그를 의아하게 바라봤다.

"나타샤가 술과 주사기, 진통제 주사약을 어떻게 구했을까요?"

그들은 방을 나왔고, 풀라스키는 방에 아무도 출입을 못 하도록 봉인을 했다.

"이렇게 해야 합니까?"

풀라스키는 편지를 떠올렸다.

"지금으로선 그렇습니다. 뭔가를 더 발견할지 좀더 기다려봅시다."

어느새 정신병동엔 활기찬 아침 일과가 시작되었다. 아침 8시 직전이었다. 풀라스키는 담배 한 대 피우고 싶은 생각이 간절했다. 병동의 다른 방에서 사람들 소리가 들렸고, 복도에서는 신발을 질질 끄는 소리, 휠체어에서 나는 쳇소리가 울렸다. 나타샤가 식당에 아침을 먹으러 나타나지 않고, 그다음 오전 일정에도 보이지 않으면 다른 사람들 귀에 들어가기까지 몇 분도 채 안 걸릴 것이다. 진 반병과 파라세타몰 1,000밀리그램이 그녀의 몸속으로 들어가 죽어서 침대에 누워 있더라는 소리 말이다. 그리고 그녀의 속옷 안에 있던 유서도. 그녀는 유서를 그곳 말고 어디에 숨길 수 있었을 것인가. 편지를 시신 부검할 사람이나 법의학자, 형사 아닌 다른 사람이 못 보게 하려면 말이다. 다른 사람이 아닌? 그럼 누구에게 편지를 남겼을까, 풀라스키는 생각했다.

그는 슈타이들 과장을 따라 '원내 약국'이라고 써진 방에 도착했다. 문은 열려 있었다. 창문이 없는 방 안에 냉장고와 약장만 있었다. 수백 개의 주사액부터 연고, 약상자가 차곡차곡 쌓여 있었다. 열려 있는 약장에는 주사기와 붕대, 반창고, 체온계 박스가 있었다. 방에서 병원 냄새가 났다. 이 냄새는 부인이 세상을 떠난 몇 년 전부터 풀라스키가 세상에서 가장 싫어하는 냄새다.

약이 있는 방 옆에는 간호사실이 있었다. 그때 수염이 덥수룩하고 눈썹 숱이 많은 키 큰 남자가 방에서 나왔다. 풀라스키 나이 정도인 오십대 초반으로 보였고, 자신을 소개하지 않아도 누구인지 알 수 있었다. 가운 주머니에 닥터 하인리히 볼프라고 쓰여 있었다. 슈타이들 과장이 이미 볼프 병원장에 대해 얘기했었다. 슈타이들 과장은 풀라스키에게 악수를 청하지 않았다. 풀라스키는 큰 기대를 하지 않았다. 그는 병원 냄새보다 의사를 더 싫어했다. 그리고 이 사람, 볼프라는 사람 역시 비슷하다. 손가락 끝이 누렇게 변해서 그가 골초라는 사실 때문만은 아니다. 그의 얼굴 표정을 보면 풀라스키 자신과 똑같이 늙었고 쓸쓸해 보였고 냉소적으로 느껴졌다. 매일 아침 거울을 보며 면도할 때면 풀라스키는 자신에게 묻는다. 대체 언제까지 이 일을 견뎌낼 수 있을까, 하고 말이다. 의심의 여지가 없이, 이 사람도 자신처럼 똑같이 절망하는 동년배인 것이다. 그는 이 의사가 자신과 비슷한 생각을 하는 처지에 있는 사람이란 걸 첫눈에 알아봤다.

풀라스키가 아는 사실은 볼프 병원장이 나타샤의 심전도검사를 실시했고, 그녀의 사망진단을 내려 사망확인서를 작성했다는 것이다. 보통 가장 가까운 마을에 있는 의사가 이런 일을 하지만, 이번 사건의 경우는 병원 내부에서 벌어진 일이라 그럴 필요가 없었다.

풀라스키는 다시 유서에 대해 생각했다.

계속 다른 사람들이 밤마다 내게 온다.

그 사람들이 누구니, 나타샤? 의사들?

풀라스키는 방으로 들어갔다.

"여긴 항상 문을 열어놓습니까?"

볼프는 문에 기댄 채 방 안을 살폈다.

"향정신성 약이 있는 진열장과 의사 처방이 있어야 하는 약은 잠가놓습니다. 이곳의 규정입니다."

모든 게 규정에 따른 것이란 말이지! 물론 그렇겠지. 풀라스키의 이성은 이렇게 말하고 있었다. 이 방도 닫아놓아야 하고 환자에게 약을 줄 때만 열어야 하는 게 아니냐고 말이다.

슈타이들이 설명했다.

"간호사들이 다급하게 붕대를 써야 할 경우 곧바로 약장에서 꺼내야 합니다. 이 방을 꼭 잠가놓아야 할 필요는 없는 거죠."

풀라스키는 신음하듯 말하며 쪼그리고 앉았다.

"잠글 필요가 없다고요? 27호실을 다시 한 번 보셔야겠군요."

풀라스키는 사진 몇 장을 찍고 바닥에 있던 유리 조각을 옆으로 밀어놓았다. 유리 조각 옆에 파란색 수건이 있었다. 풀라스키가 유리 조각을 비닐 봉투에 담는 동안 볼프와 슈타이들이 그의 등 뒤에서 소곤거렸다. 당신들이 담합하기엔 너무 늦었어, 하고 풀라스키는 생각했다.

볼프가 말했다.

"야간 당직 간호사 중 누구도 소리를 들은 사람이 없었는데요."

놀랄 일도 아니다. 풀라스키는 파란색 수건을 유심히 봤다. 나타샤 방 수건걸이에서 없어진 수건으로 보였다.

그가 설명했다.

"누군가 소리가 울리지 않게 수건으로 막고 유리를 깼던 거죠."

볼프의 목소리가 울렸다.

"누군가라고요? 나타샤 말고 누가 약을 꺼내러 여기에 들어왔단 말입니까? 저한테 누구인지 말씀 좀 해주시죠."

풀라스키는 냉소적인 목소리가 나오는 걸 억누르기 힘들었다. 이 병원 안에 있는 사람들은 전부 나타샤가 스스로 목숨을 끊었다는 사실을 확신하고 있다. 물론 정신적으로 미약한 사람이 자살을 하기도 한다.

볼프는 눈썹을 움찔했다.

"슈타이들 과장 말로는 형사님이 유서를 발견했다고 하던데요. 뭐라고 쓰여 있습니까?"

풀라스키가 대답했다.

"여기 계신 모든 분이 유서 내용에 대해 굉장히 궁금해하실 겁니다. 하지만 유서는 증거품입니다. 보여드릴 수 없습니다."

간격이 더 짧아진다. 그들은 계속 온다.

그 사람들이 누구를 말하니, 나타샤? 의사들이야?

어둠 속.
이런 고통!

풀라스키는 유서 생각이 났다. 그리고 나타샤가 유서를 감춰놓았던 위치도. 이런 고통! 이 단어들은 법정 정신과 의사들에겐 먹이였다. 검사가 유서를 읽고 나면 부검을 결정하는 데 조금도 머뭇거리지 않으리라. 얼마나 오래됐던가. 풀라스키가 맡은 사건에 부검이 결정됐던 게 말이다.

5년? 세상에, 정말 오랫동안 형사로 일했는데 부검에 대한 생각이 아주 오래전 일처럼 느껴지다니!

이런 고통!

그는 밝혀내야 했다. 나타샤가 성폭행을 당한 흔적이 있는지, 나아가 그녀가 임신 중이 아니었는지에 대해서도 말이다.

이 부분에선 뭔가 맞지 않다. 그녀의 일기에는 성추행에 대한 지적도 없고, 그런 행위에 대한 암시도 전혀 없다. 유서에만 그렇다. 유서를 그녀 손으로 직접 쓴 건 분명한데 말이다.

그렇다면 대체 왜 나타샤는 이제 와서 그 얘기를 썼단 말인가? 그것도 죽기 몇 시간 전에. 손가락에 파란색 잉크가 묻어 있지 않았던가? 그런데 왜 이제야? 주사기를 두 번이나 찔렀다. 정맥주사를 아래팔과 위팔을 연결시켜주는 뼈마디 안쪽 팔오금 정맥에. 뭔가 이상하다.

갑자기 그게 뭔지 알 것 같았다.

풀라스키는 볼프를 옆으로 밀치고 문밖으로 뛰쳐나가 병실 쪽으로 달려갔다.

8

숨을 헐떡이며 풀라스키는 문 앞에 있던 납봉을 떼고 나타샤 방으로 들어갔다. 그는 나타샤의 오른쪽 팔소매를 어깨까지 걷어 올렸다. 그럼 그렇지. 바로 이거였어. 이런 젠장, 어떻게 이걸 놓쳤을까? 손가락 끝에 묻어 있던 파란색 잉크, 팔오금에 있던 주삿바늘 자국.

오늘 아침 문을 열어주었던 뿔테 안경을 쓴 금발의 과장 비서가 복도를 지나가다 방 안을 들여다봤다. 슈타이들과 볼프가 뒤에 서서 그녀에게 옆으로 비키라는 손짓을 했다.

슈타이들은 깨진 납봉에 손을 대며 말했다.

"형사님, 조사가 끝났다고 생각했는데요."

풀라스키는 금발의 여자를 보며 말했다.

"저도 그렇게 생각했었죠. 한나라고 했죠? 진한 커피 한 잔 더 부탁해요. 커피 주전자로 한가득 주면 더 좋겠소."

볼프 원장이 풀라스키가 있는 방 안으로 들어오려다 제지당했다.

"방 안에 아무도 들어오면 안 됩니다. 방 안에 있는 것에 절대로 손을 대도 안 됩니다. 의료진에게도 해당되는 말입니다. 감식반이 와서 조사가 끝날 때까지는 출입 금지입니다. 그리고 출입문에 있는 감시카메라에 24시간 동안 녹화된 비디오테이프를 가져다주십시오."

볼프 원장이 뭔가 대꾸하려 했지만 풀라스키가 그의 말을 막았다.

"그것 말고도 이 병원에 근무하는 의사들과 치료사, 간호사, 환자, 병원에서 일하는 사람들까지 모두의 명단도 필요합니다. 나타샤 좀머의 진료 차트도 빠짐없이."

"하지만……."

"환자의 비밀 유지 의무 같은 말은 하지 마십시오. 검사가 24시간 안에 수색영장을 발부할 테니까요."

한나와 슈타이들 과장은 입을 다물지 못하고 그를 쳐다봤다. 볼프 원장만 상황을 이해한 듯했다. 그는 이를 꽉 물었다. 뭔가가 그의 머리를 스쳤다.

풀라스키가 덧붙였다.

"그리고 나타샤를 치료했던 소냐라는 분과 얘기를 좀 하고 싶습니다."

"무슨 일로 그러십니까? 빌헬름 박사님은 오늘 안 계십니다."

"외국에 있나요?"

볼프가 고개를 저었다.

풀라스키는 한나 쪽을 보며 말했다.

"그럼 여기로 불러주십시오. 커피 다 되면 방문을 노크해주세요."

풀라스키는 문에 서 있는 사람들 앞에서 방문을 닫았다. 몇 초 동안 웅얼웅얼하는 소리가 들렸다. 소리가 들리지 않자 그는 휴대폰을 주머니에서 꺼내 상사의 번호를 눌렀다. 신호음이 울리는 동안 그는 주머니에서 담배 상자를 꺼냈다. 단 세 개비만 남아 있었다. 하루를 어떻게 견뎌야 할지 걱정이었다.

가능한 한 빨리 법의학자가 필요했다. 법의학자가 현장에 있는 시신을 조사하면 곧바로 병리과 의사에게로 보내야 한다. 볼프 원장이 내린 사망진단서는 신경 쓰지 말고 제대로 시신을 부검해야 한다. 그리고 나타샤의 일기장과 유서의 필체가 동일 인물의 것인지 확인해줄 필적 전문가도 필요하다. 어쩌면 그의 생각이 착각일지 모르니 전문가가 확인을 해야 한다.

아무도 전화를 받지 않고 신호음만 들렸다. 사무실에 전화 받을 사람이 한 사람도 없단 말인가! 딸에게도 전화를 해야 했다. 오늘은 다른 날처럼 점심때 집에 들어갈 수 없다고 말해줘야 했다. 어쩌면 저녁에도 집에 못 갈 수도 있고, 아니면 한밤중에야 들어갈지도 모른다고. 그것도 집에 갈 수 있다면 그렇단 얘기다.

이번 일은 평상시 그가 해왔던 것처럼 서류만으로 끝날 일이 아니다. 나타샤가 자살했다고 다들 확신하고 있는 사건이다. 그조차도 그렇게 믿고 넘어갈 뻔했다. 그녀의 왼쪽 상박은 오른쪽보다 더 발달돼 있었다. 게다가 파란색 잉크가 묻어 있던 곳도 왼쪽 손가락이었다. 그녀는 왼손잡이였던 것이다.

드디어 누군가 전화를 받았다. 호르스트 푹스 국장이었다.

풀라스키는 상사에게 말할 틈도 주지 않았다.

"마르크클레베르크 소녀 사건은 자살이 아닙니다."

"그렇게 확신한 근거가 뭔가?"

풀라스키는 주삿바늘이 꽂힌 팔뚝을 응시했다.

"왼손잡이는 절대로 자기 왼쪽 팔오금에 주사를 놓지 않습니다."

9

　지금까지 변호사로 활동하면서 에블린 마이어스는 키슬링거 부인의 얼굴처럼 이렇게 끔찍한 표정을 본 적이 없었다. 사고가 난 날 저녁, 키슬링거가 앙트레 누라는 나이트클럽 앞에서 죽었다는 말을 전해 듣고 난 직후 부인의 얼굴 말이다.

　빈에 있는 주점에서 키슬링거 부인과 상대 변호사를 만난 자리였다. 웨이터가 음료를 들고 왔다. 예정됐던 점심식사는 앞으로도 실현 가능성이 없어 보였다. 키슬링거 부인은 자기 앞에 놓여 있는 와인 잔은 쳐다보지도 않고 수첩에 뭔가 계속 메모하고 있는 변호사를 바라보다가 시선을 에블린 쪽으로 돌렸다. 그녀의 시선은 관공서에서 무기 소지 허가증을 보여달라는 듯한 눈초리였다.

　"당신의 그 뻔뻔스러운 주장을 다시 한 번만 설명해주시겠어요, 젊은 변호사님? 우리 변호사가 당신을 비방과 중상모략 혐의로 끝내기 전에."

　늘 이렇다. 자신의 고소가 불리해지면 의뢰인은 이렇게 협박하는 법이라고 에블린은 생각했다. 게다가 감정이라곤 없어 보이는 쌀쌀맞은 눈초리에 목소리는 얼음처럼 차가웠다. 그래도 에블린은 흔들리지 않았다.

에블린은 천천히 또박또박 낮은 목소리로 분명하게 말했다.

"물론입니다. 부인의 남편은 소아암 환자를 위한 자선행사에는 단 한 시간밖에 참석하지 않았습니다. 거기서 나와서 포르쉐를 타고 앙트레 누라는 나이트클럽으로 갔죠. 클럽에서 또 한 번 술을 마셨어요. 젊은 여자와 함께 말입니다. 그런 다음 자동차로 가다가 넘어졌습니다."

키슬링거 부인은 가느다란 돋보기안경을 쓰고 있었고, 머리는 지나치게 멋을 부렸으며, 양손엔 금 장신구를 주렁주렁 달고 있었다. 부인의 손에 있는 보석만 해도 에블린의 자동차보다 더 값이 나가 보였다. 부인은 쌀쌀맞은 눈으로 에블린을 노려봤다.

에블린은 덧붙였다.

"아참, 제가 한 말을 증명해줄 증인도 있습니다."

부인은 어색한 웃음을 지었다. 너무 두껍게 칠한 립스틱이 그녀의 치아에도 묻어 있었다. 이런 걸 에블린은 혐오할 만큼 싫어한다.

에블린은 말을 이었다.

"당신 남편이 공사 현장 앞에서 주머니에 있는 자동차 키를 찾고 있을 때, 자동차 키가 손에서 떨어지면서 열려 있던 하수구 속으로 굴러떨어진 겁니다. 자동차 키를 주우려고 키슬링거 씨가 공사장 출입 금지 차단봉을 넘어 하수구 쪽으로 기어간 거죠. 그리고 하수구에 빠진 열쇠를 꺼내려고 몸을 굽히다가 균형을 잃고 그 안으로 미끄러져 하수구에 몸이 낀 거죠. 그것도 술에 취해서."

에블린의 예상은 적중했다. 부인이 포르쉐에 대해서도, 남편의 밤 생활에 대해서도 전혀 모르고 있다는 것을 말이다. 부인의 얼굴 표정에서 그대로 드러났다. 당혹스럽게도 부인은 남편의 사인에 대해서는 별로 관심이 없는 것 같았다. 몇백만 유로를 못 받을지도 모른다는 위험성이 그녀에게는 더 큰 문제였다.

키슬링거 부인은 입을 다물지 못하고 앉아 있었다. 그녀의 돈이 허공으로 날아가버릴 걸 알아차렸겠지만 그녀의 변호사는 침착했다. 언제나 그렇듯이 요르단 변호사는 포커페이스를 유지했다. 그가 맡은 사건에서 패할 것이라는 걸 알아도 전혀 내색하지 않았다.

"그런데 어떻게 법정에서 증명하시겠습니까? 친애하는 동료 변호사님?"

친애하는 동료라고? 에블린은 요르단 변호사의 표현에 어이가 없었다. 그녀를 얕잡아 보는 듯한 목소리까지. 초보 딱지도 떼지 않은, 처음 일을 시작하는 사람을 대하는 말투였다.

에블린은 포르쉐 리모컨 키를 키슬링거 부인의 와인 잔 옆에 내려놓았다.

"이 차 키가 하수구 밑 파이프에 있었어요. 남편의 새 차 잘 타고 다니세요."

부인은 돋보기안경을 코 아래로 밀고 자동차 열쇠를 응시했다.

"그 차는 내 소유가 아니에요."

"부인 말이 맞습니다. 부인 차가 아니라 남편 소유의 차죠."

에블린은 부인에게 교통부에서 발행한 허가서 복사본을 내밀었다. 그때 에블린은 차 안에 있던 콘돔 생각이 났다.

"조수석 서랍도 한번 들여다보세요."

부인은 뭐라고 대꾸하려는 것 같았지만 요르단 변호사가 그녀의 말을 막았다.

"잠시만요."

요르단 변호사는 자료를 주의 깊게 살폈다. 그는 자신의 수첩을 서류

가방에 넣고는 가방을 닫고 자리에서 일어났다.

"건설사를 상대로 한 고소를 취하하겠습니다."

요르단 변호사는 소송 의뢰인과 아무런 상의도 하지 않고 분명하게 말했다.

이제 그녀가 이겼다! 그가 고소를 취하했고, 변호사들끼리 하는 말대로라면 꼬리를 내리고 뒷걸음질 쳤다. 이런 상황에서 할 수 있는 가장 현명한 결정을 그가 내린 것이다.

부인은 아무 말도 없었다. 화만 낼 뿐 무슨 말을 하겠는가. 변호사가 자신의 의뢰인을 상대편 뜻대로 하게 했는데 말이다. 이런 경우 이긴 변호사는 감정이 고조되는 법이지만 에블린은 내색하지 않기로 했다.

그녀는 요르단 변호사와 악수하고 키슬링거 부인을 향해 고개를 끄덕여 작별인사를 했다.

"다음에 뵙죠, 동료 변호사님!"

에블린이 식당을 나서는데 뒤에서 키슬링거 부인이 고래고래 외치는 소리가 들렸다. 요르단 변호사는 아마도 자신의 의뢰인에게 상황 설명을 하고 있으리라. 의뢰인이 이해하지 못한 걸 조목조목 설명해주겠지. 키슬링거 부인에게 사건이 이렇게 해결된 걸 천만다행으로 여기라고 얘기해줄지도 모른다. 재판이 시작됐더라면 단 한 푼도 받지 못할 테고, 게다가 변호사 선임 비용과 재판에 드는 비용까지 덮어써야 했을 테니까.

최악의 경우 언론에서 그녀의 남편을 망신살 뻗친 사건으로 몰고 갈 수도 있는 상황이었다. 이 무슨 치욕스러운 일이란 말인가! 에블린은 일간지가 얼마나 과장되게 기사를 부풀리는지 너무도 잘 알고 있었다.

'유흥가에 들렀던 저명한 소아과 의사가 술에 취해 하수구에 빠져 사

망하다.'

이 사건은 이제 에블린의 손을 떠났다.

정오의 뜨거운 햇볕이 바닥으로 내리쬤다. 슈테판 광장에서 히이잉 하는 말 울음소리와 발굽 소리가 들려왔다. 관광객을 태우고 도심 관광을 하는 마차를 끄는 말 소리였다.

에블린은 주차장으로 가면서 휴대폰으로 아버지 친구인 얀 아저씨한테 전화를 걸었다. 그녀가 소규모 하수구 공사회사를 운영하는 얀 아저씨를 부도의 위험에서 구해냈다.

에블린이 사무실 건물에 들어서자 크라거가 로비에서 그녀를 가로막았다. 그는 시계를 쳐다봤다.

"어떻게 됐소?"

그녀는 이 상황을 잘 알고 있다. 그의 표정은, 기껏해야 지금은 3분 정도의 시간밖에 없다는 걸 의미했다. 또한 크라거의 다음 스케줄이 기다리고 있다는 걸 말해줬다.

에블린은 방금 전 미팅에 대해 이야기했다.

"요르단 변호사를 만나 사건이 어떻게 진행됐는지 설명했어요."

그녀가 설명을 마치자 크라거는 싱긋이 웃었다.

"자기 과실로 인한 사망은 타인의 책임이 아니다. 아주 훌륭하군요, 에블린! 나라도 그 이상 잘 해결하진 못했을 것 같소."

그는 허물없이 그녀의 어깨에 손을 얹었다.

그녀는 몸을 움찔했다. 그도 잘 알고 있었다. 에블린이 그런 행동을 싫어한다는 것을 말이다. 그런데도 그는 반복했다. 아무 말도 하지 않았지만 에블린의 시선에서 깨달았는지 그는 재빨리 그녀의 어깨에서 손을 뗐다. 그는 방향을 돌려 다음 미팅이 있는 곳으로 갈 자세를 취했다.

"에블린 변호사가 맡을 다음 사건 얘기는 내일 합시다."

이렇게 말하고 크라거는 사라졌다.

다음 사건이라! 난 전혀 기대하지 않는걸. 에블린은 속으로 빈정거렸다. 크라거는 소위 '돈이 되는' 대형 고객을 의뢰인으로 택한다. 많은 돈벌이가 되는 일을 주로 맡는다. 사소한 개인적인 고소 사건에는 관심이 없었다. 그래서 그는 정말 흥미 있는 사건들은 거들떠보지도 않았다. 하지만 대기업이 돈을 긁어모을 수 있도록 힘없는 개인을 법정에서 뭉개버리는 일에 에블린은 진절머리가 났다. 에블린은 형사사건을 맡기 원했지만 그녀 내면의 목소리가 아직은 때가 아니라고 말했다.

에블린은 사무실로 들어갔다. 동료들이 그녀에게 샴페인 병을 건넸다. 전날 창사 25주년 기념행사에 쓰고 남은 스낵이 테이블 위에 놓여 있었다. 알루미늄포일 포장지를 벗겼다. 연어와 캐비아가 있었다. 에블린은 보통 때 이런 음식을 즐겨 먹지만 지금 이 순간은 전혀 입맛이 없었다. 보니와 클라이드라면 생선을 보고 기뻐할까. 하지만 에블린은 아무것도 먹고 싶지 않았다.

에블린은 재킷을 벗어 소파에 던져놓고 하이힐을 벗고 의자에 털썩 주저앉았다. 그런 다음 샴페인 병을 열고 한 잔을 가득 채웠다.

"승소한 사건을 위하여!"

그녀는 자신을 위해 건배했다. 책상 위에는 부모님 사진―그 사건이 일어나기 전 마지막 사진인―과 그 옆에는 태어난 지 10주밖에 안 된 보니와 클라이드가 장바구니 안에 앉아 있는 사진이 있었다. 그녀의 가족이었다.

보니와 클라이드는 얼룩무늬 고양이였다. 창가 선반에 놓인 선인장 화분을 빼놓고는 그녀의 사무실에는 개인물품이 하나도 없었다. 그녀의 마음 역시 선인장처럼 가시가 돋쳐 있다고 언젠가 동료 변호사가 말한 적이 있다. 다른 동료들은 그녀를 고슴도치라고 했다. 그 이유는 그녀가 몸을 안으로 돌돌 말고 가시를 펼치기 때문이었다. 고슴도치란 별명은 그리 듣기 좋은 말이 아니었다.

사무실의 책장에는 온통 서류철과 법률 서적으로 가득했고, 책상 위에는 하수구 사건에 관한 서류가 산더미처럼 쌓여 있었다. 열 개도 넘는 서류철과 사진, 메모가 책상으로 한가득이었다.

에블린은 서류를 정리하기 시작했다. 현금지급기 카메라에 잡힌 사진들을 손에 집어 들었을 때 며칠 전과 똑같은 느낌의 데자뷔가 엄습했다. 그녀가 지방법원에 있었던 장면과 같았다. 이 이상한 기분과 배 속에서 근질근질한 느낌이 드는 이 사진이 무슨 연관이 있을까? 그녀는 사진을 똑바로 쳐다봤다. 공사 현장 현금지급기에 있던 24시간 감시카메라 사진이 그녀에게 뭔가 말하려는 것 같았다. 그런데 무슨 말을 하려는 건지 알 길이 없었다.

에블린은 사진을 더 자세히 들여다봤다. 키슬링거가 하수구에 빠져서 사망했던 그날 밤 카메라에 잡힌 사진들이었다. 공사 현장은 카메라가 있는 곳에서 왼쪽 끝 모서리만 겨우 보였다. 사실 공사 현장이 직접 나오는 사진이 아니었기에 이 사진들에는 별로 관심을 갖지 않았다. 열려 있던 하수구 입구는 카메라 범위 밖에 있었기 때문이다. 그런데 이 사진들은 사고 시간에 현장에서 가장 가까운 장소에서 찍힌 것들이라면서 사설탐정 파트릭이 구해준 것이었다. 은행의 전자정보처리 부서에서 형사들에게 이 사진들을 가장 먼저 넘겼을 것이다. 그러나 경찰의 증거확보과에서도 에블린과 마찬가지로 이 사진으로는 어떤 정보도 얻기가 쉽지 않았을 터다.

그녀는 샴페인 한 모금을 마시고 사진들을 자세히 들여다봤다. 깨져 나간 아스팔트, 공사 현장의 양동이와 삽, 지주, 철제 봉 등 공사 자재가 보였고, 뒤편에 앙트레 누라는 간판 불빛이 있었다. 앙트레 누의 입구는 사진에 보이지 않았다. 출입구가 카메라 촬영 범위였더라면 키슬링거가 클럽을 나가는 모습이 담겼을 텐데, 그곳까지는 찍히지 않았다.

다음 사진에는 한 남자가 서 있었다. 그는 돈을 빼서는 다시 사라졌다. 사진을 빨리 넘기면 영상처럼 볼 수도 있을 것 같았다. 그때 갑자기 앳된 여자가 나온 사진이 보였다. 스무 살이나 됐을까? 가냘픈 여자가 하늘하늘한 원피스를 입고 있었다. 이 여자! 에블린은 자리에서 벌떡 일어났다. 여자는 가로등 불빛 아래 서 있었고 도로를 바라보고 있었다. 에블린의 심장이 쿵쿵거렸다. 에블린은 서랍에서 돋보기를 꺼냈다. 다음 사진에서 여자는 좀더 카메라에 가까이 있었고 그다음 사진에선 사라졌다. 사건을 맡아 일하는 동안 계속 공사 현장에 초점을 맞추었지 이 젊은 여자에 대해서는 전혀 신경을 쓰지 않았다. 이 금발 여자가 키슬링거와 바에서 술을 마셨던 그 여자인가?

에블린은 컴퓨터 전원을 켜고 수신 메일함을 클릭해 파트릭이 보낸 메일을 열었다. 사진은 파트릭이 첨부 파일로 보내준 것이었다. 여자 모습이 담긴 사진을 큰 화면으로 띄우고, 여자의 얼굴 윤곽이 잘 드러나도록 그 부분을 줌으로 조절했다.

실제로 소녀는 스무 살을 넘지 않은 것 같았다. 파란색 끈 민소매 원피스를 입고 있었는데 창백하고 연약해 보였다. 가느다랗고 긴 금발 머리카락 또한 전체적인 인상처럼 너무 약해 부서질 것 같았다.

한여름처럼 더운 날씨였는데도 에블린의 등 뒤에서 식은땀이 흘렀다. 그녀는 이제야 데자뷔의 원인을 알았다. 에블린이 아는 얼굴이었다. 그런데 어디서 알게 된 것일까?

10

    몇 시간째 에블린은 사무실 책상 앞에 앉아 끈 민소매를 입은 소녀의 사진을 들여다봤다. 화면이 선명하지는 않았지만 그래도 사진 속 얼굴을 알아보기에는 충분했다. 이 젊은 여자를 언젠가 본 적이 있었다. 하지만 머리를 쥐어짜면 짤수록 기억은 더 멀어져갔다. 대답이 거의 목구멍까지 나왔다가 다시 쏙 들어가곤 했다. 답을 알아내기가 힘들었다.

    게다가 크라거 대표도 그녀를 가만 놔두지는 않을 것이다. 곧바로 새로운 일을 맡길 작정이었으니 말이다. 대개는 의뢰인의 소규모 경쟁 회사들을 끝장내는 업무였다. 그렇지 않으면 최근에 그가 언급했던 사건이 있기도 했다. 정치인이 차를 몰고 가다가 에어백이 터지면서 휴대용 라디오가 얼굴을 덮쳤던 사건 말이다. 다행스럽게도 그 사건은 그녀가 맡지 않아도 되었다. 크라거의 변호사 사무실 동업자인 홀로베크 대표가 그 사건을 맡았다. 협상이 실패로 끝나게 되었기 때문인데, 그 이유는…….

    에블린은 순간 멈칫했다. 샴페인 잔과 병을 한쪽 옆으로 밀어놓고 또다시 사진을 응시했다. 가느다란 머릿결에 파란색 끈 민소매 원피스를 입고 있는 소녀의 사진을!

그녀는 속삭였다.

"이제 알았다. 내가 너를 어떻게 알게 됐는지!"

홀로베크의 에어백 사건이다! 그녀는 핸드백에서 수첩을 꺼내 넘기며 몇 주 전 일정을 확인했다. 8월 초에 그녀는 페터 홀로베크와 안단테라는 레스토랑에서 점심식사를 했다. 빈 시내에 있는 이탈리아 식당이었다. 두 사람은 야외 정원 자리에서 오늘의 특별 요리를 먹었다. 해산물 샐러드와 왕새우 요리를 먹었고, 업무상 공식 식사로 계산서를 회사에 제출했었다. 실제로도 업무와 관련된 식사였다. 홀로베크는 크라거와 비슷하거나 아니면 한두 살 많은 나이로 그와 같이 있는 건 전혀 위험하지 않았다. 그가 동성애자였기 때문이다. 홀로베크는 남들처럼 동성애자에 대한 우스갯소리를 하곤 했지만 에블린은 이미 이 사실을 알고 있었다. 아마도 공격은 항상 가장 좋은 방어일 것이다.

에블린은 그와 식사했던 날 수첩에 끼적여놨던 메모를 훑어봤다. 홀로베크는 자신이 맡은 사건 중 하나를 그녀와 의논하고 싶어 했다. 그녀가 기억하는 한 뮌헨의 시참사회 위원인 하인츠 프랑게에 관한 얘기였다. 프랑게가 승용차를 몰고 베르히테스가덴 알펜가도를 너무 빠르게 달렸는지 자동차가 덜커덩거리자 휴대용 라디오가 쿵 하고 운전대로 떨어졌고, 그때 에어백이 터지면서 라디오가 운전자의 얼굴을 정면으로 덮쳤다고 했다. 그런데 휴대용 라디오가 왜 차 안에 있었는지는 알 길이 없다고 했다. 시참사회 위원인 프랑게는 그 자리에서 즉사했고, 그의 부인은 에어백 제조회사를 고소했다. 프랑게 부인은 독일인이었지만 오스트로백이란 회사가 오스트리아 그라츠에 있었기 때문에 크라거·홀로베크& 파트너 변호사 사무실에 사건을 맡긴 것이다. 홀로베크가 회사 원칙에서 벗어나 왜 개인 사건을 맡게 되었는지는 아무도 정확히 알지 못했다. 아무튼 그는 지금까지 의뢰인이 개인인 사건은 맡아본 적이 없었다. 소송은 승산이 있어 보였고 불리한 입장도 아니었다. 그런데 예상과 달리 사건은 다른 방향으로 결정나버렸다. 그라츠에 있는 에어백 회사 측 변호사는 법정에서 프랑게의 자동차가 바위와 충돌한 것이기 때문에 에어백은 정당한 이유로 터진 것이라는 걸 증명했다. 다시 말해 에어백 회사의 잘못은 전혀 없다는 것이다. 감정인도 이 주장이 맞다고 확인했다. 홀로베크는 이에 대해 어떤 반대 감정도 내세울 수가 없었다. 탕탕! 사건은 종결되었고 홀로베크는 패했다.

생각에 잠겨 에블린은 모니터 옆에 있는 빈 커피 잔을 바라봤다. 커피 잔에는 트위티와 실베스터 만화 캐릭터가 웃고 있었다. 커피 잔에는 '그들을 뭉개버려', 이렇게 쓰여 있었다. '그렇지 않으면 그들이 널 납작하게 만들거든!'이라고 에블린은 속으로 되뇌었다. 그녀는 레스토랑에서 홀로베크를 만났던 기억을 되살리려고 집중했다. 식사 후 손님들이 거의 다 빠져나갔을 무렵, 홀로베크는 사건에 대한 자료를 테이블 위에 펼쳐놓고 종이가 날아가지 않게 재떨이로 눌러놓았다. 가장 흥미로웠던 자료는 다음과 같았다. 시참사회 위원 프랑게가 바트 라이헨할에 있는 카페에서 젊은 여자와 함께 앉아 있었고, 그 여인과 함께 차에 오르는 걸 봤다고 주장하는 증인이 있었다는 내용이다. 그런데 자세하게 여인의 인상착의를 설명했는데도 이 여인은 어떤 곳에서도 발견되지 않았다. 어쩌면 여자가 이 사건에 결정적인 전환점이 될 수도 있고, 적어도 프랑게의 얼굴을 박살 낸 트랜지스터 라디오가 어디서 나왔는지 설명해줄 수 있었을 텐데 말이다. 홀로베크가 가진 자료에는 이 여자에 대한 자세한 설명이 있었다. 그러니 그 자료를 봐야 한다!

에블린은 다시 젊은 여자의 사진을 쳐다봤다. 가느다란 머리카락과 끈 민소매 원피스. 에블린은 자신이 제정신이 맞는지, 망상이나 환상을 보고 있는 건 아닌지 혼란스러웠다.

에블린은 전화기를 들고 홀로베크 사무실 번호를 눌렀다. 전화는 안내 데스크로 넘어갔다. 홀로베크 씨는 어제부터 휴가이고, 어제저녁 회사에 나타난 건 창사 25주년 기념행사에 참석하기 위한 것이라고 안내 데스크 직원이 알려줬다.

에블린은 홀로베크의 휴대폰 번호를 눌렀다. 그는 빈의 본파크 알트에어라는 초현대식 고층 아파트 23층에 있는 펜트하우스에 살았다. 그곳엔 커다란 발코니와 옥상정원이 있었다. 분명 홀로베크는 휴가를 집에서 보내고 있을 것이다. 그는 가끔씩 태국을 잠깐 다녀오는 걸 빼고는 집을 떠나지 않았다.

벨이 다섯 번 울리고 나서 홀로베크가 전화를 받았다. 집 안에서 라디오 소리가 들렸다.

"홀로베크 박사님, 에블린 마이어스입니다."

"그래요?"

에블린은 멈칫했다. 평상시 그의 모습은 어디로 갔단 말인가? "잘 지냈소? 선인장 아가씨, 내가 그대를 위해 뭘 해드릴까요?"라고 말하던 예전의 그가 아니었다.

"에어백 사건에 대해 홀로베크 박사님과 대화를 나누고 싶습니다. 베르히테스가덴 알펜가도 사건이요. 기억하세요?"

"물론이오. 알고 싶은 게 뭐요?"

왜 이렇게 퉁명스럽게 대답하지? 예전의 농담 섞인 따뜻한 말투는 어디로 갔지? 에블린은 이런 모습의 홀로베크를 지금까지 본 적이 없었다.

갑자기 에블린은 또다시 배 속이 근질근질한 기분이 들었다. 뭔가 자신의 생각과 맞지 않다고 느낄 때면 에블린은 위가 오그라드는 느낌이 들면서 배 속이 근질거렸다.

"박사님은 지금까지 회사를 상대로 한 개인 의뢰인 일을 맡은 적이 한 번도 없으시고, 에어백 사건이 처음인데 그 이유가 뭔가요?"

에블린은 이 질문을 단도직입적으로 할 생각은 아니었고, 지나가듯 말하려 했는데 실패하고 말았다.

"에블린, 뭘 알고 싶은 거요?"

그래, 좋다. 에블린은 숨을 깊게 들이마셨다.

"박사님께 부탁이 있습니다. 제가 에어백 사건 자료를 열람할 수 있게 해주시면 좋겠습니다. 제 생각에 이 사건은 제가 맡은 사건과 연관이⋯⋯."

홀로베크는 그녀의 말을 끊고 답했다.

"두 사건은 아무런 관계가 없소."

그는 어제부터 휴가다. 에블린이 어떤 사건을 말하는지 그가 어떻게 안단 말인가? 또다시 배 속이 근질거렸다.

"저는⋯⋯."

"에블린, 이 사건에 개입하지 마세요."

그는 멈칫하더니 다시 말했다.

"잠시만 기다려요. 문에서 소리가 나서."

그녀는 기다렸다. 이런! 생각했던 것보다 상황은 더 힘들어졌다. 안단테 레스토랑에서 그는 이렇게 숨기려 하지는 않았는데 말이다. 그때 홀로베크는 이 사건에 대한 그녀의 생각에 관심을 갖지 않았던가. 그런데 지금은?

홀로베크의 발소리가 들렸다. 집 안을 통과하는 소리 같았다. 다시 전자음 같은 초인종 소리가 들렸다. 안전고리를 푸는 소리가 났다.

조용했다.

그러더니 홀로베크가 전화기에서 멀어져갔다.

"당신은……."

11

발터 풀라스키는 마르크클레베르크의 정신과 병원 회의실에 앉아 있다.

정신질환을 현대적으로 치료받을 수 있는 곳은 여기저기 있지만, 이곳 병원은 예나 지금이나 똑같다. 주립 정신과 병원. 외상후증후군이나 우울증 환자를 치료하는 의사나 치료사, 정신과 전문의가 이런 담장 안에 갇혀서 근무하면 그들도 수많은 환자처럼 똑같이 정신적 상해를 입지 않을까, 하는 생각이 풀라스키의 머릿속을 스쳤다. 누군가 27호실에 있던 젊은 여성 환자 나타샤 좀머를 진 한 병과 고용량의 진통제 파라세타몰을 이용해 살해했다는 생각이 든 것도 어쩌면 이곳 사람들의 이상한 행동 때문이었는지도 모른다. 경찰이 와서 방 몇 군데를 납 봉인으로 막았고, 법의학과 의사가 와서 시신을 수송했으며, 증거확보과 직원들이 전등과 사다리, 커다란 트렁크를 들고 와서 조사를 하고 사진을 찍고 시신과 연관된 증거물을 비닐에 담았다.

예상대로 동료들은 풀라스키를 비웃듯 그의 등 뒤에서 얼굴을 찡그리기도 했다. 물론 풀라스키는 알아차리지 못했다. 법의학과의 마이케는 의구심을 드러내며 "이런 수고가 꼭 필요했을까? 나타샤가 자기 팔에 직접 주사를 놓고 자살했음이 분명한데"라고 말했다. 항상 그렇듯이 누구나 어렵지 않은 길을 가길 원한다. 절대적으로 필요한 것 이상의 일은 하고 싶어 하지 않는다.

풀라스키가 법의학과 마이케에게 나타샤의 유서를 보여주며 왼손잡이는 100밀리리터나 되는 정맥주사를 자기 오른 팔오금에 놓지 않겠느냐고 말하자 마이케는 그때서야 심사숙고를 했다. 물론 과거엔 이름을 날렸던 지방경찰청 형사였지만 지금은 나이 들고 천식 발작 때문에 '현장출동 대기팀'에서 단순한 조사만 진행하는 풀라스키가 살인이 아니라고 말한다면 일이 훨씬 간단했을 터이다. 그런데 상황은 그렇지 않았다.

동료들이 정오쯤 병원에서 조사를 마쳤을 때 풀라스키는 그들의 과제를 두 가지로 압축했다. 첫 번째는 나타샤가 성폭행을 당한 흔적이 있는지, 혹시 임신 중인지를 가능하면 빨리 밝혀야 한다는 것이다. 두 번째는 전문 필적 감정사에게 나타샤의 유서와 일기장 필체가 동일 인물의 것인지를 확인시켜야 한다는 것이다. 그리고 그다음으로 사인을 분명하게 알아내는 것이다. 진 한 병과 1,000밀리그램의 진통제 파라세타몰이 정말로 40킬로그램 정도의 소녀를 저세상으로 보낼 수 있는가를 알아야 했다.

어느새 오후 3시가 되었다. 풀라스키는 병원 회의실에 산더미처럼 쌓인 자료를 앞에 두고 앉아 있었다. 금발에 뿔테 안경을 낀 비서 한나가 필요한 용품과 갓 내린 커피, 계란과 치즈가 들어 있는 샌드위치와 어디서 구했는지 에른테 23 담배 한 갑을 가져왔다.

재떨이에는 담배꽁초가 가득 차 있었다. 창문이 열려 있었는데도 방 안에는 연기가 가득했다. 따뜻한 9월의 하루였다. 해는 높이 떠 있었고 밖에는 실버라움 나뭇잎이 바람에 흔들리는 소리가 들렸다. 어딘가 잔디 깎는 기계 소리가 났다. 가끔 나뭇잎 냄새와 갓 깎은 잔디 냄새가 바람에 창 안으로 들어오기도 했다. 그런데도 풀라스키는 여전히 서류 더미에 열중하고 있었다.

휴대폰이 계속 울렸다. 한 시간마다 새로운 질문으로 신경을 거슬리게 하는 상사 호르스트 푹스 국장, 아니면 뭔가 낌새를 알아차린 언론사, 증거확보와 직원, 사건의 전말을 알려고 하는 검사의 전화였다. 그런데 풀라스키가 수색영장 없이 중요한 증거에 접근할 수 있겠는가? 인과응보 관계다. 언제나 그렇다.

27호실에서 무슨 일이 일어났는지 어느새 병원 안에 있는 사람들 모두가 알게 되었다. 병원장 하인리히 볼프는 이미 병원 전담 변호사를 써서 풀라스키가 가는 곳마다 감시하게 해놓았다. 푹스 국장이 손을 써줘서 다행히도 풀라스키는 병원 회의실에서 혼자 자료를 읽어볼 수 있었다. 다른 사람들의 간섭 없이 자료에 집중했다. 하지만 언제까지 방해받지 않고 혼자 있을 수 있을지. 오늘 새벽 풀라스키가 병원에 도착했을 때 의사들은 그가 동료 없이 혼자 왔다는 사실에 놀랐었다. 시간이 지나면서 병원 사람들은 가능하면 빨리 풀라스키를 병원에서 내보내고 싶어 했다. 그가 껄끄러운 질문을 하면 할수록, 그리고 서류나 자료를 보겠다고 하면 할수록 침묵의 벽을 관통하기가 점점 더 어려워졌다. 병원에 앉아서 자료를 읽고 있는 사이에 이미 뒤로는 정치적으로 손을 쓰고 있을지도 모른다. 곧 마르크클레베르크 시장이 이 사건에 개입할 것이고, 언론사 기자들과 카메라맨들이 몰려들 것이다. 그렇게 되면 지금처럼 조용히 자료를 읽을 수 있는 여유는 없을 것이다. 주 의회 선거가 코앞에 닥쳤다. 주립 병원에서 벌어진 살인사건의 시점이 기막히다.

과거에도 수사가 시작됐는데 검사가 사건을 초고속으로 종결시키고, 언론에 수사가 끝났다고 알리는 경우를 한두 번 경험한 게 아니다. 언론에 '집중적'인 수사와 조사에 따라 사인은 자살로 밝혀졌다고 알리면서 말이다. 수사관들이 공식적인 발표에 의심을 품는 경우가 종종 있지만 그래도 그들은 어쩔 수 없이 지시에 따라 자기 업무를 수행한다. 물론 올바른 방법은 아니지만 그래도 그런 일은 생기게 마련이다.

이번 사건에도 배후에 비슷한 종류의 꼭두각시 인형극이 진행되고 있었다. 주립 병원이 좋은 평판을 받아야 매년 병원에 지급되는 세금이 늘어나고 직원들 월급이 많아지지 않겠는가. 병원의 명성을 얻기 위한 권력 놀음이자 음모가 개입된 게 아닐까. 코에 주근깨가 많은 짧은 머리를 한, 동유럽 출신의 나타샤라는 소녀는 이곳 사람들에게는 나무로 친다면 가장 작은 가지일 뿐이다. 가족도 없는 고아에다 10년 전부터 이곳 병원에서 지내온 정신질환자일 뿐이다. 그녀의 죽음에 신경 쓰는 사람은 아무도 없다. 수많은 정치인의 눈에 그녀의 죽음은 필요 없는 먼지일 뿐이다. 하지만 풀라스키는 다르게 보았다.

쌓여 있는 자료를 더 빨리 분석하면 할수록 구체적인 증거와 연관 관계를 찾을 수 있을 것 같았다. 푹스 국장이 전화하기 전에 얼른 살펴보기로 했다. 분명 국장은 곧 전화를 할 테니 말이다.

'짐을 챙겨서 얼른 경찰서로 돌아오게. 방금 경찰청 전화를 받았네. 이번 사건은 종결되었네.'

풀라스키는 이곳 주립 병원에서 뭔가 좋지 않은 기분이 들었다. 수염이 덥수룩하고 조롱하는 듯한 인상의 병원장 볼프 박사부터 잘 관찰할 필요가 있다는 생각이다. 그가 뭔가 숨기고 있는 건 아닌지 의심스럽다.

다 피운 담배꽁초를 재떨이에 막 비비고 있는데 누군가 노크를 했다.

한나가 담배 연기 가득한 방으로 들어오려다 뒷걸음하더니 다시 방 안으로 들어왔다. 손에 두꺼운 서류철 두 개를 들고 있었다. 폴라스키가 일하고 있는 병원 회의실은 임시로 수사 사무실로 쓰고 있었다.

"담배 좀 줄이셔야겠어요."

"고마워요. 나도 알고는 있어요. 흡연과 천식은 불과 휘발유 같은 거죠. 우리 딸이 항상 하는 말입니다."

폴라스키는 웃었다. 어떤 동료들은 업무의 부담감과 좌절감을 떨치려고 대낮부터 곤드레만드레 취하도록 술을 마시기도 했지만 폴라스키는 채식주의자고 규칙적으로 운동을 하며, 술은 입에 대지도 않았다. 그렇게 하기로 딸과 약속을 했고, 그는 지금까지 그 약속을 잘 지키고 있다. 한부모라면 자녀 아니면 자신과 타협을 해야 한다. 그가 해결하지 못한 유일한 것이 담배와 몇 리터씩 마시는 블랙커피다. 이 또한 직업에서 오는 스트레스와 사적인 고민을 해결하기 위한 그만의 방식인 것이다.

"뭘 가지고 오셨습니까?"

한나는 두꺼운 서류철 두 개를 책상 위에 내려놓았다.

"병원 직원과 환자 명단, 관련 서류예요."

폴라스키가 답했다.

"빨리 가져오셨군요. 부탁한 지 얼마 지나지 않았는데. 환자 진료기록도 있나요?"

"진료기록은 볼프 원장님이 가져가지 못하게 하셔서."

의사의 환자에 대한 비밀 유지 의무! 이걸 해결하려면 검사에게 얘기해서 압박을 해야 했다. 환자 진료기록이 필요했다. 특히 나타샤의 진료기록은 꼭 있어야 했다.

"이 병원에 있는 환자와 직원을 합치면 전부 몇 명이죠?"

"의사 스무 명, 치료사 열네 명, 간호사 스무 명, 사회복지사 다섯 명, 환자 일흔 명, 병원 직원 열 명 정도가 있어요."

한나는 정확한 인원을 다 외우고 있었다. 풀라스키는 처음 서류철을 열어 그 안의 자료를 꺼내 책상 위에 펼쳐놓았다. 모두 140명이었다. 푹스 국장이라면 140명의 증인이라 말하겠지만 풀라스키의 생각은 달랐다.

그의 눈에는 140명의 용의자로 보일 뿐이다.

12

자료를 읽어봐도 도움이 될 만한 건 없었다. 수위, 요리사, 정원사, 전기기사, 미화원 등 병원 내에서 일하는 사람들 대부분은 병원에서 가까운 될리츠나 크나우타인, 그로스도이벤에 거주하고 있었고, 10년 이상 이곳에서 근무한 사람들이었다. 의사들이나 치료사들도 마찬가지였다. 간호사들의 경우는 반대로 계속해서 들어왔다 나갔다 바뀌었다. 한두 해마다 다른 곳으로 근무지를 바꾸는 것이 일반적인 것 같았다. 병원장은 특별직이었다. 조사해보니, 지금까지는 주 의회 선거가 지나면 그때마다 병원장이 바뀌었다. 병원장이란 자리는 정치와 밀접하게 관련된 자리라 풀라스키는 차라리 생각을 하지 않으려 했다. 생각해봐야 화만 날 게 분명했다.

직원 관련 서류철을 덮고 나서 풀라스키는 환자의 신상기록부를 보기 시작했다. 이걸 보는 게 훨씬 도움이 될 것 같았다. 일흔 명 환자들의 나이와 이름, 출생지, 질병에 관한 정보와 사진이 들어 있었다. 대부분의 환자들은 25세 미만이었고 여성이었다. 여성 환자들은 모두 나타샤가 입었던 것과 똑같은 크림색에 파란 점이 있는 환자복을 입고 있었고, 남성 환자들은 바지와 셔츠를 입고 있었다. 카리타스나 적십자에서 그렇듯 청바지나 티셔츠, 스웨터 셔츠, 트레이닝복을 입은 사람은 단 한 명도 없었다. 개개인의 차이를 전혀 인정하지 않는 듯했다.

이 병원은 다중인격장애가 있는 학대 희생자를 위한 전문 클리닉이었다. 거의 모두 장기 치료 환자였다. 이 병원에 5년 이하로 입원해 있는 환자는 거의 없었다. 햇볕이 강하게 내리쬐는데도 풀라스키는 등 뒤로 식은땀이 줄줄 흘렀다. 그는 다시 나타샤의 유서에 있는 마지막 문장을 떠올렸다.

사방의 벽이 점점 다가온다. 난 이 방에서 더 이상 견딜 수가 없다.
계속 다른 사람들이 밤마다 내게 온다.
간격이 더 짧아진다. 그들은 계속 온다.
어둠 속.
이런 고통!

편지의 뒷장에 쓰여 있는 문장은 의미하는 게 많은 듯했다.

그들이 이 모든 걸 나와 함께해야 하는 건 내 책임이다. 난 항상 착해지려고 노력한다. 그런데 나의 내면은 악하고 더럽다. 난 탕녀다.

원칙적으로 나타샤를 죽이려고 그녀에게 다가갈 수 있는 사람은 병원에 있는 누구라도 가능하다. 살인자는 그녀에게 진 한 병을 건네 술에 취하게 만들면 되는 것이다. 그런 뒤 정맥주사 두 대만 놔주면 되니까. 법의학과의 마이케가 나타샤의 시신을 부검하면 다 밝혀질 것이다. 나타샤가 진통제 주사를 먼저 맞고 그다음 진을 들이켰는지, 아니면 살인자가 그녀를 먼저 취하게 해서 고분고분하게 만든 후 주사를 놓았는지 말이다.

누군가 문을 두드리는 소리가 들렸다. 풀라스키는 올려다봤다. 사십대 중반의 매력적인 여인이 방 안으로 들어왔다. 변호사로 보이지는 않았다.

"저를 만나시겠다고 하셨죠?"

풀라스키는 의아한 얼굴로 되물었다.

"제가요?"

"소냐 빌할름이라고 합니다. 나타샤 치료를 맡고 있는, 아니 맡았던 의사죠."

풀라스키는 자리에서 일어났다.

"네, 여기 좀 앉으시죠."

그녀는 가만히 서 있었다. 그녀가 콧등을 찡그리자 풀라스키는 그 이유를 알았다. 그는 담배꽁초가 가득한 재떨이를 바라봤다. 조금 전 불을 붙인 담배와 꽁초 사이에서 연기가 피어오르고 있었다.

풀라스키가 제안했다.

"정원으로 나가서 얘기할까요? 몇 걸음 걷는다고 건강에 해롭지는 않을 테니까요."

그녀는 떨떠름한 표정으로 쳐다봤다.

"당연히 그렇죠."

빌할름 박사를 보자 풀라스키는 부인 얼굴이 떠올랐다. 빌할름 박사는 갈색 머리를 한 가닥으로 올려 묶었다. 선글라스를 이마에 걸치고 있었고, 블라우스 위로 긴 목걸이를 늘어뜨리고, 손목에는 팔찌를 하고 있었다. 카린도 항상 그렇게 하고 다녔었다.

두 사람이 자갈길을 걷는 중에, 빌할름 박사가 그에게 서류철을 건넸다.

"나타샤의 진료기록인가요?"

그녀가 장난기 섞인 웃음을 지으며 고개를 저었다.

"나타샤의 5년 동안의 총 진료기록부는 어느새 파일 다섯 권 분량입니다. 이건 최근 기록부고요. 병명과 증세, 치료요법, 약물치료, 의사 소견, 경과에 대한 간호기록부 등 최근 2개월 동안의 자료예요."

깜짝 놀란 얼굴로 풀라스키는 자료를 들여다봤다.

"그런데 제가 어떻게 이런 영광을 누릴 수 있는 거죠?"

그녀가 설명했다.

"제가 검사를 알고 있어요. 늦어도 세 시간 안에는 이 자료를 가져가야 해요. 짧은 전화 한 통화로 이 사건에 가속도가 붙었어요."

"선생님은 이 병원에서 제가 만난 사람 중 처음으로 친절하고 도움을 주는 분입니다."

"이런 게 제 직업인걸요."

그녀가 특이하게 웃었다. 이 모습 역시 풀라스키에게 부인을 떠오르게 했다.

그가 물었다.

"선생님께서 이 직업을 선택하신 이유를 여쭤봐도 될까요?"

"그럼요."

그녀는 오랫동안 아무 말도 하지 않았다. 풀라스키는 괜히 부담을 준건 아닐까 생각했지만, 그때 그녀가 대답했다.

"아이들은 이 사회 구성원 중 가장 연약한 존재예요. 특히 폭력이나 성적 학대를 당하는 희생자가 되기 쉽기 때문에 더 그렇죠."

계속 다른 사람들이 밤마다 내게 온다.

"자녀가 있으십니까?"

그녀가 고개를 저었다.

"제 환자들이 자녀인걸요. 나타샤와 전 7년 동안 같이 치료했어요. 특히 최근에는 치료에 굉장한 진전이 있었어요. 나타샤가 약물치료에 완벽하게 반응했고, 진정제와 신경이완제, 항우울제 등을 혼합해서 치료했는데 반응이 굉장히 좋았습니다. 나타샤가 이 시점에서 자살할 이유가 하나도 없어요. 자살할 리가 없습니다."

"저도 압니다."

자갈길 끄트머리에 길게 늘어선 벤치가 있었다. 벤치에는 몇몇 청소년 환자들이 앉아 있었다. 컵 안에 주사위를 넣고 흔드는 소리도 들렸다. 뒤편으로 병원 건물이 보였는데 넓은 창문이 커다란 보리수에 가려져 있었다. 그 광경은 어릴 적 풀라스키가 다녔던 유치원을 연상시켰다. 소아청소년 정신과 의사. 유리창 뒤편에서 몇 명의 소년과 소녀가 둥그렇게 앉아 그림을 그리고 있었다.

"나타샤는 이곳에 왜 온 거죠?"

"형사님도 읽어보시면 곧 아실 테니 제가 요점만 말씀드릴게요. 아홉 살 때 나타샤는 브레머하펜의 병원으로 보내졌고 거기서 치료를 받았어요."

빌할름 박사는 계속 이야기를 했다. 나타샤는 여러 차례 성폭행을 당했는데도 경찰에서는 단 한 번도 성폭행범을 찾는 수사를 하지 않았다고 했다. 나타샤가 보호자 한 사람 없는 고아여서 아동복지국에서 발 벗고 나섰다. 이 소녀의 트라우마가 너무 심해서 아동복지국에서는 후견인 보호 시스템에 반대했고, 우선 치료를 하고 그것이 끝난 뒤에 아동보호소로 인도할 계획을 세웠다. 치료 후 적십자와 SOS 아동보호소 두 군데 중 한 곳으로 가기로 압축되었다. 그런데 의사들의 소견이 다르게 나와서 그녀는 두 곳 다 들어갈 수 없었다. 18개월이 지나서야 나타샤의 정확한 진단명이 나왔다. 그녀는 해리성정체장애를 앓고 있어서 정신과 치료를 받아야 하고, 여러 차례 자살 시도를 했기에 종일 보호를 받는 기관에 있어야 한다고 최종 결론이 내려졌다. 해리성정체장애를 치료하는 기관은 두 군데로 압축되었다. 괴팅겐과 마르크클레베르크 두 곳이다. 괴팅겐에는 빈자리가 없어서 결국 그녀는 마르크클레베르크로 오게 된 것이다.

두 사람은 장미정원을 지나갔다. 빌할름 박사가 꽃을 한 송이 꺾더니 두 손가락으로 꽃잎을 하나씩 뜯어 던졌다.

"나타샤가 이곳에 온 이후로 제가 계속 맡았어요."

그녀는 꽃을 코에 대고 장미 향을 맡았다.

"치료하면서 아홉 살 때 나타샤에게 무슨 일이 있었는지 알아내셨습니까?"

빌할름은 고개를 저었다.

"나타샤가 일상생활을 해낼 수 있도록 그녀에게 삶의 의지를 부여해주는 게 과거를 들춰내는 것보다 더 힘들 때가 많았습니다. 과거보다 현재가 더 시급했죠. 나타샤는 세 번이나 자살 시도를 했어요. 하지만 벌써 수년 전 얘기죠."

풀라스키는 나타샤의 손목에 있었던 긴 흉터를 떠올렸다.

빌할름은 미소를 지었다.

"날씨가 좋으면 나타샤는 기분이 해처럼 환해졌어요. 그래서 우린 그 애를 그렇게 부른 거죠."

풀라스키는 그녀를 의아한 눈빛으로 쳐다봤다.

그녀가 설명했다.

"좀머, 나타샤 좀머라고요."

"아, 그럼 좀머가 나타샤의 진짜 성이 아니었나요?"

빌할름은 싱긋 웃었다. 나타샤에게 이름을 지어준 그 당시 상황이 생각나서 그런 듯했다.

"아니에요. 나타샤 코에 주근깨가 많아서 좀머(Sommer, 여름이란 뜻—옮긴이)라고 부른 거예요."

"그럼, 나타샤의 본명은 뭐죠?"

빌할름 박사는 갑자기 걸음을 멈추고 서서 풀라스키를 쳐다봤다.

"모르세요?"

풀라스키는 모른다고 했다.

"제가 좀 전에 얘기했듯이, 그 애는 혈혈단신 고아였어요. 지금까지 우린 그 애의 출신지도 모르고 진짜 신분에 대해서도 몰라요."

여러 가지 생각이 겹쳐져 풀라스키의 머릿속을 스쳤다. 동유럽 출신으로 보이는 얼굴도 떠올랐다.

"그럼 나타샤가 브레머하펜의 병원에서 치료받았을 때 독일어를 할 줄 알았나요?"

빌할름은 슬픈 눈으로 그를 바라봤다.

"나타샤는 죽기 전까지 단 한마디도 말하지 않았어요."

두 사람이 정원을 한 바퀴 돌고 병원 건물로 되돌아왔을 때 풀라스키는 재킷 안쪽에 있던 나타샤의 유서 복사본을 꺼냈다. 지금까지는 경찰서 동료 말고는 아무에게도 보여주지 않았다. 하지만 어쩐지 소냐 빌할름은 믿어도 되는 사람이란 생각이 그의 마음을 스쳤다.

"어떻게 생각하십니까?"

빌할름은 핸드백에서 작은 케이스를 꺼내더니 길쭉한 모양의 돋보기를 썼다. 주의 깊게 그녀는 한 줄 한 줄 읽었다.

"이건 나타샤의 진짜 필체예요."

풀라스키가 답했다.

"저도 압니다."

빌할름 박사는 고개를 저었다.

"아니에요, 형사님은 제가 무슨 얘기를 하는지 모르실 거예요. 제 말은 나타샤 자신이 이걸 썼다는 거예요. 그녀의 분열된 자아가 아니라 진짜 자아가 썼다는 거죠."

풀라스키가 말했다.

"계속 말씀해주십시오."

빌할름은 안경을 다시 벗었다.

"말 못 하는 환자를 어떻다고 단정 짓는 게 힘들긴 한데, 나타샤는 본래 자기 자신을 찾았거든요. 그래서 오늘 아침 나타샤가 자살했단 소리를 듣고 굉장히 놀란 거죠."

그녀의 말이 옳다고 풀라스키는 생각했다.

"성폭행에 대해선 어떻게 보십니까? 병원 내부에서 그런 일이 계속 일어나고 있나요?"

빌할름은 단호한 표정으로 고개를 저었다.

"그건 절대 아닙니다. 나타샤가 그런 오해를 불러일으키게 쓰긴 했지만, 내용으로 봐서나 단어 선택으로 봐서도 그녀와 맞지 않습니다. 이 병원 내부에서 나타샤의 머리카락 하나 손댄 사람은 없어요."

"얼마나 확신하실 수 있죠?"

"제가 보니, 형사님께서 저를 보고 누군가 기억나는 눈빛이었어요. 어쩌면 최근에 세상을 떠났을지도 모르는 그 사람이 연상되는 것 같았죠. 형사님 부인인가요? 그런데 지금도 결혼반지를 끼고 계신데……."

풀라스키는 갑자기 온몸의 피가 머리로 몰리는 기분이 들었다. 자기 자신이 낱낱이 분석되는데 좋아할 사람이 누가 있겠는가.

그녀가 단호하게 물었다.

"제 말이 맞죠?"

풀라스키는 전부 털어놓기로 결심했다. 그는 기침을 했다.

"카린은 암에 걸렸었죠. 화학요법 중 약물을 잘못 써서 세상을 떠났어요. 5년 전 얘깁니다."

"죄송해요."

"박사님이 죄송해하실 필요는 없습니다. 약물을 잘못 쓴 의사들이 죄송해야죠."

그는 숨을 깊게 내쉬었다. 그러면서 이제는 전처럼 빌할름 박사를 쳐다보지 않으려 애썼다.

"그런데 왜 나타샤가 그렇게 썼을까요? 망상 증세가 있었나요?"

빌할름이 고개를 저었다.

"나타샤는 정신분열증도 아니었고 환상을 보는 것도 아니었어요. 그녀가 경험한 건 다 사실이에요. 물론 분열된 자아가 있기는 했지만요. 이 두 가지는 근본적으로 다른 질병입니다."

나타샤는 자신의 이야기를 공개하려 했는데 살인자가 그걸 막았다. 메시지를 남길 유일한 기회는 조그만 쪽지로 만들어서 속옷 안에 넣어두는 것이었으리라. 단 몇 줄, 더 이상 쓸 시간이 없었을 것이다. 이런 가정을 해보면서 풀라스키는 자신이 갖고 있던 살인 이론을 머릿속에서 추리해보았다.

두 사람이 병원 후문에 다다랐을 때 풀라스키의 전화벨이 울렸다. 마이케의 번호가 찍혀 있었다. 어쩌면 그녀가 첫 증거를 발견했을지도 모른다.

풀라스키는 빌할름에게 양해를 구하고 뒤로 몸을 돌렸다.

"죄송하지만 전화 좀 받겠습니다. 뭣 좀 찾아냈어?"

"시신은 이미 처녀가 아니더군."

나타샤가 아홉 살에 이미 처음 성폭행을 당했다는데, 당연한 말이다. 풀라스키는 자신이 발견한 유서 내용이 제대로 들어맞을 것 같은 느낌이 들었다.

"그건 알고 있는 사실이고. 계속해봐!"

"검사해보니 나타샤는 성폭행을 당한 게 아니더군. 질 벽 부위에 어떤 흔적도 없고 정액도 검출되지 않았어."

이 말이야말로 풀라스키가 절대로 듣고 싶지 않았던 바로 그 대답이었다.

마이케의 목소리가 변했다. 풀라스키는 자신의 이론이 도미노처럼 곧 무너질 것 같다는 예감이 들었다.

"다른 얘기지만 나타샤는 적어도 최근 8주 동안은 성관계가 없었던 것 같아."

13

저녁에 에블린 마이어스는 빈 시내에 있는 안단테 레스토랑의 야외 테이블에 앉아 그 위에 있는 꽃무늬 냅킨에 시선을 고정하고 있었다. 종업원이 와서 질문하는 것도 못 들을 정도였다. 오늘은 왕새우가 들어간 해산물 샐러드를 먹고 싶은 생각이 전혀 없었다. 해산물 샐러드는 홀로베크를 떠올리게 했다. 에블린은 그냥 앉아서 기다리고 싶었다. 남자 친구인 파트릭이 최대한 빨리 오겠다고 약속했다.

에블린은 다시 홀로베크 생각이 났다. 동성애자에 호리호리하고 머리가 희끗희끗하고, 자조적인 변호사였다. 그러면서도 일에는 빈틈없이 정확한 TV쇼 진행자 같은 사람이었다. 법조인이 본선 게임의 링에 오르기 전 알아야 할 모든 기술을 에블린에게 전수해준 사람이 바로 홀로베크다. 에블린은 여전히 모든 게 믿기지 않았다. 크라거 대표가 경찰에게 전해 들은 사실을 에블린에게 알려줬다. 기사와 라디오 방송이 나가기 전에 들은 사실은, 홀로베크가 에블린과 통화하고 나서 곧바로 누군가 벨을 눌렀고, 그다음 사고를 당해 죽었다는 것이다. 더 이상 그녀가 아는 건 하나도 없었다.

"안녕, 고슴도치!"

에블린이 고개를 들었다.

"그렇게 부르지 마!"

파트릭이 얼굴을 찡그렸다.

"오호, 우리 고슴도치가 가시를 세우네!"

그의 얼굴을 보면 사람들은 자기 앞에 서 있는 사람이 사설탐정이라는 사실을 믿지 않을 것이다. 외모로 봐서는 애프터셰이브 광고 속에서 튀어나온 사람처럼 보였다. 구릿빛으로 그을린 얼굴, 청바지 차림에 몸에 딱 맞는 검은색 셔츠를 입고, 셔츠의 맨 위 단추를 풀어놓은 그는 영락없는 모델 같았다.

그는 에블린의 뺨에 키스하고 자리에 앉아 콜라 라이트를 주문했다.

"변호사와 뱀파이어의 차이가 뭔지 알아?"

언제나 그렇듯 오늘도 파트릭은 이런 식으로 시작했다.

에블린이 그의 말을 끊었다.

"제발, 파트릭! 오늘은 아니야, 난……."

파트릭이 씩 웃었다.

"뱀파이어는 밤에만 피를 빨아 먹어."

에블린은 그를 진지하게 바라봤다.

그의 얼굴에서 미소가 사라졌다.

"알았어. 대체 무슨 일이야?"

그녀는 소아과 의사가 하수구에 빠져 죽은 사건과 포르쉐를 발견한 일, 앙트레 누라는 클럽에 갔던 얘기, 의사 부인을 만났던 얘기, 상대가 고소를 취하한 얘기를 전부 했다. 그러고 나서 에블린은 사고 현장 근처에 있던 현금지급기 감시카메라 사진에서 젊은 여자를 봤다는 말을 했다. 파트릭은 고개를 끄덕였다. 그 사진을 메일로 보내준 것도 그였다. 경찰이 보유한 사진을 어떤 연결고리를 통해선지 그녀에게 보내줬었다.

감시카메라 속의 젊은 여자를, 에블린이 다른 사건을 통해서 알고 있는 여자와 동일 인물로 추측하고 있다는 말도 했다. 마지막으로 홀로베크가 맡았던 에어백 사건과, 자신이 그와 통화를 했는데 다른 때와 달리 이상했었다는 것도, 자신과 통화한 뒤 홀로베크가 죽었다는 소식을 들었다는 얘기도 했다.

파트릭은 이야기를 듣는 내내 집중했고, 그녀의 말을 한 번도 자르지 않았다. 에블린의 얘기가 끝나자 그는 잠시 침묵했다.

"홀로베크 씨가 돌아가셨다니 정말 안됐네."

에블린은 그의 말이 빈말이 아닌 걸 알았다. 파트릭도 홀로베크를 전부터 알고 있었고, 홀로베크가 그녀에게 얼마나 중요한 사람이었는지도 잘 알고 있었다.

파트릭은 그녀의 손을 잡았다. 에블린은 손을 빼지 않고 그대로 있었다.

"그러니까 넌 사진 속 여자와 바트 라이헨할 카페의 젊은 여자가 같은 사람이라고 생각하는 거지?"

"직감이야. 며칠 전부터 내가 이 여자를 아는 듯한 이상한 데자뷔가 지워지지 않아. 게다가 이상한 점은, 죽기 전 통화에서 두 가지 사건이 서로 아무런 관계가 없다는 걸 홀로베크 씨가 강조해서 말했다는 거야. 그런 다음 곧바로 그 자신도 죽어버렸잖아."

파트릭은 곰곰이 되뇌듯 에블린의 말을 따라 했다.

"그 자신도 죽어버렸다……. 네 입에서 이런 말 듣는 건 참 드문 일이야."

에블린은 의자를 당겨 가까이 앉았다.

"파트릭, 잘 들어봐. 시참사회 위원 프랑게도 베르히테스가덴 알펜가도에서 죽었고, 소아과 의사 키슬링거는 무릎 정도 깊이의 하수구에 거꾸로 박혀 죽었어. 내 생각이 맞는다면 두 사건이 벌어진 장소에 바로 그 여자가 등장했다는 거야. 홀로베크 씨는 이 사건 중 한 가지를 맡았다가 죽었고."

파트릭은 창백해졌다.

"리니, 그러다 미쳐버리겠어!"

그녀는 고개를 푹 숙였다.

"당신 직업이나 내 직업 모두 우연은 존재하지 않아. 분명한 이유 없이 일어나는 일은 없어. 홀로베크의 죽음에 대해서 뒷배경 좀 알아봐줄 수 있어?"

에블린은 한참 동안 파트릭을 바라봤다.

"얼마나 빨리 알아봐야 해? 내가 지금……."

"아주 빨리."

파트릭은 인상을 찌푸리며 불행해 보이는 표정을 지었다.

"왜 하필 지금이야? 지금 미행 계약 두 건이 진행되고 있단 말이야."

"제발, 부탁이야."

그는 잠시 생각에 빠졌다.

"내 어찌 사슴 같은 갈색 눈동자가 원하는 걸 뿌리치겠어. 알트 에어라라……. 23구역이라면 KK 남부가 담당일 거야. 베르네커 팀이지. 사냥개처럼 물고 늘어지는 사람이야. 근데 내가 그 사람을 알고 있어. 어쩌면 몇 시간 내로 알아낼 수 있을지도 몰라. 만일……."

그는 의자에 기대 흰머리가 몇 가닥 있는 관자놀이에 손가락을 대고 머리카락을 돌돌 말았다. 이마저도 충분치 않았는지 셔츠 깃을 세웠다. 이런 그의 행동은 우습기 짝이 없었지만 그 모습마저 기가 막히게 멋있었다. 그의 아버지와 판박이다. 그러면서도 두 사람은 개와 고양이 같은 사이다.

"만일, 뭔데?"

"만일 내가 캔들라이트 디너(사방에 초를 켜놓고 로맨틱하게 식사하는 것—옮긴이)에 가자고 설득할 수 있으면."

"계약한 일을 맡고 있다면서?"

그는 장난스럽게 눈을 찡긋했다.

"그래도 밤에 일하는 건 아니거든."

에블린의 입에서 갑자기 신음 소리가 나왔다.

"파트릭, 제발이야. 하필 이럴 때 그런 로맨틱한 식사를 생각할 수 있어?"

"널 볼 때면 항상 그 생각을 하는걸."

아, 세상에! 어쩌면 저렇게 자기 아버지랑 같은지.

"아니. 그런 말 꺼내지도 마! 차라리 경찰 보고서나 구해주는 게 난 더좋아."

파트릭은 셔츠 옷깃을 다시 내렸다.

"원하신다면. 그럼, 내가 알아보는 동안 넌 에어백 사건 서류를 좀더 자세히 살펴보면 되겠네. 어쩌면 완전한 착각일지도 모르고. 카페의 그 여인이 안면 마비의 뚱뚱한 오십대 아주머니일지 누가 알아?"

"그게 그리 쉽진 않아. 크라거 대표가 그 서류를 자기 방에 넣어놓고 문을 잠갔거든."

파트릭이 의미심장하게 씩 웃었다.

"그래? 그럼 네가 우리 아버지를 설득하거나 유혹해야겠네?"

14

파트릭을 만난 뒤 에블린은 집에 들러 고양이 먹이를 주고, 다시 사무실로 발길을 돌렸다. 배 속에서 꼬르륵 소리가 났지만 몇 시간 전부터 아예 입맛이 없었다. 홀로베크가 세상을 떠났다는 사실이 아직도 믿어지지 않았다.

변호사 사무실 전체에 홀로베크가 사망했다는 비보가 마른 낙엽에 불붙듯 순식간에 퍼졌다. 대부분의 직원은 고개를 푹 떨어뜨리고 평소보다 일찍 퇴근했다. 에블린은 커피 잔을 들고 간이주방에 앉아 있었다. 컵에 그려진 캐릭터, 트위티와 실베스터가 그녀를 보며 웃고 있었다. 그들을 납작하게 만들어버려. 안 그러면 네가 그렇게 당해! 에블린은 그렇게 생각했지만, 이 말을 홀로베크에게 해주기엔 너무 늦었다.

어느새 커피가 차갑게 식었다. 에블린은 경찰서에 간 크라거가 오길 기다리고 있었다. 크라거가 만에 하나 자기 아들과 에블린이 만나고 있다는 것을 안다면, 그리고 아들에게 회사 사건의 세세한 걸 다 얘기했다는 걸 안다면 아마도 그녀를 호되게 꾸짖을 것이다. 어쩌면 회사에서 쫓아낼지도 모른다.

크라거와 그의 아들 파트릭은 투견장에서 서로 으르렁거리는 로트와일러(크고 검은 목축견, 경찰견—옮긴이)처럼 앙숙이다. 전에는 그렇지 않았는데, 파트릭이 사설탐정이 되겠다고 회사를 떠나면서 둘의 사이가 걷잡을 수 없이 나빠졌다. 둘 모두 상대를 에볼라 바이러스에 감염된 사람처럼 대한다. 그리고 다른 사람들에게 상대를 비열한 사기꾼이라고 말하고 다녔다. 두 사람 모두 착각을 하고 있는 걸지도 모른다. 아니, 어쩌면 착각이 아닐 수도 있다.

에블린은 엘리베이터가 멈춰 서는 소리를 들었다. 몇 초 뒤 출입문에 열쇠를 넣는 소리가 났다. 크라거였다. 넥타이 매듭이 풀어져 있고, 축 처진 얼굴엔 고민이 가득했다. 밖은 이미 어두워졌고, 사무실에는 크라거와 에블린만 남아 있었다.

크라거가 간이주방을 지나쳤다.

"퇴근 안 하고 여기서 뭐 해요?"

그녀의 답을 기다리지도 않고 그는 자기 사무실을 향해 계속 걸어갔다. 크라거가 걸음을 옮기며 어깨 너머로 크게 말했다.

"어제는 '크라거·홀로베크&파트너' 창사 25주년 기념일이었는데 오늘은 이런 일이 벌어지다니! 얼른 퇴근하고 집에 가서 쉬어요."

에블린은 크라거를 따라갔다.

"대표님께 부탁드릴 게 있어서……."

크라거가 그녀의 말을 막았다.

"경찰이 뭐라고 했는지 알고 싶소? 홀로베크가 발코니에서 넘어져 추락사했다, 더 이상은 나도 몰라요."

발코니에서? 에블린은 잠시 멈칫했다. 홀로베크의 펜트하우스는 23층에 있었다.

그녀가 물었다.

"자살인가요?"

"경찰에선 안타까운 사고라고 확신하더이다. 내일 신문에 기사가 나올 테지요. 더 이상은 내가 해줄 말이 없어요. 지금 이 순간 너무 혼란스럽소."

그는 자기 방문을 열고 들어갔다. 며칠 동안 크라거가 해야 할 행정적 업무가 하나둘이 아니다. 특히, 홀로베크에게 가족이 없기에 크라거가 처리할 일이 더 많아질 것이다. 바로 이럴 때 크라거에게 부탁을 한다는 것이 곤란하기 짝이 없는 순간이긴 하다. 하지만 기다릴 수만은 없었다.

그녀는 크라거 방으로 들어갔다.

"제 부탁을 좀 들어주셨으면 합니다."

크라거가 고개를 들고 그녀를 쳐다봤다.

"회사의 주니어 파트너 자리를 달라고 부탁하러 왔소?"

그녀는 침을 꿀꺽 삼켰다. 이런 순간에도 크라거의 유머는 빛을 잃지 않았다.

"홀로베크 대표님이 맡았던 프랑게 위원 대 에어백 제조사 오스트로백 회사 사건에서 알아보고 싶은 게 있습니다."

크라거는 이마를 찡그렸다.

"에어백 사건 말이오? 뭣 때문에? 그 사건은 패소했소. 의뢰인의 동의를 구한 건가요?"

"아닙니다. 전 그냥⋯⋯."

"의뢰인이 신신당부를 했소. 사건을 신중하게 처리해달라고 말이오. 우린 의뢰인과 그 사건에 대해 비밀을 지켜야 할 의무가 있고, 그 때문에 서류를 에블린 변호사에게 넘겨줄 수는 없소. 몇 초라도 안 된다는 건 잘 알고 있을 거요. 미안하지만 그건 안 되오."

그녀가 안단테 레스토랑에서 홀로베크와 그 사건에 대해 의논을 했었다는 사실을 크라거가 모르는 건 그나마 다행이었다. 만약 그 사실을 알았다면 노발대발했을 것이다.

크라거는 금고에서 서류 몇 장을 꺼냈다.

그는 신음하듯 말했다.

"지금은 홀로베크 대표 추도사를 실을 언론 담당자를 만나야 하고, 내일은 아침 일찍부터 사망 건으로 공증인을 만나야 하오. 그런 다음 진행되고 있는 사건에 대한 회의에 참석해야 하고 장례식에도 가야 해요. 게다가 회사 대표자를 내 명의로 바꾸는 일도 해야 할 거요."

이 말을 하면서 그는 자기 방에서 나왔다. 그러는 바람에 에블린은 복도로 물러섰다.

크라거가 나오고 복도 방문 앞에 나란히 서 있게 되자, 에블린은 그가 제발 방문을 잠그지 말길 간절히 빌었다.

"제가 혹시 도움드릴 게 있는지."

"그럴 필요는 없어요. 고마워요."

그는 자기 방문을 잠그고 열쇠를 바지 주머니에 넣었다.

다시 간이주방으로 돌아온 에블린은 주방 유리창으로 밖을 내다봤다. 그때 크라거가 탄 엘리베이터가 1층에 도착하는 소리가 들렸다. 도심 한복판 도로에 이동하는 차량들의 불빛이 보였다. 광고 전광판 불빛도 어둠 속을 화려하게 밝히고 있었다. 유리창에 비친 얼굴은 무척 피곤해 보였다. 그녀의 아버지가 항상 하시던 말씀이 있지 않았던가. '걱정하지 마라, 얘야. 고민해봤자 네 얼굴에 주름만 늘어날 뿐이다.'

휴대폰 벨소리가 울리자 그녀는 어깨를 으쓱했다. 파트릭 전화였다.

에블린이 물었다.

"뭣 좀 찾아낸 게 있어?"

"홀로베크 씨가 발코니에서 떨어져 추락사했대."

"그건 나도 이미 알고 있는 거야. 더 자세한 내용은 없어?"

"전화상으론 안 돼."

"아직도 캔들라이트 디너를 포기하지 않은 거야?"

"아니, 그런 얘기가 아니야. 네가 얘기하는 그 주제에 관한 서류가 신문 가판대에 널려 있는 쉽게 구할 수 있는 자료가 아니라는 거고, 그런 얘기를 전화상으로 할 수 없다는 거야."

"그럼, 그게 단순한 사고였는지 그 얘기라도 해줘!"

파트릭은 한숨을 쉬었다.

"맞아. 그런데 형사들이 잘못 알고 있다면, 홀로베크 씨가 아주 치밀한 수법으로 누군가에 의해 떠밀려서 다들 사고인 걸로 생각하게 된 거겠지."

그는 잠시 쉬었다 말했다.

"바트 라이헨할 카페의 젊은 여자에 대해 뭐라도 알아냈어?"

그녀는 복도 쪽으로 시선을 돌려 꽉 잠긴 크라거의 방문을 쳐다봤다.

"아무것도 알아낸 게 없어."

파트릭의 입에서 총알처럼 말이 튀어나왔다.

"아무것도 없다니 그게 무슨 말이야? 내가 천국과 지옥을 오가며 네 직장 동료가 발코니 난간에서 떨어졌다는 사실을 알아내는 동안 넌 서류만 보면 되는 쉬운 일도 손을 안 댔단 말이야?"

"당신 아버지 방문을 부수고 들어가야 하는걸. 그리고 바더 마인호프

캠프에서 배운 실력이 이제 너무 오래돼서.”

그가 웃었다.

“유머감각은 녹슬지 않았군. 아직 사무실이야?”

“응. 그런데 이제 나가려고. 조깅을 하러 가든가, 아니면 집에 가서 새로 읽을 책을 좀 들여다볼까 해.”

파트릭이 부탁했다.

“그냥 사무실에 있어줘. 내가 그리로 갈게. 먼저 홀로베크 씨 사건 경찰 자료를 보여줄게. 두 번째, 우리 아버지 사무실 열쇠가 아직도 나한테 있어.”

15

둔탁한 돌종 소리가 공원 너머로 들려왔다. 두꺼운 담장 안에 있는 발터 풀라스키의 귀에는 아주 나지막이 들렸다. 그는 정신과 병원 건물 지하실에 쪼그리고 앉아 있었다. 창문도 없는 이 방이 건물 내에서 유일하게 감시카메라 녹화 필름을 볼 수 있는 곳이라고 병원 관계자들이 말했지만, 풀라스키는 의사들이 자신이 병원에서 조사하는 모습을 불편하게 여겨서 지하실로 쫓아낸 것 같았다. 하지만 감시카메라 녹화 필름만 볼 수 있다면 아무래도 상관없었다.

한 시간 전에 딸에게 전화해서 집에 아주 늦게 들어갈 것 같다고 얘기해뒀다. 어느새 밤이 되었지만 이곳 지하는 어차피 낮이나 밤이나 똑같았다. 곰팡이와 습한 석회 냄새가 코를 찌르고 보일러 파이프가 널브러져 있었다. 감시카메라 비디오 녹화 기계는 이 건물처럼 낡았고 구식이었다. 디지털 방식의 서버 시스템이 아닌, 구형 비디오 기계로 녹화되는 방식이었다. 이곳에서는 다른 세계의 시계가 돌아가는 것 같았다. 병원 정문에 있는 세 대의 카메라가 일몰부터 다음 날 일출까지 촬영하며 녹화되는 방식이다. 야간 수위가 네 시간마다 비디오를 바꿔주는 것이다.

특별한 일이 없으면 이전에 녹화된 테이프에 새로 녹화가 된다. 하지만 이번에는 특별한 일이 있었다. 누군가 나타샤 좀머에게 몰래 진통제를 주었다. 이 사실에 대해 풀라스키는 조금의 의심도 없었다. 지금까지 살인이라는 결정적인 단서를 찾지 못했지만 풀라스키는 그렇게 믿었다. 그를 제외한 다른 사람들은, 이름과 출신도 알려지지 않은 말 못 하는 소녀가 스스로 약물을 주사하고 자살했는지에 대해 털끝만큼의 관심도 없었다. 특별한 동기도 없이 살인이 의심된다고 검사에게 증명하기는 더 어렵게 됐다. 10년 동안 정신과 치료 병원에서 눈에 띄지 않던 이 소녀의 죽음에 관심을 가지는 사람은 거의 없다. 풀라스키는 나타샤의 유서를 지금까지는 그나마 가장 중요한 단서로 보고 있었다. 성폭행이나 폭력에 대한 어떤 증거도 없다는 법의학과의 검사 결과로 보면, 나타샤의 유서 내용이 단지 정신적 결함이 있는 책임 능력이 없는 소녀가 쓴 것임을 의미할 뿐이어서, 살인이라 믿었던 자신감도 연기처럼 사라지고 말았다.

게다가 담당 검사 콜러, 속물인 이자는 수색영장도 법원에 전달하지 않았고, 환자의 진료기록 열람이나 환자 심문에 대해서도 동의하지 않았다. 검사는 분명 이번 사건을 풀라스키와 다르게 보고 있는 것이다. 아니면 정치인들이, 이 사건이 알려지면 부정적 영향을 끼칠 요소가 너무 많으니까 그걸 두려워하는 것일까?

풀라스키는 점점 더 철저하게 파고들어야겠다는 생각만 들었다. 정확한 이유에 대해서는 그도 알지 못했다. 동유럽 출신임이 분명한 그녀의 얼굴을 보고, 어쩌면 우크라이나 출신이라면 그의 부모와 동향이라 부모 생각이 나서 그랬는지도 모른다. 아니면 그냥 연약하고 부서질 듯 가냘픈 나타샤가 자신의 딸보다 불과 몇 살 더 많은 나이라는 단순한 사실 때문일 수도 있다.

부인이 세상을 떠난 후 그의 삶이 녹록하지는 않았다. 남의 도움 없이 혼자서 딸을 키우면서 직장 생활을 병행해야 했다. 열두 살인 딸아이는 지금 혼자 집에 있다. 분명 TV 채널을 이리저리 돌리며 아빠가 오기를 기다리고 있을 것이다. 먼저 자라고 아무리 얘기해도 소용없다.

생각에 잠겨 있던 그는 가방을 열고 딸아이 사진을 꺼내 들여다봤다.

'누가 너에게 1,000밀리그램의 파라세타몰을 주사해서 죽이고 나서 그걸 자살로 위장한다면 라이프치히 모든 형사를 동원해서 끝까지 파헤칠 거야. 맹세할게.'

나타샤 사건의 경우 공식적 압력은 전혀 없었다. 오히려 정반대다. 사람들은 이 사건을 숨기고 이불 속에 파묻으려 했다. 사건을 조사하고 파헤치기보다는 얼른 종결하려고 노력하는 듯한 흔적이 꽤 있었다. 사실이 사건을 진심으로 마음에 담고, 밝히고 싶어 하는 사람은 단 두 사람밖에 없다. 풀라스키 자신과 소냐 빌할름 박사다. 나타샤 치료 담당의사인 빌할름 박사는 분명 과장에게 싫은 소리를 들었을 것이다. 나타샤의 진료기록을 병원장 허락 없이 풀라스키에게 전달해줬으니 말이다. 검사가 수사를 종결시키라고 할 때까지 그 시간 동안이라도 풀라스키는 계속 이 사건에 대해 조사할 것이다.

풀라스키는 비디오테이프 한 개를 빨리 돌려 봤다. 의심이 가는 일은 없었다. 다음 테이프를 비디오 플레이어에 밀어 넣었다. 새벽 2시부터 6시 사이의 정원 뒤편의 출입문이었다. 빨리 돌렸다. 카메라가 반원을 돌며 자동으로 돌아가며 촬영했다. 굳게 닫힌 철문, 높은 담장, 자갈길, 보리수, 달빛에 희미하게 은색으로 비치는 잔디가 보였다. 흰색 줄이 화면 위와 아래 3분의 2 지점되는 곳에 두 군데나 나타났다. 흰색 줄 말고는 아무런 움직임도 없었다.

담배 연기 때문에 풀라스키의 눈에 눈물이 났다. 화면의 흰 줄과 깜빡이는 불빛뿐 변화는 없었다. 그때 휴대폰 벨이 울려 반쯤 잠들었던 그를 깨웠다. 전화번호를 보자 그의 위가 쪼그라들었다. 호르스트 푹스 국장, 그의 상관이었다.

"풀라스키, 아직도 정신병원에 있는가?"

"네."

상관에게 정신병원과 해리성정체장애 클리닉의 차이를 설명할 필요는 없었다.

모니터에 03:15:47이라는 녹화 시각이 보였다. 보리수 가지가 바람에 이리저리 흔들렸다. 모니터의 흰 줄 두 개가 위아래로 움직였다.

호르스트 푹스 국장의 목소리가 울려 퍼졌다. 분명 스피커폰으로 말하는 것 같았다.

"다자통화로 회의를 했네. 예심판사와 정신병원 전임 변호사, 과학수사팀장, 콜러 검사와 통화했지."

콜러 검사라니! 풀라스키가 싫어하는 속물 중의 속물이다.

"그런데요?"

시계는 03:16:51을 가리키고 있었다. 흔들리는 흰색 줄 말고는 화면에 아무런 움직임도 없었다.

"시신의 지문을 채취했는데 성폭행이나 폭행당한 흔적은 전혀 없다는군."

풀라스키는 차갑게 식은 커피를 한 모금 마셨다.

"새로운 사실은 없습니까?"

03:18:31이었다. 바람만 불었다.

푹스 국장의 목소리가 커졌다.

"새로운 사실이라니 무슨 말인가? 나한테 새로운 걸 좀 말해보시지! 아니, 나한테 아무런 얘기도 없이 검사에게 모든 환자의 서류를 볼 수 있게 해달라고 제안했다면서. 무슨 생각으로 그랬나? 병원장과 과장도 자네에 대해 불만이 많던데. 병원을 휘젓고 다니는 베르제르커(고대 북구 설화에서 곰의 가죽을 쓰고 싸우는 광폭한 전사—옮긴이) 같다고 말이야."

언제부터 형사가 베르제르커처럼 휘젓고 다니지 말아야 했단 말인가.

"그리고 그 소녀 담당의사한테 환자 진료기록부를 보게 해달라고 얘기했다던데 사실인가?"

"뭐라고요?"

풀라스키는 의자에서 벌떡 일어났다. 소냐 빌할름 박사가 스스로 원해서 그에게 진료기록부를 가져다주었다. 도대체 어떻게 이런 말도 안 되는 일이 일어나고 있단 말인가!

"어쨌든 콜러 검사는 이 사건을 자네와 다른 관점으로 보고 있네. 수사는 곧 종결될 걸세. 콜러 검사가 시신을 장례해도 좋다고 했으니 이제 짐을 싸도록 하게. 잠정적이지만 법의학과의 최종 판결도 자살로 날 걸세."

풀라스키는 리모컨을 잡으려고 손에 들고 있던 커피 잔을 테이블에 빨리 내려놓으려다 커피를 쏟았다. 병원 담장을 비추던 카메라가 움직이면서 담장은 모니터 오른쪽 끝에 살짝 보였다.

푹스 국장이 소리쳤다.

"내 말 듣고 있나?"

"뭐라고요? 하나도 이해를 못 했……."

풀라스키는 화면을 멈추고 뒤로 돌린 뒤 다시 재생했다.

푹스 국장은 아까 했던 말을 반복했다. 이번엔 더 흥분하고 화난 목소리였다.

풀라스키는 한쪽 귀로만 들었다. 그의 눈은 모니터에 고정되었다.

03:22:39. 형체 하나가 갑자기 담장을 기어오르고 있었다. 카메라가 다시 그곳으로 방향을 돌리자 좀더 자세히 보였다. 어떤 사람이 담을 넘어 보리수 그늘 밑 잔디로 뛰어내렸다.

풀라스키가 소리쳤다. 그는 손톱으로 휴대폰의 마이크를 긁었다.

"뭐라고요? 통화 연결이…… 무슨 말인지 알아들을 수가…… 없어요!"

다른 손으로 그는 비디오를 앞으로 돌려 좀 전에 보았던, 담을 오르는 장면에서 멈추었다.

"더 이상 수사는 없어. 철수하는 거야!"

"여보세요?"

푹스 국장의 전화는 끊어졌다.

"통화 연결이……."

풀라스키가 우물우물 혼잣말을 했다. 그는 휴대폰을 들고 손가락으로 마이크 위를 문질렀다. 연결을 끊고 전화기 전원도 껐다. 푹스 국장과 속물 검사, 정치인, 변호사, 이들은 풀라스키를 종횡으로 엇갈리게 할 수 있었다.

그는 모니터를 응시했다. 모니터 가장자리에 담을 넘고 있는 사람의 상체가 보였다. 달빛이 있어 희미하게 알아볼 수는 있었다. 머리가 희끗희끗한, 나이가 지긋한 남자였다.

16

밤 10시였다. '크라거·홀로베크&파트너' 변호사 사무실 실내는 어둠에 싸여 있다. 간이주방에만 희미한 불빛이 있을 뿐이다. 에블린 마이어스는 라디오 볼륨을 높였다. 뉴스에서 홀로베크 변호사의 사고 소식을 전했다. 뉴스 진행자는 홀로베크가 발코니에서 추락해 즉사했다는 이야기만 했다. 신경이 거슬려 에블린은 라디오 전원을 꺼버렸다. 홀로베크 사망에 대해 더 자세히 알 길은 없는 것일까?

그때 '딩동' 하고 계단 쪽 엘리베이터가 멈추는 소리가 들렸다. 사무실이 있는 층에서 엘리베이터 문 열리는 소리도 났다. 곧 열쇠를 넣고 돌리는 소리가 들렸다. 파트릭이 문을 빼꼼 열고 조심스럽게 주변을 살피고 있었다.

에블린은 사무실 입구에 불을 켰다.

"들어오셔도 됩니다, 겁쟁이 아저씨! 저 혼자 있어요."

그가 들어오고 문을 안에서 잠갔다.

"지금 우리가 같이 있는 걸 아버지가 보기라도 한다면, 네가 바로 해고되리란 걸 잘 알잖아."

"지금 크라거 대표는 다른 고민거리가 산적해 있어. 자리에 안 계셔."

파트릭이 에블린의 뺨에 키스했다. 그에게서 여전히 애프터셰이브 향이 났다. 하루 종일 밖에 있었는데도 말이다. 그녀가 그를 좋아하는 소소한 이유가 많지만 그중 하나가 이 향기이다.

"당신 미행 계약 건은 어떻게 돼가?"

"아주 잘되고 있어. 한 사람은 아이들과 집에 있고, 다른 사람은 피자를 사고 비디오 가게에 들러서 비디오 두 개를 빌려 갔어. 「야곱의 사다리」와 「나이트메어」 두 편을. 아마 밤새도록 혼자 이불 속에 콕 박혀 있을 거야."

파트릭은 에블린을 따라 사무실 안으로 들어왔다. 그는 안단테 레스토랑에서 에블린을 만날 때 입었던 것과 같은 옷을 입고 있었다. 청바지에 몸에 붙는 검은색 셔츠 차림이다. 볼펜 한 자루가 셔츠 앞주머니에 꽂혀 있었다. 손에는 서류 뭉치를 들고 있었다.

에블린이 물었다.

"경찰 자료야?"

파트릭이 말했다.

"정확히 말하면 수사의 잠정적 상태 보고서지. 베르네커 팀이 이 자료 넘기고 150유로를 꿀꺽해 갔어."

"그 돈은 내가 갚을게."

파트릭이 답했다.

"아니, 그럴 필요 없어. 당신은 나한테 저녁 살 게 있으니까."

에블린이 낮게 한숨을 쉬었다.

"캔들라이트 디너, 나도 알아. 그런데 이 자료가 쓸 만한 가치가 있을 때만 사는 거야."

그는 눈썹을 치켜세웠다.

"베르네커와 같은 팀 동료들도 아직 다 알아내진 못했지만 그래도 이 자료만으로 이번 사건을 '사고'라고 결론 내릴 만큼의 정황은 충분해."

"빨리 보여줘."

파트릭은 서류를 책상 위에 펼쳐놓았다. 증거확보과의 보고서, 현장 보고서, 증인들 진술, 법의학과 검증, 여러 장의 스케치와 사진이 있었다. 에블린은 사진에 눈길을 두지 않고 서류 밑으로 넣어놨다. 23층에서 추락한 홀로베크의 참상이 어떨지 상상이 갔기에 사진은 쳐다보지도 않았다.

파트릭이 몸을 구부려 서류를 들여다보며 말했다. 사무실엔 두 사람밖에 없었지만 그는 조용히 속삭였다.

"이 사건의 전말은 다음과 같아. 오후 3시에 홀로베크는 발코니에 있었어. 그 집 발코니에는 카나리아 새장 두 개가 천장에 후크를 달고 매달려 있어. 홀로베크는 먼저 진공청소기로 청소를 했어. 그런 다음 사무용 의자 바퀴를 고정시키고 그 위에 올라갔지. 해가 강하게 내리쬐고 바람 한 점 없는 뜨거운 오후였지. 그가 새장 창살을 걸레로 닦았어. 그때 새장 안에 있던 카나리아 한 마리가 열린 창살문 사이로 나왔음이 분명해. 홀로베크가 새를 잡으려 했는데 그때 문제가 있었던 의자 고정장치가 풀려버렸고 의자가 굴러가기 시작했어. 그래서 홀로베크는 팔로 노를 젓기 시작한 거지. 그가 새장을 꽉 붙잡으려는 순간 후크가 끊어지면서 새장과 함께 발코니 난간 밖으로 추락한 거야. 떨어지면서 머리가 새장 안으로 박혀 그의 얼굴을 더 이상……."

에블린이 그의 말을 막았다.

"고마워. 어떤 상황이었는지 얘기 안 해도 알겠어."

그녀는 사무실 전화기의 메뉴 버튼을 눌러 자신이 홀로베크와 마지막으로 통화한 시간이 언제인지 확인했다.

"내가 3시 7분 전에 홀로베크 대표와 통화를 했어. 그러니까 사고 나기 직전인 거야. 그는 굉장히 스트레스를 많이 받은 것 같았어. 전화 통화하고 있는데 누가 벨을 울렸어. 그가 문을 열어줬고 그다음 전화가 끊어졌어."

파트릭이 말했다.

"홀로베크의 목숨도 끊어졌지."

"맞아."

"네 말이 맞는다면 홀로베크 집에 온 사람이 집 안으로 들어왔을 거고, 사고가 일어나는 과정을 봤음이 분명해."

에블린이 관자놀이를 문지르며 말했다.

"아니면 그 방문객이 사고의 원인 제공자일 수도 있지. 경찰과 얘기해봐야 해."

파트릭이 서류 한 장을 꺼내며 말했다.

"생각도 안 하는 게 좋을걸. 수위도 그렇고, 같은 아파트 주민들도 누군가를 봤다는 사람이 한 명도 없어. 게다가 홀로베크 집은 지금 출입 금지 상태야."

에블린은 자신의 휴대폰을 가리키며 말했다.

"하지만 내가 증언할 수는 있잖아. 홀로베크가 죽기 직전 내가 그와 통화를 했고, 누군가 그의 집 초인종을 눌렀다고 말이야."

"홀로베크 휴대폰, 아니면 집 전화?"

"휴대폰으로 했어."

파트릭이 말했다.

"집 안에서 휴대폰은 발견되지 않았어."

에블린은 생각에 잠겼다.

"그럼 전화기를 살인자가 가져갔네."

"살인자라고? 너무 서둘러 결론을 내리는 것 같은데. 어쩌면……."

에블린이 그의 말을 가로챘다.

"어쩌면 아닐지도 모르고. 우리가 알아내게 되겠지."

그녀는 휴대폰 주소록에서 홀로베크의 번호를 찾아 통화 버튼을 눌렀
다. 스피커에서 나오는 통화 연결음을 듣고 있는 두 사람은 바짝 긴장해
서 서로를 쳐다봤다.

전화 연결이 됐다. 누군가 전화를 받았다. 가느다란 숨소리가 들렸다.

파트릭이 에블린에게 고개를 끄덕였지만 에블린이 뭐라 말하기 전에
상대 목소리가 들렸다. 북독일 억양이 있는 나지막한 여자 목소리였다.

"리자입니다. 안녕? 네 전화를 기다렸……."

여자가 말을 끊었다.

에블린의 심장이 쿵쿵 뛰어 숨이 턱까지 찼다.

"누구시죠?"

17

풀라스키는 모니터에 바짝 다가갔다. 지하실에 있는 이 낡은 기계를 아무리 봐도 정지 화면을 인쇄할 수도, 저장할 수도 없었다. 모니터에 보이는 희미한 녹화 장면을 볼 수 있는 것 말고는 아무 기능도 없었다. 늙은 남자가 나타샤가 죽기 몇 시간 전 합법적이지 않은 방법으로 병원에 들어왔다는 사실을 보여주는 장면이다.

만일 머리가 희끗한 이 남자가 나타샤를 죽인 범인이라면 지금까지 풀라스키가 생각했던 것과는 전혀 다른 방향인 셈이다. 살인범이 병원 내부 사람이 아니라 외부에서 들어왔으니 말이다. 나타샤의 죽음에 지금까지 그가 추측했던 것과는 완전히 다른 무엇인가가 숨겨져 있단 말인가.

어쩌면 백발 남자가 병원 담을 넘어 들어온 게 처음이 아닐지도 모른다.

풀라스키는 전원이 꺼진 자신의 휴대폰을 응시했다. 푹스 국장이 화가 나서 벌건 얼굴에 격앙된 목소리로 전화를 걸었을 게 분명했다. 풀라스키에게 남은 시간은 많지 않았다. 철수 명령이 떨어졌으니 동료들이 그를 데리러 오는 길일지도 모른다. 그 전까지 밝혀내야 할 일이 몇 가지 남아 있었다.

휴대폰 전원을 켰다. 부재중 전화 세 통이 와 있었다. 생각했던 대로 폭스 국장이었다. 폭스 국장이 다시 전화할까 봐 풀라스키는 먼저 번호를 눌렀다.

동료 말테가 전화를 받았다. 상대가 풀라스키임을 알자 그의 목소리가 날카롭게 변했다.

"풀라스키? 국장님이 아까부터 몇 번이나 전화했는데."

풀라스키는 말을 끊었다.

"잘 들어봐. 지금 중요한 정보가 필요해. 아주 급한 거야."

말테가 잠시 침묵했다.

"국장님이 지금 미친 듯 화가 나서 사무실 안을 뱅뱅 돌고 있어."

풀라스키는 가만히 듣고 있었다. 그는 모니터 화면 속의 남자를 응시했다.

"국장님 생각은 잠시 잊어버려. 콜러 검사가 이 사건을 종결시켰어. 그 사람이 착각하고 있는 거야. 그런데 아직 가능성이 남아 있어. 잘하면 수사를 다시 하도록 되돌릴 수도 있어."

그는 전화기 저편에서 말테의 숨소리를 들으며, 머릿속에서 작은 바퀴가 돌아가고 있는 느낌이었다.

"무슨 정보인데?"

"호적 시스템."

말테가 야유하는 소리를 냈다.

"안 돼. 젠장, 난 못 해."

이런! 풀라스키는 주먹을 쥐고 책상을 톡톡 두드렸다. 하필 말테가 오늘 야간 당직 근무일 건 또 뭐야?

"내가 내 비밀번호와 아이디를 줄게. 그걸 갖고 호적과에 들어가서 로그인하고 정보를 좀 알아봐줘."

말테는 침묵했다.

"그곳에서 내가 한 걸 알아채면 어떡해?"

풀라스키가 가능한 한 작게 말하려고 애쓰며 대답했다.

"내 비밀번호와 아이디를 준다니까."

결국 말테가 속삭였다.

"잠시만 기다려봐. 다른 방에 가서 해보고 전화해줄 테니."

1분 뒤 그들의 통화가 끝났다. 말테가 정보를 알아내는 대로 곧장 전화를 할 것이다. 풀라스키는 휴대폰을 진동으로 해놨다.

풀라스키는 다시 모니터의 정지된 화면을 응시하며 골똘히 생각했다. 지금까지는 병원 내부 관계자 중 그를 도울 수 있는 사람은 단 한 명밖에 없었다. 나타샤의 치료 담당의사.

그는 지하실 방을 나와서 계단을 올라 위층으로 갔다. 구두굽 소리가 벽에서 울렸다. 밤의 정적이 건물 전체를 덮었다. 복도에는 희미한 비상등 불빛만 있을 뿐이었다. 그는 소냐 빌할름 박사를 만나야 했다. 그녀의 방문은 잠겨 있었고, 과장과 병원장의 방문도 마찬가지였다. 야간 당직 간호사 두 명만이 스테이션에서 차를 마시며 스도쿠 게임을 하고 있었다. 풀라스키가 간호사들에게 말을 붙이기 전에 우연히 창을 통해 직원 주차장이 눈에 들어왔다. 바로 그때 병원 후문이 열렸다. 가로등 불빛 아래 소냐 빌할름 박사가 후문에서 나와 자동차로 걸어가는 모습이 보였다.

간호사가 물었다.

"뭐 도와드릴 것이라도 있나요?"

"괜찮습니다."

풀라스키는 재빨리 달려가 빌할름 박사가 차에 오르기 직전에 주차장에 도착했다.

"세상에! 형사님 숨넘어가시겠어요."

"저도 압니다. 제가…… 담배를 얼른 끊어야지요."

발작성 기침이 나와 풀라스키의 눈에 눈물이 가득 찼다. 한 손을 자동차에 기대고 주머니에서 스프레이를 꺼내 뿌린 후 들이마셨다.

"천식이 있으신가요?"

풀라스키는 눈에 가득한 눈물을 닦았다. 콜록거리며 그가 말했다.

"박사님 도움이 필요합니다. 1분이면 됩니다."

그녀가 풀라스키를 의아한 눈빛으로 쳐다봤다.

"형사님께 이미 도움을 다 드린 것 같은데요. 동의도 없이 진료기록부를 형사님께 드렸다고 과장님께 혼났어요."

"박사님이 콜러 검사에게 미리 말씀하신 줄로 알고 있었습니다. 저한테 진료기록을 보여줘도 된다고 검사와 논의하신 걸로 생각했어요."

그녀는 얼굴을 찡그렸다. 이런 표정까지도 그의 부인이 곤란할 때 지었던 표정과 똑같았다. 이 순간 풀라스키는 직감적으로 알았다. 이번 사건이 자신이 생각했던 것과는 전부 다른 방향으로 진행되고 있다는 걸 말이다.

그녀는 숨을 깊게 내쉬었다.

"콜러 검사는…… 제 전남편이에요."

풀라스키는 자신의 귀를 의심했다. 그는 말을 더듬었다.

"당신과 그…… 그 사람……."

"속물이요?"

그녀가 말을 받아쳤다. 풀라스키가 미처 하지 못한 말을 도와주기라도 하듯 말이다.

또다시 기침 발작이 시작돼서 풀라스키의 눈에 눈물이 고였다. 이 여자의 직설적인 말에 한 방 맞은 기분이었다. 그는 숨을 깊이 들이마셨다.

기침으로 캑캑거리며 그가 말했다.

"박사님께서 그렇게 표현하고 싶으시면……."

"제가 콜러 검사를 그렇게 부르는 데 형사님이 반대하지 않으심 좋겠는데요. 형사님도 그 사람 잘 아실 거 아니에요. 형사님께 제가 뭘 숨기겠어요?"

풀라스키는 숨을 깊게 쉬었다. 그는 잠시 경찰서의 동료들을 생각했다.

"그렇긴 합니다만. 그렇게 말하는 사람이 박사님 혼자는 아닙니다."

그녀는 싱긋이 웃었다.

"다행이군요. 이번에 사망자가 바로 제 환자였기 때문에 제가 그 사람한테 말했어요. 제가 이번 사건을 조사하는 형사님을 도와주고 있고, 진료와 관련된 모든 서류를 보여줄 거라고요. 그 사람은 당연히 화가 나 펄펄 뛰었죠."

"그런데 전남편께서 박사님을 보호하려 그랬는지, 제가 박사님께 서류를 보여달라고 강요했다고 그랬다는군요."

빌할름 박사는 얼굴을 찡그렸다.

"그리고 콜러 검사가 이 사건을 종결했습니다. 공식적으로 자살로 결론 내렸고요."

빌할름은 한숨을 쉬었다.

"그렇게 될까 봐 우려했었는데, 결국 자살로 끝나다니. 제가 어떻게 형사님을 도와드릴 수 있을까요?"

"감시카메라에 찍힌 화면을 보여드리려고 합니다. 저와 함께 가보시죠."

두 사람이 지하실에 도착해보니 비디오가 설치된 방문이 닫혀 있었다. 분명히 문을 열어두었다는 걸 그는 알고 있었다.

방문을 열고 안으로 들어갔다. 모니터 화면이 시꺼멓게 아무것도 보이지 않았다. 누군가 비디오 레코더에서 비디오테이프를 빼낸 것이다. 그의 심장박동이 빨라졌다. 서둘러 주변을 살펴봤다. 비디오테이프는 한 개도 보이지 않았다. 수위가 그에게 건네주었던 비디오를 담은 상자도 없었다.

18

풀라스키는 욕설이 나오려는 걸 간신히 참았다. 어떤 자식이 그가 없는 동안 이 방에 들어왔었단 말인가?

소냐 빌할름은 어쩔 줄 몰라 하며 방문 앞에 서서 한 손으로는 핸드백을 들고, 다른 손으로는 자동차 열쇠를 들고 있었다.

"제가 어떻게 도와드려야 하나요?"

"이제 도와주실 방법이 없습니다."

바로 그때 하인리히 볼프 병원장이 빌할름 박사 뒤에 나타났다.

풀라스키가 큰 소리로 물었다.

"비디오테이프는 어디 있습니까?"

볼프는 조용히 말했다.

"그건 수위가 담당하는 겁니다."

이 사람이 정신이 있는 건가? 풀라스키가 화가 나 외쳤다.

"그건 증거자료라고요!"

볼프가 물었다.

"증거자료라니, 무슨 증거요? 좀 전에 형사님 담당 부서에서 전화가 왔습니다. 수사는 이제 끝났다고요."

볼프가 양손을 허리 뒤로 깍지 끼며 말했다. 그의 눈에 조소하는 빛이 역력했다.

당신과 나는 1대 0이야, 재수 없는 인간아! 풀라스키는 속으로 말했다. 하지만 아직 병원 밖으로 쫓겨나기 전이고, 병원 안에 있는 동안은 절대 포기하지 않으리라 다짐했다. 그가 할 일이 아직 남아 있다.

볼프는 위층을 쳐다보며 고개를 끄덕였다.

"자, 이제 형사님께 부탁드리겠는데, 위층 회의실에 있는 형사님의 개인적 서류를 이제 치워주셨으면 좋겠습니다. 15분 안에 이곳에서 나가주셔야겠습니다. 내일 아침 일찍 회의실을 사용해야 하고 제가 그곳에서 준비할 게 있습니다. 밖으로 나가는 길은 형사님도 아시겠지요. 저녁 시간 잘 보내십시오."

볼프가 이번엔 빌할름을 보며 말했다.

"내일 봅시다."

볼프가 지하 방을 떠나자마자 풀라스키의 바지 주머니에서 휴대폰이 울렸다. 전화를 꺼내보니 상관 직통 번호였다. 그런데 목소리는 상관이 아닌 다른 사람이었다. 좀 전에 통화했지만 풀라스키가 잠시 잊고 있던 목소리였다.

말테가 속삭였다.

"호적과에 알아봤어. 사망자 명단을 전부 뒤져봤지."

풀라스키가 잠시 빌할름 박사를 쳐다봤다. 그녀는 망설이며 문 옆에 서 있었다. 풀라스키는 그녀에게 손짓으로 가지 말라는 신호를 보냈다.

"그래, 결과는?"

"마르크클레베르크 병원에서 지난 5년 동안 사망신고는 단 한 건밖에 없었어. 마르틴 호르너라는 19세 환자야. 심장마비로 죽었어. 자연사라 경찰 조사는 없었지."

폴라스키의 입이 갑자기 바짝 말랐다.

"언젠데?"

"아마 내 말을 못 믿을 거야. 3일 전에."

소냐 빌할름이 말했다.

"형사님도 들으셨죠. 수사는 이제 끝났다니 제가 더 이상 형사님을 도울 수도 없겠네요."

폴라스키와 빌할름은 지하에서 지상으로 계단을 올라와 복도로 나왔다. 유리문 뒤에 직원 주차장이 있었다. 빌할름 박사의 차 한 대만이 주차장에 세워져 있었다.

폴라스키는 구석으로 그녀를 데려갔다. 그리고 속삭였다.

"부탁 하나만 할게요. 마르틴 호르너의 진료기록부가 필요해요."

그녀는 고개를 저었다.

"마르틴은 죽었어요."

"그러니까 진료기록부가 필요한 겁니다."

그녀는 불확실한 표정으로 얼굴을 찡그렸다.

"병원에서 그 사실을 알면 가만 안 있을 텐데요. 게다가 환자의 비밀을 유지해야 한다는 의사의 의무도 있고요. 마르틴의 진료기록부를 몰래 빼내면 제 일자리는 날아갈 겁니다."

폴라스키는 상사와 전화하다 전원을 껐던 생각이 났다. 말테에게 자신의 아이디를 주고 호적 정보를 알아보게 한 사실도 떠올랐다. 그가 대답했다.

"제 일자리는 벌써 날아갔습니다. 이 사건을 새로 해결해야 일자리를 다시 찾을 수 있죠. 그렇게 되느냐 안 되느냐의 열쇠는 바로 마르틴의 문서에 달려 있어요."

그녀는 망설이며 자신의 자동차 유리를 바라봤다.

그가 재촉했다.

"나타샤를 생각해보세요."

"제 전남편이 이 사건을 종결했는걸요."

그가 말했다.

"박사님 전남편이 잘못 알고 있는 겁니다. 감시카메라 녹화 비디오에 살인범이 찍혔습니다. 몇 시간 후면 누군지 나올 겁니다. 제가 그 테이프를 다시 보기 위해선 수사가 다시 재개되어야 합니다."

"진료기록부를 어떻게 형사님께 전달해야 하죠?"

"10분 정도는 회의실에 있을 겁니다. 자료를 챙겨 짐을 싸야 하거든요."

그녀는 고개를 끄덕였다.

"제가 복사본을 문틈으로 넣을게요."

발터 풀라스키는 회의실에서 15분을 기다렸다. 회의실 테이블은 깨끗하게 치워졌고, 그가 가져온 가방도 정리를 끝내고 의자 옆에 세워놓았다. 담뱃갑 안에 남은 건 담배 한 개비뿐이었다. 그가 오늘 하루 동안 피운 담배가 한 갑 반이다. 흡연 때문에 무덤으로 가는 날이 단축될 것 같은 기분이 들었다.

5분을 더 기다리는 동안 마지막 한 개비마저 꽁초가 되어 재떨이로 떨어졌다. 회의실에서 시계를 적어도 백 번은 본 것 같았다. 소냐 빌할름 박사는 나타나지 않았다. 그녀가 마르틴의 진료기록부를 손에 넣을 수 없을지도 몰랐다. 아니면 그녀의 마음이 바뀐 걸지도 몰랐다. 45세 나이에 일자리를 잃는다는 게 기분 좋은 일은 아닐 테니. 이대로라면 내일 아침 일찍 푹스 국장에게 휴직계나 사표를 들고 가야 할 것 같다.

드디어 복도에서 발소리가 들렸다. 회의실 문 앞에서 소리가 멈췄다. 풀라스키는 벌떡 일어났다.

누군가 회의실 방문 손잡이를 돌렸고, 문이 열렸다. 방 안으로 들어온 사람은 빌할름이 아니었다.

"준비되셨나요?"

볼프 병원장이 방 안을 둘러보며 거만한 표정으로 눈썹을 치켜세우며 말했다.

'떠날 준비야 됐지'라고 풀라스키는 생각했다. 그는 가방을 들고 재킷을 어깨에 던지듯 걸쳤다.

"끝났습니다."

"나가는 길을 안내해드리겠습니다."

당연하겠지. 밖으로 나가는 길에서 한마디 더 할 게 분명하다.

병원장을 따라 출구로 가는 복도를 걸어가면서 풀라스키는 후문 유리창으로 시선을 던졌다. 주차장은 비어 있었다. 빌할름의 차도 없었다. 지금까지 기다린 보람이 없었다. 빌할름에게 속았다. 어쩌면 그녀가 그를 도우려 했다는 사실 때문에 그가 더 위험한 상황에 처하게 될지도 모를 일이다.

건물 밖에서 볼프가 짤막하게 인사말을 했다. 그의 말 한마디 한마디가 풀라스키의 귀에는 이렇게 들리는 듯했다. '이제 여기서 당신을 다시는 보고 싶지 않소'라고 말이다. 문제없다! 분명한 이유 없이는 그도 영원히 이 병원 안에 다신 발을 들여놓고 싶지 않다고 생각했으니 말이다.

"안녕히 가십시오."

풀라스키는 대답하지 않았다. 그의 뒤에서 문 닫는 소리가 들렸다. 차를 세워둔 곳으로 갔다. 달빛에 희미하게 자동차 앞 유리에 종이 같은 것이 보였다. 차가운 밤공기가 품은 습기 때문에 종이는 좀 젖어 있었다. 그는 조심스레 와이퍼를 앞으로 젖히고 종이를 꺼냈다. 차 안으로 들어가 실내등을 켰다.

마르틴 호르너란 이름을 보자 그의 심장박동이 빨라졌다. 소냐 빌할름이 그에게 거짓말을 한 건 아니었다. 그는 마르틴의 서류를 손에 들고 재빨리 훑어봤다. 읽어본 내용만으로도 목이 콱 막혔다. 우연이라기엔 기가 막혔다.

풀라스키는 나타샤의 진료기록부를 얼른 가방에서 꺼냈다. 그는 두 개의 다른 서류를 양쪽에 나란히 놓고 날짜를 서로 비교해봤다.

3일 전에 세상을 떠난 마르틴 호르너뿐 아니라 나타샤 좀머 역시 19세였다. 마르틴도 9세 때 성적 학대를 당했고 범인은 잡히지 않았다. 이게 전부가 아니었다. 마르틴과 나타샤는 둘 다 고아였고, 둘 다 이 병원에서 처음 치료를 받기 시작했다.

그리고 또 한 가지 공통점이 있었다. 풀라스키의 목이 다시 콱 막혔다. 떨리는 손으로 그는 스프레이를 꺼냈다.

마르틴 호르너가 처음 강간을 당했던 건 8월 17일이었고, 이틀 뒤인 8월 19일에 나타샤가 같은 일을 당했다. 1998년이었다. 그 당시 두 사람은 브레머하펜의 병원에서 같은 의사에게 치료를 받았다.

19

"누구시죠?"

에블린이 다시 한 번 물어보기도 전에 상대 쪽에서 전화를 끊었다. 얼른 통화 버튼을 다시 눌렀지만 이번에는 아무도 전화를 받지 않았다. 벨이 다섯 번 울리자 전화를 받을 수 없다는 멘트가 흘러나왔다.

에블린이 전화를 내려놓았다.

"이런 망할."

파트릭이 조심스레 말했다.

"상대 목소리를 못 알아들었나 봐."

에블린이 생각에 잠겼다.

"전혀 모르는 목소리야. 크라거 대표 방에 가서 에어백 사건에 대한 서류를 찾아봐야 해. 어쩌면 새로운 단서를 찾게 될지도 몰라."

파트릭이 벌떡 일어나 개선장군처럼 열쇠 뭉치를 바지 주머니에서 꺼내며 말했다. 그가 에블린을 향해 고개를 끄덕였다.

"자, 사무실을 점령하러 갑시다!"

크라거의 사무실에는 벽마다 마호가니 책장이 있었다. 티크 나무로 된 방 칸막이 뒤편에는 초록 식물이 걸려 있었다. 책장에는 서류철이 빼곡히 들어 있었다.

파트릭은 방 안을 휘둘러 봤다.

"마지막으로 이 방에 왔을 때랑 크게 변한 건 없네."

에블린이 책상을 향해 고개를 끄덕였다.

"맞아. 당신 사진만 액자에서 빼냈지."

"내 사진이 없어졌다는 건 나도 눈치챘어. 여기 검은 머리 여자가 아버지의 세 번째, 아니 네 번째 부인인가? 세상에나, 이 여자, 나보다도 어린 것 같아."

파트릭이 손으로 가구를 쓱 문지른 다음 손가락을 유심히 봤다. 먼지 한 톨 없었다.

"여전히 깨끗하군. 그동안 변한 거라곤 책장 안에 서류철이 두 배 정도로 늘어난 것밖에 없어."

에블린이 말했다.

"그럼 어떨 거라 생각했어? 우린 일 열심히 하잖아. 어제저녁에 창사 25주년 기념 자축행사가 있었어."

"나도 알고 있어. 난 초대받지는 못 했지만 말이야."

에블린은 크라거의 목소리를 흉내 내며 말했다.

"네가 변호사로 일했더라면, 그리고 그런 구질구질한 뒷일이나 하는 사설탐정 따위 안 됐더라면, 그러면……."

파트릭이 말을 가로챘다.

"그렇다면 이렇게 많은 정보를 얻을 수 없었겠지."

에블린이 서랍을 열고 자료를 찾으며 말했다.

"그렇긴 하네. 맞는 말이야. 그런데 왜 사무실 열쇠를 크라거 대표가 되돌려달라고 안 한 거야? 평소에 그런 걸 잊을 분이 아닌데."

"아버지가 열쇠 가져가는 걸 잊은 건 아니야."

에블린이 고개를 들고 올려다봤다.

"내가 아버지한테 열쇠를 반납하기 전에 그걸 복사해뒀어."

에블린이 멈칫했다.

"당신 정말 구질구질한 뒷일이나 하는 사기꾼 맞네."

파트릭이 웃으며 말했다.

"하필이면 자기 고양이 이름을 사기꾼 이름인 보니와 클라이드라고 붙인 사람한테 이런 말을 들어야 하나? 그래도 너와는 반대로 난 적어도 내 사건을 마음대로 고를 수는 있어."

에블린이 말했다.

"그런 말 들어도 난 아무렇지도 않아. 믿거나 말거나."

파트릭이 서류가 담긴 책장 문을 열었다.

"우리 둘 모두 아는 사실은, 여기서 일하는 게 너한테 불행을 가져온다는 거지."

그는 서류철 위의 먼지를 입으로 훅 불었다.

"우리 아버지같이 돈이 되는 사건만 맡아서 직원을 혹사시키는 사람 밑에서 일하기에 넌 너무 영리하고 총명한 변호사야."

"그럼 대안이라도 있어?"

"그렇게 바보 같은 질문은 하지 마! 법학을 공부하고 형법강의와 세미나를 전부 이수한 게 뭘 위해서지? 뭔가 맞지 않고 이상한 생각이 들 때 네 배 속에서 꼬르륵거리는 소리만 들리잖아. 그것 말고 여기서 얻은 게 있어?"

그녀는 거짓말을 했다.

"그건 아냐."

파트릭이 한숨을 쉬었다.

"정말 유감이야. 네 직감은 항상 레이더가 달린 것 같았는데."

에블린은 홀로베크를 생각했다. 마지막으로 그와 통화할 때도 직감적으로 뭔가 이상하다는 것을 알았었다. 아주 희한한 기분이었다. 홀로베크는 거의 10년 동안 그녀의 멘토이자 회사에서 가장 가까운 사람이었다. 솔직한 속마음을 털어놓을 만큼 신뢰하는 사람이었다.

"리니, 넌 사람을 이해하는 능력이 뛰어나. 이제 그만 독립해서 변호사 사무실을 개업하고 형사사건 전문 변호인으로 활동하는 게 어때?"

"아직 멀었어."

그가 반박했다.

"말도 안 돼. 너도 벌써 서른두 살이야. 앞으로 얼마나 더 기다리고 싶어? 너희 부모님이 사고당하신 이후 세상엔 아무도 없잖아."

"아직 멀었다니까."

그가 손을 내저었다.

"휴, 알았어. 고슴도치가 또 가시를 뻗는군."

한동안 두 사람은 말없이 서랍을 차례차례 열어봤지만 별다른 걸 찾지는 못했다.

파트릭이 물었다.

"변호사와 말똥 담는 양동이의 차이점이 뭔지 알아?"

"흠, 양동이는……. 그래, 정말 재미있으니 그만하고! 서류는 찾았어?"

"아니, 그런데 우리가 뭘 찾는 거지?"

에블린은 신음 소리를 냈다. 그녀는 자문해봤다. 대체 어떻게 파트릭이 사설탐정으로 살아남을 수 있었는지 말이다. 이렇게 명청한 질문을 하는 걸 보면 사설탐정 자격이 있는지 의심스러웠다.

갑자기 파트릭이 어슬렁어슬렁 그녀에게 다가오더니 서류철 하나를 그녀의 코앞에 갖다 댔다.

"우리가 찾고 있는 게 이건가? 가브리엘 프랑게 대 오스트로백 회사 사건?"

바로 이거다! 에어백 사건. 파트릭은 서류철을 손에서 내려놓지 않고 그걸 들고 위아래로 흔들었다.

"길거리에서 죽은 개와 길에서 죽은 사설탐정의 차이가 뭔지 알아?"

그는 눈을 크게 뜨고 에블린을 바라봤다.

"모르겠어."

"개 앞에는 브레이크 자국이 있다는 거야."

그녀는 서류를 그의 손에서 낚아채어 크라거 책상 위에 죽 늘어놓았다.

"이리 와봐. 나 좀 도와줘. 우리가 찾아야 할 건 카페에서 나온 여자의 인적사항이야."

자료를 절반 정도 훑어보고 나니 증인들이 이야기한 내용이 나왔다. 일반 자료는 에블린이 홀로베크와 안단테에서 만났을 때 이미 본 것들이었다. 증인 자료엔 여종업원과 나이 든 남자, 신문 가판대 주인의 증언이 있었다. 젊은 여자가 카페에서 나와 시참사회 위원 프랑게의 자동차에 오르는 모습을 보았다는 내용이었다. 자동차는 바트 라이헨할에서 알펜가도 방향으로 갔다고 했다. 합성사진은 없었고 사람들이 젊은 여자에 대해 기술한 내용만 있었다.

파트릭이 소리 내서 읽었다.

"키가 크고 날씬하고, 너무 말라 부서질 듯하고, 얼굴은 창백하고, 나이는 18에서 20세 정도로 보였다. 여자는 긴 금발 머리로 귀여운 외모였다!"

에블린의 등에 식은땀이 흘렀다. 마침내 그녀는 발견했다.

"그래! 바로 거기!"

그녀는 마지막 두 단어는 거의 속삭이듯 말했다.

"끈 달린 파란색 원피스를 입은 젊은 여자."

파트릭이 물었다.

"이 여자가 바로 그 사람이야?"

"스스로 판단해봐."

에블린은 재킷 주머니에서 사진 몇 장을 꺼내 서류 옆에 나란히 놓았다.

"세상에! 이건 정말 믿기 힘들어."

파트릭의 입에서 생각지도 않게 튀어나온 말이었다.

며칠 전부터 그녀의 마음을 괴롭히던 이상한 기분이 괜한 상상은 아니었던 셈이다.

바로 그때 사무실 현관문 열쇠가 딸깍하는 소리가 들렸다. 에블린은 벌떡 일어났다.

그녀가 속삭였다.

"하필 지금이야?"

파트릭은 서류를 서류철 안으로 집어넣기 시작했고, 에블린은 문으로 가 크라거 방 전등 스위치를 껐다.

파트릭이 소리를 죽여 말했다.

"아무것도 안 보여."

에블린이 속삭였다.

"쉿, 조용히 해. 청소하러 온 아주머니일지도 몰라. 두고 간 걸 찾으러 왔겠지.”

그녀는 벽을 더듬으며 책상으로 다가가 열려 있는 서랍을 소리 나지 않게 닫았다. 그녀의 뒤를 파트릭이 서류를 들고 바스락거리며 따라갔다. 갑자기 그가 멈췄다.

복도에서 발소리가 들렸다.

에블린이 숨을 멈췄다. 청소하는 아주머니 소리가 아니었다. 키가 크고 덩치가 좋은 남자의 발소리였다. 소리가 사무실 쪽으로 다가오고 있었다.

갑자기 문이 열렸다. 불이 켜졌다. 슈트를 입은 남자가 문 앞에 서 있었다. 그의 시선이 에블린과 파트릭을 번갈아 보고 있었다. 눈빛에는 분노가 서려 있었다.

에블린의 입이 바짝 탔다.

파트릭이 중얼거렸다.

“잘 지내셨어요, 아버지?”

2주 전……

그녀는 사람들을 헤치고 걸어갔다. 남자들의 시선이 느껴졌고 등 뒤에서 뭐라 속삭이는 소리가 들렸지만 무시했다. 몇 걸음 더 걸어가자 사람들의 말소리가 술잔 부딪히는 소리와 피아노 연주 소리에 묻혀 들리지 않았다. 천박한 영혼의 미묘한 소리…….

테이블의 모습은 비슷했다. 겨드랑이 땀 냄새와 담배 연기, 달달한 향수와 애프터셰이브 냄새가 뒤엉켜 있었다. 무슨 얘기를 서로 주고받는 것같이 보였지만 실제 말소리는 들리지 않았다. 사람들은 자기 파트너 마음에 들려고만 애를 쓰는 것 같았다.

마침내 그녀는 그 남자를 발견했다. 남자는 사진보다 약간 나이 들어 보였다. 셔츠가 배 위로 불룩 솟아 있는 모습은 부풀어 오른 풍선 같았다. 넥타이는 너무 짧게 맸고 매듭도 아주 좁아서 허리띠같이 보였다. 이마 위와 목덜미, 두 뺨 위에 땀이 흐르고 있었다. 천장 윗부분 조명 아래 번쩍이는 그의 모습은 마치 한 마리 돼지 같았다. 그의 상체 역시 너무 뚱뚱해서 재킷 단추를 채우고 싶어도 그렇게 못 할 것 같았다. 몸짓을 써가면서 남자들 몇 명과 열심히 대화를 나누고 있었다. 그 주변에는 여자가 단

한 명도 없었다. 쉽게 풀릴 것 같았다. 적어도 며칠 전보다는 말이다.

그녀는 직접 그를 향해 갔다. 무슨 말을 해야 할지 그녀 자신도 알지 못했다. 기지 넘치는 말을 했던들 순전히 시간 낭비였을 것이다. 그래서 그녀는 그 앞에 서서 의미 없는 말을 했다.

"화장실이 어디 있는지 아세요?"

남자들은 한순간 모든 걸 알겠다는 시선을 던졌다. 입가에 씩 웃는 미소가 낌새를 알아차렸다는 표정이었다.

그런데 그녀가 다른 사람들의 말을 무시하고 그 남자만 바라보자 그가 맨 먼저 입을 열었다.

"젊은 아가씨가 아주 급하셨군. 따라와요, 내 옆에 있으면 안전하니까. 내가 길을 안내해주리다."

그가 미소 지었다.

머저리 같은 인간!

그녀는 부끄럼 없이 남자의 팔짱을 끼고 그를 따라 화장실로 갔다. 그는 말처럼 씩씩거리며 코로 숨을 헐떡였다. 남자의 재킷 소매를 따라 땀이 흐르는 걸 그녀는 감지했다. 옷 아래로 짐승에게서 나는 악취와 비슷한 냄새가 났다. 이런 생각이 들자 역겨워지기 시작했다.

"이것 좀 들고 계시겠어요?"

그녀는 남자에게 핸드백을 건네주면서 사라졌다. 대답을 채 기다리기도 전에 화장실로 들어가버렸다.

화장실 안에서 그녀는 천천히 10까지 세면서 숫자 하나하나를 셀 때마다 숨을 깊게 들이마셔 남자의 냄새를 떨쳐버리려 노력했다.

다 세고 나서 그녀는 복도로 나왔다. 남자가 마치 주인을 기다리는 강아지처럼 그녀를 기다리고 있었다.

남자가 물었다.

"아가씬 독일 사람이오?"

얼마나 기지 넘치는 질문인가!

"갈증이 나 죽겠어요. 목마른 말같이 목이 말라요."

그녀는 남자의 말에 대답 대신 이렇게 말했다.

남자가 웨이터를 쳐다보며 멈춰 섰다.

"내가 여기서……."

여자가 남자의 말을 가로막으며 말했다. 남자가 멍청한 생각을 하고 있을까 봐 선수를 쳤다.

"여기 샴페인은 대야에 담긴 얼음물 같아요. 게다가 사람이 너무 많아 신경 쓰이고 짜증 나요."

남자가 머뭇거리며 말했다.

"나도 자선행사 같은 걸 좋아하지는 않지. 우리 둘이 방해받지 않을 만한 좋은 술집을 알고 있기는 한데."

방해받지 않을 만한? 일말의 희망을 품은 말인가? 남자들의 머릿속에 생각이 있기나 한지 때로 그녀는 놀랄 때가 있다. 이 남자가 대체 무슨 생각을 하고 있는 걸까? 그녀가 정말 저런 늙은이와 술집에 들어가고 싶다고 생각하나?

그녀가 물었다.

"어딘데요?"

"바로 길모퉁이에 있소."

그녀는 남자에게 윙크했다.

"우리가 가는 곳이 앙트레 누인가요?"

남자는 잠시 생각했다.

"아가씨가 원한다면 앙트레 누로 갈 수도 있소. 좀 멀긴 하지만 그래도."

완벽했다! 그녀가 미소 지었다.

"아, 그래요! 좋아요. 부모님께 얼른 전화 한 통화만 할게요."

남자가 턱을 밑으로 떨어뜨리고 의아한 듯한 표정을 지었다.

그녀가 깔깔대고 웃으며 손을 입에 댔다.

"농담이에요. 어서 가요!"

약속한 대로 앙트레 누에 도착했다. 그리 크지 않은 규모에 몽환적인 느낌의 바라 적어도 이곳에서는 남의 시선을 느끼지 않고 방해받지 않을 수 있었다. 특히 모퉁이에 오목하게 들어간 공간에 있는 테이블은 외딴곳이라 더 좋았다. 웨이터 앞을 지나갔지만 다행스럽게도 그는 그녀를 다시 알아보지 못했다.

샴페인을 연거푸 몇 잔 마신 뒤 남자는 드디어 그녀를 더듬기 시작했다. 적지 않은 비용이 나왔을 터다. 평상시에 그녀는 끈이 달린 원피스를 입어서 어깨끈이 저절로 흘러내리게 놔둔다. 그러면 상대방의 시선이 자신의 어깨와 가슴에 머무르고 상대는 야릇한 기분을 느끼게 된다. 그런데 이번엔 그럴 필요가 없었다. 남자는 이곳으로 오는 차 안에서 이미 수컷 말처럼 그녀를 덮치려 했다. 그녀는 남자에게 차 안에서 자기 몸에 손을 대기 전에 먼저 마실 것을 사줘야 한다고 설득했다. 남자의 집에는 부인이 있어서 갈 수 없었다. 부인은 행사를 마치고 집으로 올 남편을 기다리고 있었다.

남자가 충분한 양을 마시자 그녀는 테이블 위로 몸을 숙여 남자의 귀에 대고 속삭였다.

"준비됐어?"

"몇 시간 전부터."

"화끈하게 달아올랐어?"

"당연하지. 계속 달아올라 있어. 화끈해!"

"뒤에서 하고 싶어. 지금 당장!"

남자가 자리에서 벌떡 일어났다. 얼마나 급하게 일어났는지 테이블 위에 있던 샴페인 잔이 흔들거릴 정도였다. 남자는 손으로 자기 바지를 더듬거렸다.

그녀는 이런 상황이 올까 봐 걱정했었다. 이 멍청이가 술집 한가운데서 옷을 벗기라도 하면 어쩌나 하고 말이다. 다행히 남자는 바지 주머니에서 지갑을 꺼내려 했던가 보다. 지갑에서 지폐 몇 장을 꺼내 테이블 위에 올려놓고 남자는 그녀 손을 잡고 서둘러 클럽을 나왔다.

밖은 선선했다. 그녀는 팔에 닭살이 돋는 느낌이었다. 그녀의 유두가 빳빳해졌다. 남자가 재킷 안을 더듬어 자동차 열쇠를 찾으면서도 시선은 그녀의 가슴에 고정되었다.

"나도 너처럼 후끈 달아올랐단다."

머저리 같은 인간!

남자가 비틀거리며 자동차로 걸어갔지만 그녀가 남자 앞에 길을 가로막고 섰다. 그녀가 반응할 틈도 없이 남자의 손이 그녀의 엉덩이를 주무르기 시작했다. 그녀는 남자 손에서 자동차 키를 빼앗았다. 그리고 남자의 손을 뿌리치고 몸을 빼냈다. 그는 비틀거리며 그녀를 뒤따랐다.

"이렇게 취한 채 차를 운전할 순 없잖아. 안 그래?"

남자가 씩 웃었다.

"이 상태로 운전해서 아무 데도 못 가지."

그녀는 남자에게서 한 발 물러났다.

"이크!"

발을 번쩍 들고 그녀는 공사장 차단봉을 뛰어넘었다.

남자가 어깨 너머 다른 방향을 가리켰다.

"차는 저쪽에 있는걸."

그녀가 키득거렸다.

"여기 있는 이 포르쉐를 탈 거라고 생각했는데?"

그녀가 다른 차를 가리키며 팔을 앞으로 쭉 내밀면서 말했다. 그때 손에서 자동차 열쇠가 미끄러지면서 하수구 속으로 툭 떨어졌다.

당황한 남자가 바닥을 내려다봤다. 그리고 소리쳤다.

"이런 칠칠치 못한 계집애 같으니라고."

둔한 몸짓으로 남자가 공사장 차단봉을 넘어 비틀거리며 하수구까지 걸어왔다.

"네가 열쇠 다시 꺼내 와!"

"내 옷이 찢어질 텐데, 그렇게 할 순 없잖아!"

남자가 욕을 퍼부었다.

"이런 젠장! 구조대를 부르면 몇 시간은 걸릴 테고."

"그렇게 깊지는 않아."

남자가 구멍 속을 뚫어져라 쳐다봤다.

남자의 시선이 그녀 쪽으로 향하자 그녀는 입을 샐쭉거리며 말했다.

"그럼, 우리 오늘 밤 그 짓 못 하겠네?"

한숨을 쉬면서 그녀는 손으로 음부를 만졌다.

"이런 망할!"

남자가 욕을 하면서 무릎을 구부리며 앉았다.

남자가 몸을 구부려 안을 보는 순간 그녀가 남자의 뒤로 갔다.

"여기 끔찍하게 깊어. 안으로 들어갈 수 있을지 모르겠……."
남자는 더 이상 말을 잇지 못했다.

9월 17일, 수요일

20

이제 겨우 아침 9시인데 두 시간 전부터 발터 풀라스키의 사무실 전화 벨이 5분이 멀다 하고 끊임없이 울렸다.

마르틴 호르너의 진료기록부에는 몇 가지 논란이 될 요소가 있었다. 이럴 것이라고는 아무도 생각하지 못했다. 검사도 마찬가지였다. 심장 마비로 3일 전에 사망한 마르틴이란 환자의 이름이 나타샤 좀머와 함께 과거로 영원히 묻힐 것처럼 보였었다. 마르틴의 사망 사실이 콜러 검사의 마음을 최종적으로 움직였다. 이른 아침 풀라스키와 푹스 국장과의 뜨거운 논쟁 끝에 콜러 검사는 입증 증거 절차를 다시 받아들이기로 결정했다. 수사를 재개하게 된 것이다.

한 모금도 못 마신 채 식어버린 블랙커피를 드디어 입에 대려는 순간 또다시 전화벨이 울렸다.

풀라스키는 수화기를 뺨과 어깨 사이에 대고 볼펜 손잡이 버튼을 내렸다 올렸다 했다.

"풀라스키입니다."

"잘 지내?"

법의학과의 마이케였다. 그녀의 목소리는 밤새워 일한 것처럼 들렸다.

풀라스키는 의자를 창가 쪽으로 밀었다.

"고마워. 지금 너무 정신이 없어. 뭐 새로운 사실이라도 있어?"

"나도 잘 지내."

"어서 얘기해봐."

그가 투덜대며 말했다. 지금은 정말 개인적 잡담을 할 시간이 없었다.

마이케는 한숨을 쉬었다.

"DNA 분석을 더 해야 해."

나타샤의 부검 결과가 최종적으로 나올 때까지는 몇 주가 걸릴 수 있다는 사실을 풀라스키는 알고 있었다. 하지만 그 말을 전하려고 이 시간에 전화한 게 아닌 건 분명했다.

"그동안 발견한 사실이라도 있어?"

"그 환자 임신 중은 아니던걸."

풀라스키는 목덜미를 문질렀다. 또 다른 충격이다.

"그런데 흥미로운 사실을 알아냈어. 이 사람 나탈리아……."

풀라스키가 이름을 정정했다.

"나타샤!"

"나타샤는 공복에 먼저 진을 반병 마셨고 그런 다음 파라세타몰 주사를 맞았어."

풀라스키가 말했다.

"이미 술에 취한 상태에서 진통제 주사를 맞았다는 거군. 나타샤는 너무 취해 있어서 자기 손으로 주사기를 들고 팔에 주사를 놓을 수가 없는 상태였어. 게다가 혈관을 찾는다는 건 불가능해."

풀라스키가 덧붙였다.

"그리고 나타샤는 왼손잡이인데 왼쪽 팔뚝에 놓기는 더 어렵지."

그는 감시카메라 화면에서 본, 병원 담을 넘었던 머리가 희끗한 남자를 떠올렸다.

"나타샤가 언제 죽었는지 사망 시간을 알아?"

"간의 온도로 봐서는 새벽 4시 반에서 5시 사이로 보여. 검사 결과를 더 기다려봐야겠지만, 내 생각에 사건 진행은 이렇게……."

마이케가 종이를 여러 장 넘기는 소리가 전화기를 통해 들렸다.

"파라세타몰은 간에서 분해돼. 용량이 초과될 경우 이 약이 중화되지 못하고 간세포를 공격하게 되는 거야. 게다가 알코올과 결합되면 신진대사에서 과산화 과정이……."

"좀더 알기 쉽고 분명하게 얘기해줘. 난 의사가 아니잖아."

"당연히 그렇겠지. 쉽게 말해 간 장애가 왔고 그다음 뇌가 혼수상태에 빠져 사망에 이르게 된 거야."

"그 말을 들으니 살인범이 의사처럼 들리는걸."

"꼭 그런 건 아니야. 나타샤의 기록을 슬쩍 보고 그녀가 병적인 체중 미달인 위축증과 간질환이 있다는 것만 알아도 충분히 저지를 수 있으니까. 나머지는 인터넷에서 검색해보면 다 나오는 내용인데 뭘."

분명 그렇게 단순하지만은 않았을 거라고 풀라스키는 생각했다. 그때 전화기 다른 내선에 불이 깜빡였다.

"고마워, 마이케. 이제 그만……."

그녀가 그의 말을 끊었다.

"한 가지 사실이 더 있어."

그는 계속 깜빡이는 전화를 보며 말했다.

"그럼 빨리 말해줘."

"싸운 흔적도 없고, 폭력으로 외상을 입은 곳도 없고, 그녀의 손톱 밑에 타인의 피부조직이나 혈흔도 없었어. 그래서 처음엔 나타샤가 살인범을 알고 있을 거라 생각했지. 면식이 있었으니 저항하지 않았겠구나 하고. 그런데 그다음에 그 진짜 이유를 찾아냈어."

풀라스키는 전화기 불빛을 바라보며 말했다.

"그게 뭔데?"

"어깨에 아주 작은 구멍 두 개가 있었어. 그녀의 상박근이 부자연스럽게 부풀어 오른 게 이상했지. 혈액 내 약물검사 결과가 아직 안 나왔지만 내 생각엔 나타샤가 보톡스를 근육주사로 맞은 것 같아."

"보톡스라고? 뱀의 독?"

"비슷한 거야. 보톡스는 주로 경련치료에 쓰이는 약이야. 신경 자극을 막는 거지. 그러면 근육이 보통 때처럼 긴장하지 않게 돼. 고용량을 쓰면 마비가 되어 주사 맞은 자리를 잘 움직일 수 없게 만들어버려."

풀라스키가 정리를 했다.

"나타샤를 살해한 범인이 그녀를 먼저 국부마취를 시켰고 그런 다음 술에 취하게 만들었고 마지막으로 파라세타몰 주사를 놓았다고 볼 수 있겠군. 고마워, 마이케. 기막힌 사실을 알아내다니. 당신 최고야!"

그는 전화기를 내려놓고 다른 내선 버튼을 눌렀다.

경찰서 내부 필적감정사 비버였다.

"일기장과 유서, 병원의 다른 서류에 있는 나타샤의 서체를 비교해봤네."

풀라스키는 커피 잔을 집어 들었다.

"동일 인물 서체이던가?"

"자네가 직접 봐야겠어."

풀라스키는 한 모금도 마시지 않은 채 커피 잔을 책상에 내려놨다.

"비버, 이거 단순한 질문이잖아! 서체가 같은 사람 것이라는 건가, 아니라는 건가?"

"그렇다고 볼 수도 있고 아니라고도……. 일단 자네가 지금 이리로 와서 보게나."

21

비버의 사무실에서 풀라스키는 모니터를 뚫어져라 보았다. 비버가 각각 두 개의 다른 문서를 스캔했다. 초록색 선으로 서체의 특이한 부분을 표시해놨다.

"치료 시간에 끼적여놓은 낙서체는 일기장의 서체와 완벽하게 일치해."

비버가 또 다른 화면을 클릭했다.

"그런데 어떤 글자는 완전히 다른 사람이 쓴 것처럼 보여. 분명 나타샤의 글씨라고 준 건데도 말이야."

풀라스키는 "아니에요, 형사님은 제가 무슨 얘기 하는지 모르실 거예요. 제 말은 나타샤 자신이 이걸 썼다는 거예요. 그녀의 다른 분열된 자아가 아니라는 거죠"라고 했던 소냐 빌할름 박사의 말을 떠올렸다.

나타샤는 해리성정체장애를 앓았다. 이 병을 가진 환자들의 글씨를 보면 필적 전문가들도 전부 고개를 절레절레 젓게 된다.

"그럼 유서는 어때?"

"유서 서체는 일기장의 것과 80퍼센트 정도 일치해."

비버가 클릭해서 다른 화면을 보여줬다.

초록색 선이 표시되어 있었다.

난 항상 착해지려고 노력한다. 그런데 나의 내면은 악하고 더럽다. 난 탕녀다.

"이 글씨는 말이야, 어딘가 모르게 산만하고 힘이 없어. 마치 술에 취해 쓴 것처럼 보여."

아니면 어깨에 보톡스를 맞고 썼을지도 모르지, 하고 풀라스키는 생각했다.

지금까지는 수사를 하면서 길을 잘못 들어섰었다. 사실은 나타샤가 직접 유서를 쓰지 않았던 것이다. 살인범이 그녀의 손으로 유서를 쓰게 시킨 것이다. 살인범이 그녀에게 보톡스를 놓아 마비시켰고, 그런 다음 술에 취하게 하고 이 유서를 강제로 쓰도록 한 것이다. 살인범은 수사에 혼선을 일으키려고 했던 것이고 이 사건을 단순히 병원 내에서 자행된 자살로 몰고 가려 했던 것이다. 지금까지의 정황을 봐서 범인이 병원 외부 사람일 것이라는 생각이 풀라스키의 마음속에 전보다 더 확실하게 들었다. 병원 내부 인물과는 상관없는 사건이 분명했다.

"정말 수고 많았네, 비버. 이 내용에 대해서 얼른 보고서를 써야겠어."

풀라스키는 비버의 방을 나왔다. 마침내 사건의 전환점이 왔다. 이 시점에서 풀라스키는 우선 뜨거운 커피 한 잔과 치즈 샌드위치가 더 급했다. 담배도 필요했다. 배 속에서 전쟁이라도 난 듯 꼬르륵 소리가 크게 들렸다.

주방으로 가고 있는데 누군가 복도에서 그의 이름을 부르는 소리가 들렸다.

말테가 바퀴 달린 의자를 끌고 자신의 사무실 문에서 복도로 나와 풀라스키를 부르고 있었다.

"풀라스키! 이리 와봐. 보여줄게 있어."

"급한 건가?"

"아마 놀랄걸."

풀라스키는 커피와 담배를 기꺼이 포기했다.

말테의 책상 위에 병원 감시카메라 녹화 테이프가 쌓여 있었다. 한 시간 전에 직원이 병원에서 가져온 것이었다.

말테는 손을 흔들면서 말했다.

"자네 말이 맞아. 병원 뒤쪽. 3시 22분. 이자가 담을 넘었어."

말테가 그에게 종이를 건넸다.

풀라스키가 말했다.

"나쁘지 않군."

"화면을 밝게 했고 최선을 다해 작업했어. 더 이상은 안 되네."

풀라스키는 컴퓨터로 합성해서 작업한 사진을 들여다봤다. 이 정도의 화질이면 공개수배를 하는 데 큰 무리는 없어 보였다. 머리가 희끗희끗한 남자는 60세 정도로 보였고 뺨이 움푹 들어간 초췌한 얼굴이었다.

그때 누군가 복도에서 큰 소리로 그를 불렀다.

"풀라스키! 사무실 전화벨 소리에 미쳐버리겠어. 지금 안 받으면 전화기 코드를 뽑아버릴 거야!"

풀라스키는 사무실 의자에 앉아 전화기를 들었다. 외부 전화로 그가 모르는 번호였다.

"여보세요?"

그는 툴툴거리듯 말하며 다 식어버린 커피를 유카 그림이 있는 잔에 따랐다.

"형사님, 안녕하세요?"

폴라스키는 긴장이 풀리면서 얼굴에 미소가 지어졌다. 소냐 빌할름 박사였다.

"안녕하세요, 박사님? 제가 전화를 드리려 했는데 지금 여러 가지 일이 겹쳐서 못 드렸습니다."

"어제저녁 제가 드린 것 받으셨나요?"

그는 자동차 앞 유리에 있던 마르틴 호르너의 인적사항을 떠올렸다.

"네, 감사합니다. 그래서 여기도 이제 정신없는 지옥이 시작됐어요. 콜러 검사가 입증 절차를 다시 받아들였어요."

"저도 알아요. 그 사람이 오늘 아침에 전화했는걸요. 마르틴의 서류가 어떻게 형사님 손에 들어가게 됐는지 알고 싶어 하더라고요."

콜러 검사가 폴라스키에게 직접 전화해서 물어볼 수도 있었을 텐데, 왜 자기 전 부인을 곤란하게 했던 걸까.

"그래서요?"

빌할름이 대답했다.

"제가 사실대로 말했죠. 마르틴의 서류가 환자 기록 서류철에 실수로 들어가 있었고 그걸 한나가 회의실로 가져와 형사님께 드렸다고요. 어쩌면 한나가 사망자 인적사항 서류를 정리하는 걸 깜빡하고 그 안에 넣어둔 것 같다고 했어요."

폴라스키는 전화기 저편에서 싱긋 웃는 모습을 보는 듯했다.

"대단한 연기 실력으로 처리하셨네요."

빌할름 박사가 웃었다.

"고맙습니다. 지금 상황이 잘 돌아가고 있죠, 안 그런가요? 마르틴의 부검 결과가 나오면 더 자세히 알게 되겠지만, 어제가 장례였고⋯⋯."

부검이라니? 폴라스키는 더 이상 귀담아 듣지 않았다. 빌할름의 목소리는, 그녀가 천공 어딘가로 사라지는 것 같았다. 그는 자기 책상 위에 쌓여 있는 서류 더미를 바라봤다. 맨 위에 그가 작성한 마르틴 호르너의 시체 발굴 허가 신청 서류가 있었다. 신청서를 절반 정도 완성한 상태였다. 그는 신청서를 다 쓰면 오전 중에 검사에게 팩스로 보낼 계획이었다. 검사에게 보낼 보고서를 먼저 작성하고 발굴 허가 신청서를 보내려 했던 것이다.

그가 빌할름의 말을 가로막고 물었다.

"부검이라뇨?"

빌할름은 잠시 쉬었다 말을 이었다.

"네? 뭐라고 하셨죠? 형사님이 마르틴의 시체 발굴 신청서를 작성하시지 않으셨어요?"

폴라스키는 반쯤 작성한 서류를 쳐다봤다. 지금 그가 다른 장면 속에 있는 걸까?

그가 물었다.

"그럼, 발굴 작업이 이미 진행된 건가요?"

"병원 근처에 있는 공동묘지에서 진행 중으로 알고 있어요."

뭔가 상황이 이상하게 돌아가고 있다.

폴라스키는 콜록거리며 말했다.

"제가 아직 아침도 못 먹어서 진한 커피 한 잔부터 마셔야겠습니다. 공동묘지로 오시겠습니까? 그리로 오실 생각 있으세요?"

22

공동묘지는 코스푸데너 호수 근처 코부르거 거리에 있었다. 마르틴 호르너가 있었던 병실에서 묘지까지는 자동차로 몇 분 정도의 거리밖에 되지 않았다.

풀라스키는 자신의 차 스코다를 공동묘지 입구에 주차했다. 소냐 빌할름이 문 앞에서 기다리고 있었다. 어제처럼 그녀는 머리를 하나로 올려 묶었다. 블라우스 밖으로 장식이 달린 보석 목걸이를 하고 있었고 몸에 붙는 스커트를 입고 있었다. 나이에 비해 몸매가 좋았다.

풀라스키가 다가가자 그녀는 종이컵에 담긴 블랙커피와 치즈 샌드위치를 건넸다. 샌드위치는 투명 플라스틱 용기에 담겨 있었다.

"채식주의자시죠, 안 그래요?"

고맙다는 인사를 하면서 그는 커피와 샌드위치를 받아 들었다.

"제가 박사님께 저녁식사 대접으로 빚을 갚아야 한다는 사실을 꼭 기억하십시오."

"제가 경고하는데요, 저는 그런 걸 꼭 염두에 둡니다."

"그러길 바랍니다."

그녀가 웃었다.

그가 마지막으로 여자와 만나 대화를 나누며 웃었던 적이 대체 언제였던가? 세상에, 벌써 몇 년 전 얘기다. 그런데 이렇게 몇 년 만에 여자와 대화를 나누는 장소가 하필이면 공동묘지라니! 죽 늘어선 묘지와 초, 화환, 대리석 묘비 위에 새겨진 글귀를 보니 카린의 장례식 생각이 났다. 한 달에 한 번 정도 그는 그녀의 묘지를 찾아간다. 대개는 그의 딸이 학교에 갈 시간이나 친구 집에 놀러 갔을 때 카린의 묘지에 들렀다. 아빠가 엄마를 하염없이 그리워해서 주인 잃은 개처럼 슬퍼하고 있다는 사실을 딸에게 들키고 싶지 않아서다.

두 사람은 공동묘지 관리사무소를 지나갔다. 길 양쪽에 덤불이 우거져 있었다. 키가 큰 나무들이 공동묘지를 둘러싸고 빽빽하게 우거진 나뭇잎 틈새로 태양이 비치고 있었다. 어제처럼 빌할름 박사는 오늘도 꽃 한 송이를 꺾더니 꽃잎을 하나하나 음미하듯 손가락으로 뜯었다.

풀라스키는 컴퓨터로 뽑은 백발 남자의 합성사진을 빌할름에게 보여줬다.

빌할름이 물었다.

"병원 뒤편에 있는 담인가요?"

"네, 그래요. 이 남자를 아십니까?"

그녀가 고개를 저었다.

"제가 알아야 하는 사람인가요?"

마르틴 호르너와 나타샤 좀머가 10년 전 불과 며칠 사이로 브레머하펜에 있는 병원에 입원했고, 그곳에서 두 사람이 같은 의사의 치료를 받았다고 풀라스키가 설명했다. 그러고는 빌할름에게 물었다.

"마르틴과 나타샤가 이전부터 알고 있던 사이인가요?"

"제가 나타샤를 담당한 이후로 그 애는 단 한 마디도 말을 하지 않았어요. 나타샤는 나서는 성격이 아니고, 항상 뒤에서 맴도는 아이였죠. 그래서 다른 환자들과 거의 접촉이 없었어요. 그리고 저는 마르틴을 한 번도 못 봤어요. 두 사람이 10년 전에 브레머하펜에서 처음 치료를 받았다는 게 단순한 우연은 아닐까요?"

"그럴지도 모릅니다. 그런데 두 사람이 10년 뒤 며칠 간격을 두고 사망했다는 것도 우연일까요?"

빌헬름은 침묵했다. 두 사람은 분수대를 지나갔다. 그 앞에는 양철 물뿌리개가 열 개 정도 세워져 있었다. 삽으로 땅을 파는 소리가 들렸다. 멀지 않은 곳에서 마르틴의 관을 꺼내는 작업을 하고 있는 듯했다.

풀라스키는 샌드위치를 한입 베어 물고 커피를 마셨다.

"마르틴이 병원에 온 이유는 뭐죠?"

그녀는 어깨를 으쓱했다.

"병원에 들어온 이유가 뭐냐고요? 학대와 폭력을 당해 삶이 부서져버린 희생자이기 때문이에요."

"마르틴의 기록부에 보면 나타샤와 똑같이 성적 학대를 당했다고 되어 있던데요."

"마르틴을 담당했던 의사는 제 동료예요. 제가 알고 있기로는, 마르틴의 외상후증후군이 어떤 이유로 생겼는지 상세하게는 모르는 것 같아요. 어린 시절 당한 사건으로 인해 해리성 기억상실증으로 진행된 거죠."

풀라스키의 시선을 느꼈는지 그녀는 재빨리 부연 설명을 했다.

"제 말은 마르틴이 성적 학대를 당했다는 사실을 더 이상 기억하지 못한다는 거예요. 나타샤도 그랬지만 마르틴도 해리성정체장애를 앓았다는 거죠."

"다중인격장애?"

"과거에는 그렇게 불렀죠. 요즘은 해리성정체장애라고 해요. 이 질환을 앓고 있는 환자들 치료는 다른 환자들보다 더 힘들어요. 이 아이들은 고통과 징벌, 성적 학대 등 아픈 사람들이 생각해낼 수 있는 모든 것을 전부 겪었잖아요."

"마르틴 같은 경우 어떤 일을 당했을까요?"

빌할름은 어깨를 으쓱했다.

"아마도 폭력적인 아버지, 매 맞는 어머니, 성에 무방비로 노출된 외설적 환경? 우리도 그건 모르죠. 아무튼 마르틴이 겪은 끔찍한 사건들은, 다른 아이들 같으면 그 때문에 죽었을 수도 있는 심각한 겁니다. 그런데 마르틴이나 나타샤 같은 경우는 끔찍한 경험을 자신의 내면에서 저 멀리 밖으로 밀어내는 능력을 가지고 있어요. 그런 아이들은 마치 사건이 전혀 발생하지 않았던 것처럼 생각 밖으로 몰아내버리죠. 폭력 또한 아이들의 인성을 말 그대로 산산조각 내버립니다. 이 아이들은 사건을 자신들의 정신세계에서 멀리 다른 곳으로 보내버립니다."

풀라스키는 손가락을 튕기며 말했다.

"그냥 그렇게 간단히 보내는 겁니까?"

"물론 그런 건 아니죠. 성폭행당한 아이들은 자신이 겪은 일을 먼저 무의식으로 밀어놓습니다. 계속되는 사건에 아이들은 자신과 거리를 두고 성폭행을 일종의 관람자의 입장으로 인지하는 겁니다. 폭력이 끝나지 않고 계속된다면 아이들의 영혼이 맨 마지막 단계까지 가서 갈기갈기 찢어지는 겁니다. 네다섯 개의 분열된 자아가 생겨서 자신의 자아가 분리되는 거죠. 폭력을 희생자의 처지에서 견디기 위해서, 정확하게 그러기 위해 생겨난 것으로 보입니다. 그래야 더 잘 지낼 수 있으니까요."

풀라스키가 샌드위치 포장박스와 일회용 커피 잔을 쓰레기통에 던지며 말했다.

"생존하기 위한 전략처럼 들리는군요. 그런데 이런 아이들이 10년 혹은 그 이상을 정신과 병원에 머물러야 한다는 게 일반적인 겁니까?"

빌할름이 풀라스키의 말을 정정했다.

"머무르기만 하는 건 아닙니다. 그 아이들 중 몇몇은 병원에서 거주하고 있습니다. 공식적으로 그들은 환자나 고객이라고 부르지 않고 상주자로 부릅니다. 사회복지사가 돌봐주는 공동체에서도 생활할 수 없는 아이들이거든요."

"공동체로 간다면 어떻게 되는 거죠?"

그녀는 어깨를 으쓱했다.

"어떤 이들은 공격적이고, 또 어떤 이들은 지속적인 공포 상태에 있거나 알레르기, 억압, 우울증, 섭식장애, 수면장애, 혈액순환장애, 위장장애, 경계성 인격장애 등을 앓아요. 질병 목록을 대자면 끝이 없어요. 다수가 나타샤처럼 병적인 체중 감소, 즉 위축증 증세를 보이지요. 그리고 수없이 많은 자살 시도로 흉터도 있고요. 자신의 삶을 올바른 선상에 놓을 수가 없어요. 왜냐하면 이들은 몇 시간 전, 며칠이나 몇 주 전에 어떤 일이 일어났는지 계속 잊어버리기 때문이죠. 다른 사람으로 인해 일어난 고통과 그걸 기억하지 않으려는 행동으로 인해 살아가는 능력을 배울 수가 없는 셈이에요. 형사님 얼굴에 이해가 안 간다고 써 있네요."

"이해하기 어렵네요."

빌할름은 양팔을 쭉 뻗었다.

"해리성정체장애를 가진 사람을 방이 열 개, 열두 개 정도 있는 아파트라고 생각해보세요. 각각의 분열된 자아는 아파트에 단 하나의 방만 있

다고 믿고 있어요. 다른 방이 있다는 사실을 전혀 모르죠. 다른 공간이
존재한다는 것 자체를 모르고 있는 거예요."

풀라스키의 등줄기를 따라 식은땀이 흘렀다.

"기가 막히는군요."

두 사람은 발굴 작업을 하는 무덤 앞에 다다랐다.

작업복을 입은 인부 두 명이 구덩이 안에 들어가서 관 아래로 줄을 밀
어 넣는 작업을 하고 있었다.

인부 중 한 명이 중얼거렸다.

"어제는 묻고, 오늘은 또다시 끄집어내다니."

다른 남자가 맞장구쳤다.

"위대한 양반들은 자기들이 뭘 할지 알지 못한다니까."

"조용히 해요! 일이나 계속하세요!"

검은색 정장을 입은 젊은 남자가 나무 그늘에 서서 묘지 안에 있는 인
부를 쳐다보며 말했다. 풀라스키와 빌할름이 걸어오고 있는 것을 알아
차리자 남자는 노려봤던 거만한 자세를 조금 풀고 두 사람이 있는 쪽으
로 다가갔다.

풀라스키는 빌할름을 보며 낮은 목소리로 말했다.

"이런, 저 사람 아는 사람이에요."

빌할름이 속삭이듯 말했다.

"형사님이 전에 체포했던 사람인가요?"

풀라스키가 대답했다.

"차라리 그렇다면 좋겠네요. 지금부터 이 사건은 우리 손에서 떠나갔
군요."

바로 그때 그의 휴대폰 벨이 울렸다.

말테였다.

"폴라스키, 자네 지금 어디를 싸돌아다니는 건가?"

"마르크클레베르크 공동묘지."

말테가 키득거리며 말했다.

"자네 무덤을 파고 있는 거야?"

그 말이 끝나자 곧바로 말테는 다시 진지한 목소리로 말했다.

"자네 얼른 사무실로 들어오는 게 좋겠어. 수사는 저들 손으로 넘어갔고 증거를 찾으려고 손톱 밑까지 파헤치고 있어."

"지금 내 눈앞에 보고 있네."

말테가 말한 '저들'이 누구인지는 아직 밝혀지지 않았다. 폴라스키는 전화기를 주머니에 넣었다.

다음 순간 검은 슈트 차림의 젊은 남자가 두 사람 앞에 서 있었다. 금속테 안경에 손목엔 롤렉스 시계가 반짝였다. 셔츠 깃을 빳빳하게 세우고 실크 넥타이에 은색 넥타이핀을 한 차림이었다. 폴라스키의 아들이라 해도 될 정도로 어려 보였다.

젊은이가 말했다.

"작센 주 범죄수사국에서 왔습니다. 두 분 신분증을 보여주시겠습니까?"

23

풀라스키는 이 청년의 이름이 빈터레거라는 걸 알고 있었다. 드레스덴에 있는 작센 주 범죄수사국에서 가장 어린 형사였다. 풀라스키의 동료가 이 형사와 몇 번 일을 한 적이 있어서 알고 있었다.

빈터레거는 풀라스키의 신분증을 보더니 고개를 흔들었다.

"풀라스키 경위, 현장출동 담당이라."

젊은 형사의 말투와 태도는 건방이란 병에 걸린 것 같았다. 갓 대학을 졸업해서 드레스덴의 사무실에서 근무하는 건방진 젊은이 눈에 현장출동 근무란 어차피 은퇴 전 마지막 단계였다. 그저 친절한 막노동꾼 같은 사람일 뿐이다. 현장 확인하고, 증인 심문하고, 지문 채취하고, 증거 서류 정리하는 일을 하는 사람들. 그래서 현장출동 근무하는 사람 덕분에 범죄수사국에서 나온 사람들은 손가락 하나도 더러워질 염려가 없는 고마운 존재일 뿐이다.

하지만 현장출동 근무라고 해도 풀라스키의 경우는 다른 사람과 좀 달랐다. 그가 계속 이 일을 했던 것도 아니다. 5년 전에 그는 라이프치히를 떠나 근무처를 옮겨야 했다. 라이프치히에 근무하는 이전 동료들을 알고 있지만, 이런 사실을 젊은 애송이가 알 턱이 없다.

빈터레거가 말했다.

"당신이 근무하는 곳과 이미 통화했습니다."

발굴 작업을 하는 묘지를 곁눈질하면서 젊은 형사는 안경을 코 위로 올렸다. 그러자 손목에 있는 롤렉스 시계가 눈에 들어왔다. 롤렉스를 보이려고 안경에 손을 댄 것 같았다. 꽤나 신경에 거슬리는 작자다. 분명 오늘이 그로서는 처음으로 시체를 발굴하는 날일 것이다. 이 작자는 커프스단추까지도 은으로 된 걸 달고 있었다.

"제 말을 듣고 계시기는 한 겁니까?"

"그럼요."

풀라스키는 담배 한 개비를 꺼내 불을 붙였다. 카린의 말이 맞았다. 그의 선입견이 나이가 들어갈수록 더 나빠지고 있다. 이대로 계속된다면 머지않아 집에 콕 박혀서 낯선 사람과의 접촉을 피하는 게 나을지도 모르겠다.

"콜러 검사가 수사권을 작센 주 범죄수사국으로 넘겼습니다. 이번 사건을 우리가 넘겨받았으니 라이프치히 경찰 강력반은 우리가 수사하는 데 도움을 주시면 됩니다."

도움을 준다! 이 말을 들었더라면 지금까지 애쓴 푹스 국장이나 비버, 말테, 다른 동료들이 열을 냈을 텐데.

"그러기엔 너무 이른데요. 우리도 이제 한창 조사 중이라."

이런 애송이랑 문제에 대해 토론할 가치가 있기나 한 걸까?

빈터레거가 웃었다.

"그쪽에서 어떻게 일하고 계시는지 저도 압니다."

그는 빌할름 박사에게 시선을 던졌다. 그녀는 말없이 두 사람 옆에 서서 안타까운 표정을 짓고 있었다.

"지금부터는 더 이상 아무도 필요하지 않습니다. 사건은 이제 본격적인 수사에 들어갈 겁니다."

풀라스키는 목동맥이 송유관처럼 부풀어 오르는 게 느껴졌다. 자살로 종결되었던 문제가 그의 노력으로 새로운 국면으로 접어들어서 사방으로 애를 쓰고 있었지만, 이젠 그가 걱정할 일이 아니다. 어차피 이 사건의 수사권은 드레스덴 범죄수사국에 넘어갔으니 말이다.

풀라스키가 물었다.

"이 사건 담당자가 누구죠? 같이 맡아서 일하는 사람이 누굽니까?"

빈터레거는 묘지를 바라봤다. 인부들이 막 관을 끌어내고 있었다.

"당신이 모르는 분입니다."

젊은 양반, 내가 거기 있는 사람들을 다 알고 있다는 걸 자네가 안다면 놀랄걸, 하고 풀라스키는 생각했다.

빈터레거가 풀라스키를 쳐다보며 말했다.

"경험이 풍부한 분입니다. 라스 고타이닉. 말씀드렸듯이 누군지 모르실 겁니다."

고타이닉이라! 내가 고타이닉을 모를 거라고? 풀라스키는 손목시계를 들여다봤다. 오전 11시. 흠, 늦어도 세 시간 후면 고타이닉은 브랜디 같은 독한 술에 절어 있을 것이다. 고타이닉이 자동차 사고를 내지 않는 단 한 가지 이유는 그의 자동차가 중고차 가게 마당에 세워져 있고 그가 면허증이 없기 때문이다. 그도 한때는 아주 유능한 수사관이란 평판을 얻었다. 그뿐만 아니라 풀라스키와 고타이닉 두 사람은 함께 살인사건을 맡아 처리했던 단짝 동료였다. 5년 전, 카린이 항암 약물치료를 잘못 받아 세상을 떠났을 무렵 고타이닉의 부인도 사고를 당했다. 크리스마스 일주일 전 자기 집 문 앞 빙판에서 미끄러져 머리를 돌계단 모서리에 부딪혀 의식불명 상태에 빠졌고, 크리스마스이브에 뇌출혈로 사망해 영원히 돌아오지 못하리라는 걸 상상할 수 있는 사람이 얼마나 될까? 그런데도 그런 일은 일어났다.

고타이닉과 풀라스키는 거의 비슷한 시기에 배우자를 잃었다. 그런데도 이후 두 사람을 하나로 결속하지는 못했다. 정반대였다. 고타이닉은 술을 마시기 시작했고, 거의 비슷한 운명으로 끌려갈 뻔한 풀라스키에게는 부인을 잃을 당시 일곱 살밖에 안 된 딸이 있었다. 갑자기 그는 딸을 키워야 하는 한부모가 되어버렸고, 주립 범죄수사국에서 퇴근하고 나면 슈퍼마켓에 가서 장을 봐야 했다. 집에 가서 요리하고 빨래하고 다림질하고 청소하고 창문을 닦고 딸 야스민의 숙제를 봐줘야 했다. 그러면서 세상을 떠난 부인을 너무 그리워했다. 6개월 정도 지나자 그는 모든 기억을 지워버리고 싶었다. 그래서 자신이 성장했던 도시인 라이프치히에 집을 구하고 정시 퇴근할 수 있는 현장출동 근무를 선택해 이직을 했다. 드레스덴 범죄수사국에서 라이프치히 경찰서 현장출동 담당 형사로 강등된 것이다. 자기 또래의 동료 중에 본인이 원해서 현장출동 형사 자리로 가겠다는 사람은 단 한 명도 없었지만 그는 그 길을 택했다. 다행히 딸은 잘 자랐다. 딸아이는 카린과 그가 책임져야 하는 핏덩이가 아니던가.

빈터레거가 그의 어깨를 톡톡 치며 말했다.

"그리고 자료 말입니다!"

풀라스키는 어깨를 움츠렸다. 또다시 정신을 잃었던가 보다. 당장 눈을 붙이고 잠부터 자야 한다.

"어떤 자료 말이오?"

167

빈터레거는 눈을 이리저리 굴렸다.

"세상에! 녹화 비디오테이프와 증인 심문, 인적사항, 부검 결과 등을 한 시간 안에 제 책상에서 보고 싶습니다. 그리고 24시간 안에 모든 것이 우리 부서로 넘어오게 해주십시오. 질문이 있을지도 모르겠습니다."

'당연히 그렇겠지' 하고 풀라스키는 생각했다. 자네는 이 사건에 대해 아는 게 없으니 말이야.

그는 담배꽁초를 발로 밟아 비볐다.

"진 한 병이 어디서 나왔는지 찾아보시오."

빈터레거는 얼굴을 찡그렸다.

"그 밖에 조언해주실 건 없습니까?"

"병원 내부인의 소행이란 생각은 접어두는 게 좋을 거요. 살인자는 병원 내부 사람이 아니라 외부 사람이니."

"혹시 그 사람 이름이나 전화번호, 휴대폰 번호를 아십니까?"

뭐 이런 풍자가 있나! 풀라스키는 곧바로 다른 말로 돌렸다.

"유서는 나타샤의 손으로 쓴 게 맞지만 살인범이 유서를 쓰도록 강요한 겁니다."

소냐 빌할름은 눈을 동그랗게 뜨고 풀라스키를 바라봤다. 이 사실은 그녀도 모르는 것이었다.

풀라스키가 설명했다.

"수사에 혼선을 빚으려 거짓 증거를 내세운 거죠."

"그럼 진짜 증거는 뭡니까?"

또다시 애송이의 냉소적인 목소리였다. 도대체 이런 식의 대화가 이어져야 할 의미가 있을까?

풀라스키는 이야기를 다른 곳으로 돌리려 애를 썼다.

"나타샤와 마르틴은 과거에 같은 길을 걸어왔어요. 브레머하펜으로 가보시오. 거기 가면 답을 찾을 수 있을 거요."

빈터레거는 살짝 미소를 지었다.

"네, 가봐야겠죠. 이 사건을 당신 방법으로 해결하지 못했으니까요."

이건 의미 없는 짓이다! 범죄수사국은 이 사건을 맡은 두 사람의 수사 관이 해결하리란 생각을 버리는 게 나을 것이다. 한 사람은 심한 알코올 의존자로 매일 한 병의 독주로 하루를 시작하고, 다른 사람은 젊은 애송 이로 이제 막 로텐부르크의 대학을 졸업해 아무것도 모르고 시건방만 들었으니 말이다. 이 사건의 수사가 흐지부지 되어버릴 것이란 걸 풀라 스키는 직감했다. 그리고 주 의회 선거 시기라 아무도 이 사건에 대해 관 심 가지지 않을 것이란 것도 말이다.

"아무튼 조언을 해주셔서 감사합니다."

빈터레거가 말하고는 발굴 작업 하는 인부를 향해 몸을 돌렸다.

"관을 뒷문 쪽으로 가져가세요. 그쪽에 시체를 싣고 법의학실로 갈 차 가 와 있습니다."

풀라스키는 아무 말도 하지 않고 공동묘지를 나왔다. 사건 서류를 넘 겨주기까지 그에게 한 시간의 여유가 있었다. 지금부터 이 사건의 수사 는 다른 두 사람이 맡게 될 것이다.

소냐 빌할름 박사가 그를 따라왔다.

"나타샤가 유서를 쓰도록 강요받았다고요?"

풀라스키가 대답했다.

"그 점에 대해서는 확실하다고 믿으셔도 될 겁니다. 의문점은 범인이 그녀의 과거에 대해 잘 알고……. 잠시만요, 죄송합니다. 전화 한 통 하 겠습니다."

풀라스키는 전화기를 꺼내 말테의 번호를 눌렀다. 두 번 신호가 울리고 말테가 전화를 받았다.

풀라스키는 말테의 말을 끊고 단도직입적으로 말했다.

"내 얘기 잘 들어! 이번 사건 자료를 범죄수사국에 넘기기 전에 환자 기록부를 다 복사해둬."

"설마 전부 다 하란 말은 아니겠지? 서류철이 일흔 개나 되는걸!"

"다 해주게!"

"이런 망할. 대체 왜?"

"이 사건을 넘기지 않을 생각이야."

24

오전 11시. 드디어 에블린 마이어스의 전화벨이 울렸다. 내선 전화였다. 전화기 창에 뜬 번호는 크라거의 비서 번호였다. 드디어 때가 왔다. 전화기를 드는 순간 에블린의 심장이 얼마나 두근거리는지 숨 쉬기 곤란할 정도였다.

"크라거 대표님 업무 마치셨습니다. 방으로 오세요."

더 이상 아무 말도 없었다. 비서도 이미 알고 있는 눈치였다. 투견 '피트불'이 불렸다.

에블린은 자신의 방을 나와 반대쪽 크라거 사무실로 향했다. 크라거 방 문 앞에 서서 잠시 블라우스와 재킷, 스커트의 옷매무새를 똑바로 했다. 긴 금발 머리는 하나로 묶었다. 소송이 있을 때면 항상 머리를 묶는다. 지금 이 순간도 소송이 시작되리라.

그녀는 방문을 노크하고 안으로 들어갔다. 크라거는 의자에 기대 전화 통화를 하고 있었다. 언제나처럼 크라거는 아르마니 정장 차림이었다. 에블린은 그가 다른 옷을 입은 모습을 본 적이 한 번도 없었다. 어쩌면 크라거는 일요일에도 집에서 아르마니 슈트 차림이 아닐까, 에블린은 생각해봤다.

에블린을 보는 눈빛은 파트릭을 연상시켰다. 특히 각진 턱과 뚫어질 듯 바라보는 파란 눈동자는 파트릭과 똑같았다. 아들의 얼굴은 아버지 얼굴과 판박이였다. 여자와 대화를 나누고 농담하는 모습까지도 두 사람은 다를 바 없었다. 그 부분에서는 크라거가 분명 할 말이 있겠지만 말이다.

그녀가 크라거 앞에 다가가자 그는 전화를 끊었다.

"앉아요, 에블린."

그녀는 자리에 앉았다. 다른 때처럼 다리를 꼬지 않고 의자 끝에 걸터 앉았다.

크라거는 의자에 편한 자세로 기댔다.

"에블린, 우리가 같이 일한 지 얼마나 됐나요?"

공허한 질문이다. 그녀는 대답하지 않았다.

"에블린, 법학을 전공하던 시절 당신은 여름방학 때 우리 회사에서 실습을 했죠. 그 당시에도 당신은 예쁘고 지적인 소녀였고 그 이미지는 앞으로도 계속되리란 걸 알아요. 부모님의 끔찍한 사고를 겪고 나서도 당신은 스물세 살에 대학을, 그것도 동기 중 성적으로 몇 손가락 안에 드는 최우수 졸업을 했소. 그런 다음에도 우리 회사에서 교육을 받으면서 계속 성장했소. 홀로베크는 항상 당신을 자랑스럽게 여겼소. 마지막까지도 말이오."

그는 잠시 시선을 돌려 옆을 봤다. 그의 책상 위에 페터 홀로베크의 사망서류가 있었고 그 옆엔 추도사로 보이는 손으로 쓴 종이가 있었다.

크라거가 계속 말했다.

"스물여덟에 변호사 시험에 합격해서 변호사 명단에 이름을 올렸고 그 이후로 당신은 우리 회사에서 변호사로 계속 근무를 했소."

그는 시가 한 개를 박스에서 꺼내 손가락 사이에 끼워 냄새를 맡았다. 불은 붙이지 않았다. 그는 절대로 그녀 앞에서 담배를 피울 사람이 아니다. 이런 성품이 그녀가 그를 존경하는 이유 중 하나다.

"당신도 알다시피 1년 전부터 당신을 우리 회사의 주니어 파트너 변호사로 삼고 싶었소."

이 사실을 그녀가 어찌 잊겠는가? 크라거와 홀로베크가 1년 전 그녀를 점심식사에 불러 파트너 변호사 자리를 제안했었다. 그녀는 그때 제안을 거절했고 크라거는 그 자리가 어색해질까 봐 우스갯소리로 상황을 무마했었다. 그런 다음 크라거와 둘이 있을 때 그녀는 크라거에게 자신이 민사사건을 그만두고 형사사건을 다루는 변호사가 될 생각이라고 얘기했었다.

앞으로 몸을 숙인 크라거는 팔꿈치를 책상에 대고 그 위에 얼굴을 기댔다. 그의 목소리 톤이 바뀌었다. 사무적인 목소리였다. 더 이상 부드럽지도 다정하지도 않았다.

"어제저녁 내 방에 침입해서 서류를 헤집어놓고 서류에 손을 댄 건 분명 불법 침입이오. 몇 시간 전에 내가 분명하게 밝혔지 않았소. 의뢰인이 남편의 사망과 관련된 상황이 밖으로 새 나가지 않게 해달라고 특별히 부탁했다고 말이오."

에어백 사건!

" 저는……."

그는 그녀의 말을 재빠른 손동작으로 제지했다.

"그런데 그게 다가 아니오. 우리 아들이 경찰에서 불법으로 구한 홀로베크 사망 관련 문서와 시신 사진까지 당신한테 주었소."

부끄러운 마음에 에블린은 한동안 눈을 질끈 감았다.

"제가……."

크라거가 그녀의 말을 막았다.

"에블린, 근무시간 이외에 회사 밖에서 당신이 내 아들을 만나든 말든 그건 상관없는 일이오. 내가 아들을 어떻게 생각하는지 당신도 알겠지만 당신 스스로 결정할 문제요. 당신이 지저분한 뒷조사 사건이나 맡고 다니는 사설탐정과 만나거나 말거나 그건 당신 문제란 말이오."

크라거의 목소리는 더 낮아졌다.

"그 애가 변호사로 일을 했더라면 좋았을 것을……."

이 말은 에블린을 향한 말이라기보다 크라거 자신을 향한 혼잣말 같았다. 그러더니 그가 손가락으로 책상 위를 톡톡 두드렸다.

"에블린, 나도 당신처럼 잘 알고 있소. 우리 일이 항상 공정한 것만은 아니라는 걸 말이오. 진실은 해석하기 나름이오. 법정에서 의뢰인이 받는 판결이 항상 공정한 건 아니오. 그렇지만 당신이 내 아들이 벌이는 불법적인 음모에 끼어들지는 말아달라는 거요. 당신은 이성적이고 젊지 않소?"

이성적이라! 바로 그 때문에 그녀는 다른 사람들이 눈을 감아버리는 사건에 연관성을 찾으려는 것 아니었던가.

"저는……."

크라거가 몸을 앞으로 더 숙이고 목소리를 한껏 낮추었다.

"내 말 아직 안 끝났소. 다른 때라면 이런 일은 변호사협회에 신고해야 할 문제요. 그러면 협회에서 징계를 내릴 수도 있는 상황이란 말이오. 변호사로 계속 일할 수 없을지도 모를 일이오. 형사사건 전문 변호사가 되겠다는 당신 꿈은 영원히 날아가는 거요."

그는 다시 의자에 등을 기댔다. 그의 의자에서 삐그덕 소리가 났다.

"하지만 다시는 그런 일이 없을 거라고 확신하오. 그러니 이번 일은 신고하지 않겠소."

이 무슨 훈계란 말인가! 에블린은 침묵했다. 평상시 같으면 에블린은 말없이 가만히 있지 않을 텐데 지금 이 순간은 크라거 앞에서 단 한 마디도 나오지 않았다. 크라거가 한동안 아무 말도 없다가 에블린에게 무슨 말을 해보라는 몸짓을 했다.

크라거 사무실에 무단 침입한 일을 눈감아주겠다는 데 대한 감사의 말 대신 에블린은 그에게 사건의 상황을 설명해야 한다는 생각만 들었다. 단지 어떻게 말을 시작해야 할지 모를 뿐이었다. 머릿속에 너무 많은 생각이 뒤섞여 있었다. 끈 민소매 원피스를 입은 젊은 여자 사진, 바트 라이헨할 카페에 있던 젊은 여성에 대한 진술. 그리고 두 가지 사고, 홀로베크와 통화할 때 이상했던 점과 곧바로 벌어진 의문의 죽음.

그녀는 입술을 깨물었다.

"제가 대표님 사무실에서 뭘 찾으려 했는지 알고 싶지 않으신가요?"

크라거가 반격했다.

"왜 내가 밤에 사무실로 다시 돌아왔는지 알고 싶지 않소?"

그의 질문만으로도 머리가 지끈지끈 아파왔다.

"물론."

그는 숨을 깊게 내쉬었다.

"집으로 가는 길에 우연히 내 방 창문 커튼 뒤 불빛을 봤소. 처음엔 강도가 들어왔나 생각했는데 내 휴대폰에 알람이 울리지 않은 걸 보고 직접 가봐야겠다고 마음먹은 거요. 직접 보고 나니 차라리 강도였으면 더 나았겠단 생각이 들었소."

"이제 제가 뭘 찾으러 들어갔는지 알고 싶으신가요?"

"아니, 됐소."

권총으로 한 방 맞은 것 같은 대답이 돌아왔다.

그런데도 에블린은 그에게 그 얘기를 해야 했다.

"소아과 의사 루돌프 키슬링거가 사망한 장소와 시참사회 위원 하인츠 프랑게가⋯⋯."

"에블린, 내 말 이해 못 하겠소? 그 얘기, 아무 관심 없단 말이오! 두 가지 사건은 다 종결된 거요. 이미 끝난 일과는 거리를 두는 방법을 좀 배우란 말이오. 홀로베크는 에어백 회사를 상대로 한 소송에서 패소했고, 당신이 맡았던 사건은 소아과 의사 미망인이 취하하면서 끝이 났소. 두 가지 사건 모두 이제는 과거란 말이오."

"하지만 홀로베크 대표⋯⋯."

크라거의 목소리가 커졌다.

"하지만 홀로베크 대표! 그 사람은 끔찍한 사고를 당했소. 경찰이 밤새도록 증인 심문을 했단 말이오. 집은 출입이 차단되었소. 그 멍청한 사람이 바퀴 달린 의자 위에 올라가 새장 청소를 했고, 넘어지면서 발코니 밖으로 추락했소. 이 사건 자체로도 충분히 비극이란 말이오!"

그는 서랍을 열어 서류철을 꺼내 책상 위에 올려놓았다.

"새로운 사건을 맡는 게 좋겠소. 그래야 다른 생각을 떨쳐버릴 수 있을 것 아니오. 어제 얘기한 대로 수익성 좋은 사건인데, 이 사건을 에블린 양이 맡아줬음 좋겠소."

세상에, 크라거의 수익성 높은 사건이라고? 이번엔 또 무슨 사건인가?

크라거는 서류철을 에블린 쪽으로 밀었다. 그녀는 서류철 위에 적힌 제목을 흘깃 봤다. 안겔리카 보임러 대 마티아스 빈트비흘러. 개인 소송건이다.

그녀는 두 번째 적힌 이름을 들어서 알고 있었다. 빈트비홀러는 그들이 변호를 맡고 있는 은행장이었다.

"우리 회사가 주로 맡는 경영 관련 소송은 당신 취향이 아니란 건 나도 알고 있소. 그런데 이번 사건은 좀 다른 거요. 빈트비홀러 은행장이 우리 주요 고객이잖소. 그 사람이 자기 아들 마티아스의 사건을 꼭 좀 맡아달라고 부탁을 했소."

크라거의 목소리는 다시 사무적으로 변했다. 그는 몇 초 안에도 감수성 있는 대화를 사무적인 주제로 변화시킬 수 있는 사람이다. 에블린은 그렇게 할 수 없었다. 그녀의 머릿속엔 여전히 여러 가지 생각이 이리저리 맴돌고 있었다.

그래서 그녀는 크라거가 얘기하는 걸 한쪽 귀로만 들었다. 마티아스와 그의 여자 친구 안겔리카가 마티아스 부모님 집에서 심하게 싸웠다. 안겔리카는 치고받는 싸움이 있었고, 자신의 남자 친구가 그녀를 때렸다고 주장했다. 반대로 남자는 여자 친구가 유리 쟁반을 들고 가다 넘어져 식탁에 부딪혔다고 주장했다. 다른 상처는 그다음 날 다친 것이라는 것이다. 그 당시엔 경찰에 신고하지 않았고 2주가 지난 뒤 여자가 치료비를 청구하는 소송을 낸 것이다.

마지못해 에블린은 서류철을 열었다. 그녀는 움찔했다. 병원에서 찍은 컬러사진 한 장이 서류철 맨 위에 있었다. 본능적으로 에블린은 숨을 멈췄다. 이 소녀의 얼굴에는 할퀸 상처가 있었고 시퍼렇게 변한 입술, 퉁퉁 부은 눈 아래에는 푸른색과 초록색을 띤 혈종이 있었다. 이런 상처를 그녀가 스스로 만들어냈다고 할 수 있을까?

크라거는 손가락 사이로 시가를 말았다.

"그 청년을 사건에서 건져줘요."

사건에서 건져달라고?

에블린은 열일곱 살 소녀의 상처를 바라봤다. 자기 스스로 이렇게 상처를 내는 사람은 없을 듯싶었다.

혈종, 시퍼런 입술, 긁히고 할퀸 자국. 어쩌면 그녀는 눈을 질끈 감고 양팔을 번쩍 들어 올려 매 맞는 걸 피했을지도.

그런데도 손목에 통증이 느껴졌다. 그녀의 두 팔이 등 뒤로 묶였기 때문이다. 밧줄이 관절 주변을 점점 더 조여왔다. 얼마나 깊게 조였는지 손가락까지 마비되는 느낌이 들었다. 뒤통수를 세게 한 대 맞았다. 그리고 황마 자루가 머리를 덮고.

에블린은 숨을 헐떡였다. 심장이 두근거렸다. 이마에 흐르는 식은땀을 닦았다. 그리고 얼음장같이 차가워진 손가락이 떨리고 있다는 것을 알았다.

그녀가 속삭였다.

"저는 이 사건 못 합니다."

크라거가 물이 담긴 유리잔을 그녀에게 가져다주었지만 에블린은 무시했다.

그는 서류철을 덮었다.

"에블린, 당신이 무슨 생각하는지 나도 잘 알아요. 하지만 앞으로 형사 사건을 어떻게 맡으려고 그래요? 잔인한 사건에 대해 법정에서 변호를 해야 할 텐데. 자신의 과거에 아직도 얽매여 있으면 어떻게 할 거요?"

변호인은 자기 사건을 선택할 수 있는 법 아니냐고 에블린은 마음속으로 대답했다. 그녀는 절대로 성폭행범이나 아동 추행범을 법정에서 변호하지 않을 것이다.

크라거는 안타까운 시선으로 그녀를 바라봤다.

"이런 말 다시 하고 싶지 않지만 어쩔 수 없이 또 얘기하겠는데, 이제 당신 과거를 끊어버리는 법을 좀 배워요."

끊어버린다고? 어떻게 그렇게 할 수 있을까? 그녀는 거의 매일 밤 그 남자가 나타나는 꿈을 꿨다. 열 살 때 자신에게 그 짓을 했던 그 사내의 꿈을. 그건 절대로 끊어지지 않을 것이고, 앞으로도 오랫동안 끊어지지 않을 것이다!

25

에블린은 사무실에 앉아 자료를 훑어보고 의사의 소견서를 읽어보는 동안 위가 경련하는 것을 느꼈다. 마음속에서 이 사건에 대한 반감이 꾸물거리자 실제로 몸에서도 이상증상이 나타난 것이다.

크라거가 마지막으로 한 말이 맞을까? 그녀가 자신의 과거를 극복해야 한다는 그 말이? 하지만 어떻게 극복하라고? 그 남자는 그녀의 인생뿐 아니라 그녀 가족의 인생도 파괴한 사람이다. 그녀의 생각은 또다시 과거 속에서 맴돌고 있다.

숲 속 오두막으로 간다. 끝없이 긴 계단을 내려가 지하실로 간다. 위에서 내려오는 희미한 빛만 있는 어두컴컴한 방, 벽에서 나는 눅눅한 냄새, 바닥에 있는 쇠고리에 묶인 밧줄. 그리고 옆방에서 나오는 흐느끼는 소리.

전화벨이 울려 머릿속 생각이 멈췄다. 전화기를 들었다.
"여보세요? 고슴도치! 변호사와 상어의 차이가 뭔지 알아?"
에블린은 마음의 짐이 가벼워진 기분이 들어 웃었다.

전화기 저쪽에서 파트릭이 뭐라고 계속 지껄이고 있었다.

"그런데 이번엔 전혀 힌트를 주지 않을 거야."

그녀가 다시 웃었다.

"그럴 필요 없어. 당신 목소릴 듣는 것만으로도 기분이 좋아져. 왜냐하면……."

그녀는 말을 멈췄다. 복도에서 무슨 소리가 들렸다.

"잠시만."

에블린은 일어나 사무실 문을 닫았다. 그들의 대화 내용을 사무실 전체에 알릴 필요는 없으니 말이다.

그녀는 의자에 앉아 신발을 벗고 두 다리를 책상 위에 올려놓았다. 그런 다음 파트릭 아버지에게 어젯밤 꾸중 들은 이야기를 늘어놓았다. 에어백 사건과 하수구 사건에 크라거가 조금도 관심이 없고, 그녀에게 새로 맡을 사건을 건네주었다고.

에블린이 거의 15분가량 답답했던 마음속 이야기를 늘어놓는 동안 파트릭은 단 한 번도 그녀의 말을 끊지 않고 들어주었다. 이야기를 계속하다 에블린이 잠시 말을 멈췄다.

"그런데 왜 전화 했어?"

"잊어버렸어. 한참 지난 일인걸."

세상에 이렇게 바보 같은 말을 하는 남자가 어디 있담! 그녀는 낄낄거리며 웃었다.

갑자기 파트릭이 진지해졌다.

"루돌프 키슬링거와 하인츠 프랑게에 대해 알아낸 게 있어."

에블린이 말을 끊고 끼어들었다.

"그럴 시간 없다고 알고 있었는데?"

그가 한숨을 지었다.

"고슴도치 씨, 이 세상의 시간을 다 가진 사람이 바로 나야. 지금부터 널 위해 모든 시간을 낼 준비가 되어 있지."

이 사람이 갑자기 미쳐버렸나?

"미행 계약은 어떻게 된 거야? 공포영화를 빌린 피자 여인은?"

"동료한테 넘겨야 했어."

에블린은 의아했다.

"지금까지 계약을 넘긴 적은 단 한 번도 없잖아."

그는 숨을 깊게 들이마셨다.

"이번엔 넘겼어. 뭐 어쩌겠어. 너도 이제 알았는걸. 어젯밤 네가 나가고 나서 노인네와 심하게 말다툼을 했어. 고집불통 아버지와 엇나간 아들이 붙었지. 우린 어머니에 대해 얘기했고, 그러면서 모든 얘기를 다 끄집어냈어. 모욕적인 관계가 다시 수면에 떠오른 거지. 아버지가 그 얘기 안 했어?"

"한마디도 안 하시던걸."

"아버지다운 행동이야! 아무튼 심한 말다툼을 하고 사무실에서 뛰쳐나왔어. 그때 내 혈압이 300은 됐을 거야. 밖으로 뛰어나오다 큰길에서 차가 오는 걸 못 보고 범퍼에 부딪혔어."

에블린이 벌떡 일어났다.

"상처 났어?"

"상처? 그 정도가 아니라 나 차에 치일 뻔했어."

그래, 그랬겠지! 이 남자는 항상 과장되게 말을 하니까. 그녀는 다시 의자에 앉았다.

"그럼 어느 정도야?"

"약한 뇌진탕, 아주 심각한 건 아니고. 그런데 다리를 삐었어. 한 시간도 안 돼 무릎이 부풀어 올라 메디신 볼 같았어. 병원에서 주사로 혈종에 고인 피를 뽑아냈어."

"에잇, 과장하는 거지? 안 그래?"

그의 목소리는 진지했다.

"조금도 과장 아냐! 병원에서 엑스레이와 CT를 찍고 나서 복사뼈부터 엉덩이 밑까지 깁스를 해줬어. 새벽 4시에 집에 들어갔어. 그 이후로 목발로 걷는 연습 중이야."

어딘지 모르게 에블린은 자신의 책임도 있다는 생각이 들었다.

"미안해라. 필요한 거라도 있어? 병문안 갈까?"

"그럴 필요 없어. 진통제 먹었고 내 손으로 다 할 수 있거든. 미행 계약 건을 포기하니 이제 시간이 많아. 내가 뭘 찾아냈는지 들어보지 않겠어?"

그녀는 그의 모습이 그려졌다. 깁스한 다리를 올려놓고 사무실 의자에 앉아 컴퓨터를 들여다보고 여기저기 전화했을 그의 모습이 상상됐다. 깁스한 다리가 가렵다며 계속 커피를 가져다 달라고 비서를 귀찮게 했을 그의 모습이.

"그래, 시작해봐."

"좋아. 소아과 의사와 시참사회 위원의 삶이 깨끗하고 모범적이지는 않았더군."

"두 사람이 알고 지내던 사이야?"

"그건 아닌 것 같은데, 두 사람의 과거에 공통점이 많아."

두 남자가 비슷하게 삶을 마쳤다는 생각이 에블린의 마음속에 들었다. 소아과 의사는 하수구에 빠져 죽었고, 시참사회 위원은 에어백이 터지면서 라디오가 얼굴에 떨어져 죽었으니 말이다. 둘 다 멋진 방법으로 죽은 건 절대 아니었다.

파트릭이 말하는 동안 종이를 뒤적이는 소리가 들렸다.

"아주 흥미로운 점 세 가지를 발견했어. 맨 먼저, 루돌프 키슬링거와 하인츠 프랑게는 아동 포르노그래피 문제로 여러 차례 고발당했어. 그런데 한 번도 재판은 받지 않았지. 들리는 바에 의하면 증거가 불충분했고, 매번 검사가 몇 주 뒤에야 형사소송 절차를 밟았다는군."

아동 포르노그래피라니! 에블린의 목구멍이 꽉 막혔다. 이 사건에 엄청난 전환점이 될 것 같았다. 전혀 예상하지 못했던 일로 말이다.

"둘째, 두 사람의 예금 계좌 추적을 해봤어. 어떻게 계좌 추적을 했는지는 묻지 말아줘. 두 사람은 1998년부터 한 분기에 한 번, 그러니까 3개월마다 1,000유로 정도의 일정 금액을 익명의 계좌로 송금해왔어. 이 계좌는 고아원 기부 금액은 절대로 아니야."

"의심스러운 회원 금액이란 건가?"

"그럴 수도 있지. 어쩌면 두 사람이 협박이나 강요를 받았던 것일지도 몰라. 그런데 기막힌 내용이 있어. 이 익명 계좌가 같다는 거야. 안타깝게도 이 계좌가 누구 것인지는 아직 밝혀내지 못했어."

에블린의 얼굴이 달아올랐다.

"난 알고 있었어. 끈 민소매 원피스 입은 여자가 개입되었다는 공통점 말고도 분명 두 사람 사이에 또 다른 연결고리가 있을 거라는 걸 말이야."

파트릭이 그녀의 말을 끊고 계속 이야기했다.

"이게 다가 아니야."

그때 복도에서 발소리가 들려서 본능적으로 에블린은 두 다리를 책상에서 내려놨다.

"세 번째가 가장 흥미로운데, 키슬링거와 프랑게가 1998년 여름 어디에 있었는지를 조사해봤어. 돈을 지불했을 시기에.”

에블린 방문의 반투명 유리창 뒤에 그림자가 나타났다.

“그리고 내가 또 다른 공통점을 발견해냈지.”

문을 노크하는 소리가 들렸고, 크라거가 방 안으로 들어왔다.

에블린은 전화기를 귀에서 얼른 뗐다.

크라거가 명함 한 장을 책상 위에 놓았다.

“여기 마티아스 빈트비홀러의 전화번호가 있소. 상대측 변호사는 공교롭게도 또다시 요르단 변호사요. 키슬링거 사건에 이어 또 맞붙었으니 흥미로울 거요.”

파트릭이 뭐라고 중얼거리는 소리가 들리자 에블린은 수화기를 내려놓았다. 그녀는 명함에 별반 관심을 보이지 않았다.

에블린은 냉랭한 목소리로 말했다.

“대표님께서 듣고 싶지 않은 얘기라는 건 알지만, 루돌프 키슬링거와 하인츠 프랑게는 공통된 과거가 있습니다.”

크라거의 얼굴이 붉어졌지만 그녀는 말을 이었다. 그의 얼굴이 굳었고 더 이상 얘기를 들으려 하지 않았지만 그녀는 두 사람이 돈을 입금했다는 얘기, 익명의 계좌, 끈 민소매 원피스를 입은 긴 금발 머리 여자가 찍힌 사진 얘기를 늘어놓았다. 그녀가 홀로베크와 통화했었다는 얘기가 나오자 크라거가 결국 폭발했다.

크라거가 소리쳤다.

“에블린! 우리는 형사가 아니라 변호사요!”

그는 안겔리카 보임러 대 마티아스 빈트비홀러 서류철을 꺼내 책상 위에 큰 소리가 나게 내려쳤다.

“당신이 맡은 일은 이 사건이지 다른 어떤 것도 아니란 말이오! 내가 당신한테 기회를 주었는데 당신은 내게 어떤 선택도 못 하게 하는구려."

크라거는 숨을 깊게 내쉬었다. 자신을 진정시키려는 행동이었다.

"이번 주 남은 날 동안 휴가를 주겠소. 출근하지 말고 사적인 일을 하든지 뭘 하든지 원하는 대로 하시오. 당신이 밝혀내야 하는 게 있다면 밝혀내든지 마음대로 하시오. 하지만 휴가에서 돌아올 때는 머리를 비우고 와야 하오."

휴가라고? 이 말이 에블린에겐 낯선 외국어처럼 들렸다. 그녀는 휴가라는 게 어떤 의미인지 몰랐다. 마지막 휴가는 몇 년 전인 것 같았다. 카리브 해 크루즈를 친구들과 다녀왔었다. 지금 당장 남쪽으로 가는 여행을 예약하는 건 불가능한 일이다. 집에서 이불을 뒤집어쓰고 누워 있으란 말인가.

에블린은 크라거를 차가운 눈초리로 쳐다봤다.

"설마 진심은 아니시겠죠."

크라거가 서류철을 집어 들었다.

"내 말이 진심인지 아닌지 물어보는 거요? 에블린, 회사와 당신 삶을 제자리로 돌려놓도록 해요. 다음 주 월요일, 당신이 깨끗한 이성으로 돌아오면 앞으로 어떻게 될지 그때 얘기합시다."

그가 방을 나가면서 문을 얼마나 세게 닫았는지 쾅 소리가 나면서 유리가 흔들릴 정도였다. 크라거가 이렇게 화난 모습을 에블린은 지금까지 본 적이 없었다. 갑작스러운 홀로베크의 사망으로 힘들었을 텐데, 그녀가 그 얘기를 끄집어내니 이틀 동안 그가 감당해온 많은 스트레스가 폭발했을 것이다. 게다가 사고 직전에 창사 25주년 기념행사까지 있었으니 말이다. 지금 그녀가 보여준 행동은 이성적인 주니어 파트너로서의 모습과는 거리가 멀었을 테니 실망이 더했으리라.

에블린은 전화기를 응시했다. 불이 깜빡이는 버튼은 없었다. 여러 가지 문제가 있지만 그녀의 머릿속에는 단 한 가지 문제에 대한 생각뿐이었다. 파트릭이 찾아낸, 두 남자에 대한 세 번째 얘기가 무엇이었을까?

26

 늦은 오후, 발터 풀라스키는 라이프치히 시내 중앙역 홀을 나왔다. 러시아워가 막 시작됐다. 그가 있는 곳 옆에는 노면 전차가 소리를 내며 지나가고 자동차가 순환도로 위를 용암이 흘러내리듯 굴러갔다. 방금 지나는 2층짜리 쇼핑몰 안에서 나오는 음악이 마음에 위안을 줘 도심의 교통 소음을 잠시 잊게 했다.

 페크&클로펜부르크 그룹의 백화점 지점에 강도가 들었고, 폭스 국장은 이 사건을 풀라스키가 직접 보는 게 좋겠다는 생각이었다. 도둑들은 계산대 금고를 털어 현금 800유로가량을 훔쳤고, 여성 고객을 칼로 찔러 핸드백을 낚아챘으며, 뛰쳐나가면서 마네킹을 들어 쇼윈도에 던졌다.

 사고 전말을 정리해보면 이렇다. 기물 파손, 강도와 도둑질, 과실로 인한 신체 상해, 불법 무기 소지 가능성도 있었다. 풀라스키는 증인들의 얘기를 듣고 사진을 찍고 피해액을 산출했다.

 다행스럽게도 범인들은 기차역 구역을 완전히 떠나지 않고 또 돈을 빼앗으려고 신문 가판대 안을 습격했다. 이때 신문 진열장이 창 쪽으로 넘어졌다. 풀라스키는 이런 사건을 볼 때마다 자문해본다. 같은 시간에 같

188

은 장소에서 도둑질을 반복하다니, 어떻게 이리 멍청할 수 있느냐고 말이다.

풀라스키는 30분가량 기차역 행정실에 앉아 신문 가판대 옆 감시카메라 녹화 영상을 보았다. 그걸로 사건은 종료되었다. 범인을 수배해서 검거하기까지는 24시간도 걸리지 않을 것이다. 그런 뒤 두 명의 청소년을 호르스트 폭스 국장이 경찰서에서 심문할 것이다. 청소년 범죄사건에 관해선 폭스 국장은 굉장히 인간적인 방법으로 해결한다. 신경 쓸 일이 아무리 많아도 대부분 그랬다. 폭스 국장은 청소년들에게 항상 인생에 대한 좋은 조언을 해주었다. 폭스 국장은 사회적 멘토 역할을 자처했다. 그가 범인을 대할 때 부하직원을 대할 때보다 더 존중해주는 경우도 적지 않았다.

밖으로 나오자 오후의 태양이 너무 강해 풀라스키는 손을 이마에 대 차양을 만들었다. 그는 가방을 들고 보행자 도로 앞에 주차해놓은 승용차로 걸어갔다. 사무실로 돌아가야 하는 시간까지는 아직 여유가 있었다. 이럴 때면 전에는 상점을 따라 길을 걷기도 하고, 딸과 전화를 하거나 니콜라스 거리에 있는 식료품점에서 저녁식사 준비를 위해 장을 보곤 했다. 아이스크림 가게 안에서 딸 야스민을 잠시 만나 얼마 남지 않은 여름 날씨를 즐길 수도 있었다. 학기가 막 시작했으니 딸아이는 지루해서 몸을 비틀고 있을 것이다.

5년 전 카린이 병원에서 집으로 돌아오지 못하고 세상을 떠난 후, 야스민은 특히 더 아빠에게 매달렸다. 근무시간이라도 딸아이 근처에 있거나 잠시 몇 분이라도 시간이 되면 그는 딸에게 전화를 걸었다. 그러면 딸아이는 어느새 너무 작아진 트래킹 자전거를 타고 시내로 쏜살같이 달려왔다. 어쩌면 딸은 아빠가 외로울지도 모른다고 생각해서 그랬는지도 모른다. 그래도 오늘은 딸아이와 보낼 시간이 없다. 머릿속으로 한가한 생각에 빠질 여유가 없다. 다른 일을 해결해야 했다.

풀라스키는 자동차로 가 뒷자리에 가방을 내려놓았다. 그리고 운전석 앞 창가에 놓아두었던 경찰 푯말을 치우고 운전석에 앉았다. 담배 한 개비를 꺼내 입에 물고, 조수석에 있던 말테가 복사해준 엄청난 양의 서류 뭉치를 무릎에 올려놓았다. 일흔 개의 진료기록 자료였다. 마르크클레베르크의 병원에 입원해 있는 모든 환자의 자료였다. 그는 자료를 어제 저녁 병원 회의실에서 대충 훑어보긴 했지만 이번에 그가 찾는 것은 좀 다르다. 유사사건을 찾고 있다.

환자 중에 어렸을 때 성폭행을 당한 또 다른 고아가 있을까. 그러면서 브레머하펜 병원에서 처음 치료를 받고 그곳에서 마르크클레베르크로 보내진 공통점을 지닌 환자가?

30분이 지나서야 그는 마지막 장까지 모두 훑어보았다. 예상은 빗나갔다. 그가 찾은 자료에 이런저런 공통점이 있는 경우가 있기는 했지만, 모든 요건을 다 충족시키는 사람은 없었다. 마르틴과 나타샤 둘뿐이었다. 그렇다면 우연일까? 그는 우연이라 믿고 싶지 않았다. 마르틴 호르너의 시신 부검 결과가 나오면 다 드러날 것이다. 마르틴이 실제로 자연사했는지 아닌지 말이다. 하지만 부검 결과가 나올 때까지 기다릴 시간이 없다. 분명 이 사건 뒤에 숨겨진 뭔가가 있다는 걸 풀라스키는 감지했다. 그리고 그는 건물 파괴용 철구로 그걸 파헤치고 싶었다. 숨겨진 비밀을 캐기 위해서.

그의 생각이 소용돌이쳤다.

두 사람의 사망사고는 며칠 간격으로 벌어졌다.

심장마비와 자살.

백발노인.

강제로 쓰인 유서.

브레머하펜 증거.

범죄수사국에 근무하는 옛 동료 고타이닉과 젊은 애송이 빈터레거는 이런 모호한 증거에는 조금도 관심을 두지 않을 것이라는 생각이 풀라스키의 머릿속을 스쳤다. 백발노인이 다시 범행을 저지를지도 모른다는 예감도 들었다. 아니면 그가 이미 그 전에도 활동을 했을지도……. 이런 생각이 들자 정신이 확 들었다.

그런데 마르틴과 나타샤 이외에는 마르크클레베르크 병원에서 사망한 사람은 아무도 없었다. 어제 소냐 빌할름 박사가 공원을 산책하면서 했던 얘기가 떠올랐다.

이런 질병을 위한 특별 기관은 단 두 곳밖에 없다. 괴팅겐과 마르크클레베르크 병원.

괴팅겐! 괴팅겐은 라이프치히에서 230킬로미터만 가면 되는 곳이다. 자동차로 세 시간이면 된다. 다중인격장애를 위한 특별 기관이 있는 곳. 괴팅겐에 사망사건이 있었는지를 빨리 알아내야 했다. 만일 아니라면…….

어쩌면 임박해 있을지도 모른다.

27

에블린은 주방에서 피자를 박스에서 꺼내 접시 위에 놓고 유리잔에 샴페인을 따랐다. 거실에서 소파가 삐거덕거리는 소리가 났다. 그녀는 거실 쪽을 흘깃 쳐다봤다.

파트릭이 한쪽 다리는 바닥에, 깁스한 다리는 쿠션 위에 올려놓고 소파에 누우려고 애를 쓰고 있었다. 고양이 클라이드가 그르렁거리며 파트릭 발 옆에 누워 있고, 보니는 그의 몸 위로 올라가 앞발로 배를 긁으며 누울 자리를 찾는 것 같았다.

"소아과 의사와 시참사회 위원의 공통점 세 번째가 뭐야?"

에블린이 주방에서 거실을 향해 큰 소리로 물었다.

그녀는 회사에서 산더미처럼 쌓인 자료를 정리하고 금요일까지 휴가 중임을 이메일로 남겨놓고 화가 나서 곧장 집으로 들어왔다.

차 안에서 그녀는 파트릭에게 전화를 걸어, 크라거가 이번 주 근무를 하지 말고 휴가를 내라고 했다는 얘길 다 했다. 자기 아버지에 대해 좋은 감정이 있을 리 없는 파트릭이었기에 얘기 못 할 것도 없었다. 그는 택시를 타고 곧장 그녀를 방문하겠다고 했고, 실제로 한 시간 후에 목발을 짚고 그녀 집 문 앞에 나타났다. 샴페인과 꽃다발, 피자 두 박스를 든 택시 기사와 함께. 팁을 두둑이 받은 택시기사는 기분 좋은 미소를 지으며 사라졌다. 기사는 분명 파트릭이 사과를 하거나 아니면 낭만적인 저녁을 계획했을 거라고 생각했으리라. 에블린은 전혀 식욕이 없었다. 어느새 미지근하게 식은 피자 한 조각도 먹고 싶지 않았다. 반면 파트릭은 식욕이 왕성했다. 그는 머릿속에 복잡한 생각이 들 때라도 식욕을 억제하기 힘들었다.

어느새 저녁이 되었고 거실에 초 몇 개가 불을 밝히고 있었다. 오디오에서 엔야의 노래 「쉐퍼트 문」이 흘러나왔다. 파트릭은 에블린이 다른 생각을 할 수 있도록 최대한 신경을 썼다. 그녀도 알고 있었다. 그가 어떤 생각을 가지고 있는지 말이다. 그가 깁스를 했는지 안 했는지는 신경 쓰지 않아도 되었다. 적어도 이 순간만큼은 그랬다.

에블린은 피자를 담은 접시와 샴페인 잔을 들고 거실로 가면서 물었다.

"세 번째가 뭔지 이제 얘기해봐."

파트릭은 자기 얼굴을 간질이는 보니를 밀면서 말했다.

"잠깐만 기다려요, 휴가의 여인!"

에블린은 피자 접시를 그의 무릎 위에 놓고 포크와 나이프를 건넸다.

파트릭은 재빨리 피자 한 조각을 떼어냈다. 그리고 입안 가득 피자를 넣고 중얼거렸다.

"아직도 머리가 울리고 아프지만 그래도 배가 고파 죽을 지경이야. 산이 선지자에게 오지 않으면 선지자가 직접 산으로 가는 거야."

파트릭은 캔들라이트 디너에 대한 미련을 버리지 못하고 에블린이 아직 실천하지 않은 걸 빗대어 말했다. 에블린 집에서 저녁식사를 하는 게 좋은 일이었는지.

에블린이 자신의 피자 접시를 옆으로 치워놓자 보니와 클라이드가 햄 조각을 찾아 접시로 달려들었다.

파트릭이 샴페인 잔을 들며 말했다.

"아직 배고픔이 가시지 않은 사람이 있는데."

에블린은 파트릭 옆 작은 의자에 앉아 샴페인 잔을 들고 건배하며 말했다.

"자, 이제 경청할 준비가 다 됐어."

파트릭이 말했다.

"키슬링거와 프랑게가 익명 계좌에 송금을 시작한 건 정확하게 10년 전이야. 내가 아는 사실은, 그 계좌가 함부르크의 폴크스방크라는 것밖에 없어. 1998년 여름, 처음 송금하기 몇 달 전에 시참사회 위원 프랑게가 함부르크 풀스뷔텔 공항에 업무가 아닌 사적인 일로 갔었고, 그리고……."

에블린이 그의 말을 끊고 끼어들었다.

"그걸 네가 어떻게 알아? 승객 명단을 10년 이상 보관하고 있는 항공사는 없잖아."

파트릭이 미소 지었다.

"맞아, 왓슨! 프랑게는 공항 렌터카 6번 스탠드에서 승용차를 빌렸고 브레머하펜 방향으로 시속 180킬로미터로 달리다가 과속 단속 카메라에 찍혔어. 차량 반납할 때 앞쪽 펜더(자동차 바퀴 흙받기—옮긴이)에 흠집이 있었어. 그래서 뺑소니와 과속으로 고발당했을 뿐만 아니라 보험 사고까지 있었어. 그래서 면허가 몇 달 정지되었어."

파트릭은 잠시 쉬었다 계속 말을 이었다.

"아마도 그 사람이 굉장히 급하게 서둘렀던 것 같아. 그날 비행기가 연착했는지도 모르고."

에블린은 지금까지 파트릭 앞에서 단 한 번도 인정한 적은 없었지만 이번에도 감동받았다. 그녀는 샴페인을 한 모금 마셨다.

"그래서, 어떻게 됐어?"

파트릭이 피자 한 조각을 입에 넣었다.

"키슬링거는 그 시기에 브레머하펜에서 학회가 있었어."

"두 사람이 거기서 만났어?"

그는 고개를 저었다.

"프랑게는 정치인이지 의사는 아니잖아. 그런데 이제 진짜 중요한 얘기가 나와. 키슬링거도 학회에 참석하지 않았어. 학회 주최 측에서 키슬링거의 호텔 방을 예약해놨는데 일주일 내내 그 사람은 호텔 방에도 학회에도 나타나지 않았어."

"그럼 어디 있었던 거야?"

파트릭은 몸을 숙였다.

"그게 키포인트야. 올리브 줄까?"

"아니, 계속해봐!"

"그걸 밝혀내려고 오늘 오전 택시를 타고 키슬링거 부인을 만나러 갔었어."

에블린은 자리에서 벌떡 일어났다.

"뭐야? 빨리 나을 생각은 안 하고 그 다리를 끌고 노부인을 만나러 갔단 말이야?"

에블린은 번개 맞은 듯한 머리를 하고 치아에 립스틱이 묻어 있었던 노부인의 얼굴을 떠올렸다.

"당신 같은 사람하고 노부인이 얘기를 했단 말이야?"

파트릭이 에블린의 말을 되받아쳤다.

"나 같은 사람이라고?"

그는 자신의 머리카락을 옆으로 넘기며 말을 이었다.

"첫째, 난 아주 매력적인 젊은 남자야. 나이 든 여자들이 손으로 집어 먹어도 좋아할 만큼. 그리고 둘째 내가 유명한 의사에 관한 기사를 쓰는 기자가 되었지."

"노부인이 깁스한 다리를 보고 이상하게 생각하지 않아?"

"기자들은 절대 병실에 누워 있지 않지."

에블린은 파트릭의 깁스하지 않은 다리를 톡톡 때렸다. 크라거 말이 옳았다. 자기 아들은 구질구질한 뒷조사나 하는 탐정이라 하지 않았던가.

"노부인을 속이고 부끄럽지도 않아? 이 악당아! 그래서, 노부인이 무슨 얘기를 누설했어?"

파트릭은 모욕당한 듯한 시선으로 옆을 노려봤다.

"얼른 시작해, 말해줘! 여자보다 더 삐치고 그래!"

"사설탐정도 감정이 있어."

"그래, 맞아. 자, 이제 얘기해봐!"

그는 에블린을 옆으로 뚫어져라 쳐다봤다.

"처음엔 노부인 기분이 아주 안 좋았고 나를 맞이할 생각도 없었어."

"그래, 충분히 상상이 가. 나랑 만난 자리에서 변호사가 건설현장 고소 사건을 취하하겠다고 말했고, 몇백만 유로가 공중으로 날아갔으니 말이 야."

파트릭이 싱긋이 웃었다.

"나도 처음엔 그렇게 비슷한 생각을 했었어. 정원에서 커피를 마시면서 그녀의 남편에 대한 대화를 나눴지. 노부인이 그러는데, 남편이 북독일로 출장을 갈 때마다 귀마개와 스코폴라민 성분이 들어 있는 붙이는 멀미약과 알약으로 된 보나민 멀미약을 가져갔다는 거야. 이런 걸 종합해보면 여행 갈 때 배멀미 약을 가져갔다는 얘기지."

그는 에블린을 쳐다보며, 그녀가 이해했길 기대하는 눈초리였다.

"그래서?"

파트릭이 팔을 뻗었다.

"왓슨, 난 실망인데. 귀마개와 그런 멀미약은 어디에 필요하지?"

"파도가 높은 바다에서 구토 날 때나 배에서 심하게 터빈 소리가 들릴 때 필요하겠지?"

그는 계속 물었다.

"그래, 그럼 브레머하펜에 뭐가 있지?"

"배?"

"흠, 나쁘지 않아! 키슬링거가 배를 좋아하는 애호가인 건 분명해. 배 난간에 앉아 있는 사진이 집에 많이 걸려 있더라고. 부인이 말하길, 키슬링거는 북쪽으로 출장 가는 걸 특히 좋아했다는군. 요트 항에 가는 걸 즐겼대. 그런데 남편과 달리 부인은 물을 싫어했다고 해."

파트릭의 목소리가 갑자기 비밀스러운 이야기를 하듯 낮아졌다.

"바로 그날, 프랑게가 렌터카를 빌려서 브레머하펜으로 가고 키슬링거가 호텔 방에 나타나지 않던 날, 소형 선박 여러 척이 출항했어. 그런데 그중 학회 끝나는 날에 다시 항구로 돌아온 배는 단 하나야."

"프랑게랑 키슬링거가 크루즈 여행이라도 갔다는 거야?"

"프리트베르크라는 배야. 에드워드 호킨슨이란 사람 소유인데, 이 사람은 돈이 많고 특이한 선박업자야."

파트릭이 이야기를 끝냈다.

"와!"

감탄의 말이 에블린 입에서 자신도 모르게 튀어나왔다. 이런 일을 찾아내는 게 파트릭의 직업이라고 하지만 그래도 이렇게까지 많은 사실을 알아내리라곤 예측하지 못했다.

그녀는 생각에 잠겼다. 북독일로 생각의 초점을 맞추었다. 분명 자의는 아닐 테고, 강요나 협박을 받아 10년 동안 송금했던 익명 계좌. 두 남자가 브레머하펜으로 떠난 일 등을 머릿속으로 정리해보았다. 끈 민소매 원피스를 입은 소녀와 무슨 관계가 있을까, 에블린은 자문해보았다. 그때 이 소녀는 기껏해야 열 살 정도밖에 안 됐을 나이였다.

"호킨슨이란 사람 주소나 전화번호 있어?"

파트릭은 정신이 나간 표정으로 에블린을 바라봤다.

"거기까진 해내지 못했어. 몇 시간 동안 전화 통화를 하느라 시간이 없었어. 독일에 있는 동료 우베, 폴크스방크, 함부르크의 형사, 빈 의사협회, 브레머하펜에 있는 콜룸부스 호텔까지 통화했어. 고맙다는 인사라도 들을 수 있으면 다행이고!"

"고마워, 당신은 내 영웅이야."

에블린이 웃으며 말하고는, 곧바로 파트릭의 뺨에 키스를 했다.

"그런데 왜 이렇게 온힘을 다해 나한테 협조해주는 거야? 이런 일 없으면 깁스한 다리로 하루 종일 사무실에 앉아 있어야 하니까 심심해서 그런 건 아닐 테고."

파트릭이 옆을 바라봤다.

"왜냐하면, 너의 미친 생각을 믿는 사람이 나 혼자라서 그래."

자신의 얼굴이 한순간 빨갛게 되었다는 걸 에블린은 느꼈다. 얼른 휴대폰을 손에 들었다.

"우리 이제 호킨슨의 주소를 알아내자."

파트릭이 에블린 피자에 남은 마지막 햄을 먹고 있는 고양이 두 마리를 쳐다보고 있는 동안, 에블린은 국제전화 안내번호를 눌렀다.

몇 분 뒤, 에블린은 호킨슨의 전화번호를 테이블 위에 있던 냅킨 모서리에 받아 적었다.

파트릭은 전화번호를 들여다보며 중얼거렸다.

"이 번호는 브레머하펜 지역번호가 아닌데."

파트릭은 하루 종일 독일에 전화를 걸어서 북독일의 지역번호를 거의 다 알고 있었다. 에블린이 답했다.

"당신 말이 맞아. 이 번호는 쿡스하펜이야."

에블린은 휴대폰을 스피커폰으로 해놓고 전화번호를 눌렀다. 그녀는 쿡스하펜이 북해에 있는 도시라는 걸 알고 있었다. 브레머하펜에서 조금만 더 북쪽으로 가면 된다. '에드워드 호킨슨'이란 평범한 이름은 아니지만 그녀는 이 사람 번호가 맞을 거란 확신이 들었다.

그녀는 휴대폰을 테이블 위에 올려놓았다. 파트릭이 조심스럽게 몸을 움직여 그녀 옆으로 다가갔다. 긴장하면서 그녀는 신호음을 들었다.

파트릭이 속삭였다.

"그 사람이 전화를 받으면 뭐라고 할 건데?"

에블린의 심장이 쿵쿵 뛰어 턱밑까지 숨이 차는 느낌이 들었다.

"나도 몰라."

마침내 누군가 전화를 받았다.

북독일 억양을 가진 저음의 남자 목소리였다.

"에드워드 호킨슨입니다."

28

밖은 해가 뉘엿뉘엿 지고 있었다. 풀라스키는 사무실 책상에서 뚫어져라 모니터를 쳐다봤다. 컴퓨터가 이렇게 느린 적이 별로 없는데 오늘따라 유독 시간이 오래 걸려 답답했다.

호르스트 푹스 국장이 콧수염이 덥수룩한 거구의 몸으로 풀라스키의 방 앞을 지나가다가 문틈으로 머리를 들이밀었다.

"중앙역 절도사건 보고서는 다 됐는가?"

"지금 작성하고 있습니다."

풀라스키는 거짓말을 했다. 보고서는 이미 30분 전에 완성돼 서랍 속에 있다. 그는 곁눈질로 모니터를 힐끗 쳐다봤다.

검색 결과 96퍼센트 완성.

"빨리 작성해주게. 범인 수배 사진을 오늘 저녁 안으로 내보내고 싶네."

"네, 그럼요."

검색 결과 97퍼센트 완성.

푹스 국장이 다시 돌아가려는데 풀라스키가 물었다.

"고타이닉과 빈터레거로부터 새로운 소식은 없습니까?"

"그건 자네 사건이 아니네."

푹스 국장은 몸을 돌려 문손잡이를 잡았다. 양쪽 겨드랑이는 땀으로 얼룩져 있었다. 아침 7시부터 출근하고 오늘도 자정까지 일할 것이다. 국장 업무가 그랬다.

"내가 알기론 그 사람들이 정신과 병원 의사들과 간호사들을 심문하는 것 같던데."

이런 멍청이들! 풀라스키는 신음했다.

"시간 낭비일 뿐인데."

"그럴 수도 있겠지. 하지만 이 사건은 이제 자네 담당이 아니잖아."

"그쪽에서 실수하고 있습니다."

푹스 국장은 어깨를 으쓱했다.

"글쎄, 자네가 신경 쓸 거 있나?"

풀라스키가 대답했다.

"이 사건 뒤에 숨겨진 사실이 많습니다. 감으로 느껴지는걸요."

"풀라스키의 여섯 번째 감각이군!"

푹스 국장의 말은 약간 빈정거리듯 들렸다. 갑자기 푹스 국장이 풀라스키를 뚫어져라 쳐다보며 미간을 찡그렸다.

"자네는 분명 듣고 싶지 않겠지만, 자네가 계속 범죄수사국에 있었더라면 지금쯤 자네가 수사를 이끌어가겠지. 그 당시 자네 수사 능력은 대단했잖아. 그런데 시간이 지나고 자네는 어느새 외부 사람이 되었지. 여하튼 그 사람들 눈에는 말이야."

맞는 말이다. 젠장. 한두 번 들은 얘기가 아니다. 그도 범죄수사국의 두 사람에 대해 악감정은 전혀 없다. 단지 하필 이 사건을 맡은 담당자가 그 두 사람이냔 말이다. 증거가 사라지고 뭔가 분명치 않은 사건도 지금까지는 전부 신경 쓰지 않고 넘겼다. 그런데 이번엔 그렇게 하고 싶지 않았다. 꺼림칙했다. 게다가 사건은 어린 청소년 문제가 아니던가. 그가 혼자서 계속 조사하면 그들이 어떻게 반응할까? 부서를 옮기게 될까? 어디로? 그 자신은 이제 현장출동 업무로 반나절 동안 보고서나 쓰는 일을 하고 있지 않은가. 더 이상 안 좋은 곳으로 갈 수도 없다.

풀라스키는 곁눈질로 모니터를 봤다.

검색 결과 99퍼센트 완성.

"국장님 말이 맞습니다."

폭스 국장이 고개를 끄덕이고는 방에서 나갔다.

"보고서 잊지 말게."

이때 모니터에 새로운 화면이 나타났다.

검색 결과 종료. 해당 인물 한 명.

그는 호적 사무소에 로그인해서 지난 3개월간 괴팅겐 정신과 병원에서 발생한 사망 건수를 검색했었다. 해당 인물 한 명이라니! 사망신고는 일주일 전에 되어 있었다.

더운 날씨였는데도 자판을 누르는 손가락이 얼음장처럼 차갑고 뻣뻣해졌다. 제바스티안 제멜슐레거라는 이름의 남자 환자의 사망 원인은 자살이라고 나와 있었다. 생년월일을 보니 그의 나이는 19세였다. 나타샤와 마르틴의 나이와 같았다. 더 이상의 자료는 알 수 없었다.

풀라스키는 전화기를 들고 작센 범죄수사국에 전화를 걸었다. 고타이닉이나 빈터레거와 이야기하는 건 조심스러웠다. 그러기엔 너무 일렀다. 하지만 드레스덴에는 이 두 사람 말고도 풀라스키가 한창 활동적으로 근무했을 때부터 알고 지내던 동료들이 수두룩했고, 그 옛 동료들에게 도움을 받아도 미안하지 않을 만큼 그들과 친했다.

드레스덴에서 올 전화를 기다리는 동안 풀라스키는 간이주방에 가서 커피를 마시고 담배 한 대를 피웠다. 푹스 국장 방을 지나지 않으려고 풀라스키는 주방으로 갈 때 일부러 돌아서 갔다.

주방은 어두웠다. 풀라스키는 이마를 창문에 대고 바깥 풍경을 내려다봤다. 거리엔 조명이 하나둘 켜졌고, 퇴근길 직장인들이 쇼핑백을 들고 귀갓길을 서두르는 모습이 보였다. 오늘 퇴근 시간은 예상보다 늦어질 것 같았다. 어제도 그랬다. 어쩌면 푹스 국장 말이 맞을지도 모른다. 이 사건이 풀라스키와 무슨 상관이냔 말이다. 그냥 빨리 퇴근해 집으로 가는 게 더 편했을 저녁이다. 딸 야스민과 이번 주에 이웃집 개 렉스를 데리고 요한나 공원을 산책하기로 약속을 했었다. 그런데 오늘은 이미 늦었다.

마침내 휴대폰 벨이 울렸다. 그는 담배를 비벼 껐다.

그런데 드레스덴 번호가 아니라 마이케 번호였다. 그녀가 병리실에서 전화를 걸었다.

"잘 지냈어?"

그가 물었다.

"아직도 퇴근 안 했어? 집에서 할 일이 없나 봐?"

"토막 내는 게 내 취미인 걸 잘 알잖아. 지금 어디야?"

"사무실."

그녀가 웃었다.

"본인도 퇴근 안 하고 사무실에 있으면서 나한테 뭐라 하는 건 또 뭐지?"

그녀는 잠시 말을 멈췄다가 계속했다.

"사무실에 얼마나 더 있을 거야?"

그가 말했다.

"15분 정도."

하지만 그건 희망 사항이었다.

"퇴근 후 뭐라도 마시러 갈까?"

오랫동안 들어본 적 없는 질문이었고, 사실 폴라스키는 마이케가 이 생각을 접길 바라고 있었다. 대학병원에서 여기까지 걸어오려면 15분은 걸린다. 종종 이런 질문을 받고, 퇴근 후 그녀와 주점에 갔지만 단둘이 간 적은 한 번도 없었고 항상 동료들과 동행했다. 마이케가 한잔하자고 말하면 항상 폴라스키는 부인 카린의 얼굴을 떠올렸다. 자신이 세상을 떠났으니 카린도 자기 남편이 분명 다른 여자를 만나길 바랄 것이다. 영원히 집 안에 쪼그리고 앉아서 세상 떠난 부인의 사진만 들여다보는 홀아비로 살 수는 없는 노릇이었다. 딸아이가 엄마 사진을 서랍 속에 숨겨놓았지만 딸아이 없을 때 몰래 들여다보곤 했다. 그런데 이번엔 달랐다. 희한하게도 카린이 아니라 소냐 빌할름 박사가 생각났다. 어제저녁 그녀를 처음 본 이후로 머릿속에서 그녀 생각이 떠나질 않았다. 콜러 검사의 전 부인에게서 손을 떼려고 했는데도 그녀 생각이 끊임없이 들었다. 어쩌면 그가 나타샤 좀머와 마르틴 호르너 사망사건 수사에 계속 미련을 갖는 이유 가운데 하나가 이 때문일지도 모른다. 그녀와 이어진 끈을 끊어버리지 않으려고? 폴라스키의 마음이 혼란스러웠다.

폴라스키가 말했다.

"아니, 오늘은 안 되겠어. 집에 가서 딸아이랑 있어야 해서."

"그래, 그럼."

마이케도 폴라스키의 대답이 진실만은 아니라는 걸 눈치챈 듯했다. 그렇다고 뭐가 문제 되겠는가? 둘 사이에 아무런 관계도 없었는데.

"오늘 낮에 정신병원 두 번째 환자 시신이 부검실에 도착했어."

갑자기 그의 귀가 솔깃해졌다.

"마르틴 호르너? 마르틴이 심장마비로 죽은 건 아니지?"

마이케가 말했다.

"아직은 확실히 말할 수 없어. 진료기록부에 보면 마르틴은 심부전증을 앓고 있었고 그래서 정기적으로 약을 복용했다고 나와 있어. 장기적으로 약을 복용해서 심장마비를 일으킬 수 있다고 보는 거야. 그런데 이보다 더 관심을 가질 만한 게 있어서 전화했어. 마르틴의 양어깨를 보고 확언할 수 있는 사실이 있거든."

"나타샤처럼 말이군."

"마르틴의 사후 검증을 했던 의사가 시신을 확인할 때 주삿자국을 못 본 게 분명해. 평상시 검증할 때라면 전혀 눈에 띄지 않았겠지만, 나타샤와 공통점을 찾으려다 보니 내가 발견한 거고."

"보톡스?"

"그럴 수 있어."

그가 예상했던 일이다.

"마르틴은 절대 자연사로 죽지 않았어."

마이케가 놀렸다.

"풀라스키 교수님의 대단한 추리! 그런데 왜 그렇게 이 사건에 관심을 갖는 거야?"

"더 이상 묻지 말고 그냥 내가 하는 대로 놔두면 돼."

전화 통화 후 풀라스키는 사무실로 들어갔다. 10분 정도 지나자 기다리던 전화가 왔다. 드레스덴 범죄수사국의 필리프 코흐였다. 데이터 처리와 정보 담당 업무 책임자다. 같이 근무하던 시절, 어떤 모임에서 폴라스키와 카린을 소개해주었고 그들의 결혼식에 결혼 증인을 했던 친구다.

필리프는 언제나 그랬듯이 여전히 졸린 목소리였다. 진정제인 바륨을 100개 정도 삼킨 것처럼 들렸다.

"제바스티안 제멜슐레거란 환자는 괴팅겐 병원에서 자살을 한 것으로 나왔네. 더 자세한 정보는 나도 알 수가 없어. 자네가 괴팅겐 병원 진료과장과 통화를 해야 할 텐데, 아마 담당자가 아니라 자네에겐 아무 말도 안 해줄 것 같아."

폴라스키가 그의 말 중간에 끼어들었다.

"나도 알고 있네, 필리프. 게다가 이 사실도 내가 직접 알아낸 거야."

"라이프치히에선 어떻게 지내고 있나?"

그는 잡다한 수다를 떨 시간이 없었다.

"잘 지내지, 고맙네. 그래, 브레머하펜 병원은 어떤가?"

필리프가 자판을 두드리는 소리가 났다.

"자네 말이 맞더군. 이 환자도 역시 브레머하펜에서 치료를 받았어. 1998년 8월이네. 그러고 나서 괴팅겐으로 보내진 거야."

폴라스키의 등 뒤로 식은땀이 흘러내렸다. 폴라스키가 몰아붙이듯 물었다.

"두 번째 질문은? 다른 사람이 또 있었나?"

"1998년 여름, 또 다른 아이가 있었어. 그때 여덟 살이었고 같은 의사에게 치료를 받다가 역시 괴팅겐으로 보내졌지."

예상했던 그대로다! 폴라스키의 심장박동이 빨라졌다.

"담당 의사 이름이 뭔가?"

"자네한테 얘기해줄 수는 없네. 공개할 수 없는 사항이야."

풀라스키는 가슴을 진정시키려고 애썼다. 그는 볼펜을 집어 들었다.

"그럼, 그 아이의 이름은?"

필리프는 머뭇거렸다.

"레샤…… 프로코포……."

"프로코포비치."

풀라스키가 그를 도왔다. 우크라이나 이름이었다.

동갑인 네 명의 아이들이 같은 시기에 브레머하펜에서 치료를 받았다. 아이들 모두 같은 의사에게서 치료받았을 가능성도 높다. 두 명은 마르크클레베르크로, 다른 두 명은 괴팅겐으로 보내졌다. 그동안 네 명의 아이 중 세 명이 죽었다.

"그 레샤라는 소녀가 아직도 거기 있을까?"

필리프가 투덜댔다.

"내가 천리안을 가졌나? 어찌 알겠어?"

"고맙네. 자네가 아주 큰 도움이 되었어."

"그래, 그런데 자네도 알다시피 이런 질문은 원래……."

"고마워, 필리프. 다 알아."

풀라스키는 전화를 끊고 서랍에서 절도사건 보고서를 꺼내 방을 나섰다.

풀라스키는 라이프치히 중앙역 쇼핑몰에서 일어난 절도사건 보고서를 푹스 국장 책상 위에 올려놓았다.

"수배 사진과 증인들 증언, 손실 액수, 기타 쓰레기 같은 짓거리 등등입니다."

푹스 국장은 눈썹을 위로 치뜨고 쳐다봤다. 폴라스키의 말을 흘려들은 얼굴 표정 같았다.

폴라스키가 물었다.

"내일 하루 휴가를 내도 되겠습니까?"

푹스 국장은 서류만 넘기며 볼 뿐, 고개조차 들지 않았다.

"이유가 뭔가?"

"좀 쉬어야겠습니다."

푹스 국장은 갑자기 큰 소리로 웃었다.

"안 그런 사람이 누가 있겠나?"

이 말을 하고 푹스 국장은 벽에 걸린 시계를 쳐다봤다.

"상당히 늦게 왔군. 여름휴가는 이미 지나갔고, 우리 부서 누구나 다 쉬고 싶다고 할 걸세."

폴라스키는 대답하지 않았다. 그는 푹스 국장이 이유를 묻지 않기를 바라고 있었다. 그렇다면 그동안 딸아이와 같이 보내는 시간이 너무 적어서라는 핑계를 대거나 급한 일이 있다고 거짓말을 해야 할 테니 말이다. 거짓말로 둘러대면 양심의 가책이 들 게 뻔했다.

푹스 국장은 서류철을 닫았다.

"보고서는 이상 없네. 나야 상관없는데 말테와 얘기해보게. 말테가 자네 일까지 도맡아 해야 할 테니."

그는 서랍을 열어 종이 한 장을 꺼내 폴라스키에게 건넸다. 휴가 신청서였다. 폴라스키의 머릿속에 무슨 생각이 있는지 알아차리기라도 한 듯 푹스 국장은 그를 쳐다봤다. 그러더니 이렇게 물었다.

"하루 휴가라. 뭘 할 계획인가?"

폴라스키는 신청 서류에 서명을 했다.

"교외로 나들이나 다녀올까 합니다."

푹스 국장은 목소리를 낮추고 말했다.

"좋지. 어려운 일이라도 생기면 연락하게."

어려운 일이라고? 폴라스키는 잠시 멈칫했다.

그는 단지 괴팅겐에 다녀올 생각이다. 거기서 무슨 어려운 일에 빠지겠는가.

29

엔야의 노랫소리도 멎었고, 밖은 어둠이 가득한 밤이었다. 에블린은 로맨틱한 분위기를 느낄 기분이 아니어서 꺼진 초를 다시 켜지 않았다. 대신 거실 조명을 켰다.

파트릭과 에블린은 샴페인 병을 반쯤 비우는 사이, 벌어질 수 있는 가능한 상황을 모두 짚어봤다. 어느새 그들의 대화는 사건 얘기로 제한되었고 그러다 보니 추측이 꼬리를 물어 대화의 결론이 나지 않았다.

밤 10시쯤 에블린은 휴대폰의 통화 버튼을 다시 눌렀다. 또다시 북독일 억양의 남자 목소리가 들렸다.

"에드워드 호킨슨입니다."

자동응답기에서 같은 소리가 반복됐다. 오늘 저녁 이 메시지를 열 번도 더 들었다.

"지금은 출장 중이라 수요일 저녁까지 전화를 받을 수 없습니다. 메시지를 남겨주시면 연락드리겠습니다."

오늘은 수요일 저녁이다. 그런데 아직도 그는 전화를 받지 않는다. 에블린은 메시지를 남기지 않았다. 그녀가 전화기에 대고 무슨 말을 할 수 있단 말인가.

'제 이름은 에블린 마이어스입니다. 저는 빈에 있는 변호사입니다. 전화 주십시오.'

설사 호킨슨이 갑자기 전화를 받는다 해도 그녀는 뭐라고 해야 할지 몰랐다. 이런 문제를 전화로 얘기하기는 참 어렵다. 호킨슨에게 묻는다 하자. 10년 동안 1분기에 한 번 루돌프 키슬링거와 하인츠 프랑게가 송금했던 돈을 받았는지, 그리고 두 사람의 사망과 관련해 좀더 자세한 내용을 알고 있는지? 에블린이 그에게 사진 한 장을 팩스로 보내도 되는지, 그리고 사진 속 인물인 긴 머리에 끈 민소매 원피스를 입은 젊은 여자를 그가 아는지?

이런 내용에 대해 깊이 생각하면 할수록 황당무계하게 느껴졌다. 그녀는 자리에서 벌떡 일어나 거실을 왔다 갔다 했다. 신경이 날카로워졌다.

"경찰서로 갈래."

파트릭이 신음하듯 말했다.

"리니, 우리가 벌써 천 번은 더 논의했어! 아직 너무 일러. 경찰에서 뭘할 수 있겠어? 이 정도의 불분명한 정황만 가지고 경찰에 가면 너한테 경찰서에서 나가라고 할걸."

"그럼, 우리가 좀더 찾아내야지."

파트릭이 그녀를 슬픈 표정으로 바라봤다.

"그래도 이렇게 가만있을 순 없어. 뭐라도 해봐야지."

파트릭이 제안했다.

"내일 호킨슨한테 전화를 걸자."

"그런데 내가 그 사람한테 무슨 말을 하지? 내가 프리트베르크로 가는 여행을 예약하고 싶다고 말해?"

파트릭은 대답하지 않았다. 그리고 상황이 썩 명쾌하지 않다는 걸 모를 리 없었다. 에블린의 생각과 다를 바 없기는 마찬가지다. 단지 에블린은 그걸 말로 인정했을 뿐이다. 연관 관계도 불분명하다.

에블린은 아동 포르노그래피 고발사건에 대해 생각해봤다. 왜 하필이면 그 문제냐 말이다. 차라리 머리를 모래 속에 처박고 모든 일을 잊을 수 있다면 그게 나을 성싶었다.

'이제 당신 과거를 끊어버리는 법을 좀 배워요. 자신의 삶을 제자리에 돌려놓으란 말이오.'

에블린은 창문 유리에 비친 자신의 얼굴을 바라봤다. 인정하고 싶지 않지만 크라거의 말이 맞다. 대체 얼마나 더 과거에 얽매여 살겠다는 건가. 막다른 골목에서 나오는 단 한 가지 길이 있었다. 자신에게 그 기회를 주어야 했다.

에블린은 휴대폰으로 SMS를 누르면서 말했다.

"증거나 흔적이 전부 북독일 쪽으로 가고 있어."

파트릭이 말했다.

"굉장한 통찰력이야!"

에블린은 SMS를 다 작성하고 나서 재촉하는 눈빛으로 그를 바라봤다.

"우리가 홀로베크와 휴대폰으로 통화했을 때 젊은 여자 목소리 들었던 거 기억나? 그 여자도 북독일 억양이었잖아."

"아하, 휴대폰!"

파트릭이 중얼거렸다. 그의 말투엔 대수롭지 않은 일이란 느낌이 역력했다.

"참, 내가 베르네커라는 형사와 그 얘길 했어. 형사들이 홀로베크 휴대폰을 위치 추적해서 탐색한 끝에 전화기를 빈 서부역 휴지통에서 찾아냈다는군. 발견 당시에도 전원이 켜 있었대."

"그런데 이제야 그 말을 하는 거야?"

"전혀 중요하지 않은 일이잖아. 게다가 전화기에 지문도 묻어 있지 않았대."

"그래도 그 얘기를 통해서 누군가 홀로베크 사망 후 곧바로 전화기를 그의 집에서 가지고 나와서 몇 시간 후에 내 전화를 받았고, 그리고 전화기를 서부역 쓰레기통에 버렸다는 사실을 알 수 있잖아."

"하지만 더 이상 우리에게 도움 될 내용은 아무것도 없어."

"북독일 말을 구사했던 그 여자가 서부역에 전화기를 버리고 함부르크로 가는 기차에 올랐을지도 모르지."

파트릭은 한숨을 내쉬었다.

"넌 리자라는 이름밖에 모르는 그 여자를 떨칠 수가 없다는 거지. 그 여자가 홀로베크 사고와 연관되었을지도 모른다는 걸 전화 통화로라도 알아내고 싶다는 거잖아."

에블린이 대답했다.

"맞아, 바로 그거야. 난 그 사실을 밝혀내려는 거야."

에블린은 침실로 가서 옷장을 열어 트렁크와 여행 가방을 침대 위로 던졌다. 트렁크를 열자 그 안에서 익숙한 세면도구 냄새가 났다. 마지막 출장을 다녀온 지 그리 오래되지 않았다. 여권은 가방 옆 주머니에 있었고, 비행기 안에서 받은 신문도 아직 가방에 들어 있었다.

그녀는 옷장 서랍을 열어 속옷과 청바지, 티셔츠, 스웨터를 트렁크 안에 넣었다.

거실에서 파트릭이 목발로 절뚝거리며 걷는 소리가 들렸다. 고개를 돌려보니 그가 침실 문 앞에 서 있었다.

"네가 믿고 있는 대로 밀고 나갈 계획이 아니길 바랄게."

그녀는 슬픈 눈으로 그를 봤다. 그는 목발에 기대서 있었다. 그녀의 침실 안으로 들어오지 못하고 어정쩡하게 문 앞에 서 있는 그의 모습이 약간 어색해 보였다. 침대는 정리되어 있지 않았고 그녀의 잠옷 바지가 베개 밑에 널브러져 있었다. 매리 히긴스 클라크의 소설책 몇 권이 침대 탁자 램프 옆에 쌓여 있었다.

"당신 아버지가 나한테 휴가를 주면서 조언을 하셨어. 더 이상 과거에 얽매여 살지 말고 과거를 제발 끊어버리라고. 난 그 말을 따르려고 떠나는 거야."

그녀는 양말과 책, 휴대용 자명종 시계를 가방 안에 넣었다.

"리니, 그게 당신 진심은 아닐 텐데."

"그리고 이번처럼 생각이 분명했던 적은 지금까지 없었어."

보니와 클라이드가 파트릭의 다리 사이로 빠져나와 침대 위로 단숨에 폴짝 뛰어올랐다. 그러고는 그르렁거리며 이불 밑으로 파고들었다.

에블린이 말했다.

"난 이 사건 뒤에 숨겨진 사실을 밝혀내야 해. 홀로베크를 위해서, 그리고 나를 위해서. 내가 만약 행동하지 않으면 그의 죽음과 풀리지 않은 두 사건에 대한 생각이 나를 미치게 만들 것 같아."

파트릭이 말했다.

"나도 이해는 해. 그래도 나한테 며칠만 시간을 더 줘. 내가 호킨슨이란 사람과 크루즈 여행에 대해 알아낼 테니. 확실한 증거만 손에 쥐면 같이 경찰서로 가서 사건 얘기를 하자. 그러면 나머지는 경찰이 알아서 할 거야. 우리 내일 아침 일찍……."

"우리 둘이 할 수 있는 일은 충분히 했어. 에드워드 호킨슨이란 사람이 사건 뒤에 연루되어 있는지 아닌지, 연루되어 있다면 어떤 연관이 있는지 그런 걸 전화로 밝힐 순 없어. 내가 그 사람과 얼굴을 맞대고 얘기하면 전화 통화로 알아내는 것보다 훨씬 더 많은 걸 알 수 있을 거야."

"네가 너무 성급하게 행동하는 거야. 내가……."

그녀가 말을 끊었다.

"아니, 당신도 충분히 할 일을 했어. 이제 내가 나설 차례야. 월요일 아침까지 시간이 있잖아. 크라거 대표가 그때 사무실에 출근한 내 모습을 보고 싶어 해. 그 전엔 아니야."

방문 밖으로 나간 그녀는 파트릭을 지나쳐 욕실로 들어가 화장품 파우치를 들고 나왔다. 그녀가 트렁크를 닫자 파트릭이 이해할 수 없다는 듯 고개를 저었다.

"비행기가 언제 있는지도 모르잖아."

그때 에블린의 휴대폰에서 알림음 소리가 났다. 빈 슈베하트 공항 안내센터에서 온 SMS였다.

그녀가 메시지를 읽었다. 빈 출발 함부르크행 다음 비행기는 6시 25분에 있다는 내용이었다. 에어 베를린 비행기였다.

그녀가 말했다.

"내일 아침 7시 50분이면 난 함부르크에 있을 거야."

"그럼, 나라도 데려가."

그녀가 파트릭의 깁스한 다리를 쳐다봤다.

"6번 스탠드에서 렌터카를 신청해서 쿡스하펜으로 갈 거야."

"시속 180킬로미터로 달리다 과속 단속 카메라에 찍히지 않게 조심해. 프랑게도 그랬잖아."

파트릭다운 유머다. 그는 항상 그랬다. 더 이상 어떻게 해야 할지 모르면 그는 우스갯소리를 하려고 한다. 그런데 오늘은 농담 한마디를 건넨 후에 갑자기 진지해졌다.

"리니, 내가 어떻게 해야 네가 이 여행을 포기할까?"

그녀가 답했다.

"난 포기 안 해. 그냥 밤낮으로 휴대폰 전원을 켜놓고 받을 준비만 해 줘."

2개월 전……

그녀는 카페에서 남자에게 먼저 말을 걸었고 그의 테이블 앞에 앉았다. 그녀가 생각했던 것보다 일이 쉽게 풀렸다. 그는 정치인이었다. 그는 똑똑하고 음험하고 약은 사람이었다. 그에 반해 그녀는 그냥 금발 머리 여자일 뿐. 하지만 이 점이 물리치기 어려운 무기였다. 그녀는 남자에게 기숙사에 살고 있다고 얘기했다. 돈이 없어 다급하게 람사우로 가야 한다고 했다. 그런데 람사우로 가는 마지막 버스를 놓쳐 화가 나 버스 티켓을 찢어 쓰레기통에 던져버렸다고 했다.

대화가 진행되는 동안 그의 시선은 계속 그녀의 자그마한 가슴에서 떠나질 않았다. 꼬고 앉은 다리나 허벅지의 부드러운 속살, 엉덩이 쪽은 그에게 관심 대상이 아닌 듯했다. 그녀가 여행 가방을 무릎 위에 올려놓았을 때 그녀의 원피스 끈이 옆으로 스르르 내려갔지만 그는 주시하지 않았다. 남자들은 각각 다 자신이 좋아하는 아킬레스건이 있는 법이다. 물론 그도 그럴 터다. 파란색 원피스 아래 봉긋하게 솟아오른 자그마한 봉우리가 그를 자극했나 보다.

30분 정도 후, 그녀는 남자의 메르세데스 가죽 시트 위에 앉아 있었다.

그녀가 안전벨트를 잠그면서 남자에게 물었다.

"덥지 않으세요?"

얌전한 강아지처럼 남자가 계기판에 단추 하나를 눌렀다. 스르르 차천장이 열렸다. 그러고 나서 남자가 출발했다.

두 사람은 알펜가도를 따라 람사우로 향했다. 약간 돌아가는 길을 택했다. 원래 남자는 베르히테스가덴으로 가야 했다. 남자가 했던 말에 따르면 그랬다.

인적이 드문 꼬불꼬불한 길은 완벽했다. 그녀가 할 일은 단지 적당한 장소를 물색하는 것이었다.

드라이브가 시작되자 그녀가 여행 가방을 열고 휴대용 카세트를 꺼냈다. 알록달록한 색상의 아이들 장난감처럼 미니 마우스 귀가 달린 제품이었다.

"이 차에 라디오가 있소."

남자는 라디오 버튼을 누르려 했다. 그런데 그녀가 더 빨랐다.

그녀의 카세트에서 이미 「서머 인 더 시티(Summer in the City)」가 흘러나오고 있었다.

남자가 물었다.

"아가씬 이 지역 출신이오?"

대답 대신 그녀는 노래를 따라 부르기 시작했고 노래 리듬에 맞춰 몸을 이리저리 움직였다. 그녀가 깔고 앉은 시트 가죽에서 마찰 소리가 나자 그녀는 더 큰 소리로 노래를 했다. 바람에 그녀의 머리카락이 날렸다. 그녀는 침엽수림 냄새와 신선한 공기를 들이마셨다. 강렬한 태양이 그녀의 얼굴로 내리쬐었다.

심한 커브길에 나무 그늘이 나타나자 갑자기 그녀가 남자의 손을 잡았다.

"세워주세요. 오줌 마려워요."

남자가 찻길 가장자리로 차를 몰았다. 그녀는 단숨에 밖으로 뛰쳐나왔다. 커다란 나무가 있는 곳까지 뛰어가 그곳에서 원피스를 엉덩이 위까지 들어 올리고 쪼그리고 앉았다. 이때 그녀의 원피스 끈 하나가 어깨를 타고 흘러내렸다.

남자가 소리쳤다.

"저쪽으로 가면 숲이 있는데!"

그녀가 곁눈질로 차를 보며 말했다.

"너무 늦었어요."

차 안에선 「서머 인 더 시티」가 흘러나오고 있었다. 남자가 그녀를 볼 수 있는 자리라는 걸 그녀는 알고 있었다. 그리고 남자가 그녀 쪽으로 시선을 고정하고 있다는 것도.

볼일을 다 보고 그녀는 손을 아랫도리에 대고 쓱 문지르곤 손 냄새를 맡았다. 동시에 남자를 바라봤다. 남자가 고개를 홱 옆으로 돌렸다.

그녀는 알았다. 남자를 소유했다는 것을 말이다.

그녀가 다시 차에 오르자 남자의 얼굴이 벌겋게 상기되었다.

그녀가 노골적으로 물었다.

"당신 단단해졌어?"

남자가 말을 잇지 못했다.

"난……."

"장담하는데, 당신 물건은 단단해졌을 거야."

이 말을 하면서 그녀가 갑자기 남자 위로 올라갔다.

"오, 이거 제대로 커졌는걸!"

그녀가 남자의 물건을 느끼자 갑자기 입에서 튀어나온 말이었다.

남자가 백미러를 흘깃 보고 나서 그녀를 밀려고 했다.

"그런데 당신 대체 무슨 생각으로……."

그녀는 손바닥을 남자의 코에 갖다 대고, 남자의 뺨과 입술에 문질러 소변 냄새를 맡게 했다. 때론 이 냄새가 최음제 같은 역할을 하기도 한다.

갑자기 남자가 양손으로 여자의 엉덩이를 움켜쥐었다. 그녀가 엉덩이를 흔들었다.

남자가 말을 더듬거렸다.

"세상에!"

그의 두 손이 점점 위쪽으로 향했다. 갑자기 남자의 눈이 동그랗게 커졌다.

"아니, 속옷을 안 입었잖아!"

그녀가 입김을 불며 말했다.

"난 그런 거 필요 없는걸."

남자가 서둘러 바지를 더듬거리면서 지퍼를 열기 시작했다. 이제 남자에겐 아무것도 문제 될 게 없어 보였다. 혹시 다른 차가 지나가면서 이상하게 생각할 수도, 지나가는 사람이 볼 수도 있을 테지만 남자는 이미 이성을 잃었다. 정치인 나리가 자동차 안에서 무릎 위에 젊은 여자를 안고 있다는 걸 들킬지도 모른다는 생각 따윈 이미 안중에 없었다.

굶주렸던 그의 물건을 바지에서 꺼내는 일에만 집중했다.

생각보다 너무 오래 걸렸다. 그가 헐떡이자 그녀는 역겨웠다. 잠깐 밖을 바라보고 다른 차가 없다는 걸 확인하자 그녀는 계기판 위에 있던 카세트를 손에 들었다. 한참 전부터 다른 노래가 나오고 있었다.

남자가 신음했다.

"이런 젠장, 조금만 더 엉덩이를 들어봐."

그녀는 라디오를 들고 모서리로 있는 힘껏 남자의 이마를 내리쳤다. 충격으로 기계가 멎었다. 「노킹 온 헤븐스 도어(Knocking on heavens door)」 노래가 들리지 않았다. 그의 두 눈이 터졌다. 그의 머리가 서서히 목 아래로 떨어졌다. 생각보다는 쉬웠다.

그녀는 핸드브레이크를 풀었다. 미니 마우스 라디오를 그의 무릎 위에 올려놓고 조수석에 있던 여행 가방을 들고 차에서 내렸다.

그녀가 차 문을 닫을 때 이미 메르세데스가 굴러가기 시작했다. 차를 밀 필요도 없었다. 그녀는 조심스럽게 거리로 나왔다. 전후좌우를 다 살펴봐도 지나가는 차는 한 대도 없었다.

메르세데스가 아스팔트를 벗어나 낭떠러지를 향해 굴러갔다.

자동차 흙받기가 바위에 부딪히는 소리가 나고 에어백이 터지는 장면까지 그녀는 지켜봤다. 그런 다음 자동차는 골짜기로 추락했다.

자동차가 얼마나 깊이 떨어졌는지 그녀는 몰랐다. 그렇게 깊지는 않은 것 같았다. 추락하면서 생긴 굉음이 들리기까지 그리 오래 걸리지는 않았다.

카세트테이프를 두고 왔다는 생각이 들었다.

테이프는 카세트 레코더 안에 들어 있었다.

그걸 꺼내 올까? 그녀는 주변을 둘러봤다. 너무 위험했다. 누군가 그녀의 행동을 볼 수도 있다. 그런데 한편으론…….

그때 멀리서 엔진 소리가 언덕을 넘어 그녀 쪽으로 들려왔다. 군대 차량 몇 대가 연이어 지나갔다. 카세트테이프는 잊어버리자고 그녀는 생각했다.

그녀는 얼른 하이힐을 벗어버리고 숲으로 난 길을 향해 걸었다. 몇백 미터 안 되는 숲 속 공터에 그녀는 자동차를 주차해놨었다.

9월 18일, 목요일

30

비행기는 예정 시간보다 10분 빨리 함부르크 공항에 도착했다.

공항에서 둘러볼 겨를도 없이 에블린은 서둘러 주차장으로 향했다. 6번 스탠드에서 빌린 렌터카가 세워진 곳으로 갔다. 에어컨과 CD플레이어, 내비게이션이 장착된 아우디였다. 그녀가 언제까지 차를 쓸지 아직 모르고, 어디에서 반납할지도 미정이란 설명을 하자 렌터카 사무실 직원은 입을 삐죽거렸다. 서류를 작성하고 서명한 뒤에야 자동차 열쇠를 받을 수 있었다.

에블린은 주차장에서 차를 몰고 나왔다. 내비게이션을 보니 쿡스하펜으로 가는 경로는 두 가지가 있었다. 최단 거리 경로는 남쪽으로 가는 길인데, 함부르크 시내와 브레멘을 통과하는 방법이다. 북쪽으로 가는 경로는 한 시간가량 더 걸리고 시내가 아닌 엘베 강을 따라가는 것이다. 그런데 교통방송에서 함부르크와 브레멘 사이에 교통체증이 심하다는 뉴스를 들은 터라 에블린은 강을 따라가는 북쪽 노선을 선택했다.

차 안에서 독일 라디오 방송보다 엔야 CD를 듣는 편이 좋을 것 같아 에블린은 CD를 플레이어에 넣었다. 미리 엔야 CD를 여행 가방 옆 주머니에 넣어놨다. 음악을 들으니 어제저녁 생각이 났다. 파트릭과 대화를 나눈 기억도 떠올랐다. 그는 지금쯤 탐정 사무실에 앉아 깁스한 한쪽 다리를 올려놓고, 그녀가 낯선 곳에서 무슨 일이라도 당하지는 않을지 걱정하느라 골머리를 앓고 있을 것이다. 그래도 그에게 전화하기는 너무이르다. 전화하면 그는 분명 이런저런 조언과 잔소리를 폭탄 터지듯 쏟아놓을 테니 말이다. 이런저런 걸 조심하고, 가장 좋은 방법은 그냥 공항으로 되돌아가는 거라고 얘기할 게 분명하다. 게다가 그에게 시간을 주어야 한다. 그녀를 위해서 더 많은 내용을 알아내도록 말이다.

위터젠(독일 슐레스비히 홀슈타인 주에 있는 도시―옮긴이)과 엘름스호른을 통과하는 국도에는 이상하리만큼 차량이 드물었다. 절반쯤 달리다 보니 엘베 강 해안도로가 나왔고 글뤽슈타트에 들어섰다. 강이 시야에 들어오자 에블린은 엘베 강에 왜 다리가 없는지 알 것 같았다. 엘베 강에 비하면 빈에 있는 도나우 강은 실개천 같다는 생각이 들었다. 전반적으로 북독일은 다른 곳과 비교해서 차원이 다른 것 같았다. 북독일 도시들은 길게 늘어서 있고 강의 규모도 커서 그런지 지금까지 만난 몇몇 사람들에게선 동요되지 않는 여유가 느껴졌고, 그녀가 길을 묻거나 만나는 사람 모두가 '모인 모인(Moin moin, 북독일의 인사말―옮긴이)'이라고 인사했는데 이곳에선 인사가 의무처럼 느껴질 정도였다.

30여 분 뒤 에블린은 나루터 쪽으로 차를 몰았다. 렌터카를 타고 비슈하펜행 범선에 올랐다. 그녀는 선박 난간에 기대어 바람을 느꼈다. 돌풍이 머리카락을 날리며 짠물 냄새가 확 들어왔다. 다행히 그녀는 재킷과 정장바지 대신 청바지와 목까지 올라오는 스웨터를 입고 운동화를 신고 있었다. 영하의 날씨에도 끄떡없을 만큼 보온성이 좋은 꽈배기 모양의 파란색 스웨터는 그녀 어머니가 입던 것으로 노르웨이산이었다.

운항 시간은 20분 조금 넘게 걸렸다. 범선은 반투명 기포를 만들면서 물 위를 헤쳐 나갔다. 얼음장같이 차가운 바람이 강 위로 불어왔다. 엘베 강을 가르는 범선에서 에블린은 제일 먼저 코니에게 전화를 걸었다. 이웃집 딸아이로 올해 열 살인 코니에게 고양이 보니와 클라이드에게 통조림 먹이 주는 걸 부탁했다. 그런 다음 파트릭에게 전화했다.

"모인."

파트릭은 북독일식 인사로 전화를 받았다.

"당신 다리는 좀 어때? 뇌진탕 후유증은?"

"별다른 건 없어. 아이스 팩과 소염진통제 메페남산 캡슐 먹는 것 말고는 할 게 없어. 지금 어디야?"

"비슈하펜으로 가는 페리호."

"비슈하펜?"

파트릭은 그녀의 말을 되묻더니 한동안 침묵했다. 마치 새로운 정보를 일단 소화하는 과정 같았다.

"그런데 왜 브레멘으로 가는 길로 안 간 거야?"

잘난 척하기는, 하고 에블린은 속으로 생각했다. 그리고 그녀는 허풍 떨듯 말했다.

"이렇게 가는 길이 훨씬 더 낭만적이야. 방파제 옆 낚시꾼도 보이고, 양이 뛰노는 목초지도 보이고, 물 위의 안개도 멋있잖아."

이렇게 말하면서도 에블린은 마음 한편으로는 길이 막힌다고 해도 브레멘으로 가는 것이 더 빠르지 않았을까, 하고 자문해보았다.

"호킨슨 주소 알아냈어?"

"물론이지. 이제부터 날 셜록이라고 불러! 정원이 넓은 빌라. 엘베 강이 북해로 흘러가는 지점에 있는 공원 근처야."

파트릭이 주소와 번지수를 말해주었다. 그녀는 머릿속으로 암기했다.

"고마워. 선박업자를 만나고 나면 곧바로 연락할게."

에블린은 그의 대답을 기다리지 않고 전화를 끊었다.

정오경에 에블린은 쿡스하펜에 도착했다. 태양은 안개에 가려 보이지 않았다. 갑자기 그녀는 엔야의 노래가 듣기 싫어졌다. 그녀는 자동차 옆 유리창을 아래로 내리고 기러기가 끼룩거리는 소리를 들었다. 파도가 방파제를 때리는 소리도 들렸다. 여기서는 제대로 소금물 냄새와 생선 냄새가 났다.

북해의 공기 맛은 기막히게 좋았다. 에블린은 해산물 레스토랑을 좋아했다. 그리고 바람을 가르는 쾌속선이 방파제에 정박하면 목가적인 기분이 들었다.

엘베 강은 점점 넓어졌고 커다란 바다가 시야에 들어왔다. 그다음 파트릭이 말한 공원의 나무가 보이기 시작했다. 근처에는 고급 빌라와 아파트, 별장이 늘어서 있었다. 이 근처 어딘가에 호킨슨의 집도 있을 것 같았다. 커브를 틀어 주소지를 향해 차를 몰았다. 담장이 길게 늘어서 있는 집이 보였다. 천천히 차를 몰며 담장을 따라가니 철제 대문이 나왔다. 육중한 대문은 열려 있었다. 집 앞에 시쿠로(Sicuro)라는 회사 차가 주차되어 있었다. 로고를 보니 보안경보업체 알람 장치를 제작하는 회사인 듯했다.

에블린은 차에서 내려 회사 차를 지나 정원으로 들어갔다. 넓은 자갈길이 건물까지 이어졌다. 진입로에 메탈릭 블랙의 오토바이 한 대가 서 있었다. 열쇠가 꽂혀 있었다. 풀페이스 헬멧이 손잡이에 걸려 있었다. 그 위에 빌라 건물이 있었다. 입을 떡 벌리고 에블린은 건물을 바라봤다. 평상시에 파트릭은 절대 혼동하는 실수를 하지 않는다. 그녀는 다시 한 번

문 앞에 쓰여 있는 주소를 찬찬히 읽어봤다.

에블린은 혼자서 중얼거렸다.

"어떻게든 해운업자가 되고 봐야겠군."

2층짜리 건물은 커다란 테라스와 돌출 창문이 있었는데 그 위를 동판을 씌운 초록색 지붕으로 장식해놓아서 첫눈에 봐도 동화 속 성처럼 보였다. 창틀에는 꽃이 즐비한 화분과 포도 덩굴이 있어서 더 고급스럽게 보였다.

동화 같았던 첫인상은 지붕 처마 아래 감시카메라를 보자 확 달아났다. 카메라는 정원을 향해 깜빡이고 있었다. 초록색 오버롤 작업복을 입은 설치기사 몇 명이 잔디밭 위를 걸으며 케이블 드럼에 케이블을 말아 감고 있었다. 정원에서 묵직한 남자 목소리로 욕하는 소리가 들렸다. 기사 두 명이 커다란 전나무 아래서 싸우고 있었다. 목조 정자 뒤편에 수련 연못이 있었고 물가에는 갈대가 자라고 있었다.

기사들은 에블린이 지나가도 신경 쓰지 않았다. 그녀는 테라스 쪽으로 걸어갔다. 등나무 테이블과 의자가 놓여 있었다. 테이블 위에는 누군가 그 위에 망치를 올려놓은 설계도 한 장이 바람에 펄럭이고 있었다. 테라스 앞에서 그녀는 걸음을 멈추고 주변을 둘러보았다. 테라스에서 보니 드넓은 바다가 시야에 들어왔다. 갈매기가 해변에서 끼룩거리며 날아다니는 것도 보였다. 파도 소리가 집까지 들릴 정도였다.

에블린은 열려 있는 유리문을 두드렸다.

"계세요?"

집 안에서 인기척이 들렸다. 검은색 승마부츠를 신은 부인이 전화 통화를 하면서 계단을 내려와 거실에서 멈춰 섰다. 부인은 에블린을 보자 전화를 끊고 테라스를 향해 걸어왔다.

"시쿠로 회사에서 오셨나요?"

"아닙니다. 저는 에블린 마이어스라고 합니다. 저는……."

"오스트리아에서 오셨나요?"

부인이 한 걸음 뒤로 물러서서 에블린을 못마땅한 시선으로 바라봤다. 트집이라도 잡으려는 시어머니 같은 눈빛이었다. 사십대 중반 정도로 보이는 부인은 블라우스에 딱 붙는 승마바지 차림이었다. 그녀의 몸매는 같은 여자가 봐도 부러울 정도였다. 검은색 머리는 뒤로 묶어 깔끔해 보였다. 하지만 가늘게 그린 아치형 눈썹은 무척 부자연스러워 보였다. 인조 속눈썹을 붙인 것처럼 속눈썹이 지나치게 길었다.

에블린이 말했다.

"빈에서 온 변호사입니다."

"빈이라. 황제와 쇤브룬, 마차……. 제가 젊은 여변호사님을 위해 뭘 해드리면 될까요?"

부인의 목소리에서 약간의 조롱하는 어조가 느껴졌다.

"여기가 호킨슨 씨 댁 맞죠?"

"네."

"해운업 하시는 호킨슨 씨?"

부인은 에블린을 궁금해하는 표정으로 쳐다봤다.

"제가 알기로는 오늘 미리 약속되어 있는 건 아닌 것 같은데요. 이렇게 먼 길을 오신 이유가 뭔가요?"

에블린은 자기 앞에 있는 여성의 정체가 누구일까 잠시 생각해봤다. 호킨슨 부인일까? 남편이 직장에서 선박업을 지휘하는 동안 부인은 승마 수업을 받으러 가는 길일까? 마당에 있는 오토바이는 누구의 것일까?

"호킨슨 씨와 얘기를 하고 싶습니다."

부인이 웃었다. 에블린은 이런 유형의 표정을 잘 안다. 그건 안타깝다는 것과 약간은 고소하다는 의미가 내포된 웃음이었다.

"그렇다면 며칠 늦게 도착하셨군요."

"그런데 호킨슨 씨 전화 자동응답기에는……."

부인이 한 손을 옆구리에 걸쳤다.

"아, 자동응답기요! 응답기를 벌써부터 꺼놓든가 내용을 지워놨어야 했는데. 그렇게 할 경황이 없었어요. 며칠 전부터 망할 놈의 경보 시스템이 말썽을 부려서요. 기사들이 문제점을 찾지도 못하고 있어요. 혹시 문제없이 잘 작동되는 감시카메라 시스템 업체를 알고 있나요?"

"아니요. 저는……."

"시쿠로는 절대 쓰지 말라고 충고할게요. 차라리 개를 갖다 놓으세요. 경보 시스템이 필요하면요."

그녀는 테라스 쪽을 쳐다봤다. 기사들이 감지 장치와 케이블 드럼을 땅 위에 올려놓고 테스트를 하는 것 같았다. 이 집에는 모든 것이 케이블로 연결되어 있을 것 같았다.

"뭐라고 하셨더라. 여기서 뭘 원하신다고요?"

부인의 말투가 에블린의 귀에 거슬렸다.

"호킨슨 씨와 얘기를 좀 하고 싶다고요."

"아, 맞다. 우리 아버지는 지난주에 돌아가셨어요."

부인은 관자놀이에 손을 대며 말했다. 편두통에 시달린다는 동작을 보여주려는 것 같았다.

31

호킨슨 빌라 온실에선 바다가 보였다. 산울타리 뒤로 등나무 의자와 접혀 있는 파라솔도 보였다. 바람 때문인지 해안을 걷고 있는 사람은 많지 않았다. 종이 연을 하늘에 날리는 사람들도 있었고, 주인이 던진 공을 따라가는 개도 있었다.

그레타 호킨슨은 주방에서 찻주전자와 잔을 쟁반에 들고 왔다.

"에블린, 이렇게 불러도 될까요?"

그녀는 에블린의 대답은 기다리지도 않고 창문을 가리키며 말을 이었다.

"보기에는 전원적이고 낭만적으로 보이죠. 그런데 그렇지 않아요. 습하고 바닥은 모래투성이고 여기저기 소금물이죠. 바람 소리가 귀에서 떠날 날이 없어요. 이런 데 적응하고 살거나 아니면 미쳐버리는 거예요. 갈매기 소리는 또 얼마나 시끄러운지."

그녀가 쟁반을 테이블 위에 올려놓고 에블린 옆 등나무 의자에 앉았다. 그녀는 긴 다리를 꼬고 앉아 승마부츠를 신은 다리를 이리저리 흔들었다.

"우리 아버지가 빈의 변호사와 무슨 관계가 있었을까요? 빈에서 무슨 일이 있었다, 그래서 숨겨놓은 딸이 둘 있다, 뭐 이런 얘기는 제발 하지 말아주세요. 그런 얘기 한 번만 더 들으면 당장 폐렴이 생길 거예요."

유쾌하지 않은 상황임에도 에블린은 웃음이 나오는 걸 참을 수가 없었다. 그레타 호킨슨은 본심이었을 것이다. 그런데도 에블린은 배 속에서 또다시 이상한 소리가 나는 걸 느꼈다. 그레타의 두 손이 불안해하는 걸 보는 순간 말이다.

에블린이 말했다.

"부인의 아버님이 몇 년 전에 주최한 크루즈 여행 때문에 왔습니다. 의뢰인 두 명이 그 여행에 참가했었죠. 하인츠 프랑게와 루돌프 키슬링거요."

에블린은 그레타를 바라봤지만 그녀의 얼굴엔 아무런 반응이 없었다.

"키슬링거는 빈 출신의 은퇴한 소아과 의사였고, 프랑게는 뮌헨의 시 참사회 위원이었어요."

"소아과 의사였고 시참사회 위원이었다? 과거 표현을 쓰는 건?"

"두 사람은 지난 두 달 사이에 의문의 사고를 당해 목숨을 잃었어요."

여전히 그레타는 반응이 없었다. 그레타 호킨슨은 다리를 이리저리 흔들었다.

"어떤 일이기에 의문의 사고라고 말씀하시나요?"

에블린은 사망사고에 대해 자신이 알고 있는 대로 얘기했다. 단지 파란색 끈 민소매 원피스를 입은 젊은 여자가 두 사람의 사망사고가 있던 장소 근처에 나타났었다는 사실에 대해서는 언급하지 않았다.

그레타는 얼굴을 찡그렸다.

"얘길 들어보니 두 사람이 술을 너무 많이 마셔서 그런 것 같은데요."

"그럴 수도 있습니다. 중요한 점은 그 사람들이 부인 아버님의 배에서 알게 되었다는 것이죠. 프리트베르크라는."

그레타는 흔들거리던 다리를 갑자기 멈췄다.

"그 배는 브레머하펜을 출항해서 9일 뒤 다시 돌아왔습니다. 그 배를 아세요?"

에블린은 잔에 차를 따랐다.

그레타는 손가락으로 송곳니를 톡톡 두드렸다. 그러더니 자리에서 벌떡 일어났다.

"프리트베르크? 우리 아버지는 과거에 요트도 여러 대 있었고 범선도 소유했었죠. 그래서 여행사에 배를 빌려주는 임대도 했어요. 그중 제일 큰 배는 객실이 쉰 개가 넘었어요. 그 배 이름이 프리트베르크였을지도 모르죠. 난 우리 아버지 사업에는 전혀 신경 쓰지 않았고, 아버지도 몇 년 전부터 선박업 규모를 줄였어요."

'아버지가 협박금으로도 충분히 잘살 수 있으니까?' 하고 에블린은 마음속으로 되뇌었다.

그레타가 물었다.

"지금 무슨 생각을 하시죠?"

에블린은 자신의 생각이 드러나지 않게 하려고 최대한 애를 썼다.

"호킨슨이란 성은 전형적인 독일식이 아니죠?"

"미국 군인들이 전쟁 후에 그대로 독일에 남아 있는 경우가 많았어요. 우리 할아버지는 일리노이 출신이고 할머니는 함부르크 출신이에요."

에블린은 서랍장 위에 놓인 사진을 가리켰다. 승마모자를 쓰고 있는 그레타 호킨슨 옆에 관자놀이가 희끗희끗한 잘생긴 신사가 서 있는 사진이었다.

"이분이 아버님이신가요?"

그레타는 사진을 들고 에블린에게 건넸다.

"아버지는 항상 바다와 함께하신 분이었죠. 등대를 좋아하셨고, 자동차로 해안도로를 따라 드라이브하는 걸 즐겼어요. 여러 날씩 배를 타고 푀르나 질트, 동프리슬란트의 섬으로 여행을 하셨죠. 나는 그런 것을 하나도 좋아하지 않아요. 난 쿡스하펜 남쪽에서 승마장을 운영하고 있거든요. 내가 좋아하는 세상은 말이지 배가 아니에요."

에블린은 그녀에게 사진을 돌려주었다.

"아버님이 매력적이셨네요."

그녀가 웃었다.

"걱정 마세요. 아버지도 자신의 외모가 나쁘지 않다는 걸 너무 잘 알고 있었어요. 게다가 아버지는 필요한 만큼 돈도 있었죠. 아버지 여자 친구 중에 나보다 어린 사람도 꽤 많았어요."

그녀의 말투에는 아버지에 대한 혐오가 배어 있었다.

파트릭이 자기 아버지에 대해 얘기할 때 느꼈던 것과 똑같은 분위기였다. 어쩌면 그레타의 어머니는 살아 계시지 않을지도 몰랐다. 만일 그레타에게 형제자매가 없다면 이 큰 빌라와 기타 재산을 모두 그녀가 상속받을 것 아닌가.

"실례가 안 된다면 아버님이 어떻게 돌아가셨는지 여쭤봐도 될까요?"

그레타는 창문으로 가 해안을 바라봤다. 한참 동안 시선을 고정시키고 있던 그녀가 말을 시작했다.

"어이없는 일 때문이에요. 비밀은 아니에요. 신문마다 기사가 다 나왔는걸요. 아버지는 자신의 기벽 때문에 돌아가셨어요. 주말이면 해안도로를 따라 드라이브해서 브레머하펜까지 달리곤 하셨죠. 심지어는 빌할름스하펜이나 네덜란드 국경까지 간 적도 여러 번이에요. 아버지는 그럴 때마다 '사업상 출장'이라 말하곤 했죠. 그런데 대부분은 친구들을 만나요. 카지노나 나이트클럽에 가고 고급 모텔에서 밤새 자금시장에 대한 대화를 나누죠. 아버지 소유의 선박들을 팔고 나서, 그 돈을 주식에 투자했어요. 그게 아버지 취미 중 하나예요."

그레타는 골똘히 생각하며 유카 나뭇잎을 만지작거리며 말을 이었다.

"그런데 지난 금요일엔 아버지가 돌아오지 않았어요. 북해 해안도로를 타고 가면 등대 근처에 가파른 낭떠러지가 있어요. 아버지는 카브리오를 타고 그 길을 달렸죠. 진주 구슬이 달린 아주 긴 실크스카프를 목에 감고 있었는데 바람 때문에 스카프가 차 밖으로 날렸어요. 어떻게 됐는지 몰라도 스카프가 자동차 뒷바퀴 축 휠 서스펜션에 엉켜서……."

에블린은 숨을 잠시 멈췄다. 이미 이야기가 어떻게 될지 결과를 알고 있었는데도 말이다.

"스카프에 아버지는 목이 졸린 거예요. 아버지가 탄 차는 절벽으로 추락했죠."

"세상에, 끔찍해라. 뭐라고 위로의 말씀을 드려야 할지."

그레타가 바다를 보던 시선을 돌리고 다시 테이블 옆에 앉았다. 지금까지 그레타는 차를 입에도 대지 않았다.

"고마워요. 그런데 이상한 점은 아버지는 실크스카프 같은 걸 갖고 계시지 않았다는 점이에요. 평생 그런 추잡한 물건은 몸에 걸치신 적이 없었어요. 하다못해 나이트클럽에서 아무리 술에 취해도 그러지 않았어요."

"그럼 그 스카프는 어디서 난 거죠?"

그레타는 다시 손톱으로 이를 톡톡 두드렸다.

"아시겠어요? 나도 그게 의문이에요. 전직 법조인을 알고 있는데 그분이 검사와 잘 아는 사이예요. 아무튼 그래서 형사들이 수사를 시작했죠. 형사들이 알아낸 바에 의하면 그 스카프는 아버지가 사고를 당하기 하루 전날 쿡스하펜에 있는 옷가게에서 판매된 것이라는군요."

어두운 예감이 에블린의 뇌리를 스쳤다. 본인도 모르게 점점 오한이 났다.

"누구한테 팔았죠?"

그레타가 말했다.

"가게 주인이 마침 여자 손님의 얼굴을 기억하고 있었대요. 현상수배 사진을 만들어서 지역신문이란 신문은 모조리 올렸죠."

에블린은 더 이상 이야기를 듣지 않았다. 그녀의 생각이 둔기를 맞은 듯 멍해졌다. 처음에 약간 주저하는 마음도 들었지만, 곧 에블린은 현금 지급기 감시카메라에 찍힌 젊은 여자 사진을 핸드백에서 꺼냈다. 루돌프 키슬링거가 사망한 날 밤 카메라에 찍힌 파란색 끈 민소매 원피스를 입은 금발 여자 사진을 그레타에게 건넸다.

"이 사진을 어디서 구했어요?"

에블린이 물었다.

"이 여자를 아세요?"

대답 대신 그레타는 자리에서 일어나 서랍장으로 갔다. 서랍을 열어 서류 뭉치를 꺼냈다. 에블린이 얼핏 보니 변호사 사무실 이름이 인쇄되어 있는 파일이었다. 그레타가 그중 한 장을 꺼내 에블린에게 건넸다.

"스카프를 사 간 여자의 현상수배 몽타주예요."

에블린은 그 순간 숨이 멎는 기분이었다. 긴 머리의 젊은 여자, 마르고 연약해 보이는 얼굴. 누가 봐도 잘못 볼 수 없는 확실한 모습이었다.

끈 민소매 원피스를 입은 그 소녀였다.

32

에블린은 수배 사진과 감시카메라 사진을 번갈아 봤다. 두 사진에 찍힌 젊은 여자가 닮았다는 건 의심할 여지가 없었다. 동일 인물이 확실했다.

그레타가 물었다.

"이게 무슨 의미일까요?"

에블린은 독일로 오면서 대답을 기대했었다. 그런데 대답 대신 이곳에 와서 또 하나의 의문만 더 얻었다.

"저도 그걸 알고 싶어요. 이 젊은 여인이 프랑게 사망 직전에 근처에 있었어요. 그리고 키슬링거가 사망한 날 밤에도 그 장소에 나타났고요."

에블린은 자신이 '범행 장소'라는 표현 대신 '장소'라는 단어를 사용하는 것이 꽤나 힘들다는 걸 느꼈다.

"두 남자의 죽음과 이 여자가 뭔가 연관이 있다고 생각하세요?"

"그렇게 보여요."

그레타가 물었다.

"그럼 경찰에 얘기했나요?"

또다시 배 속에서 울컥하고 근질근질한 느낌이 들었다. 대체 여기 무슨 문제가 있는 걸까? 에블린은 고개를 저었다.

그레타가 한숨을 쉬며 말했다.

"얘기한들 소용이 없었겠죠. 형사들이 수배 사진을 온갖 매체에 다 내보냈는데 지금까지 단 한 건의 제보도 없었어요. 마치 사진 속 사람이 이 세상에 존재하지 않은 듯 말이죠. 그래서 가게 주인이 헛것을 봤나 보다고 생각했었는데."

"여기 사진이 이 여자가 실제 인물이란 걸 보여주는 가장 좋은 증거죠."

그레타가 중얼거렸다.

"그런데 여자를 아는 사람이 아무도 없는걸요."

"아무튼 프랑게와 키슬링거, 당신 아버지 사이에 어떤 비밀이 있었는가, 하는 질문이 제기되는 거죠."

에블린은 이 말을 그레타의 의식 속에 깊이 각인시키고 싶어 다음 질문을 하기 전에 잠시 시간을 끌었다.

"그 당시 배 안에서 무슨 일이 있었던 걸까요?"

에블린은 자신이 그레타를 완전히 신뢰할 수 있는지 알지 못했다. 그녀가 에블린 자신처럼 정말 아무것도 모르는 것인지, 아니면 이들 사이의 연관 관계를 이미 다 알고 있는지 말이다. 함부르크의 계좌로 두 남자가 오래전부터 크루즈 여행을 위해 자기 아버지에게 송금을 했다는 사실을 그레타도 이제는 알게 되었다.

그레타는 잠시 생각에 잠겼다.

"배 이름이 뭐라고 했죠? 프리트베르크? 세상에, 10년 전에 무슨 일이 있었는지 다시 생각해내는 건 불가능해요. 어쩌면 아버지 집무실에 서류가 있을지도 모르겠네요. 그런데 난 어렸을 때 이후 아버지 방에 들어가본 적이 없어요. 그런데 이제 아버지가 돌아가시고 나서 들어가야 하다니."

잠시 그녀는 무의미한 표정으로 어두운 복도를 쳐다봤다.

"그 검사를 잘 안다는 전직 법조인이 우리 아버지 친한 친구였어요. 승마 사고를 당한 이후 그분은 일을 안 하고 쉬고 계세요. 그분이 아버지 돌아가시고 유산 관리를 맡고 계세요. 그분 도움 없이는 감당하기 힘들 것 같아요. 지금 이 순간 관공서 일을 처리할 머리가 남아 있지 않아요. 두 달 전에 이 집에 강도가 들었고 집 안에 있는 귀금속을 모조리 훔쳐 갔어요. 아버지가 경보 시스템을 설치했는데 망할 놈의 기계가 오늘까지 작동을 하지 않는 거예요. 어딘가 케이블에 문제가 있나 본데. 이제 막 승마 시즌이 시작되어서 승마장 일도 너무 많아 머리가 터질 것 같아요. 그런데 이제 아버지 장례식 하루 전날 당신이 와서 이 사진까지 내게 보여주는군요."

바로 그때 작업복 차림의 남자가 들어왔다. 그는 손에 작은 리모컨을 들고 있었다.

"다 했습니다."

그레타가 자리에서 일어났다.

"이만 실례할게요. 테스트 42번이 또다시 안 되는군요."

그녀는 남자에게 경멸하는 눈초리를 보냈다.

에블린도 자리에서 일어났다.

그레타가 물었다.

"이 근처 호텔에 계시나요?"

"원래 계획은 오늘 저녁에 비행기를 타고 다시 빈으로 가려 했어요."

"전화번호를 주고 가세요. 새로운 사실이 있으면 연락드릴게요. 그리고 여기까지 와줘서 정말 고마워요."

그레타가 그녀에게 손을 내밀어 악수를 청하고는 기사와 정원으로 나갔다.

에블린은 그레타가 인부와 정원으로 가는 모습을 지켜봤다. 명함 한 장을 핸드백에서 꺼내 테이블 위 수배 사진 옆에 놓았다. 그런 다음 현금지급기 감시카메라 사진을 접어 핸드백에 넣었다. 그레타가 정말 이 사건에 대해 더 많은 사실을 알아내길 원하는 걸까? 에블린은 확신이 서지 않았다. 그녀가 거부감이 드는 두 가지 이유가 있었다. 먼저 그레타는 그녀에게 현금지급기 사진을 복사해달라고 요청하지 않았다. 만일 에블린이 그레타 입장이라면 수배 몽타주만 있는 상황에서 마침내 의문의 여인이 찍힌 진짜 사진을 손에 넣었는데 그냥 보내지는 않았을 것이다.

두 번째로 에블린은 프리트베르크호가 10년 전에 바다로 출항했었다는 사실에 대해 단 한마디도 말하지 않았다는 것이다.

33

정오경 풀라스키는 괴팅겐에 도착했다. 괴팅겐 정신과 병원 건물은 시내 외곽에 있었다. 소냐 빌할름 박사가 가는 길을 자세하게 알려주었다. 그날 오전은 날아가듯 빨리 지나갔다.

풀라스키는 아침에 딸아이를 자동차로 학교에 데려다준 후에 라이프치히 남쪽에 있는 뤼트겐슈타인 커피하우스로 차를 몰았다. 그곳에서 그는 빌할름을 만났다. 아침식사를 함께하자는 제안을 그녀가 받아들일 것이라고는 풀라스키도 예상하지 못했던 게 사실이다. 전화로 그가 그녀와 의논할 일이 있다는 정도만 언급했기에 그녀가 쉽게 응하지 않을 수도 있으리라 생각했었다. 그런데 그녀 역시 풀라스키와 똑같이 나타샤의 살인범을 꼭 잡아야겠다는 의지가 있었던 것이다. 풀라스키가 카페 안에 들어서자 그녀는 이미 카푸치노를 마시고 있었다.

커피를 마시면서 풀라스키는 담배 한 개비를 피웠고, 그녀에게 수사 진행 과정과 그의 계획에 대해 이야기했다. 빌할름은 그의 말을 경청했고, 그가 말하는 동안 그의 손에 있던 담배를 가져가 그의 눈앞에서 재떨이에 비벼 껐다. 그 광경을 풀라스키는 미소를 지으며 바라봤다. 풀라스키의 얘기가 끝나자 빌할름은 말을 시작했다. 그녀가 괴팅겐에서 학업을 마쳤고 소아정신과 병원 과장을 개인적으로 알고 있다고 했다. 하지만 소아정신과 과장이 풀라스키에게는 환자의 비밀 누설 금지라는 의사의 의무 때문에 아무 말도 안 할지도 모른다고 말했다. 그런데도 풀라스키는 만나보겠다고 했다. 빌할름은 소아과 과장에게 전화를 걸어 풀라스키가 찾아가겠다는 말을 전하겠다고 약속했고, 전화 이상 본인이 할 수 있는 건 없다고 했다. 게다가 풀라스키는 오늘 휴가를 낸 상태라 공식적인 근무 일도 아니고 사건의 담당자도 아니었다.

9시경 풀라스키는 빌할름을 마르크클레베르크 병원까지 태워주고 다시 괴팅겐으로 향했다.

주차장 입구 차단봉이 열리고 수위가 풀라스키를 향해 들어가란 손짓을 했다. 덜덜거리는 스코다가 건물로 들어섰다. 이곳은 오전에 비가 온 것 같았다. 아스팔트가 아직 젖어 있고 길 가장자리 곳곳에 물이 고여 있었다.

건물은 어마어마하게 컸다. 빌할름에게 미리 들었지만 실제로 규모가 엄청났다. 외관을 보면 고풍스러운 웅장한 건물이 있는 규모가 큰 공원처럼 보일 정도였다. 풀라스키는 보행속도로 차를 몰아 나무숲이 우거진 아스팔트를 지나갔다. 울창한 나무와 장미 화단을 지나는 길은 마치 미로 같았다. 이곳이 중증 질환을 앓고 있는 환자가 거주하는 3층 건물이란 사실을 몰랐더라면 아마도 그는 이곳이 공원 안에 있는 중세의 평온한 휴양소란 생각을 했을 것 같았다.

표지판을 따라 해리성정체장애 소아 병동 방향으로 차를 몰았다. 제바스티안 제멜슐레거가 일주일 전 세상을 떠나기 전까지 있었던 곳이다.

그리고 지금 레샤 프로코포비치가 있는 곳이기도 하다.

풀라스키는 방문객 주차장 27번 b 기둥 옆에 차를 세웠다. 약속 시간보다 일찍 도착했다. 핀스거 박사와의 약속은 오후 1시였다. 차 안에서 좀 기다리기로 했다. 조수석에 있던 책을 들었다.『핫 워터 뮤직』이란 책이었다. 찰스 부코스키의 작품이다. 6장 어딘가에 책장 모서리를 접어놓았던 것 같다. 오늘 오전 고속도로 휴게소에 있는 동안 잠시 읽었다. 책에는 바와 술, 시가를 피우는 고독한 금발 여인, 뮤직 박스를 위한 동전을 구걸하는 술 취한 사람들이 등장한다. 세상을 움직일 만한 그런 내용은 아무것도 없다. 길거리에서 매일 보는 그런 이야기다. 이런 우울한 얘기를 사람들은 왜 읽는 걸까? 그리고 나타샤 좀머에게 백발 남자가 진을 따라주고 진통제를 주사하기 전 그녀의 삶도 비슷했을 텐데, 우연일까?

나타샤는 자신의 아동기에 분명 충분히 괴로웠을 텐데 굳이 이런 어두운 내용을 읽고 싶었을까? 말 한마디도 하지 않았던 나타샤가 진정한 삶의 모습을 경험하고 싶었던 걸까? 남자들이 어떻게 생각하고, 남자들이 왜 여자들한테 특정한 행동을 하는가에 대해서? 병든 뇌에서 무슨 일이 일어나는지 배경을 알려고? 그렇다면 부코스키의 말이 맞다. "인간은 우주의 찌꺼기." 책 첫 장에서 작가는 그렇게 말했다. 부코스키는 시인이 아니었을지도 모른다. 풀라스키가 판단할 문제는 아니지만 아무튼 작가가 쓰는 내용이 그르지는 않았다. 물론 인생을 견딜 수 있게 만드는 일도 많이 있지만 그에 관해 부코스키는 별로 할 말이 없을 듯싶다.

이 얇은 책을 풀라스키는 집에서 찾아냈다. 테이프로 칭칭 감아놓은, 카린의 개인 사물이 담겨 있는 박스 안에 있었다. 그는 어젯밤 테이프를 찢어 개봉했었다. 그녀는 아동 서적 출판사의 편집자였다. 암에 걸린 사실을 알고 내면의 고민을 이겨내고자 그녀는 일주일에 책 두 권을 읽었다. 풀라스키가 드레스덴에서 야간 근무를 하면 그 밤에 읽었다. 문학에 큰 관심이 없는 그도 그녀가 읽은 책의 몇몇 작가는 기억이 났다. 샐린 저, 헤밍웨이, 폴크너, 버로우 등이었다. 그의 세계에는 시나 문학이 있을 자리가 없었다. 게다가 카린마저 세상을 떠난 지금은 더욱더 그렇다. 지금 이 순간 그의 생각을 차지하는 건 오직 딸아이와 정신적 병을 앓고 있던 아이들을 죽인 살인자, 못 미더운 사건 담당자뿐이다. 그리고 이 사건이 앞으로 어떻게 진행될 것인가, 하는 생각뿐이다.

책장을 넘기는데 원인 모를 불안감이 엄습했다. 그는 책을 더 이상 읽을 수가 없었다. 차에서 나와 건물 안으로 들어갔다. 1시 조금 전이었다.

핀스거 박사는 안에 있었다. 160센티미터가 될까 말까 한 이 의사는 머리가 풀라스키 어깨에 닿았다. 몸집이 얼마나 왜소한지 젖은 감자 자루보다 무게가 덜 나갈 것 같았다. 풀라스키는 의사를 만나기 전, 자신이 만나게 될 사람이 평범한 사람이길 원했다. 그런 바람을 핀스거는 충족시키지 못했다. 머리는 반쯤 벗겨지고 듬성듬성한 정수리는 희끗희끗했다. 커다란 눈에 상당히 두꺼운 안경을 낀 모습이 마치 놀란 닭 같았다.

핀스거 박사는 풀라스키에게 손을 내밀고 그를 방으로 안내했다. 튀긴 생선과 소스 냄새가 났다. 유리문으로 접시와 포크를 정리하는 소리가 들렸다.

핀스거가 말했다.

"방금 식사를 끝냈습니다. 점심시간이라……. 제가 뭘 해드리면 될까요?"

풀라스키는 외투를 벗어 옷걸이에 걸었다. 이때 재킷이 살짝 벌어졌다. 이 의사가 자신의 어깨 홀스터에 있는 권총을 응시하고 있다는 걸 풀라스키는 곁눈으로 보았다.

핀스거가 말했다.

"빌할름 박사님이 전화로 당신이 라이프치히 형사이고 레샤와 제바스티안에게 관심이 있다고 하시던데요."

"맞습니다."

풀라스키가 재킷 단추를 잠갔다. 더 이상 총을 눈에 띄게 하고 싶지 않았다. 그는 권총 홀스터를 사실 오늘 아침에 습관적으로 몸에 걸쳤다. 수사 생각에 몰두하느라 오늘이 휴가라는 생각조차 하지 못한 것이다. 오늘은 휴가 중이고 이곳에는 개인적으로 온 것일 뿐이라는 생각부터 알리는 것이 시급해 보였다.

"영장을 좀 보여주시겠습니까? 그래야 제가 환자 정보를 말씀드릴 테니까요."

풀라스키는 숨을 깊게 내쉬었다. 일이 잘 풀리지 않을 게 분명해 보였다. 그는 사실대로 고백했다.

"저는 지금 휴가 중이고 개인적인 이유로 이곳에 왔습니다."

의사가 물었다.

"당신이 근무하는 부서에서 우리의 만남에 대해 알고 있습니까?"

"아닙니다."

의사는 아랫입술을 꽉 깨물었다.

"그럼 환자 두 명과 개인적인 친분이 있으십니까?"

"아닙니다."

의사의 목소리가 낮아졌다.

"제 얘기를 들어보시죠, 풀라스키 씨. 당신은 근무 이외 시간에 나를 찾아왔습니다. 그것도 당신이 알지 못하는 환자 정보를 얻으려고요. 그런데 총은 왜 필요한 겁니까?"

이 말은 분위기가 바뀌는 전환점이 되었다. 폴라스키는 뭐라 할 말이 없었다. 권총 발터 PK를 자동차 서랍에 놓고 왔어야 했다. 그랬더라면 이런 문제는 없었을 것이다.

"박사님이 원하신다면 총을 자동차에 두고 오겠습니다."

핀스거 박사는 고개를 저었다.

"그럴 필요 없습니다. 안됐지만 우리의 대화는 이걸로 끝났습니다. 당신이 우리 환자에 대한 얘기를 나한테 듣고 싶다면 당신이 근무하는 라이프치히에 사전에 얘기를 했어야 했고, 그리고 괴팅겐 병원 담당자에게도 미리 얘기를 했어야 합니다. 게다가 검사의 수사 명령도 없이 제가 당신에게 해드릴 수 있는 건 아무것도 없습니다."

폴라스키는 피가 거꾸로 솟는 기분이었다.

"여기까지 꼬박 세 시간을 운전하고 왔습니다!"

"당신이 열 시간 걸렸다 해도 어쩔 수 없습니다. 미안하지만 소냐 빌할름 박사도 당신이 이곳에 개인적인 일로 왔다는 말은 하지 않았습니다. 게다가 당신은 우리 병원에 무기까지 들고 왔습니다. 나가주십시오!"

의사는 폴라스키에게 다른 선택권을 주지 않았다. 폴라스키는 의사에게 한 걸음 다가가 고개를 숙이고 귀에 대고 말했다.

"지금부터 제가 하는 말을 잘 들어보십시오. 제바스티안 제멜슐레거가 자살을 했다고 알고 있습니다. 하지만 그 아이가 스스로 목숨을 끊었다고 보기엔 의심스러운 점이 있습니다. 제가 보기에 당신 병원에 안전상의 결함이 있다고 봅니다."

핀스거의 얼굴이 벌게졌다. 그가 뒤로 물러나려 하는데 그 순간 폴라스키는 그의 멱살을 잡았다.

"1분만 더 얘기하겠습니다, 박사님. 제가 근무하는 그곳에서 지난주에 두 명의 젊은이가 정신과 병동에서 살해됐어요. 제바스티안도 두 사람과 같은 방법으로 목숨을 잃었을 가능성이 아주 높습니다. 왜냐하면 이 아이들 모두 10년 전 같은 시기에 브레머하펜의 같은 병원에서 치료를 받았거든요. 그 당시 네 명의 아이들이 거기 있었죠. 레샤 프로코포비치, 어쩌면 이 아이도 생명이 위험할지 모릅니다. 살인범이 다시 이 아이를 같은 방법으로 살해해서 레샤가 시체 자루에 담겨져 병원을 나가게 되기 전에 어서 저를 그 아이에게 데려다주시는 게 좋을 겁니다."

풀라스키는 의사의 멱살을 놓았다. 의사는 잠시 숨을 헐떡이다 생각에 잠겼다. 어쩌면 이 사람은 검은색 시체 자루를 상상하고 있을지도 모른다. 풀라스키가 말한 대로 레샤가 그 자루에 담겨져 나가는 모습을 말이다.

의사가 속삭였다.

"이 얘기는 우리 두 사람만 알고 있는 거죠?"

"물론입니다."

핀스거 박사가 끄덕였다.

"레샤 방은 저 위층에 있습니다. 따라오십시오."

34

풀라스키의 발소리가 복도를 타고 울렸다. 칠이 벗겨진 벽과 철제 난간, 창살이 둘러진 창문을 보니 풀라스키의 머릿속에 교도소가 떠올랐다. 이 건물은 밖에서 보면 말할 수 없이 매력적인데 내부 모습은 판이하게 달랐다.

풀라스키가 물었다.

"자살한 아이에 대해 해주실 말씀이 있으십니까?"

"레샤도 그렇지만 제바스티안도 이 병동에 거주했습니다. 그 아이의 치료는 성공적이었지요. 다음 달이면 보호시설이 있는 기숙사로 갈 예정이었습니다. 그곳에서 이미 친구들도 찾았고 일자리까지 구해놓은 상태였죠. 그렇기 때문에 아무도 이해하지 못하는 상황입니다. 대체 그 애가 왜……."

풀라스키가 다시 물었다.

"어떤 방법으로 목숨을 끊었습니까?"

의사는 계단 위쪽을 가리켰다. 3층 건물 옥상으로 가는 계단인 듯했다.

"저 위에 창고 밖으로 나가는 계단이 있습니다. 제바스티안이 계단을 올라가 지붕에서 뛰어내렸습니다."

"증인이 있었나요?"

"한밤중에 일어난 일입니다."

나타샤 좀머의 살인사건도 밤이었다고 풀라스키는 생각했다.

"레샤도 마찬가지로 해리성정체장애를 앓고 있습니까?"

핀스거가 깜짝 놀란 듯 눈을 동그랗게 떴다.

"이 병명을 알고 계시네요?"

"소냐 빌할름 박사가 얘기해줬습니다."

핀스거가 미소 지었다.

"좋은 분이죠. 몸과 마음을 다해 최선을 다하는. 제가 지금까지 봐온 최고의 의사입니다."

그 말이 맞는다고 풀라스키도 생각했다.

"레샤는요?"

"다음 주에 레샤는 성인 정신과 병동으로 옮길 예정입니다. 아주 치료하기 어려운 환자죠. 까다로운 치료를 요하는 환자입니다. 완전한 자아가 전혀 존재하지 않아요. 분열된 자아를 전부 통합하는 치료를 하고 있습니다."

"치료는 잘되고 있나요?"

"정신분석과 최면요법을 쓰고 있어요. 그런 환자 안에 있는 내면의 퍼즐 조각들을 우리가 끌어모아서 하나로 만들어가야 한다고 상상해보십시오."

두 사람은 2층에 도착했다. 의사가 3층으로 가는 계단을 한 걸음 올라서려는데 풀라스키는 그 자리에 서서 천식 스프레이를 꺼내 입안에 분사했다.

"도움이 필요하십니까?"

그는 고개를 저었다.

"말씀 계속하십시오."

"여러 개의 분열된 자아를 하나로 만들어내는 치료가 계속되고 있습니다. 그러는 동안 그 애는 자신이 미친 것이 아니라는 사실을 알게 되었고, 그리고 자기 정신세계 안에 여러 개의 자아가 존재한다는 사실도 깨달았죠. 우리가 할 일은 여러 개가 난립하는 혼동을 하나의 구조물로 정리해주는 겁니다. 그래야 그 애가 자기 인생을 체계화하고 살아갈 준비를 할 수 있으니까요. 자기 몸 안에 다른 존재가 살고 있다는 생각, 그리고 이걸 받아들여야 하는 일이 쉽지는 않죠."

풀라스키는 생생하게 상상할 수 있었다.

"언젠가 그 애도 건강해지는 건가요?"

핀스거 박사는 생각하는 표정으로 미소 지었다.

"건강은 광범위한 개념입니다. 우린 이미 그 애의 자아 몇 개를 서로 녹아내리게 하는 일에 도달했어요. 이것만 해도 큰 발전이죠."

두 사람은 3층에 도착했다. 의사가 어두컴컴하고 긴 복도를 걸어갔고 풀라스키는 그를 따랐다. 복도 끝엔 작은 창문 하나만 있을 뿐이었다.

"레샤가 10년 전에 무슨 일을 당했는지 알아내셨습니까?"

"이런 트라우마를 다른 자아에 의식적으로 만드는 일이 가장 어려운 일입니다. 수많은 분리된 자아는 왜 레샤가 여기 있는지 알지 못하거든요. 게다가 이 아이가 트라우마를 경험하는 사건이 어떤 것인지 알게 했던 건 불과 몇 개월 전부터입니다."

"그럼 레샤가 기억할 수 있는 건 무엇입니까?"

의사는 31호라고 적힌 문 앞에서 발걸음을 멈췄다. 무의식적으로 그는 목소리를 낮췄다.

"레샤는 아이 때부터 여러 번 성폭행을 당했습니다. 그 남자들 중 한 사람이 그녀에게 부드러운 감촉의 끌어안는 동물 인형을 선물했어요. 그걸 침대에서 안고 자도록 말입니다. 귀가 기다란 노란색 토끼 인형이었어요. 그녀는 인형을 엘비라라고 불렀습니다. 어느 날 밤, 그 남자가 다시 그녀에게 와서 인형의 배를 찢어서 열어젖히고는 위협했어요. 만일 레샤가 그 사건에 대해 얘기하면 그녀에게 똑같이 하겠다고 말입니다."

풀라스키는 입안이 바짝 말랐다.

"이런 개 같은 자식!"

의사가 속삭였다.

"그 얘기는 더 이상 맙시다."

"얘기는 나한테 맡기세요."

그는 노크를 한 뒤 문고리를 아래로 내려 문을 열었다.

풀라스키는 의사를 따라 방 안으로 들어가려 했다. 그런데 의사는 갑자기 몸이 굳은 듯 제자리에서 움직이지 않았다. 방 안에는 침대 하나, 옷장 하나, 책상 하나, 그리고 세면대 하나가 있었다. 그런데 방 안 전체가 다 피범벅이었다.

35

에블린은 호킨슨 빌라 앞에 주차해놓은 렌터카에 앉았다. 그레타 호킨슨이 화내는 소리가 차 안에까지 들렸다. 그레타 호킨슨이 침묵하고 있는 게 무엇일까? 말을 안 했다면 그 이유는 또 뭘까? 에블린은 자신이 아무리 머리를 쥐어짜도 더 이상 변할 게 없다는 사실을 알고 있었다. 그녀는 휴대폰을 들고 파트릭에게 전화했다.

신호음이 채 울리기도 전에 소리가 들렸다. 전화기 앞에서 대기하고 있다가 곧바로 받은 것 같았다.

"안녕, 고슴도치. 노신사에 대해 뭐 새로운 사실이라도 밝혔어?"

"그 사람 죽었어."

"네가 그 사람한테 전화한 게 불과……."

"그래, 어이없어."

그녀는 그레타를 만난 얘기부터 호킨슨이 자동차 사고로 세상을 떠났다는 것과 수배 사진 얘기까지 늘어놓았다.

에블린의 이야기가 끝나자 파트릭이 중얼거렸다.

"세상에, 세상에! 그리고 프랑게와 키슬링거가 10년 전에 프리트베르크호에 올랐다는 얘기를 네가 안 했다는 게 확실한 거야?"

"파트릭, 난 변호사야. 내가 말한 걸 잊었다고 생각해?"

그는 곰곰이 생각하는 듯했다.

"그렇긴 해."

놀랍게도 파트릭은 이번에는 변호사에 대한 농담을 하지 않았다.

"그렇다면 그레타란 사람이 말 사업만 하는 것이 아니라 자기 아버지 사업에 대해서도 뭔가 알고 있다고 믿어도 되겠네. 수배 사진을 가져왔으면 좋았을 텐데, 혹시 가져왔어?"

"아니."

파트릭이 말했다.

"아, 안타깝네."

"내 생각에 이제는 경찰이 개입해야 할 시점이야."

파트릭은 반박했다.

"경찰이 지금 상황에서 뭘 할 수 있을까? 현금지급기 감시카메라 사진과 우리 아버지 로펌이 맡았다 종결된 사건, 그리고 함부르크의 익명 계좌, 이걸로는 너무 부족해."

에블린은 고개를 돌려 차 옆 유리창으로 정원을 바라봤다. 울타리 뒤에서 그레타가 화가 나서 씩씩거리며 걸어가고 있었다. 그 뒤를 기사 두 명이 따라갔다.

"그래도 에드워드 호킨슨 씨가 이 사건 깊숙이 연관되어 있고, 끈 민소매 원피스를 입은 젊은 여자가 그의 죽음과 관계가 있다는 사실을 알고 있잖아."

파트릭이 말했다.

"그래도 수배 사진이 있으면 좋을 것 같고, 적어도 다른 증거가 몇 개

더 있어야 해.”

“말은 쉽지. 내가 그레타를 두들겨 패서 정보를 가져오기라도 할까?”

“계좌이체 영수증이나 크루즈 여행 예약 확인서 정도라도 있으면 훨씬 좋지.”

그레타와 기사 두 명이 지하실로 가는 계단으로 사라졌다. 그러자 정원에는 한 사람도 보이지 않았다.

“나중에 통화해.”

에블린은 전화를 끊고 전화기를 조수석에 던졌다. 그런 뒤 사진을 들고 차에서 내렸다.

심장이 두근거렸다. 조심스레 테라스 앞에 서서 주변을 살펴보았다. 문은 약간 열려 있었다. 그레타와 시쿠로 회사 기사들은 여전히 지하에 있었다.

숨소리를 죽이고 에블린은 살며시 온실 안으로 들어가 수배 사진이 놓여 있는 테이블을 향해 다가갔다. 유리창 밖 정원을 보면서 에블린은 종이를 접어 청바지 주머니에 넣었다. 그레타에게 들키면 둘러댈 생각이었다. 테이블 위에 있는 사진을 깜빡 잊고 두고 가서 그걸 가지러 왔다고 말이다.

사실 에블린이 계획했던 일은 끝났다. 그런데도 그녀는 등나무 의자 사이에 서서 서랍장을 곁눈질했다. 에블린이 서랍을 연다면 그녀는 무단 주거침입죄를 짓는 것이다. 파트릭과 함께 몰래 크라거 방에 들어갔다 들킨 이후 그녀는 자신에게 맹세했었다. 절대로 의심받을 일에 손을 대지 않겠다고 말이다. 그런데 다른 한편으로 생각하면 그레타가 뭔가 숨기고 있다는 사실을 알고 있는 상태다. 어쩌면 그레타가 원피스 입은 소녀를 알고 있을지도 모른다.

257

에블린은 서랍장으로 다가가 서랍을 잡아당기자 이마에 땀이 흘렀다. 온실 한가운데 서 있었으므로, 정원에서 누구라도 테라스 안쪽을 바라보면 그녀의 모습을 볼 수 있는 상황이다. 서둘러 서랍 안의 서류를 뒤적였지만 중요한 건 없었다. 계약서와 유가증권, 계좌 잔고 통지서, 사망증명서, 변호사 사무실에서 온 편지, 장례와 묘지 안내서 등이 있을 뿐 그녀가 원하는 건 없었다. 그레타는 어딘가 수상한 낌새가 있었다. 게다가 그레타는 거짓말을 했다.

갑자기 정원에서 지하실 문이 닫히는 소리가 들렸다. 자기도 모르게 에블린은 쪼그려 앉았다. 대체 내가 무슨 짓을 한 것인가? 미쳤었나? 이제 테라스에서 나가 웃으면서 말할 그 순간이 왔다. 사진을 두고 가서 다시 온실 안에 들어왔노라고 말이다. 그런데 그녀는 그렇게 하지 않고 숨을 죽이고 서랍장 옆 의자 뒤에 앉았다. 주변을 살핀 뒤 서랍을 조심스레 닫았다.

집 안으로 들어오는 발소리가 들렸다. 에블린은 파트릭이 한 말을 떠올렸다. 여행 예약 확인서! 그런 종류의 서류가 이 집에 있다면 그건 분명 호킨슨의 서재일 것이다. 그녀는 거실과 그 뒤편의 어두컴컴한 복도를 쳐다봤다. 그레타의 말에 의하면 그녀는 자기 아버지 서재에 발도 들여놓지 않았다고 했다. 이 말이 거짓일 수도 있다. 어쩌면 그레타는 기회가 되면 서재에 있는 과거 크루즈와 관련된 모든 서류를 다 없애버릴지도 모른다. 그레타의 말에 따르면 서재는 맨 끝 방이라고 했던 것 같았다.

테라스 안으로 들어오는 돌계단을 걷는 소리가 들렸다. 에블린은 몸을 수그려 천천히 거실로 걸어갔다. 거실을 통과해 얼른 복도로 갔다.

"동작 감지기가 제대로 설치되면 그때 나한테 다시 얘기해요!"

그레타가 정원을 향해 소리쳤다. 그녀는 테라스로 들어와 문을 열고 온실로 들어갔다. 유리문 닫는 소리가 쾅 하고 크게 들렸다.

"바보 같은 것들!"

그레타가 등나무 의자에 앉는 걸 보고 에블린은 복도로 쏜살같이 들어갔다. 처음 방문은 열려 있었는데 들여다보니 주방이었다. 두 번째 방문에는 화장실 표시가 되어 있었다. 에블린은 세 번째 방문을 조용히 열었다. 방 안에는 욕조만 있었다. 복도 끝 마지막 방문을 여니 서재가 있었다. 블라인드가 반쯤 내려져 있었다. 방 안에는 붙박이 책장이 열 개 정도 있었다. 에블린은 천천히 문을 닫았다. 그러고는 닫힌 문에 등을 기대고 가쁜 숨을 몰아쉬었다. 방 안에서는 도서관처럼 오래된 종이 냄새와 담배 냄새가 났다.

그녀의 무릎이 떨렸다. 어떻게 들키지 않고 다시 이 집을 나가야 할까?

36

 폭신한 카펫이 에블린의 발소리를 삼켰다. 그녀는 팔걸이가 있는 서재 의자에 조심스럽게 앉았다. 모든 것이 번개처럼 빨리 지나갔다. 어제 오후까지만 해도 그녀는 에드워드 호킨슨이 누구인지 알지도 못했는데, 지금 그녀는 호킨슨의 책상 앞에 앉아 있다.

 에블린은 숨을 죽이고 귀를 기울였다. 집 안에선 아무 소리도 나지 않았다. 살그머니 서랍 손잡이를 잡아당겼다. 서랍은 잠겨 있었다. 책상 위에 종이와 연필, 만년필, 담배 등이 있었지만 열쇠는 없었다. 그렇다고 서랍을 강제로 부술 용기는 없었다. 누군가에게 들키기라도 한다면 상황은 끔찍해질 게 뻔했다. 이번에는 사진을 두고 갔다는 핑계를 댈 수도 없으니 말이다.

 그녀는 방 안을 둘러봤다. 호킨슨은 배를 좋아하는 사람일 뿐 아니라 스포츠 궁수임이 분명해 보였다. 벽에는 화살통과 화살, 활이 걸려 있었다. 그중 일본식 활이 여러 개 있었다. 언젠가 그녀가 컬러 책자에서 본 모양 그대로였다. 아프리카 원주민의 무기 같은 것도 걸려 있었다. 현이 달린 스포츠 활도 있고, 진열장에는 위험해 보이는 사냥용 석궁도 있었다.

책장에는 브록하우스 백과사전 전집을 비롯해 괴테, 셰익스피어, 솔제니친 전집도 있었다. 호킨슨 씨가 음악 애호가는 아니었던 것 같았다. 베니 굿맨의 음반 몇 개를 제외하고 방 안에는 책만 있었다.

커다란 붙박이 책장의 다른 면에는 서류철이 맨 꼭대기 칸까지 빼곡하게 들어 있었다. 서류철 제목을 들여다봤다. 서신 교환 문서, 계약서, 계산서, 은행 출입금 내역, 보험 등으로 모두 연도별로 정돈되어 있었다.

그녀는 블라인드 아래로 들어오는 희미한 빛으로 1998년의 계약서와 편지 등이 있는 서류철을 찾았다. 그곳에는 프리트베르크란 배 이름이 여러 번 나왔다. 하지만 이런 서류철로 어떻게 시작해야 할지 몰랐다. 그 안에는 배를 소개한 내용이 있었다. 65미터 길이에 단 열세 명의 승객만을 위한 자리가 있다고 되어 있다. 그만큼 각각의 방이 크고 특실이란 것이다. 배에는 네 개의 갑판이 있고, 태양 갑판은 15미터 길이로 엘리베이터로만 갈 수 있다. 배 안에는 사우나와 한증막, 냉탕, 휴게실, 미용실, 마사지실, 비디오 시설이 있는 방, 피트니스센터도 있었다. 프리트베르크 호 안에는 심지어 와인 셀러와 헬리콥터 착륙장까지 있다고 적혀 있었다. 특급 요트에서 사람들은 자신이 물 위를 떠다니는 성에 있는 전설적인 부호 크뢰수스라도 된 느낌이 들 것임이 분명하다.

에블린은 가격표를 찾지 못했다. 가격에 대해서는 개별적으로 문의하라고만 되어 있었다. 프랑게나 키슬링거 같은 사람들이라면 돈 걱정은 없었을 것이다. 배의 사진을 보면 로켓 같은 모양이었다. 배는 최고 속력 시속 18노트까지 달릴 수 있다. 그러니 9일 동안 충분히 돌아볼 수 있는 것이다.

에블린은 서류철을 제자리에 넣고 1998년 6~9월 은행 계좌 서류철을 꺼냈다. 블라인드 사이로 비치는 빛을 보니 날린 먼지가 춤추듯 떨어졌다. 은행 계좌 서류철 표지에 회색 봉투가 붙어 있었다. 봉투를 열어 그 안에 있던 종이를 꺼냈다. 얼핏 보니 주소록 같았다. 자세히 들여다보니 색이 바랜 서명도 있었다.

루돌프 키슬링거라는 이름을 보자 그녀는 입이 바짝 말랐다. 빈의 주소 아래 서명이 있었다. 리스트에는 열 명 남짓 되는 사람들의 이름과 주소가 있었다. 승객 명단이었다. 하인츠 프랑게의 이름과 뮌헨의 주소도 적혀 있었다. 그녀의 손이 떨렸다. 파트릭의 생각이 맞았다. 두 사람은 함께 호화 선박 여행을 하면서 알게 된 것이다.

다른 이름은 에블린이 알지 못하는 사람들이다. 그녀의 눈에 띈 점은 명단에 여자 이름이 없다는 것이었다. 승객들 이름은 레네 만존, 마르크 펠링, 쿠르트 한존, 리하르트 루슈코, 마르틴 리터, 토마스 에버하르트, 게오르크 팔로크 그리고…….

에블린은 다음 이름을 보고 믿을 수가 없어서 두 번 반복해 읽었다. 이런 우연이 있나! 그녀가 알고 있는 사람과 똑같은 이름이었다. 그런 다음 그녀는 주소를 읽었다. 갑자기 모든 것이 그녀 주변에서 뱅글뱅글 도는 것 같았다. 자신이 하수구에라도 떨어지는 것 같았고, 눈앞이 갑자기 캄캄해졌다. 주소지는 빈이었다. 미래 지향적인 최신식 아파트. 23층 펜트하우스. 있을 수 없는 일이다.

어떻게 이 주소가 여기 종이에 적혀 있단 말인가? 에블린은 이 사람의 이름을 반복해서 읽었다. 이 사람은 어제 사고로 발코니에서 떨어져 추락사했다고 알려진 남자, 그녀와 같은 곳에서 근무했던 페터 홀로베크였다.

37

침대 시트와 베개, 바닥까지 전부 피가 흥건했다. 젊은 여자가 창백한 얼굴로 침대 위에 누워 있었다. 흑장미 꽃잎으로 뒤덮인 바다 위에 떠 있는 것 같았다. 한 손에는 면도날이 있었다. 면도날로 동맥을 그은 것 같았다. 상처에서는 여전히 피가 흘러나오고 있었다. 동맥을 그은 지는 몇 분 안 돼 보였다.

방을 둘러보고 믿기 힘들다는 듯, 핀스거 박사의 숨소리가 커졌다. 풀라스키는 핀스거 박사를 옆으로 제쳤다. 여닫이 창문이 열린 채 창틀에 부딪히고 있었다. 밖에서 바람이 들어와 창문이 움직였다.

풀라스키가 외쳤다.

"외부인이 안에 들어왔습니까?"

"아닌데요."

풀라스키는 의사의 팔을 잡고 그의 눈을 똑바로 쳐다봤다.

"제 말 잘 들으세요! 빨리 구급차를 불러요. 환자가 수혈을 받아야 해요. 환자 옆을 떠나지 마시고요. 아시겠습니까?"

"그럼요."

핀스거 박사가 침대로 다가갔다. 침대 시트를 접어 압박붕대를 대고 가운에서 전화기를 꺼냈다.

그러는 동안 풀라스키는 창가로 가 창문을 뜯었다. 창살은 없었다. 창문턱 아래에 철제 난간이 달려 있었다. 철제 난간은 소방 사다리까지 연결되어 있었다. 사다리는 한 면에 난간이 달려 있었고 1층까지 연결이 되었다.

풀라스키는 밖을 내다봤다. 울창한 나무 말고는 아무것도 보이지 않았다. 바로 그때 머리가 희끗한 남자가 검은색 외투를 입고 숲 속을 뛰어가는 모습이 보였다.

풀라스키가 소리쳤다.

"거기 멈춰!"

이런 망할! 남자가 달아나고 있었다. 풀라스키는 창문에서 철제 난간 쪽으로 뛰어내렸다. 심하게 흔들리면서 삐거덕 소리가 났다. 서둘러 한 층 한 층 소방 사다리를 타고 내려갔다. 여러 차례 자기 발에 걸려 비틀거리며 사다리를 탔다.

숨을 헐떡이면서 숲길을 따라갔다. 공원 끝을 바라봤다. 숲 모퉁이 200미터 앞에서 남자가 사라졌다. 순간 그는 생각해봤다. 건물이 있는 주차장으로 달려가 차를 타고 쫓아갈까 하고 말이다. 그런데 자동차 열쇠를 외투 주머니 안에 두고 왔단 사실이 떠올랐다.

"제기랄!"

풀라스키는 숲을 향해 계속 달렸다. 몇 미터 못 가서 그의 폐가 불에 타는 기분이 들었다. 숨쉬기 힘들었다. 후두가 점점 좁아졌다. 저 개자식을 잡아야 했다! 이번에는 눈앞에서 봤는데 그냥 도망가게 내버려둘 수는 없었다.

그는 숨을 헐떡거렸다. 몇 초도 안 돼 셔츠가 땀으로 다 젖었다. 달리면서 재킷 주머니에 있는 스프레이를 꺼내 입에 대고 마구 분사했다. 스프레이 한 통이 다 없어질 때까지 뿌려댔다. 여기서 주저앉을 수는 없었다.

숲 모퉁이까지 왔을 때 그는 나무에 등을 기대고 잠시 숨을 돌렸다. 공원을 통과하는 아주 좁은 산책길이 보였다. 나무 표지판에는 숲 속 예배당과 동문이라고 새겨져 있었다. 이자가 동문으로 나가려 했던 것이다. 풀라스키는 계속 따라갔다.

조금 더, 조금 더라고 자신에게 외치며 박차를 가했다. 늙고 머리가 허연 남자가 자신보다 더 빠르지는 않을 것이라 생각하며 달렸다. 숲 속 길 진흙 웅덩이에 빠지고, 젖은 뿌리에 걸려 비틀거리면서 나무 사이를 뚫고 가니 다시 산책길이 나왔다. 예배당이 보였다. 예배당은 잎이 무성한 커다란 나무 밑에 있었다.

나무문이 삐거덕 소리를 냈다. 풀라스키는 홀스터에서 총을 꺼냈다. 탄창은 이미 장전돼 있었다. 그는 총의 잠금장치를 풀었다. 조심스레 사격 자세를 취하고 예배당 주변을 살금살금 돌았다. 병원 유니폼을 입은 젊은 여자 둘이 서 있는 걸 보고 그는 재빨리 총을 내렸다. 여자들은 한 손에 담배를 들고 다른 손에 라이터를 들고 있다가 깜짝 놀란 표정으로 그를 쳐다봤다. 금지된 행동을 하다 들킨 사람의 표정 같았다.

"저희는 그냥……."

"검은색 외투 차림의 백발 남자를 보셨습니까?"

한 명이 동문 방향을 손으로 가리켰다.

"고맙습니다. 내가 다시 올 때까지 예배당 안에 들어가 계십시오."

그는 이렇게 말하고 다시 뛰어갔다.

한 걸음씩 계속될 때마다 그의 후두가 점점 좁아졌다. 발작성 기침이

폐를 조여들게 했다. 숨을 깊이 들이마시지 않으면 안 됐다. 심장이 과회전하는 터빈 같았다. 언제 터질지, 언제 주저앉을지 모를 일이다. 만일 핀스거 박사와 그렇게 오랫동안 시간을 끌지 않았더라면 곧바로 레샤방에 갈 수 있었을 것을!

그는 계속 갔다. 빽빽한 덤불이 울창한 길이 구부러지는 지점에서 남자의 모습이 보였다. 검은색 외투를 입은 키가 크고 건장해 보이는 남자였다. 남자는 약 150미터 앞에 있었다. 동문 출입문은 묵직한 나무문으로 한쪽 문이 열려 있었다.

"꼼짝……."

더 이상 풀라스키의 입에서 말이 나오지 않았다. 그는 공기를 들이마셨지만 폐의 압박이 줄어들지 않았다.

순간 풀라스키는 총을 꺼내 공포탄을 쐈다.

총소리에도 남자는 멈추지 않았다.

"경찰이다!"

풀라스키가 말하며 공포탄을 다시 쐈다.

남자는 동요하지 않고 출구로 달려갔다. 몇 미터만 더, 그러면 그가 열린 문틈으로 사라질 것이고 이곳을 떠나게 될 것이다. 풀라스키는 담장 뒤에 뭐가 있는지 알지 못했다.

"망할 놈 같으니라고!"

풀라스키가 숨을 헐떡대며 말했다. 그는 양손을 모으고 남자의 다리를 향해 방아쇠를 당겼다. 첫 발은 실패했지만 두 번째는 명중했다. 남자는 문을 몇 미터 앞에 두고 풀썩 주저앉았다. 그런데 몇 초 안에 다시 가까스로 일어나 절뚝거리며 계속 갔다.

"말도 안 돼!"

풀라스키는 남자를 향해 다시 조준하려 했는데 기침 발작이 일어나 전신이 흔들렸고 괴로워서 몸부림이 났다. 눈에 눈물이 가득 고여 흘렀다. 다리, 다리를 쏴야 하는데! 망할 놈의 다리를 조준해야 하는데! 시야가 흐렸지만 그는 한 발 더 쐈다. 총알이 빗나갔다. 다음 순간 남자가 문밖으로 사라졌다.

계속 기침이 나와 흉곽에 통증이 심해 갈비뼈가 횡경막을 뚫고 지나가는 기분이 들었다. 비틀거리면서 풀라스키는 문으로 향했다.

발걸음을 옮길 때마다 견딜 수 없을 만큼 심한 통증이 몰려왔다. 풀라스키는 남자가 다리에 총상을 입었던 자리로 가서 증거를 찾으려 샅샅이 살펴봤다. 바닥에 혈흔과 나뭇잎이 있었다.

그는 중얼거렸다.

"이 나쁜 놈, 네놈이 나를 오랫동안 기억하길 바란다. 네놈도 심각한 통증이 있길 바라고."

그때 멀리서 차 엔진 소리가 들렸다. 풀라스키는 혈흔을 따라 출구 방향으로 갔다.

담벼락 옆에는 언덕까지 이어지는 도로가 있었다. 그 뒤에는 숲만 있을 뿐이고 풀을 벤 경작지가 보였다. 사방을 둘러보지만 남자도 차도 보이지 않았다.

풀라스키는 혈흔을 따라 계속 갔다. 몇 미터 더 가니 혈흔이 더 이상 없었다. 여기에 자기 차를 세워두었던 것 같다. 눅눅한 땅이라 바큇자국과 발자국이 보였다.

계속 기침을 하면서 풀라스키는 젖은 잔디에 주저앉아 병원 담장에 등을 기댔다.

주머니에서 스프레이를 꺼내 분사하려는데 스프레이는 텅 비어 있었다. 맥없이 팔이 아래로 툭 떨어졌다. 더 이상 곤란한 상황이 없길 바랄 뿐이다. 그는 숨을 깊이 들이마시고 천천히 내쉬었다. 근육이 더 이상 오그라들지 않아야 한다.

그는 여전히 눈물 범벅이 된 눈으로 담벼락을 바라봤다. 이곳에는 감시카메라가 보이지 않았다. 마르크클레베르크 담장에는 있었던 카메라가 여기에는 왜 없는지. 그래도 폴라스키는 미소를 지었다. 레샤의 동맥을 칼로 그은 범인은 이제 끝장이다. 신발과 자동차 바큇자국뿐 아니라 혈흔이 있으니 DNA 검사만 하면 된다.

38

잔디에 계속 앉아 풀라스키는 휴대폰을 꺼내 호르스트 푹스 국장의 사무실로 전화를 걸었다. 신호가 다섯 번 울리고 다른 전화기로 연결이 넘어갔다. 말테가 전화를 받았다.

전화기 창에 풀라스키의 번호가 뜬 걸 보고 말테가 인사했다.

"휴가남, 안녕하신가. 별일 없어?"

"잘 들어봐. 푹스 국장이랑 통화해야 해. 급한 일이야!"

"숨넘어갈 목소리야. 대체 무슨 일이야, 자네?"

"급한 일이야. 전화부터 바꿔줘!"

"국장님 지금 회의 중인데. 회의실로 뛰어가서 얘기할까? 자네 생각은 어때?"

"응, 서둘러줘!"

말테가 전화기를 책상에 내려놓고 뛰어가는 소리가 들렸다.

흉곽이 타오르는 통증이 계속됐다. 입안에 기분 나쁜 맛이 느껴져서 여러 차례 잔디에 침을 뱉었다.

전화기 너머로 발소리가 들렸다.

"풀라스키, 기가 막히게 중요한 일이길 바라네. 옆방에서 지금 검사가 기다리고 우린……."

"저를 믿으십니까?"

"대체 무슨 말을 하는 거야? 젠장, 믿네. 자네를 믿어."

"네, 됐습니다. 잘 들으십시오. 국장님, 지금 당장 저를 도와주셔야 합니다. 괴팅겐 경찰에 전화를 걸어주십시오. 괴팅겐 동부에 있는 헤르버하우젠 정신과 병원 15킬로미터 반경 내의 도로를 차단해야 합니다. 도주한 범인은 백발로 마르크클레베르크 병원 용의자로 우리가 찾던 사람입니다."

푹스 국장이 소리쳤다.

"괴팅겐? 아니, 자네는 괴팅겐에서 대체 뭔 짓을 하고 다니는 건가?"

"이런, 제 말을 잘 들으세요! 지금 도로 차단을 해야 한다고요. 그다음 경찰 병력을 풀어서 주변의 모든 의사와 병원을 뒤져야 해요. 용의자는 오른 다리에 총상을 입었어요."

"누가?"

"제가 그놈 장딴지를 쐈습니다."

푹스 국장이 소리쳤다.

"자네, 총기를 소유했단 말이야? 이해가 안 되네. 쉬러 가는 줄 알았는데."

풀라스키는 푹스 국장이 주먹으로 책상을 내리치는 소리를 들었다.

"여보세요?"

"그래!"

"그다음 병원 동문에 감식팀이 필요해요. 용의자의 발자국도 있고 바퀴자국과 혈흔이 있어요."

270

푹스 국장이 한숨을 쉬었다.

"알았네. 그렇게 할 테니 연락 잘 받게."

그는 전화를 끊었다.

바로 그때 헬리콥터가 풀라스키 위로 소리를 내며 지나갔다. 좋은 신호다. 레샤가 아직 살아 있고 응급대원이 그녀를 병원으로 후송한다는 의미일 테니 말이다. 풀라스키가 자리에서 일어나려는데 무릎이 후들거려 담장에 손을 짚고 천천히 일어나 병원 안으로 발걸음을 향했다. 저 멀리 헬리콥터가 나무 뒤에 착륙하는 모습이 보였다.

숲 속 예배당에 도착해 안을 들여다보니 아무도 없었다. 좀 전에 있었던 여자 두 명이 총소리를 듣고는 얼른 병원 건물로 들어갔을 것이다. 병원 안에 총성이 울렸다는 소식이 마른풀에 불붙듯 삽시간에 퍼졌음에 분명했다.

풀라스키가 숲 모퉁이 녹지대에 다다랐을 때 구급대원이 들것을 헬리콥터 안으로 넣고 있었다. 문이 닫히고 요란한 소리를 내며 헬기가 날아갔다. 주변에 있던 나뭇가지와 잎이 바람에 흔들렸다. 헬기는 아까 왔던 방향으로 다시 날아갔다.

핀스거 박사가 풀라스키를 보고 머리부터 발끝까지 불안한 표정으로 바라봤다. 풀라스키가 고개를 숙여보니 자신의 셔츠가 바지 밖으로 다 나와 있었다.

"총소리를 들었습니다. 부상당하셨습니까?"

풀라스키는 셔츠를 바지 속으로 넣으며 말했다.

"아닙니다. 저는 괜찮습니다. 레샤는 어떻습니까?"

"출혈이 많았습니다. 쇼크를 받아 의식이 없습니다."

"레샤가 뭐라고 말을 했나요?"

의사는 고개를 저었다.

"깨어날 수 있을지 의문입니다."

마음 같아서는 큰 소리로 욕이라도 하고 싶었다. 자신이 핀스거 박사에게 위협하듯 말했던 시체 자루 얘기가 이렇게 빨리 현실이 되리라고는 상상도 못 했다.

시간이 지나면서 건물 앞에 구경꾼이 하나둘씩 늘어나고 있었다.

풀라스키는 숲 쪽을 가리켰다.

"동문이 열렸습니다."

의사가 중얼거렸다.

"제가 알아서 하겠습니다. 경찰에 얘기해야지요."

"이미 했습니다."

핀스거 박사는 안경을 코 아래로 내렸다. 안경에 김이 서렸다. 그는 주저하며 말했다.

"레샤가 살아난다면…… 형사님께 감사드립니다."

"살지 못하면……."

풀라스키의 마음이 무거운 돌덩이 같았다. 레샤는 네 명의 젊은이 중 유일하게 살아 있던 증인이 아니었던가. 10년 전 브레머하펜에서 무슨 일이 일어났는지 대답해줄 수 있는 유일한 사람이 레샤 아니었던가. 레샤는 무조건 살아서 돌아와야 한다. 그렇지 않으면 이 모든 것이 물거품이 되어버릴 테니 말이다.

핀스거의 목소리엔 걱정이 가득 담겨 있었다.

"제가 뭐 도와드릴 일이라도 있습니까?"

풀라스키는 스프레이를 꺼냈다.

"천식 스프레이가 비었어요."

의사가 유심히 스프레이 상표를 봤다.

"포스터, 최근에 나온 제품입니다. 제가 새 걸로 준비하겠습니다."

"고맙습니다. 그리고 진한 커피와 아스피린 두 알만 부탁드려도 될까요?"

"두통이 있으십니까?"

풀라스키는 정문을 바라봤다.

"아직은 아닙니다. 하지만 곧 생길 겁니다."

핀스거가 자리를 떴다.

그때 검은색 아우디 두 대가 들어왔다. 호르스트 푹스 국장이 어디에 전화했는지에 따라 괴팅겐 경찰서 아니면 니더작센 주 경찰청에서 왔을 것이다.

이제 본격적인 게임이 시작될 것이다.

39

에블린은 홀로베크의 이름과 주소가 어떻게 승객 명단에 있는지를 생각할 시간이 없었다. 호킨슨 서재 방문 밖에서 발걸음 소리가 났다. 그런 다음 그레타의 목소리가 들렸다. 그레타가 복도를 따라 걸어가는 소리도 들렸다. 휴대폰을 들고 전화하는 것 같았다. 그레타 목소리 말고 다른 사람의 소리는 들리지 않았다.

에블린은 서둘러 승객 명단을 접어 청바지 주머니에 넣고 서류철을 책장 안에 꽂아놓았다.

그레타의 목소리가 바로 서재 문밖에서 들렸다.

"아닙니다. 제가 귀찮게 해드리려는 게 아닙니다."

문고리가 딸깍 내려오는 소리가 들렸을 때 에블린은 심장이 멎는 것 같았다. 단숨에 그녀는 출입문 옆 벽으로 달려가 몸을 붙이고 있었다. 문이 열렸다. 에블린은 문 뒤에 서서 숨을 죽이고 있었다.

그레타가 방 안으로 들어왔다.

"우리 아버지는 돌아가셨어요. 그런데 그것 때문만은 아니에요. 그때 배에 승선했던 사람 중 두 사람이 그동안 세상을 떠났어요. 누군가 그 문제를 샅샅이 밝혀내려고 해요. 걱정 마세요. 이제 제가 더 이상 전화를 걸지는 않을 겁니다. 그래도 조심하시라고 전화드리는 겁니다."

그레타는 책상이 있는 곳으로 걸어갔다. 그때 집 안으로 누군가 외치는 소리가 들렸다. 아까 들었던 기사의 목소리라는 것을 에블린은 알았다.

"이번엔 또 뭐예요?"

짜증 섞인 목소리로 그레타가 전화기를 책상 위에 올려놓고 뒤돌아봤다. 그리고 혼잣말로 중얼거렸다.

"이 바보 같은 인간들을 도대체 이해할 수 없네."

에블린은 숨을 죽이고 있었다.

그레타가 복도로 나갔다.

집 안을 향해 남자가 소리쳤다.

"다 됐습니다."

"이번에도 안 되면 하늘에 맹세컨대, 당신들 모두 가만두지 않아."

그레타는 문을 나가며 중얼거렸다. 쿵쿵 발소리를 내며 그녀는 복도로 나갔다. 천천히 에블린은 숨었던 곳에서 나왔다. 이 집을 나가기까지 몇 초의 여유가 있을까?

그녀의 시선은 휴대폰으로 향했다. 전화기에서 불빛이 깜빡거렸다. 그녀는 가까이 다가가 휴대폰을 들여다봤다. 마지막 통화는 20초 정도 걸렸다. 그레타가 누구와 통화를 했을까? 에블린은 최근 통화 내역을 찾아보고 번호를 확인했다.

'슈몰레'라고 쓰여 있었다.

재빨리 그녀는 책상 위에서 볼펜을 꺼내 메모지에 전화번호를 적었다. 그리고 메모지를 주머니에 넣었다. 이제 정말 사라져야 할 시간이다. 그때 복도에서 발소리가 났다. 도망갈 시간을 놓치고 말았단 생각이 들었다. 그녀는 획 하고 방 안을 둘러봤다. 이제 이곳을 떠날 수 있는 방법은 단 한 가지밖에 없다.

창문 쪽으로 달려가 창을 활짝 열었다. 바람이 방 안으로 들어와 블라인드가 창문에 부딪히는 소리가 났다. 동시에 알람이 울리기 시작했다. 에블린은 깜짝 놀라 몸이 경직됐다.

그레타가 복도에서 소리쳤다.

"이런 젠장!"

"경보음이 잘못 울린 겁니다. 곧바로 찾아내겠습니다!"

기사의 목소리 같았다.

에블린은 창틀로 올라갔다. 1.5미터 정도 아래에 잔디가 있었다. 오래 생각할 겨를도 없이 그녀는 바닥으로 뛰어내렸다. 헐떡이면서 바닥에서 벌떡 일어났다. 그레타와 시쿠로 직원들이 경보음이 어디서 울렸는지 원인을 찾는 데 열중하고 있는 동안이 에블린이 아무에게도 들키지 않고 집을 빠져나갈 수 있는 기회였다.

그녀는 심장이 쿵쿵거렸지만 철제 대문까지 잽싸게 뛰어갔다. 문 옆에 주차해놓은 렌터카가 있었다. 차까지 걸어오면서 그녀는 주머니에서 리모컨 키를 꺼내 자동차 문을 열고는 얼른 차 안으로 들어가 운전석에 털썩 주저앉았다.

여전히 헐떡이며 운전석 목 받침대에 머리를 기댔다. 뛰어내리면서 넘어져서 몇 군데 멍이 든 것 같았다. 그녀는 조수석으로 몸을 숙여 창문 밖을 바라봤다. 나무 사이로 보니 정원 안에는 아무도 없었고, 빌라 창문에도 사람의 모습은 보이지 않았다. 그래도 다행이었다. 아무에게도 들키지 않고 빠져나왔으니 말이다. 단 한 곳, 서재 창문 빼고는.

그녀는 메모지를 주머니에서 꺼내고 조수석에 있던 휴대폰을 들었다.

메모지에 있던 번호를 눌렀다. 잔뜩 긴장한 채 전화기를 귀에 댔다.

신호음이 두 번 울리고 나서 남자 목소리가 들렸다.

"여보세요?"

그녀의 심박동이 빨라졌다. 그녀는 대답하기가 조심스러웠다. 재빨리 전화기를 내려 통화 종료 버튼을 눌렀다. 슈몰레는 나이가 많은 남자였다. 그녀는 이마에 흐르는 땀을 닦고 시동을 걸었다.

에블린은 호킨슨 빌라가 보이지 않는 곳까지 차를 몰았다. 그런 다음 옆길로 들어갔다. 그곳에서 처음 왔던 해안길로 향했다.

그녀의 손은 여전히 떨렸다. 이 순간은 눈에 갈매기도 보이지 않았고, 배나 해산물 레스토랑도 눈에 들어오지 않았다. 이곳에 올 때 보았던 것인데도 말이다. 너무 많은 생각이 머릿속에서 춤을 추고 있었다. 사실 그녀는 자신이 바랐던 것보다 훨씬 더 많은 사실을 알아냈다. 그리고 그레타는 어쩌면 수배 사진이나 탑승객 명단이 없어진 사실을 전혀 깨닫지 못할 수도 있다. 이 두 가지만으로도 퍼즐을 해결하는 중요한 요소가 될 수도 있다. 파트릭이 생각했던 것과 일치하는, 가치 있는 자료가 될 수 있었다.

신호를 받아 횡단보도에 멈춰 서서 신호가 바뀌기를 기다리고 있는데 할머니가 손녀와 함께 길을 건넜다. 바로 그때 조수석에 있던 휴대폰에서 전화벨이 울렸다.

파트릭이겠지. 그녀가 전화하기까지 한 시간도 못 참다니 꽤나 성질이 급한 사람이다.

전화를 받았다.

"파트릭, 자꾸 신경 건드릴 거야?"

전화 연결은 된 것 같은데 아무 소리도 안 들렸다.

그녀가 물었다.

"파트릭?"

역시 아무 대답이 없다.

파트릭일 거라고 생각했지만 그래도 다시 물었다.

"누구신가요?"

"안녕, 허니. 우리 아버지 서재에는 왜 들어갔나요?"

할머니와 손녀딸은 이미 횡단보도를 건너간 지 꽤 됐다. 뒤에 있던 차들이 계속 경적을 울렸다. 에블린은 잠시 최면 상태에 빠진 기분이었다. 정신을 차리고 차를 출발시켰다.

"우리 집 감시카메라가 아직 작동하지 않는 걸 다행으로 알아요. 당신, 운이 좋았어요. 카메라 고장만 아니면 당신 모습이 그대로 녹화되었을 테니. 그러니……."

그레타는 말소리를 죽이고 질문을 반복했다.

에블린은 화가 나서 머리카락이라도 쥐어뜯고 싶었다. 명함을 왜 테이블 위에 놓고 왔는지 후회가 막심했다. 다르게 생각하면 이제 그녀가 그레타와의 숨바꼭질을 그만둘 시점이 온 것도 같았다.

에블린이 물었다.

"10년 전 프리트베르크호에서 무슨 일이 있었던 거죠?"

"당신, 우리 집에 왜 마음대로 들어왔나요?"

에블린은 운전대를 감싸 안았다. 이런 식으로는 단 한 걸음도 나아갈 수 없다.

에블린이 제안했다.

"우리 두 사람 중 한 사람이 경찰서에 가서 사건 설명을 하기로 하죠.

그럼 우리 둘 다 무단 침입과 프리트베르크 사건에 대해 해명할 수 있을
테니까요."

전형적인 무승부 상황이다.

그레타 호킨슨은 전화를 끊었다.

40

쿡스하펜 마을 모퉁이에 있는 작은 우체국에는 금속테 안경을 쓴 젊은 남자 혼자 창구를 지키고 있었다. 오스트리아로 팩스를 두 장 보내는 요금은 5유로였다. 에블린은 창구 직원에게 10유로를 주었다. 그런 다음 그녀는 팩스 기계가 있는 모퉁이로 갔다.

그녀는 오스트리아 지역번호를 누르고 파트릭 사무실의 팩스 번호를 눌렀다. 승객 명단을 팩스에 넣기 전에 그 이름이 다시 한 번 그녀의 머리를 스쳐 갔다.

슈몰레.

에블린은 슈몰레가 성인지 이름인지조차 감이 오지 않았다. 슈몰레란 이름을 찾아봤지만 승객 명단에는 없었다. 그레타가 대체 누구와 통화를 한 걸까? 그리고 쉰 목소리를 내던 슈몰레란 남자는 누구일까?

승객 명단의 마지막 이름은 줄로 지워져 있었다. 그녀는 명단이 있는 종이를 사방으로 돌려보고 심지어는 불빛 앞에 대봤지만 마지막 승객의 이름은 알아볼 수가 없었다. 지워진 마지막 사람이 슈몰레였을까?

홀로베크의 이름과 주소가 다시 그녀의 눈에 들어왔다. 가슴에 돌덩

어리가 들어 있는 기분이었다. 크라거 변호사 사무실에 실습생으로 들어갔을 때부터 홀로베크를 알고 지냈다. 홀로베크는 그녀에게 변호사가 알아야 할 모든 것을 전수해준 사람이다. 태국으로 며칠 여행을 다녀오는 것 빼고는 휴가도 없이 지낸 사람이다. 그럼, 프리트베르크호를 타고 여행을 간 것이 동성애와 연관이 있었던 것일까? 에블린은 명단을 다시 한 번 죽 읽어봤다. 남자들뿐이다! 그녀의 목구멍이 다시 꽉 막혀오고 입이 바짝 탔다. 홀로베크와 마지막으로 전화 통화를 했을 때 배 속에서 뭔가 근질근질한 기분이 들었던 기억이 되살아났다. 이런 느낌이 들 때면 항상 뭔가 구린 일이 일어났다. 그 점에서만은 확실하다. 교회에서 아멘이라 하는 것처럼 말이다.

홀로베크가 정말 배에 탔었더라면 그가 루돌프 키슬링거뿐 아니라 하인츠 프랑게도 알고 있었다는 얘기다. 이제야 그녀는 알 것 같았다. 그녀의 회사가 개인 소송 사건을 맡지 않는데 사칙을 어기면서까지 홀로베크가 개인 의뢰인 사건을 맡았던 이유를 말이다. 에어백 사건! 홀로베크는 프랑게뿐 아니라 그의 부인과도 알고 있을지 모를 일이고, 부인에게 친분이 있다는 걸 보여주려고 사건을 맡았을 수도 있다. 홀로베크가 에블린에게 사건의 연관 관계를 숨기려 할 만한 충분한 이유도 있었던 셈이다. 지난번 그와 마지막으로 통화했던 내용이 생생하게 떠올랐다.

'에블린, 이 사건에서 손을 떼요. 두 사건은 아무런 관계가 없단 말이오.'

두 사건이 연관이 있을 뿐 아니라 홀로베크가 그 사건 안에 깊숙이 들어가 있기까지 했다. 한동안 에블린은 눈앞에 소름 끼치는 그림이 그려졌다. 끈 민소매 원피스를 입은 금발 여인이 홀로베크를 발코니에서 밀었을지도 모른다는 끔찍한 그림 말이다. 그녀는 생각을 지워버리려고 수배 사진을 팩스에 넣고 전송 버튼을 눌렀다.

종이가 들어가는 걸 보고 그녀는 파트릭에게 전화를 걸었다.

그가 전화에 대고 큰 소리로 말했다.

"잘 들어봐. 내가 말하는 동안 절대 전화를 끊으면 안 돼. 나 지금 죽을 것 같은 공포를 견디고 있어!"

여자 고객이 종이가방 가득 편지를 들고 우체국 안으로 들어왔다.

그녀가 속삭였다.

"엄살떨지 마. 지금 막 팩스를 보내고 있어."

"호킨슨 빌라에서 보내는 건 아니겠지?"

"걱정 마. 나 지금 우체국이야. 먼저 금발 여자 수배 사진부터 들어갈 거야."

"마타 하리! 사진을 훔친 거야?"

에블린은 대답하지 않았다. 그녀는 말없이 승객 명단을 팩스 안으로 넣었다.

"그리고 두 번째 장은 프리트베르크호의 승객 명단이야. 아마 이걸 보면 놀랄 거야. 누가 명단에 있는지."

그녀는 말을 하다 말고 멈칫했다. 종이는 뒤집힌 상태로 팩스에 들어가고 있었다. 순간이지만 슈몰레란 이름이 귀신처럼 그녀를 스쳐 지나갔다.

파트릭이 물었다.

"뭐라고? 어떤 명단?"

"잠시만."

에블린이 반대편 종이가 나오는 틈으로 명단이 적힌 종이를 잡아당겼다. 명단의 뒤편을 훑어봤다.

뒷장에 적혀 있었다. 파울 슈몰레. 그는 프리트베르크호의 선장이었다.

41

팩스 전송이 완료되었다는 확인 종이를 기다렸다가 그걸 찢어버리고 나서 에블린은 다시 차에 올랐다.

엘베 강을 따라 다시 비슈하펜 방향으로 차를 몰았다. 차 안에서 휴대폰을 핸즈프리 거치대에 올려놓고 파트릭에게 전화를 걸었다. 통화가 길어질 게 분명했기 때문이다. 파트릭에게 모든 사실을 설명해야 했고, 특히 그녀가 조금 전 팩스로 보낸 두 장에 대해서도 얘기해야 했다.

파트릭이 말했다.

"명함을 호킨슨 빌라에 두고 나온 건 아주 영리한 방법이었어. 안전상 말이야. 그레타가 무단으로 침입했다고 나올 경우를 생각해보면 아주 잘한 거야."

대단하군! 그녀 자신도 명함을 두고 온 일을 두고 잘했다고는 전혀 생각지 못했었다.

"그래 좋아, 고슴도치! 마침내 우리 손에 뭔가 들어왔어. 명단은 읽을 수 있어. 그런데 맨 마지막 이름이 줄로 지워져 있어. 원본을 보면 알아볼 수 있어?"

"아니."

"경찰에 원본을 제출하면 밝혀낼 수 있겠지. 내가 택시 타고 경찰서로 가서……."

그 생각이 드는 순간 에블린의 위가 꼬이는 기분이 들었다.

"경찰에 명단을 주기 전에 명단 속 이름을 적어놓고, 그 남자들에 대해 좀더 알아보는 게 좋겠어."

"갑자기 왜 망설이시나, 고슴도치? 어제만 해도 빨리 가자고. 오, 젠장!"

파트릭의 입에서 욕이 나왔다.

그가 마침내 그 이름을 발견한 것이다.

"우리가 알고 있는 홀로베크가 명단에 있어."

"그래서 내가 말했잖아. 명단을 경찰에 보이기 전에 먼저 자세히 알아보라고."

"세상에!"

에블린은 파트릭의 신음 소리를 들었다.

"이게 무슨 의미인지 알아?"

그녀가 낮은 목소리로 대답했다.

"응. 명단 속 다른 사람들을 알아봐줘. 전부 다 동성애자였는지, 협박당했는지도."

"그래, 알았어. 무슨 일을 해야 할지 나도 알아."

뭘 해야 하는지 그는 잘 알고 있었다. 그의 직업이 빛을 발할 때가 온 것이다.

그녀는 속도를 늦추고 양 떼가 있는 곳을 지나갔다.

"그런데 그 전에 부탁할 게 있어. 파울 슈몰레라는 사람이 그 배의 선장이었어. 그 사람이 어디 사는지 알아봐줘. 아는 대로 나한테 전화해.

아주 급한 일이야."

그녀는 슈몰레란 이름의 철자를 불러주었다.

"그렇게 할게. 그런데 어쩌면 그 사람은 이 세상 사람이 아닐 수도 있어."

그녀가 반박했다.

"아냐, 살아 있어. 30분 전에 그 사람하고 전화 통화했어."

오후 3시 직전에 에블린은 엘베 강을 통과하는 선박의 난간에 서 있었다. 물 위에 안개가 점점 더 짙어졌다. 건너편 내륙으로 다가가고 있었다.

에블린은 배에 오르기 전 콜라와 핫도그, 초콜릿을 샀다. 빵을 한입 물기 전까지는 얼마나 배가 고팠었는지 알지 못했다.

그녀는 노르웨이산 스웨터의 목을 귀에 닿을 정도로 올렸다. 날씨가 점점 추워지고 북쪽에서 칼바람이 몰려왔다. 게다가 지난 몇 시간 동안 겪은 일로 심장이 떨리고 있었다. 그녀는 초콜릿을 베어 물었다. 초콜릿을 먹으면 마음이 편안해진다는 말을 어디선가 들은 것 같았다. 그 말이 맞는다면 그녀는 초콜릿을 많이 먹어야 했다.

배에서 내린 후 그녀는 렌터카를 국도 옆 주차장에 세웠다. 내비게이션으로 글뤽슈타트에서 함부르크 공항까지 가는 길을 입력했다. 한 시간 정도 걸리는 거리다. 오늘 빈으로 가려면 지금 곧바로 공항에 있는 에어 베를린 창구에 전화를 걸어 항공편을 예약해야 한다. 어쩌면 함부르크 공항에서 출국하는 것이 좋지 않을 수도 있다. 그레타 호킨슨이 이미 그녀의 계획을 알고 있지 않은가. 그레타가 함부르크 공항에서 기다리고 있을지도 모를 일이었다. 지나친 생각일지도 모르지만 에블린은 그레타에 대해서 잘 알지 못한다. 그러니 조심하는 편이 나을 성싶었다. 같은 회사에서 오랫동안 일했던 홀로베크에 대해서도 생각하지 못했던 일이 일어났던 터라, 사실 그레타가 어떤 행동을 할지도 알 수 없는 일이다. 홀로베크에 대해서도 자신이 잘 알고 있다고 확신하지 않았던가. 이번 사건을 계기로 어떤 사람도 그 속을 전부 들여다보기는 불가능하다는 걸 깨달았다. 그럴수록 자신의 직감에 귀를 기울여야 한다는 생각도 들었다.

에블린은 결단을 내리지 못한 채 휴대폰을 쳐다봤다. 집으로 갈 것이냐, 여기 있을 것이냐? 사실 에블린은 이미 결정을 내려놓은 상태였다.

전화벨이 울리자 그녀는 어깨를 으쓱했다. 파트릭의 번호가 휴대폰에 떴다.

그녀가 전화를 받았다.

"여보세요."

"목소리가 긴장돼 있는 것 같아."

"새로운 것 좀 알아냈어?"

"파울 슈몰레 선장은 1944년생. 아버지는 전쟁에서 사망, 어머니는 아들을 낳자마자 도망감. 상당히 불량한 사람. 음주로 인해 여러 차례 고발당함. 10년 전부터 배를 몰지 않음. 더 자세한 내용은 동료 우베도 알아낼 수 없음."

"주소는?"

"안 믿을걸! 낡은 캠핑카를 개조해서 살고 있어."

"가난하게 살고 있다는 말로 들리네."

"적어도 그 사람이 우리가 생각하는, 협박해서 돈을 거둔 사람은 아닌 것 같아."

"캠핑카는 어디 있는데?"

"질트 베닝슈테트 해안가."

좋은 소식은 아니다. 에블린은 내비게이션에 입력했다. 질트까지 가는 길은 단 한 가지뿐이고, 예상 시간은 여섯 시간이다. 자동차를 기차에 싣는 카트레인으로 댐을 건너가야 한다.

에블린이 한동안 아무 말이 없자 파트릭이 물었다.

"언제 빈으로 올 거야?"

"정확한 주소 있지? 파울 슈몰레의 캠핑카가 어디 있는지."

파트릭이 소리쳤다.

"이런 망할, 내 그럴 줄 알았어! 질트는 덴마크 국경에 있어. 얼마나 먼 길인데."

그녀가 대답했다.

"여섯 시간이야."

"에블린, 이건 미친 짓이야! 빈으로 얼른 와야 해!"

왜? 그가 원하기 때문에?

그녀가 단호하게 말했다.

"난 이미 너무 깊이 사건에 들어가 있어. 계속할 거야. 이 사건을 해결해야 해."

그녀는 도로 표지판을 응시했다. 한쪽은 함부르크로, 다른 한쪽은 북쪽 플렌스부르크로 가는 길이었다. 어느 길로 갈지는 이미 결정되었다. 시커먼 구름이 북쪽 하늘을 덮고 있었다. 슈몰레를 찾아간다면 분명 천둥 번개를 뚫고 운전해야 하리라.

"지금 출발하면 밤 9시면 도착할 거야."

파트릭이 말했다.

"밤 10시는 돼야 할 거야. 어디서 자려고?"

"질트에 모텔이 있겠지."

42

풀라스키는 뜨거운 커피 잔을 들고 건물 앞 잔디밭에 서 있었다.

병원 건물 앞에는 사건을 수습하려는 경찰들과 몰려드는 구경꾼들을 제지하는 경찰들로 가득했다.

그사이 풀라스키가 아는 바로는 도로가 차단되었지만 아직 용의자의 행방은 모르는 것 같았다. 이 상황은 변하지 않을 가능성이 높다. 이미 너무 많은 시간이 흘러갔다.

호르스트 푹스 국장이 괴팅겐에 연락해 조치를 취한 건 확실해 보였다. 지금까지 현장에 이렇게 많은 경찰이 출동한 걸 보지 못했다. 적어도 수사관 두 명이 병원 관계자를 심문했고, 다른 수사관 세 명은 환자들에게 물어보았지만 검은색 외투를 입은 백발 남자를 아는 사람은 없는 것 같았다. 누군가 남자가 병원 건물로 들어오는 걸 보았다는 사람은 있었다. 증거확보팀이 숲과 예배당으로 가는 길, 동문을 조사했고 또 다른 팀이 레샤의 방을 조사했다. 백발 남자는 건물 정문으로 들어와서 계단을 올라가 레샤의 방으로 간 것 같았다. 풀라스키가 핀스거 박사와 계단을 오르는 소리를 듣고 서둘러 창문을 통해 도망간 듯 보였다.

풀라스키가 담배를 다 피우고 종이컵을 버릴 휴지통을 찾고 있는데 정장을 입은 남자 두 명이 그에게로 다가왔다. 둘 다 사십대로 보였고 좀 거칠게 느껴지는 인상이었다. 돼지 눈처럼 생기고 주근깨가 있으며 적갈색 머리를 한 남자는 쇠약해 보였다. 그 옆의 남자는 머리가 반쯤 벗겨진 대머리에 얼굴 근육이 없는 사람 같았다. 이 남자는 1986년 이후로 단 한 번도 웃지 않은 사람처럼 보였다.

적갈색 머리가 말했다.

"총을 쏘셨습니까?"

아무 말 없이 풀라스키는 총을 꺼내 넘겨주었다. 적갈색 머리 남자가 총에서 탄창을 꺼내 남은 총알을 세었다. 동문을 수색한 감식팀 얘기를 전달받았음이 분명하다.

"다섯 발을 쐈다고 하던데요."

풀라스키가 물었다.

"인근 병원과 의사들에게 알아보았습니까?"

"벌써 이 생활도 20년째입니다. 라이프치히 수사팀과 공동 수사가 진행 중입니다. 이 사건 담당자가 누구죠?"

대머리 남자는 어색하게 미소를 지었다. 그는 말하고 나서 껌을 입에 넣었다.

풀라스키가 대답했다. 심각한 알코올 의존자와 이제 막 경찰대학을 졸업한 애송이란 말이 맴돌았지만 입 밖에 내지는 않았다.

"드레스덴 범죄수사국의 클라우스 빈터레거와 라스 고타이닉입니다."

대머리 남자가 눈썹을 찡그렸다.

"그럼 당신은 누구시죠?"

풀라스키는 자신의 이름과 경찰 고유번호를 말했다.

"저는 라이프치히 경찰 경위입니다."

남자의 표정이 떨떠름했다.

"라이프치히라고요? 아주 멀리서 오셨네요."

말투를 갑자기 바꾸었지만 여전히 친절한 느낌은 아니었다.

적갈색 머리의 남자가 대화에 끼어들었다.

"당신이 여기서 뭘 하는지 담당 부서에서는 알고 있습니까?"

"범인이 계속 살인을 저지르고 다니는데 드레스덴 범죄수사국에서는 감도 못 잡고 있습니다."

대머리가 한 손을 풀라스키의 어깨에 얹었다.

"제 생각엔 드레스덴 팀이 당신보다 이 일에 대해 더 잘 알고 있는 것 같은데요."

풀라스키는 말하지 않았다. 이 사람들 역시 감을 못 잡고 있다. 이런 식으로 계속된다면 한 시간도 더 걸릴 테고, 그러는 동안 용의자는 산 넘고 물 건너 멀리 사라질 것이다.

풀라스키는 두 시간 동안 술을 마쳤다. 자신의 이름도 밝히지 않은 대머리와 적갈색 머리가 총을 다시 돌려줄 때까지 기다리는 일만 남았다.

그사이에 풀라스키는 비어 있는 식당에서 라이프치히 근무처로 전화를 걸었다. 푹스 국장은 기분이 영 좋지 않은 목소리였다.

푹스 국장이 으르렁거리듯 말했다.

"바로 이런 점 때문에 콜러 검사가 수사를 자네 손에서 떼어내 드레스덴 범죄수사국에 맡긴 거야! 알고 있나? 자네가 규칙에 따르지 않기 때문이지!"

풀라스키가 전화에 대고 따지듯 물었다.

"규칙이라뇨! 무슨 말도 안 되는 소리를 하십니까? 지금은 탁상공론을 할 때가 아닙니다. 당장 살인 용의자를 잡아야 하고, 그놈이 또 다른 젊은이를 죽이지 못하게 막아야 하는 게 문제란 말입니다."

푹스 국장의 신음 소리가 들렸다.

"아이고, 세상에! 자네와 얘기하는 게 의미가 없군. 몇 년 전 자네가 우리 부서로 왔을 때가 생각나는군. 그때 딸아이를 보살펴야 한다고 현장 출동 근무를 지원하지 않았나."

야스민!

풀라스키는 시계를 봤다. 5시가 조금 넘었다. 이미 한참 전에 학교에서 집으로 돌아왔을 시간이다. 얼른 전화를 걸어야 했다.

풀라스키가 중얼거렸다.

"네, 맞습니다. 그래도 범죄수사국 멍청이들이 수사를 제대로 못해 물거품으로 만드는지 주시하고 계셔야 합니다. 구경만 하시지 말고."

"멍청이들이라니. 자네와 같이 일했던 동료에게 그런 말을 하면 되겠나? 그래도 그 사람들이 몇 가지 새로운 사실을 알아냈네."

"정말입니까?"

"나타샤에게 준 올드레이 진 술병은 병원장 방에서 가져온 거라네."

하인리히 볼프 박사. 순간 풀라스키는 그 사람의 얼굴이 생생하게 떠올랐다.

"또 다른 건요?"

"법의학과에서도 새로운 사실을 밝혔네."

"그럴 거라 생각했습니다. 마이케가 워낙 그 분야 최고니까요."

"마이케가 시신 부검에 대해 잠정적인 결과를 내놨네. 마르틴 호르너는 심장마비로 죽었어. 약을 너무 많이 복용했다더군."

풀라스키가 말했다.

"좀더 자세히 말씀해주세요."

푹스 국장이 종이를 넘기는 소리가 들렸다.

"심장박동을 촉진하는 심장 약을 과다 복용해서 순환장애와 방실차단 (AV block)이 오고 결국엔 멎게 되는…….."

푹스 국장이 법의학 보고서를 읽어주었다. 그런 다음 잠시 말이 없었다.

"아름다운 죽음은 아니지."

"범죄수사국 수사팀이 이 사건이 자살이 아닌 연쇄살인이란 걸 이제 알고 있습니까?"

"나타샤뿐만 아니라 마르틴의 혈액에서도 보톡스가 나왔어. 수사팀이 마르크클레베르크 병원을 철저하게 조사했는데 아직 뾰족한 진전은 없 나 봐."

"제가 말씀드릴까요. 의사들이나 간호사들은 마르틴이 스스로 목숨을 끊었다고 생각하고 자살이란 걸 숨기려 했던 겁니다. 병원 평판이 나빠 지지 않게 하려고 말입니다."

"그렇게 생각할 수 있겠군. 병원장 목이 걸려 있으니."

그때 식당 문이 열렸다. 적갈색 머리와 대머리가 안으로 들어와 둘러 봤다. 두 사람은 항상 붙어 다니는 듯했다.

풀라스키가 말했다.

"전화 끊어야겠습니다."

적갈색 머리가 말했다.

"예비 탄창이 있습니까?"

풀라스키는 거짓말을 했다. 다음에 무슨 말이 나올지 뻔했기에.

"아니요."

적갈색 머리가 그에게 총을 건넸다.

"총 여기 있습니다."

폴라스키는 권총을 받았다. 무게로 봐서 뭔가 이상하다는 느낌이 들었다. 탄창을 꺼내 안을 들여다봤다.

"탄환은요?"

"우리가 보관하고 있습니다."

업무용 총에서 탄환을 자기들 마음대로 뺄 수는 없는 노릇이다.

"그게 무슨 말입니까?"

적갈색 머리가 말했다.

"당신 상사와 통화했습니다. 휴가를 나와서 업무용 총을 사용하는 건 사실 지나치죠. 그 전에 근무처에 알리고 담당 수사팀에게도 양해를 구했어야죠."

잘난 척하는군! 폴라스키는 속으로 생각하면서 다음 말이 뭐가 나올지 기다렸다. 이 사람들이 자신에게서 총이나 탄창을 빼앗을 수 없다는 사실은 분명했다. 휴가를 냈다고 해도 이 일은 살인을 하려 한 중대한 상황이었고 용의자가 달아나 급하게 총을 쏠 수밖에 없지 않았는가 말이다. 폴라스키는 마음속으로 이들이 뭐라 하든 상관없단 생각이 들었다. 그의 관심은 오로지 레샤에게 있었다. 담당자 운운하는 탁상공론적인 발상으로 지껄여도 그가 원하는 건 단 한 가지, 레샤가 살아야 한다는 것이었다.

"당신 상사가 우리한테 총에서 총알을 빼고 당신을 얼른 보내라고 했습니다."

폴라스키는 이들이 그냥 트집을 잡는 것뿐이라는 걸 알았다. 그는 빈 탄창을 채우고 총을 홀스터에 넣었다.

"다섯 발 모두 발견했습니까?"

"안 그랬으면 총을 돌려드렸겠습니까?"

적갈색 머리가 말했다. 더 이상은 대답해주지 않았다.

좋다. 늙은이에게 아무런 정보도 주지 않겠다는 심사군! 이 사람들 역시 멍청이일 뿐! 그래도 풀라스키는 자신이 백발 용의자에게 쏜 총알이 그저 찰과상을 입혔을 뿐이라는 사실을 눈치챘다. 병원을 갈 정도의 부상은 아니고 그냥 절뚝거릴 정도였을 것이다.

"여기."

대머리 남자가 서류를 풀라스키 앞에 내밀었다. 노트북도 없는지 이동식 타자기로 쓴 보고서였다.

"읽어보시고 서명해주십시오. 참, 핀스거 박사님이 방으로 와달라고 부탁하시더군요. 그곳에 가셨다가 이 도시를 떠나주시면 고맙겠습니다."

문제없지. 풀라스키는 두 남자에게 처음부터 아무런 관심도 없었다. 그는 서류를 들여다봤다. 이름, 근무번호, 주소, 날짜, 시간, 무기 일련번호, 그의 증언과 그가 한 처신 등의 내용이 들어 있었다. 풀라스키는 서명하고 나서 재킷 단추를 채우고 일어났다.

인사말도 없이 그는 형사들을 지나쳐 핀스거 방으로 향했다.

시커먼 구름이 하늘을 덮었다. 핀스거 박사는 창가에 서 있었다. 몹시 낙담한 얼굴이었다. 지금까지 남자가 이토록 고뇌에 빠진 얼굴을 하고 있는 걸 본 적이 없을 정도로 괴로운 표정이었다. 양심에 가책을 느끼는 걸까? 아니면 조금만 더 일찍 발견했더라면 사고를 막을 수 있었을지도 모른다는 생각에 괴로워하는 걸까?

핀스거가 슬픈 눈으로 풀라스키를 바라봤다.

"제가 형사님 말을 조금만 더 일찍 들었더라면 그 방에 제때에 도착했을 텐데요."

풀라스키는 그의 말이 충분히 이해가 갔다.

"그러면 우리 할머니가 수염이 있었더라면 그분이 우리 할아버지가 될 수도 있었을 텐데요."

핀스거는 처음에 이해를 못 한 듯했다가 잠시 후 미소를 지었다.

"그 말이 맞군요."

풀라스키가 그를 안심시켰다.

"용의자를 꼭 잡을 겁니다. 언제 잡느냐는 시간문제일 뿐입니다."

그는 마르크클레베르크 병원 감시카메라 사진과 범인이 동문에 남기고 간 혈흔 생각이 나서 덧붙였다.

"용의자에 대해 이미 알고 있는 정보도 있습니다. 레샤는 어떤가요?"

핀스거는 피곤한 얼굴로 어깨를 들썩했다.

"아주 위험한 상황입니다. 수혈을 받았지만 알레르기 반응을 보였고 폐에 문제가 생겼습니다. 병원에서 인위적으로 깊이 재워놓은 상태입니다."

핀스거 박사는 그를 오랫동안 바라보더니 갑자기 미소를 지었다.

"처음에 형사님을 봤을 땐 무뚝뚝하고 호의적이지 않은 사람으로 생각했는데 제가 잘못 봤습니다."

풀라스키가 미소를 지었다.

"박사님이 저를 보고 싶어 한다고 형사들이 그러던데요."

핀스거가 책상으로 가 서랍을 열고 스프레이를 꺼냈다.

"아, 네. 천식 스프레이요."

풀라스키는 고맙게 받았다. 병원 안이 혼란스러웠을 텐데 잊지 않은 그가 고마웠다.

책상 위에 놓인 서류철이 풀라스키의 눈에 들어왔다. 이런 유형의 서류를 그는 잘 알고 있었다. 환자기록부였다. 그는 책상으로 다가가 레샤 프로코포비치란 이름이 써 있는 걸 확인했다.

핀스거가 물었다.

"이제 뭘 하실 겁니까?"

"제 업무는 내일 아침 일찍 시작됩니다. 아직은 이 사건에 대해 생각할 몇 시간이 있습니다."

"제가 뭐 도울 일이라도 있습니까?"

풀라스키는 서류로 시선을 돌렸다.

"1998년 브레머하펜에서 레샤와 제바스티안을 치료했던 의사 이름이 어떻게 됩니까?"

핀스거가 한숨을 쉬었다.

"그게 다입니까?"

"네."

핀스거 박사가 서류를 들여다보더니 서류철을 서랍에 넣었다.

"죄송합니다만 제가 말씀드리면 안 되는 것이라. 환자의 비밀을 누설하면 안 되고, 게다가 형사님이 지금 공식적인 근무시간도 아니라서……."

풀라스키는 어제부터 여러 번 들은 말이라 새로울 것도 없었다.

"알고 있습니다."

작은 키의 핀스거 박사가 두꺼운 안경을 끼고 놀란 닭처럼 그에게 다가와서 작별의 악수를 청했다.

"이해해주시길 바랍니다. 그 의사 이름이 포벨스키라는 걸 말씀드리면 제가 처벌받을 수도 있으니 말입니다."

풀라스키는 미소 지었다.

"박사님도 그렇게 비호의적인 사람은 아니셨군요."

풀라스키는 차에 오르자마자 조수석 서랍을 열었다. 소냐 빌할름 박사가 자동차 앞 유리에 놓고 간 나타샤 좀머의 진료기록부와 마르틴의 출생기록부를 꺼냈다.

마르틴 호르너는 1998년 8월 17일 성폭행을 당하고 병원으로 이송되었고, 나타샤 좀머는 그로부터 이틀 뒤 브레머하펜 병원의 중환자실로 보내졌다. 두 사람의 담당의사는 같은 사람이었다. 콘라드 포벨스키.

그 당시 의사가 네 명의 아이들을 이렇게 오랫동안 기억하고 있을까? 그 의사가 아직도 브레머하펜에 근무하고 있을까? 그곳까지 가려면 자동차로 세 시간은 족히 걸린다. 풀라스키는 시동을 걸고 휴대폰을 집어들었다.

43

 늦여름의 뇌우가 시작됐다. 폭풍으로 비가 억수로 쏟아지고 번개가 어둠을 뚫고 번쩍 빛을 발하고 천둥소리가 날 때면 에블린은 어렸을 때 머리에 덮개를 쓰고 집으로 달려와 따뜻한 코코아를 손에 들고 창가에 서있던 기억이 났다.

 그녀는 번개와 천둥 사이에 몇 초가 걸리는지 세곤 했었다. 그래서 뇌우가 시작되면 항상 긴장이 되었다. 그녀의 아버지는 태풍을 뚫고 달려와 자전거와 장난감을 헛간에 넣었고, 어머니는 이불과 초를 준비했다. 전기가 나갈 때를 대비했던 것이다. 천둥 번개가 칠 때면 가족은 전에 없이 꼭 붙어 있었다. 에블린은 어린이용 컵에 들어 있는 코코아를 호호 불며 마셨다. 할머니가 구워준 사과파이 냄새와 아버지의 젖은 옷 냄새가 아직도 생생했다. 거실로 들어온 아버지가 옷을 말리러 욕실로 들어갈 때 나는 젖은 옷 냄새 말이다. 어린 시절에 대한 기억은 매우 강렬했다. 어쩌면 그 때문에 그녀가 뇌우를 그렇게 좋아하는지도 모른다.

 몰아치는 태풍 속으로 차를 모는 지금 상황은 어린 시절 여름날의 뇌우와는 아무 관계가 없었다. 10미터 앞도 보이지 않았고 쉬지 않고 움직이는 와이퍼 소리가 어느새 신경에 거슬리기 시작했다. 미친 짓일지도 모른다. 지금 이 시간엔 빈으로 가는 비행기 안에 앉아서 스튜어디스가 가져다준 누들과 소스, 소금, 후추가 들어 있는 식사 용기에 덮여 있는 알루미늄 포일을 벗기고 있었을 것이다. 식사 후에는 의자를 뒤로 젖히고 담요를 덮고 눈을 감고 있을 테지! 하지만 지금은 그럴 때가 아니다. 슈몰레란 사람을 무조건 찾아가야 한다.

에블린은 정신을 차리려고 애썼다. 앞으로의 계획을 생각하기 시작했다. 독일 방문을 끝내고 에어백 사건과 하수구 사건이 해결되면 제대로 휴가를 보낼 계획이다. 카리브 해로 가는 크루즈를 예약하거나 아니면 편안한 호텔을 예약해서 일주일 동안 일 생각을 떨치고 쉬고 올 계획이다.

시계를 봤다. 코니에게 전화 걸기에 그리 늦은 시간은 아니다. 이웃집 딸 코니에게 전화를 걸었다. 그녀가 집에 없을 때면 고양이 먹이를 주는 아이다.

"안녕, 코니!"

"안녕하세요? 아줌마, 지금 어디세요?"

"아직도 독일에 있어. 생각보다 오래 걸릴 것 같아 걱정이야."

"걱정 마세요. 보니하고 클라이드는 잘 있어요. 제가 아줌마 집에 갈 때마다 얘네들이 소파에 누워서 꼼짝도 안 해요. 주인이 없는 것도 모르고 있는 것 같아요."

"그래, 맞아."

에블린이 웃었다. 사실 고양이들은 자기 주인이 없는 걸 잘 알고 있다. 에블린이 집에 도착하기만 하면 고양이 두 마리가 일부러 주인을 모른 척하고 보니는 항의의 표현으로 그녀의 신발에 소변을 볼 게 분명했다.

코니가 말했다.

"참, 아마존에서 택배가 왔어요. 현관 앞에 있어서 제 침대로 가져다 놨어요. 그거 열어봐도 돼요?"

에블린은 또다시 웃었다. 이 소녀는 자기 엄마와 똑같이 호기심이 많다. 일주일에 한 번 에블린은 코니의 엄마 탄야와 시내 공원으로 조깅을 간다. 토요일 오후, 코니가 숙제를 하는 동안 그녀는 탄야와 카페에 가서 수다를 떨곤 한다. 간호사로 일하는 탄야는 직장 얘기와 결혼 생활 얘기를 쉬지 않고 한다.

코니가 다시 물었다.

"제가 열어봐도 돼요?"

"그래, 네가 원한다면. 그런데 실망하지 말았으면 좋겠다. 마르타 그림과 라손, 매리 히긴스 클라크의 추리소설이 들어 있을 거야."

"전 모르는 책이에요."

"어떤 책을 읽고 있니?"

총알처럼 코니의 대답이 튀어나왔다.

"토마스 브레지나요."

코니와 한동안 더 대화를 나누었다. 그러자 코니에게 얼른 양치하라고 크게 소리치는 탄야의 목소리가 멀리서 들렸다.

두 사람은 작별인사를 나눴다.

"잘 자, 코니."

에블린은 전화를 끊었다.

자동차 계기판 바늘이 바닥으로 내려가 빨간 불이 깜빡이는 걸 보고 에블린은 가까운 주유소로 들어갔다. 주유소 매점에서 참치 샌드위치와 콜라, 에스프레소 한 잔을 샀다. 잠 생각은 잊기로 했다.

샌드위치를 먹으면서 번개와 천둥 사이가 몇 초인지 세어봤다. 라디오를 껐다. 음악이나 뉴스를 듣고 싶은 생각이 전혀 들지 않았다. 번개가 치자 양 떼가 우르르 먹이통이 있는 처마 밑으로 몰려갔고, 자전거를 타고 가는 사람들은 신문을 머리에 쓰고 도로를 달렸다. 바람에 나무가 많이 흔들렸다.

그녀가 가야 할 마지막 목적지는 니뷜이었다. 그녀는 서서히 차를 몰고 기차역으로 향했다. 하적장 역은 바로 뒤편에 있었다. 질트로 가는 다음 카트레인은 20분 후에 있었다. 그녀는 티켓을 구입하고 철판 위로 차를 몰아 기차 안으로 들어갔다. 자동차에 앉아 있는데 그곳이 2층 기차 안이라니 기분이 묘했다.

기차가 출발할 때 약간 덜컹거렸지만 곧 적응했다. 밤중에 뇌우 속에서 자동차를 태운 기차를 타고 달린다는 건 어떻게 보면 색다른 경험이라 흥분이 됐다. 기차는 페스트란트를 떠나 좁은 힌덴부르크 댐(독일과 덴마크 국경에서 질트 섬으로 가는 길로, 둑 위로 기차가 달린다―옮긴이)을 달리는데 천둥 번개가 계속 쳤다. 양쪽엔 드넓은 바다가 있고 빗줄기 사이로 등대의 희미한 불빛이 몇 군데 보였다.

차 안의 온도가 순식간에 떨어졌다. 어느새 덴마크 국경에 들어섰다. 에블린은 소매를 내려 양손을 그 안에 넣고 운전석에 기대어 깜깜한 밖을 바라봤다.

기차 운행 시간은 30분이 조금 넘게 걸렸다. 기차는 베스터란트에 있는 자동차 하차장 역에 도착했다. 그곳에서 에블린은 자동차 내비게이션을 북쪽으로 설정했다. 자동차 헤드라이트가 어둠을 갈랐다. 오른쪽엔 들판 광경이 계속되었고 왼쪽에는 끝없는 바다였다. 강한 바람으로 파도는 하늘 높은 줄 모르고 치솟았다.

파트릭의 말은 항상 옳았다. 베닝슈테트에 도착하니 10시 직전이었다. 그녀는 보행 속도로 차를 몰고 교회를 지나 농가를 지나고 별장과 아파트를 지나갔다. 그리고 드디어 캠핑장에 도착했다. 캠핑장은 해안에서 불과 몇 미터밖에 떨어지지 않았고, 희미한 불빛이 새어 나오는 캠핑카가 보였다. 그녀가 찾는 곳이 틀림없었다.

그녀는 해안가에 주차를 하고 휴대폰과 지갑을 들고 빗속을 뚫고 달렸다. 돌풍이 불었다. 해초와 생선 냄새가 났다.

도착해서 보니 캠핑카는 거의 형체가 사라질 정도였다. 바퀴도 없었다. 슈몰레는 고물 트레일러를 개조해서 사용하고 있는 것 같았다. 널빤지로 된 지붕에는 굴뚝 구멍이 있었는데 구멍에서 연기가 올라오자마자 바람에 날려 사방으로 사라졌다.

캠핑카 창문 뒤에는 촛불이 깜빡이고 있었다. 더 이상은 커튼에 가려 알아볼 수 없었다. 파울 슈몰레는 전기도 없이 캠핑카에서 가을 겨울을 보내고 있는 것 같았다. 나무 장작 난로로 난방을 하고 있으니 굴뚝 연기가 나는 것이리라.

비에 흠뻑 젖어 에블린은 캠핑카 입구에 도착했다. 바람에 널빤지가 서로 삐거덕거리는 소리가 계속 났다. 그녀는 캠핑카 문 앞에서 얼굴의 물기를 닦았다. 바닥엔 젖은 비닐이 깔려 있어서 천장 널빤지 사이로 떨어지는 물방울이 바닥에 떨어질 때마다 소리가 났다. 모퉁이엔 프로판 가스통이 있었고, 그 옆에는 빈 와인 병과 독주 병이 담긴 박스와 나무토막이 담긴 박스가 있었으며, 완두콩 통조림과 고기 통조림 빈 깡통이 쌓여 있었다. 이동식 화장실 옆엔 화장지가 담긴 비닐봉투가 있었다.

에블린은 이렇게 외진 곳까지 올 것이라곤 전혀 생각하지 못 했다. 이곳은 실제로 문명과 동떨어진 마지막 장소 같았다. 더 이상 나쁜 상황은 없을 것 같았다. 해안가에 세워둔 렌터카는 이 지역과 전혀 어울리지 않고, 그녀는 마치 다른 차원의 세계에 와서 길을 잃은 느낌이 들었다.

찌그러진 캠핑카 문을 두드렸다. 자물쇠가 빗장에 부딪히는 소리가 났다. 그 소리 말고는 아무 소리도 나지 않았다.

그녀는 다시 한 번 문을 두드렸다.

"슈몰레 씨?"

천둥 소리가 났다.

그녀는 마음속에 준비했던 말―저는 빈에서 온 변호사입니다―이 너무 비현실적으로 느껴져서 입 밖으로 나오질 않았다.

"슈몰레 씨?"

조심스럽게 문을 열고 한 걸음 계단을 올라갔다. 안을 살펴봤다. 뜨거운 공기가 그녀의 얼굴을 데웠다. 기름 냄새와 솔방울 냄새가 났다. 난로에서 장작 타는 소리가 났다.

방 한가운데 수염이 덥수룩한 허름한 옷차림의 남자가 의자 위에 무릎을 꿇고 있었다. 남자는 작업복 바지 차림이었고 지저분한 티셔츠를 입고 있었다. 이마엔 땀방울이 흘렀다. 남자는 에블린이 보고 있다는 걸 알아차리고도 전혀 놀라지 않았다. 그의 시선은 무관심하고 슬프고 어두웠다. 천장 갈고리에 걸려 내려와 그의 목에 감겨 있는 밧줄만큼이나 슬퍼 보였다.

44

에블린은 자신이 갑자기 다른 시대에 와 있는 착각이 들었다.

너무 멀리 떨어져 있는 것 같지만 그 존재가 영원히 사라지지 않을 구 멍 속으로 던져진 기분이었다. 그녀는 자신의 목소리를 들었다. 열 살 아 이의 흐느끼는 소리였다. 목에 밧줄이 감기고 그 위로 냄새나는 황마 자 루가 씌워졌다. 숨 쉴 때마다…….

피둥피둥 살이 많은 손가락이 그녀의 몸을 더듬는 걸 느낀다. 먼저 그 녀의 목에서 시작해서 허리까지, 그런 다음 두 다리와 마지막으로 두 다 리 사이의 그곳까지 간다. 그녀는 곤충이 자기 몸을 더듬으며 기어가고 있는 것이라고 상상하려 했다. 그냥 자기 몸을 눌러 귀찮게 하는 동물일 뿐 아무것도 아니라고 말이다. 그런데 그렇지 않았다. 이 곤충은 거친 손 가락과 술 냄새와 담배 냄새가 났다. 사내가 가쁜 숨을 쉬는 소리를 들었 다. 그의 더러운 입에서 나오는 숨에서 악취가 났다. 날씨가 맑은 날 사 내는 그녀를 만지다가 그만두었다. 나중에 그 짓을 하려고 남겨두기라 도 하듯. 차라리 그녀는 사내를 자기 옆에 놓고 싶었다. 그가 나가지 않기를 바랐다. 이곳을 나가면 동생에게 그 짓을 할 테니 말이다. 그러다가 사내가 다시 그녀의 몸을 더듬는 동안, 사내가 자기 원하는 대로 그 짓을 하는 동안, 그녀는 자신의 입에서 아무 소리도 안 나오게 하려고 얼마나 애를 썼는지 모른다. 그녀의 여동생이 절규하는 소리를 듣는 것보다는 그게 훨씬 나았다.

"나가시오!"

에블린은 깜짝 놀라 멈칫했다.

남자가 팔로 입을 닦았다. 입에서 침이 흐르고 있었다. 그의 목소리는 잘 나오지 않았다.

"제발 나가주시오."

에블린은 남자의 눈에서 눈물이 쏟아지는 걸 보았다. 그녀는 나가지 않고 캠핑카 안으로 들어가 문을 닫았다.

"여기서 뭘 원하는 거요?"

"너무 추워서 그래요. 차 한잔 주시겠어요?"

"당신 대체 누구요?"

에블린이 말했다.

"저도 선생님을 충분히 이해해요. 열 살 때 저도 처음 목숨을 끊을 생각을 했었어요."

15분 정도 지나 두 사람은 주방 의자에 앉아 럼을 넣은 차를 마시고 있었다. 슈몰레는 주방 커튼을 쳤다. 에블린의 눈에 매달려 있는 밧줄이 안보이게 하려는 것 같았다. 커튼에 가려져 있지만 에블린의 마음속에는 조금 전 모습이 계속 남아 있었다. 그런 모습이 머릿속에서 몇 초 안에 쉽게 사라지는 건 아니다.

슈몰레의 얼굴엔 수염이 덥수룩하고 팔뚝에는 희미한 문신 자국도 있었다. 목소리는 거친 뱃사람처럼 보였지만 본심은 따뜻한 사람 같았다. 에블린이 그의 성품을 알기까지는 1분도 걸리지 않았다. 그의 눈빛만 봐도 충분했다. 그가 차를 끓이는 모습과 그녀에게 덮을 것을 주고 젖은 머리를 닦으라고 수건까지 가져다주는 것만 봐도 심성이 따뜻한 사람이란 걸 느낄 수 있었다. 에블린이 그에게 선장으로 일하지 않는 이유를 물어보자 그는 단도직입적으로 대답했다.

"마지막으로 배를 탄 게 벌써 10년 전이오. 그만두었소. 다른 곳에 가서 선장으로 일하거나 선원직이라도 해보려 했소만 시기가 지났소. 선장이 아니라 배의 기술직이라도 상관없어서 구해보려 했는데 자리가 없었소."

남자는 생각에 잠겨 수저로 찻잔을 저었다.

에블린의 눈에 남자의 왼쪽 팔뚝에 있는 흉터가 들어왔다. 가스불로 팔을 지져서 문신을 한 것같이 보였다. 이 흉터가 나쁜 기억을 되살리는지도 모른다.

그가 어깨를 으쓱했다.

"다음 시즌까지는 다시 6개월이 걸릴 거요. 겨울이면 난 미쳐버려요. 사건에 대한 생각이 많아지고 술을 마시지 않으면 견딜 수가 없는 거죠. 올봄에는 일자리를 구하지 못했소. 받아들이고 싶지 않지만 어쩔 수 없이 몇 달 뒤에 난 술주정뱅이가 되어 있었소."

찻잔을 입으로 가져가는 그의 손이 떨렸다. 작은 창으로 해안에 번개가 여러 번 치는 모습이 보였다. 파도가 아주 높게 일었고 비바람은 멎을 줄 모르고 해안을 덮쳤다. 천둥 소리가 나자 주방 식탁에 있던 촛불이 깜빡거렸다.

슈몰레가 말했다.

"처음엔 와인 한 병을 마시고 저녁에 개와 산책을 가는 일이 내 일상이
되었소. 나중에는 점심때도 술병을 끼고 살다가 마침내 아침마다 개를
끌고 해안을 나갈 때도 술을 가까이 하게 된 거요. 그러다가 언젠가부터
는 캠핑카 안에서도 술을 마셨소. 어느 날인가 개도 떠났소. 그래도 와인
은 내 곁에 남아 있소. 독주도 그렇고."

슈몰레는 말하면서 단어를 빼먹기도, 삼키기도 했지만 에블린은 알아
들을 수 있었다.

"처음엔 면허증이 날아갔소. 그런 다음 자동차가 사라졌지. 이제는 돈
도 사라졌소. 지금은 항구에서 창고 일자리도 얻기 힘들지. 10년은 아주
긴 시간이요. 이제 나도 지쳤소. 이해하시겠소?"

그녀는 고개를 끄덕였다.

슈몰레가 빈 잔에 럼을 부어서 단숨에 들이켰다.

"나도 모르겠소."

그녀가 물었다.

"마지막 항해에서 무슨 일이 있었던 건가요?"

그가 쓴웃음을 지으며 천장을 쳐다봤다.

"아가씨는 그 때문에 여기 온 거요? 당연히 그렇겠지만, 아가씨가 이
곳에 1분만 늦게 왔더라면 아가씨는 아무것도 몰랐을 텐데. 난 비밀을
안고 저세상으로 갔을 테고."

"프리트베르크호에서 무슨 일이 있었나요?"

그는 배 이름을 듣자 어깨를 으쓱했다. 무의식적으로 그는 자신의 팔
뚝에 난 데인 상처를 바라봤다. 순간, 나쁜 기억이 떠올라 거기서 벗어나

고 싶은 표정 같았다.

"그 이름만 들어도……. 그걸 잊으려면 하루 종일 술을 마셔도 안 될 거요. 아무리 기억 속에서 잊으려 해도 계속 남아 있소. 나쁜 입맛이 계속 입에서 맴도는 것 같이 말이오."

"키슬링거나 프랑게, 홀로베크, 만존, 펠링, 한존, 루슈코, 리터, 에버하르트, 팔로크, 호킨슨, 이런 사람들을 아시나요?"

그는 숨을 헐떡이고 잠시 하늘을 바라봤다.

"호킨슨……. 아가씨, 이 사건을 정말로 알고 싶소?"

그녀는 고개를 끄덕였다.

"정말 다 알기 원하는 거요?"

에블린은 또다시 고개를 끄덕였다.

그는 어깨를 으쓱했다.

"난 전과도 있고 가끔 술을 너무 많이 마시기도 했지만 호킨슨 씨가 내게 기회를 주었소. 그래서 그 사람을 위해 배를 몰았던 거요. 어쩌면 그 사람은 나 말고는 그 배를 몰 선장을 구하지 못했을 거요. 그해 여름이 모든 걸 바꿔놨지."

그는 럼이 들어 있는 병을 단숨에 비우고 허공을 바라봤다. 그리고 설명을 시작했다.

"내 인생에서 몹쓸 일을 많이 겪었지. 그래도 1998년 8월엔 내 인생 최악의 끔찍한 일이 일어났소. 프리트베르크호에서."

프리트베르크호는 죽은 영혼들의 배였다. 겉으로 보기에 프리트베르크호는 화려하기 그지없었다. 눈부시게 하얗고 유선형이었다. 내부도 마찬가지다. 금빛 손잡이, 거울처럼 반짝이는 대리석, 호화로운 침대, 실크 이불. 그런데 화려한 겉모습 밑에 가려진 배의 진실은 악마처럼 검었다. 한낮의 태양에 녹아내려 냄새나는 거품을 만들며 뚝뚝 떨어지는 뜨겁고 새까만 타르 같았다. 그의 인생에 영혼이 없는 배를 몰았다면 그건 바로 프리트베르크호였다.

8월에 그들은 마지막으로 9일간의 여행을 떠났다. 갑판 위에는 열세 개의 호화로운 객실이 있었다. 프리트베르크호로 떠나는 여행 비용은 그가 상상할 수 있는 금액을 훨씬 뛰어넘었다. 그 배에 오른 승객들은 여행 비용만 마련하면 되는 일이었다. 그 나머지에 대한 걱정은 전혀 할 필요가 없었다.

배에는 넘칠 만큼 충분한 술이 있었다. 그것도 최고급으로! 최고가의 브랜디와 위스키가 준비되었다. 샴페인과 고급 시가도 있었다. 이런 여행에서 약물도 중요한 역할을 담당한다. 배 위에는 없는 것이 없었다. 엑스터시나 대마초의 일종인 카나비스 같은 비교적 가벼운 것부터 합성 약물을 비롯해서 강한 것까지……. 모든 게 다 갖춰졌다. 승객에게 필요한 건 뭐든지 있었다. 손님들에게 부족한 게 없도록 준비한 건 호킨슨이었다. 호화 크루즈 여행을 위해서 그는 사람들의 취향도 다 알고 있었다.

그리고 다른 승객도 있었다. 그것은 '특별한 물건'이었다. 그들은 '물건'을 맨 아래 객실에 창문도 없는 방에 몰아넣었다. 그곳에 있는 '물건'들은 바다도 못 보고 승객들의 게임에 투입됐다. 승무원이 '물건'을 어둠 속에서 꺼내 위로 가져왔다. 승무원 한 사람당 자루 하나씩을 머리에 들고 왔다. 그들은 단지 객실만 볼 수 있을 뿐 그 이상은 못 봤다. 몇몇은 그들이 배 위에 살고 있다는 사실조차 몰랐을 것이다. 그들은 아직 아이들이었다.

그들 중에는 심지어 남매도 있었다. 남자아이는 여덟 살이었고 누나는 기껏해야 열 살 정도 됐을까. 슈몰레는 그 아이들이 어디서 왔는지 전혀 알지 못했다. 그 자신도 그들에 대해 너무 많은 사실을 알려 하지 않았다. 그들 중엔 독일어를 못하는 아이도 몇 있었다.

어쩌면 고아원에서 오거나 아무도 실종신고조차 하지 않을 길거리 아이들일지도 몰랐다. 그는 호킨슨에게 질문을 하지 않았다. 물어봤더라도 대답을 듣지 못했을 게 분명했다.

공식적으로 그도 배 위에서 무슨 일이 벌어지는지 알지 못했지만, 시간이 지나면서 더 이상 숨길 수만은 없는 일을 자연스레 알게 되었다. 객실로 눈길 한 번만 돌려도 충분했다. 방은 고급 사창가보다 더 시설을 잘해놨다. 그가 지금껏 보아왔던 어느 곳보다도 좋은 시설이었다. 그도 과거에 몇 군데 가본 경험이 있어서 알았다. 카메라가 있었고 가죽 끈과 쇠로 된 연장들도 있었다. 그뿐 아니라 방마다 방음장치를 철저히 해놨다.

가끔 졸도를 하는 경우도 있었다. 그럴 때마다 갑판에 있는 늙은 의사가 해결했다. 이 의사는 어린아이들이 다시 정상적으로 일어날 수 있도록 치료를 했다. 아이들이 너무 오랫동안 쓰러져 있게 놔둘 수는 없는 노릇이었다. 아이들은 또다시 끌려갔다.

갑판 맨 아랫방 샤워기에서는 미지근한 물만 나왔다. 화물 선적 공간에 만든 방으로 기계실 바로 옆이라 항상 소음이 들렸다. 방 안에는 2층 침대 몇 개와 옷장과 여럿이 사용하는 화장실 한 개가 전부였다. 난방 시설은 방을 덥히기에는 역부족이었다. 대부분 아래층 방은 너무 추웠다. 아이들의 입김이 눈앞에 보일 정도였다.

슈몰레는 아이들에게 두꺼운 스웨터나 담요, 따뜻한 음식, 따뜻한 차를 가득 담은 주전자, 비타민, 항생제 등을 가져다주었다. 지금까지도 그의 눈엔 그때의 모습이 보인다. 그 모습을 영원히 잊지 못할 것이다. 아이들은 누가 자신들을 데려왔는지, 자신들이 현재 어디 있는지, 다음엔 자신들에게 어떤 일이 일어나게 될지 전혀 알지 못했다. 아이들은 그런 생활이 언제까지 계속될지도 몰랐다. 매번 여행은 9일 동안 계속되었다. 여행 시즌은 이미 5월부터였다. 그리고 그때 마지막 여행에서 결국 사건이 터졌다.

큰 홀에서는 파티가 열리고 있었다. 호킨슨은 이성을 잃었다. 모든 게 방향을 잃었다. 아이들이 소리쳤다. 슈몰레는 공포의 소리를 두 개 층 위에 있던 선장실에서 들었다. 그때 사내아이가 죽었다. 그날 밤, 약물과 폭력, 성폭행이 멈출 수 없었던 것일까? 아무도 정확하게 말할 수는 없었다.

사내아이의 이름은 마누엘이었다. 여덟 살짜리 소년이었다. 슈몰레는 아직도 그 아이의 얼굴을 생생하게 기억한다. 호킨슨과 그의 손님들은 이 사건을 사고라고 덮어두었다. 시체는 이틀 뒤 해변 어딘가에 묻혔다.

호킨슨과 손님들은 마누엘의 열 살짜리 누나에게 남동생이 사고를 당했고 그 책임이 누나에게 있다고 주지시키려 했다. 나중에 아이들은 마약에 흠뻑 절어 해안가에 버려졌고 그런 다음 프리트베르크호는 다시 브레머하펜에 입항했다. 그 배를 몰았던 선장의 눈에는 죽은 소년의 모습이 영원히 사라지지 않은 채 말이다.

슈몰레의 눈에서 흘러내린 눈물이 뺨을 타고 내려갔다.

그는 두 손으로 얼굴을 가렸다.

"여자아이 이름은 리자였소. 그 애의 얼굴이 내 눈에서 떠나질 않소. 매일 밤 말이오. 몸에는 거의 옷도 걸치지 않은 채 구석에 쪼그리고 앉아 남동생의 머리를 팔에 안고 쓰다듬던 그 얼굴을 말이오. 어린 남동생의 땀에 젖어 이마에 붙은 머리칼을 계속 만져주던 모습이 내 눈을 떠나질

311

않소. 다른 아이들은 그저 빙 둘러서 있었소.”

슈몰레는 말이 없었다. 캠핑카에 떨어지는 빗소리가 더 세졌다.

견딜 수 없는 추위가 에블린을 엄습했다. 그녀는 조금 전 들은 이야기를 도저히 믿을 수가 없었다. 살인과 아동 성폭행. 수개월간 지속된 크루즈 여행. 갑자기 프랑게와 키슬링거가 인터넷 아동 포르노그래피로 고발당한 내용이 생각났다. 그리고 많은 일이 갑자기 하나로 압축되었다. 모든 게 이해가 되었다. 그녀의 속이 안 좋아졌다. 홀로베크는 그녀의 멘토이자 그녀가 절대적으로 신임했던 사람이었다. 그런데 그도 그 배에 타고 있었다니. 홀로베크가 동성애적 취향을 가진 것도 그녀는 아무런 문제가 아니라고 생각했었다. 오늘까지는 말이다.

아직 어린아이들이지 않은가.

에블린의 위가 호두만 하게 쪼그라드는 기분이었다. 그녀는 숨을 쉴 수가 없었다. 목 위로 올라왔던 스웨터 깃을 목 아래로 내렸다.

그녀는 쉰 목소리로 말했다.

“저도 한 모금 주시겠어요?”

슈몰레는 개봉하지 않은 럼 한 병을 가져와서 에블린의 잔에 가득 채웠다.

“아가씨 기분이 어떨지 충분히 상상이 가오.”

“상상도 못 하실걸요.”

에블린은 잔을 단숨에 비웠다. 럼이 들어가니 몸이 따뜻해졌다. 서서히 그녀의 위를 조였던 끈이 풀리는 것 같았다. 다시 숨을 쉴 수 있었고 생각도 선명해졌다.

아이들.

항상 아이들이었다. 아이들은 저항도 잘 할 수 없다. 너무 많은 일을 당해서 더 저항을 할 수도 없었으리라.

그녀는 억지로라도 생각을 다른 쪽으로 돌리려 했다.

에블린이 물었다.

"그럼 리자라는 아이는 이제 스무 살 정도 됐겠네요, 그렇죠? 지금 어디 있는지 아세요?"

슈몰레는 에블린의 잔을 다시 채웠다.

"내가 알고 있는 한 그 애는 함부르크에 있는 폐쇄병동 시설에 있었소. 옥센촐 아동 정신과 병동이었지. 그런데 이제 거기에서 나왔소."

에블린의 귀가 번쩍 뜨였다.

"그걸 어떻게 아세요?"

슈몰레는 슬픈 표정으로 에블린을 쳐다봤다.

"여기 다녀갔으니까."

45

브레머하펜 병원은 대단히 높은 건물로, 1970년대 말에는 이 주에서
가장 최신식 병원이었을 것 같았다. 지금도 여전히 건물은 위엄 있어 보
였다.

풀라스키는 저녁 9시경 도착했다. 병원 주변에는 커다란 나무가 많았
고 연못도 있었다. 깜깜한 밤에 환하게 불을 밝힌 병원 건물은 마치 크리
스마스 조명 같았다. 밝은 조명과는 대조적으로 북쪽 하늘에서 시커먼
구름이 뇌우를 몰고 올 기세였다.

풀라스키는 자동차를 방문객 주차장에 세웠다. 주차장은 거의 비어 있
었다. 차를 세우고 걸어가는 방향으로 바람이 세게 불어 나뭇잎이 흔들
렸다. 병원 정문으로 가는 길 하늘은 금방이라도 비를 뿌릴 듯 대기 중
에서 이미 비 냄새가 났다. 이번에는 총을 안전하게 차 안에 넣어두었다.
홀스터에 총이 있으면 의사들이 예민하게 반응한다는 것을 경험한 터라
미리 총을 빼놨다.

포벨스키 박사는 중환자실에서 근무하는 외과 의사였다가 전공을 바
꿔 그동안 내과 과장이 되어 있었다. 풀라스키가 차를 몰고 오는 동안 말

테가 정보를 주었다. 병원 입구 안내직원은 그가 포벨스키 박사와 약속이 되어 있다는 사실을 알고 있었다. 7층에 가서 기다리라고 했다. 다행스럽게도 포벨스키 박사는 오늘 야간 당직 의사였다. 하지만 급한 일 때문에 저녁에 외출을 해야 했고 밤 11시 전에는 돌아오기 힘들다고 했다.

엘리베이터에 오르면서 풀라스키는 갑자기 희한한 생각이 들었다. 혹시 포벨스키가 자기가 찾던 백발 용의자가 아닐까, 하고 말이다. 검은색 코트를 입고 다리에 총상을 입은 남자가 그일지도 모른다는 엉뚱한 생각을 해봤다. 7층에 도착하니 안내 표지판이 벽에 붙어 있었다. 내과는 심장과와 종양학과, 당뇨 내분비과, 소화기과 등으로 나뉘어 있었다. 내과를 맡고 있는 의사와 간호사 등 직원의 사진과 프로필이 있었다. 풀라스키는 그중 포벨스키 박사 얼굴부터 찾아봤다. 60세 정도로 보였고 백발이었다. 풀라스키는 사진을 자세히 들여다봤다. 괴팅겐 병원에서 백발 남자를 추격할 때 뒤에서 보기는 했지만 말테가 감사카메라 사진을 합성한 모습을 기억하고 있었다. 이 사람이 백발 용의자였나? 그렇다면 다리를 절 것이다.

풀라스키는 사진 생각을 떨쳐버렸다. 두 시간 후면 알게 될 터다. 기다리는 동안 그는 자판기에서 커피를 뽑았다. 인위적인 향과 분말을 넣은 엉터리 카푸치노였지만 연이어 두 잔을 마셨다. 속이 불편했다. 다시 생각해보니 꼭 커피 때문이라기보다 오늘 하루 동안 제대로 먹지 못해서 위에서 소리가 나는 것 같았다. 굶주린 늑대처럼 말이다.

그는 안내 데스크 옆 소파에 앉아 딸아이에게 전화를 걸었다. 괴팅겐에서 출발할 때 이미 야스민은 아빠가 오늘 집에 들어오기 힘들 것 같다는 사실을 알았다. 야스민은 친구 집에서 자고 아침에 친구와 함께 등교하겠다고 했다. 풀라스키는 야스민이 아빠에게 화난 게 아닐까 확인하고 싶었다.

야스민이 전화에 대고 속삭였다.

"아빠, 걱정하지 마세요. 러시아 언니를 죽인 범인 꼭 잡아야 해요."

"그럼, 꼭 잡을 테니 걱정 마."

"네. 참, 아빠가 엄마 박스 열었나 봐요?"

"응. 책을 꺼내느라."

"그거 읽어봤어요?"

"시작은 했어."

야스민이 웃으며 말했다.

"그렇구나. 제가 빈 박스는 버렸어요."

"고마워."

"우리 주말에 렉스랑 요한나 공원에 갈 수 있어요?"

풀라스키는 양심의 가책이 들었다. 딸아이와의 약속을 미룰 때마다 매번 느끼는 감정이다.

"약속할게."

"정말이요?"

풀라스키는 이웃집 개를 떠올렸다. 렉스는 원반을 던지면 그걸 뒤따라가는 놀이를 굉장히 좋아했다.

"그럼, 정말이지."

풀라스키는 전화기 창을 바라봤다. 배터리가 얼마 남아 있지 않았다.

"전화 끊어야겠다. 잘 자."

그는 휴대폰으로 딸아이에게 뽀뽀를 해주고 전화를 끊었다.

이번 주말에는 딸아이와의 약속을 지키고 싶었다. 그런데 창문을 바라보다가 과연 약속을 지킬 수 있을지 회의가 들었다. 어두운 구름이 점점 더 가까이 다가와 창문 바로 앞까지 왔다. 멀리서 번개 치는 모습이 보였다. 아직 소리는 안 났지만 곧 천둥소리도 들릴 것이다. 바로 그때 강한 빗방울이 유리에 떨어졌다.

안내창구와 복도는 이상할 정도로 조용했다. 여기저기 엘리베이터 소리가 들렸고 신발 굽 소리가 들렸다.

풀라스키는 전화기를 주머니에 넣었다. 충전기를 가져올 생각을 미처 못 했다. 집을 나서서 괴팅겐을 갈 때까지만 해도 잠시 다녀오는 짧은 길이라 생각했었던 것이다. 그런데 지금 그는 멀리 북쪽까지 와서 대홍수가 오는 걸 기다리는 상황이 되어버렸다.

풀라스키는 깜짝 놀랐다. 잠시 졸았었다. 벽시계가 11시 5분을 가리켰다. 엘리베이터 소리에 깼다.

콧수염을 기르고 귀밑머리가 희끗한 키 큰 남자가 팔에 서류철을 끼고 그에게 다가왔다. 밖에서 들어오는 길인지 외투가 다 젖었다. 풀라스키는 그의 다리 쪽으로 시선을 돌렸다. 남자는 절뚝이지 않았다. 게다가 이 사람은 머리숱이 많았다.

풀라스키는 자리에서 일어났다.

"포벨스키 박사님이십니까?"

의사는 고개를 끄덕이고 손을 내밀어 악수를 청했다.

"저를 만나러 오셨다고 들었는데 더 일찍 올 수가 없었습니다. 동료 의사가 아주 복잡한 응급수술을 집도하는데 저한테 도움을 요청했거든요. 자동차 사고였죠. 이리 오시지요."

그가 앞장서서 걸으며 다시 말했다.

"어떤 일인가요?"

풀라스키는 그를 따라 복도를 지나 그의 방으로 갔다. 풀라스키가 이야기를 시작했다. 10년 전 포벨스키가 맡았던 네 명의 어린아이 얘기부터 꺼냈다. 포벨스키는 외투를 벗고 흰 가운을 입고 나서 커피메이커 전원을 켜고 수건으로 머리의 물기를 닦았다.

풀라스키의 이야기가 끝날 때쯤 방 안 가득 커피 향이 퍼졌다.

"한 잔 드시겠습니까?"

풀라스키는 거절했다.

"아까 복도 자판기 커피를 많이 마셔서 건강에 문제가 될까 봐 걱정입니다."

포벨스키는 장난기 어린 표정으로 눈을 깜빡거렸다.

"걱정 마십시오. 바로 옆에 집중치료실이 있으니까요."

포벨스키는 웃으면서 의자에 앉아 커피 잔을 들고 창문을 바라봤다. 갑자기 진지해진 그가 입을 열었다.

"그 아이들 기억납니다. 매일 있는 일은 아니라 생생하게 떠오릅니다. 네 아이들이 강력한 환각제 LSD가 양쪽 귀까지 가득 차서 병원에 실려 왔죠. 게다가 몸에는 끔찍한 상처까지 있었어요. 그날처럼 병원에 그렇게 많은 경찰이 왔던 적은 없습니다. 게다가 그때는 제가 중환자실에서 근무하는 마지막 달이었죠. 아주 오래 기억에 남는 힘든 이별이었죠. 중환자실 근무를 끝내고 2주간 휴가를 다녀와서 저는 내과로 옮겼습니다. 그런데 그 때문에 라이프치히에서 여기까지 오셨습니까?"

그는 풀라스키에게 의아한 시선을 보냈다.

"박사님이 아이들을 처음 치료하시고 나서 두 명은 라이프치히에 있는 마르크클레베르크 정신의학 병원으로 갔고, 나머지 두 명은 괴팅겐 정신과 병원으로 갔습니다."

"저도 알고 있습니다. 휴가 다녀와서 아이들 상태에 대한 진단서를 써 줘야 했거든요. 그중 여자아이 한 명은 아주 힘든 상태였어요. 한마디도 말을 안 하고 그 아이가 어디서 왔는지 아는 사람이 없었거든요. 정말 끔찍……."

폴라스키가 의사의 말을 끊고 끼어들었다.

"나타샤 좀머, 그렇게 불렸죠. 우크라이나 출신일지도 모릅니다. 지금 까지 우리도 모르고 있습니다. 그 아이가 누구였는지 말입니다."

의사가 놀란 표정을 지었다.

"누구였다고요? 잘 지내고 있습니까?"

"그녀와 그 당시 네 명 중 두 명의 다른 아이가 모두 죽었습니다. 네 번 째 아이는 지금 목숨이 위태로운 상태이고요."

포벨스키는 정말 충격을 받은 것 같았다.

"아, 세상에! 사건이 다시 밝혀지는 겁니까?"

"그렇게 해보려고 노력 중입니다. 그래서 이곳까지 왔고요. 기억나시 는 게 있습니까?"

의사는 의자에 등을 기대고 눈을 감았다.

"이런, 정말 오래된 일인데……. 아이들은 며칠 간격으로 연이어 병원 에 실려 왔습니다. 그것도 북해의 각각 다른 해안가에서 발견되었어요. 한 아이는 어떤 어부가 낡고 덜덜거리는 짐차에 싣고 왔습니다. 아이들 은 전부 벌거벗은 채였고 완전히 굶주려 있는 데다가 약물에 절어 있었 습니다. 겉으로 보기에도 아주 끔찍하게 약물 남용에 강간을 당한 것처 럼 보였지요. 누군가 아이들을 죽기 바로 직전까지 고통을 가한 게 틀림 없어요."

포벨스키는 눈을 뜨고 말을 이었다.

"이와 비슷한 경우가 지금까지 프랑스와 그리스 해안가에서 있었다는 얘기를 들었습니다. 하지만 벌써 수년 전 이야기입니다. 그런데 사건에 대해 아무것도 밝혀진 것이 없습니다."

풀라스키는 양어깨를 축 내렸다.

"그 당시 경찰에서 아무것도 못 찾아냈습니까?"

포벨스키는 커피를 한 모금 마셨다.

"제가 아는 한 아이들이 어떻게 해안가로 왔는지 아무도 밝혀내지 못했습니다. 경찰에서 수개월 동안 해안 마을 전체를 뒤졌지만 소용없었죠. 제가 기억하는 건 아이들 대부분이 거의 비슷한 시기에 고아가 되었거나 몇 개월간 실종되었던 겁니다. 그러다 갑자기 아이들이 해안가에 다시 나타난 거죠. 아이들은 완전히 방향감각도 없었고 혼이 다 빠진 상태라 살았다기보다는 죽은 모습에 가까웠습니다. 그 당시 신문에도 그렇게 기사가 나갔습니다."

"그 밖에 또 기억나는 게 있습니까?"

의사가 고개를 저었다.

"안타깝게도 더 이상은 없습니다. 신문은 수주에 걸쳐서 그에 대한 기사를 내보냈지만 매일 같은 제목이었죠. '네 명의 고아와 이름 모를 거리의 아이'."

풀라스키가 의자에서 벌떡 일어났다.

"잠시만요! 방금 뭐라고 하셨죠?"

포벨스키도 자리에서 일어났다.

"맞습니다. 기억납니다. 네 명만 있었던 게 아니었어요."

풀라스키의 맥박이 요동쳤다.

"그럼, 다섯 번째 아이가 있었다는 겁니까?"

46

"그녀가 여길 왔었단 말인가요?"

에블린이 물었다. 자기도 모르게 그녀는 의자 팔걸이를 꽉 잡았다. 자기 자신이 낡은 캠핑카에 앉아 있는 것이 아니라 배의 조리실에 앉아 있는 기분이 들었다.

슈몰레가 대답했다.

"두 달 전쯤이었소."

"어떤 모습이었나요?"

전직 선장의 얼굴에 쓸쓸한 미소가 지나갔다.

"예뻤소. 아주 사랑스러운 얼굴에 밝은 표정이었소. 그런 끔찍한 일을 다시는 겪지 않을 것같이 보였소."

에블린은 얼른 핸드백에서 수배 사진과 현금지급기 감시카메라 사진을 꺼냈다.

"이 얼굴인가요?"

슈몰레는 눈앞에서 약간 멀리 사진을 들고 원피스 입은 소녀의 모습을 응시했다.

"분명하오. 이 애가 바로 리자요."

슈몰레는 수배 사진을 보더니 고개를 끄덕였다.

이제야 에블린은 사진 속 인물의 이름을 알아냈다!

"그녀가 여기 온 목적이 뭐죠?"

슈몰레는 아랫입술을 깨물었다.

"상상하지 못하겠소? 그녀는 한밤중에 캠핑카 문을 두드렸소. 몸에 옷을 거의 걸치지도 않고 흠뻑 젖어 있었소. 그날도 오늘처럼 비가 왔소. 내가 음식과 마실 걸 주었지. 그 애가 이불을 덮고 당신처럼 그 자리에 앉아 있었소. 백지장처럼 창백한 얼굴이었지. 믿기 힘들 정도로 비쩍 말랐고 부서질 것 같았소. 그런데도 매력적인 성품이었소. 그 애는 내 이름을 알고 있었고, 그 애가 우연히 내 집 문을 두드린 게 아닐 거란 예감이 들었소."

번개가 쳤다. 에블린은 공기 중에 전기를 느꼈다.

슈몰레도 창문을 바라봤다.

"그 애가 내 팔의 흉터를 보고는 찔끔 움츠러드는 걸 느꼈소. 그때 난 알았소. 그 애가 나를 어디서 알게 된 것인지를 말이오. 그 순간 숨바꼭질은 지나갔지. 그 애는 프리트베르크라고만 말했지. 그러고 나서 내게 딱 한 가지를 물었소. '크루즈 여행을 주선한 사람이 누구냐?'라고 말이오."

에블린이 말했다.

"호킨슨."

슈몰레는 고개를 끄덕였다.

"에드워드 호킨슨. 이 말이 나오자마자 그 애는 문을 열고 사라져버렸소. 내가 뒤따라 나갔지만 빗속에서 그 애가 어디로 갔는지 찾을 수 없었소. 그 이후로 그 애를 본 적도, 그 애에 관한 얘기를 들은 적도 없었소."

슈몰레는 에블린을 응시하며 물었다.

"무슨 생각을 하시오?"

에블린은 고개를 저었다.

"그렇게 중요한 건 아니에요."

에어백 사건 생각이 났다. 그녀는 프랑게를 생각했다. 그 사람은 2개월 전 베르히테스가덴 알펜가도에서 사고를 당했다. 그런데 왜 하필 이 시기일까? 10년이나 지난 후에?

"아가씨, 괜찮은 거요?"

슈몰레의 목소리에 걱정이 가득했다.

"제가 여러 가지 준비를 했는데 그 준비는 못 했어요."

슈몰레의 목소리가 낮아졌다.

"지난 10년간 어떤 사람과도 그 당시 사건에 대해 얘기한 적이 없소. 수개월 동안 신문이란 신문은 다 뒤져서 살펴보았지만 해안가 아이들의 비밀은 오늘까지도 밝혀지지 않았소. 경찰이 그때 사건에 대해 물어오면 내가 다 얘기를 할 생각도 있었소. 그런데 지금까지 아무도 날 찾아오지 않았소. 신문에 여자아이에 대한 기사가 있었을 뿐이오. 병원으로 실려 갔다고. 그다음 그녀의 흔적은 바닷가 모래처럼 사라졌소. 어쨌든 내 얘기를 들어줘서 고맙소."

말을 마친 그가 기침을 했다.

그의 말소리에는 인생에 대한 참회가 담겨 있는 것 같았다.

슈몰레가 자리에서 일어나 커튼을 주방 쪽으로 밀어젖히고 장작 난로로 다가갔다. 나무가 다 타고 불꽃이 거의 남아 있지 않았다. 그는 난로에 장작을 넣었다. 그런 다음 다시 에블린이 있는 곳으로 와 의자에 앉았다.

"그런데 왜 아가씨는 열 살 때 목숨을 끊으려 했었소?"

에블린은 처음엔 질문을 듣지 못했다. 슈몰레가 해준 이야기가 머릿속에 가득 차 있어서 다른 이야기가 들리지 않았다. 그러다 갑자기 정신이 들었다.

"뭐라고요?"

슈몰레는 다시 묻지 않고 조심스레 그녀의 손을 잡았다. 그녀는 가만히 있었다. 슈몰레가 그녀의 스웨터 소매를 걷었을 때도 뿌리치지 않았다. 상처가 보였다. 팔뚝에 비스듬하게 그어 있는 흉터가 희미하게 드러났다. 그 당시 그녀는 지식이 없어서 잘 몰랐었다. 유리 조각으로 동맥을 따라 그 안을 파고들게 그어야 한다는 것을. 그걸 알았더라면 그녀는 오늘 이 자리에 앉아 있지 못했을 것이다.

슈몰레가 물었다.

"아가씨도 비슷한 경험을 했소?"

그녀는 고개를 저었다. 강하게 부정하려는 것처럼 보였다. 거짓말할 필요가 있을까?

슈몰레는 그녀의 팔을 놓았다.

"아가씨 눈에 다 쓰여 있소. 얘기하고 싶지 않으면 말할 필요 없소."

어쩌면 그녀가 얘기를 하고 싶었던 것일지도 몰랐다. 건장한 남자의 얼굴이 그녀의 눈앞에 선명하게 떠올랐다.

"여덟 살짜리 여동생이 제 눈앞에서 어떤 남자한테 잡혀 자동차 뒷좌석으로 끌려갔어요. 학교 주차장이었는데 아무도 알아차리는 사람이 없었어요. 그 사람이 동생의 팔을 잡아당기며 말했어요. 만일 제가 그 사람의 자동차에 같이 타지 않으면 동생을 죽여버리겠다고 했어요. 저는 충분히 도망갈 수 있는 상황이었고, 그랬더라면 모든 게 달라졌을지도 모르지만, 그땐 동생이 어떻게 될까 봐 너무 두려웠어요."

에블린은 눈물을 참으려고 아랫입술을 꽉 깨물었다. 슈몰레의 손이 그녀의 어깨에 닿는 걸 느꼈다.

"그래서 저도 차 안으로 들어갔어요. 그 사람이 문을 닫고 우리 다리를 끈으로 묶고 손을 등 뒤로 묶었어요. 그런 다음 동생의 입을 청테이프로 막았어요. 제 얼굴에 냄새나는 황마 자루를 뒤집어씌웠어요. 저는 끽소리도 내지 않았어요. 자동차에 시동을 걸 때 제가 도와달라고 있는 힘껏 소리쳐봤는데 차 안의 음악 소리가 너무 커서 제 소리가 들리지 않았어요. 주차장에 사람들이 그렇게 많았는데 말이에요. 지금까지도 저는 이해가 안 가요. 왜 아무도 알아차리지 못했는지 말이에요."

에블린의 눈에서 눈물이 쏟아져 뺨으로 흘러내렸다. 천둥소리가 그녀를 위로하는 것처럼 느껴졌다. 비바람이 거세져 유리창을 끊임없이 때리는 소리가 났다. 그때도 지금과 같은 시기였다. 학교가 시작하는. 그리고 뇌우도 쏟아지는 그날 처음 에블린은 위에서 뜨거운 것이 근질거리는 느낌이 들었다. 그다음엔 경련이 일어 위가 쪼그라드는 기분이었다. 그녀는 이미 자신의 과거에 대해 너무 많은 것을 이야기했다. 숲 속 오두막과 곰팡내 나는 눅눅한 지하실에 대한 얘기는 슈몰레에게 하지 않았다. 그 얘기는 파트릭만이 자세하게 알고 있을 뿐이다.

그때 휴대폰 벨소리가 생각에 잠겼던 그녀를 깨웠다. 떨리는 손가락으로 전화기를 들었다. 전화기 창의 번호가 흐릿했다. 그녀는 눈물을 닦았다. 23시 56분이었다. 파트릭의 번호가 깜빡이고 있었다. 이렇게 늦은 시간에 그가 왜 전화했지?

"여보세요?"

"아, 자는 걸 내가 깨웠어?"

그가 속삭였다. 그의 목소리도 그녀보다 나은 것 같지는 않았다.

"아니, 괜찮아."

대답하는 에블린의 눈에 슈몰레가 일어나 난로로 가는 모습이 들어왔다.

"목소리가 안 좋은 것 같은데?"

그녀가 헛기침을 하며 말했다.

"괜찮아. 뭐 새로운 거라도 있어?"

"나한테 팩스로 보내준 명단 있잖아."

서류철에서 꺼낸 승객 명단. 에블린은 자신이 호킨슨의 서재에 들어갔던 일이 아주 먼 얘기 같다는 생각이 들었다.

"명단이 왜?"

난로 문이 삐거덕거리며 열리는 소리가 들렸다. 슈몰레가 불쏘시개로 장작을 휘젓는 소리도 났다. 곧 불꽃이 살아난 냄새가 풍기고 나무 타는 소리도 들렸다.

"내가 그 명단에 있는 사람들을 알아봤거든. 이 사람들 직업이 의사, 정치인, 공무원, 변호사야. 내가 시한폭탄 같은 자료……."

갑자기 잡아당기는 듯한 소리가 캠핑카 전체에 울렸다. 침대보가 흔들리고 커피 잔이 식탁 위에서 춤추듯 진동했다. 에블린의 심장이 갑자기 멎는 것 같았다.

"에블린, 에블린?"

그녀는 전화기를 바닥으로 떨어뜨렸다. 전화기는 싱크대 옆 어딘가로 툭 떨어졌다. 파트릭의 목소리가 멀리서 들렸다.

에블린은 홱 하고 뒤돌아봤다. 그때 밧줄이 삐거덕거리는 소리가 났다.

슈몰레가 커튼을 드리웠다는 걸 그녀는 몰랐었다. 커튼 뒤로 그림자가 이리저리 흔들리는 모습이 보였다. 커튼 밑으로 슈몰레의 무릎이 바닥 위에 매달려 있었다.

47

풀라스키와 포벨스키는 세 번째 지하실 방을 뒤지고 있었다. 먼저 중환자실 자료를 찾았고 그다음으로 외과 자료를 뒤졌다. 세 번째 자료보관실에는 10여 개가량의 박스가 높이 쌓여 있었다. 천장에는 백열등 전구가 전등갓 없이 그대로 걸려 있었다. 전등 위에 먼지가 뽀얗게 앉아서 불빛이 희미했다. 라이프치히 경찰서의 자료실과 흡사했다. 포벨스키가 이 방을 마지막으로 택한 게 이해가 됐다.

풀라스키의 눈에 포벨스키 박사는 인내심이 많은 사람으로 보였다. 연이어 호출기가 울렸는데 그때마다 곧장 휴대폰으로 전화를 걸어 상대에게 조용히 양해를 구하는 모습이 인상적이었다. 지금 이 순간은 바쁘다는 말로 달래듯 말하는 것이었다.

"저기 위에 있어요."

통화를 끝내고 포벨스키가 말했다. 그는 까치발을 하고 상자 하나를 선반에서 꺼내 바닥에 내려놨다.

"자, 여기 있습니다. 이제 1998년 8월 자료가 우리 손에 있어요. 그해 다음 해에 새로운 컴퓨터 시스템이 들어와서 모든 자료가 다시 입력되었어요. 새 천년이 되기 1년 전이었으니까요. 상상이 갑니까? 난리도 아니었습니다. 시스템이 온통 마비였죠. 그런 다음 그 누구도 이전 자료를 디지털로 바꿔 분류하고 입력하지 않았어요. 천덕꾸러기 같은 잡동사니로 취급당하다가 오늘에서야 빛을 보는군요."

포벨스키는 뚜껑을 열어 내용물을 뒤졌다. 그중 서류철 하나를 꺼내 표지에 묻어 있는 먼지를 입으로 훅 불었다.

그가 표지를 읽었다.

"레샤 프로코포비치."

풀라스키는 긴장됐던 어깨를 내렸다.

"이제 우리 손에 들어왔군요."

그런 다음 두 사람은 계속해서 마르틴 호르너와 제바스티안 제멜슐레거, 주근깨가 있는 익명의 소녀 자료도 찾아냈다. 주근깨 소녀는 마르크 클레베르크 병원에서 나타샤 좀머라는 이름으로 불렸던 인물일 게 분명하다.

포벨스키는 또 다른 서류철을 꺼냈다.

"여기 다섯 번째 아이의 자료가 있습니다. 맞아요. 이제 기억나요. 아주 연약하고 부서질 것 같은 긴 금발 머리 여자아이였어요. 천사 같았죠."

풀라스키는 표지의 먼지를 닦았다.

리자 구르디에프라고 쓰여 있었다.

포벨스키의 기억이 정확하다면 그 당시 리자도 고아 중 한 명이었을 것이다.

포벨스키는 손가락으로 진료기록부를 한 줄 한 줄 내려가며 설명했다.

"이 애는 머리카락 끝까지 온통 헤로인으로 찌들어 있었어요. 다행히 병원에 이송되던 날 밤 독물학을 잘 아는 의사가 당직을 하고 있어서 해

독제를 주사해서 그녀의 몸 안에 있던 독물을 빼낼 수 있었죠."

풀라스키는 열 살 여자아이의 사진을 보았다. 그녀의 눈 밑과 뺨, 목까지 심하게 멍들어 있었다.

"이 사진을 가져가도 될까요?"

포벨스키는 얼굴을 찡그리며 안타깝다는 표정을 지었다.

"형사님도 아시겠지만, 수색영장이나 명령 없이는 제가 형사님을 모시고 이 방에 들어오는 것도 안 되는걸요."

풀라스키는 기침을 하며 말했다.

"저도 충분히 알고 있습니다. 그런데 이 소녀가 아직 살아 있다면 어디에서건 생명의 위협을 느끼고 있을지도 모릅니다. 그럼 박사님께서 이 애가 어느 병원으로 갔는지 알아봐주실 수는 있으신가요?"

포벨스키는 환자 이송 서류를 찾아내 말했다.

"그건 가능합니다. 함부르크에 있는 옥센출 병원으로 갔습니다. 함부르크의 동료들이 형사님을 도와드릴 겁니다."

"아직 그 병원에 있을 가능성이 얼마나 높다고 보십니까?"

의사는 어깨를 으쓱했다.

"그건 리자의 트라우마가 얼마나 심했는지, 그리고 치료가 어느 정도 진전됐는지에 따라 다릅니다."

풀라스키는 시계를 봤다. 이제 병원에서 연락하기 힘든 시간이다. 새벽 3시가 다 돼가고 있었다. 그래도 그가 지금 출발하면 해 뜰 때쯤 함부르크에 도착할 것이다.

만일 리자가 아직 함부르크 병원에 살고 있다면 백발 용의자가 손 하나라도 까딱하지 못하게 풀라스키가 그녀를 먼저 찾아야 했다.

48

베스터란트 기차역 대기실 바닥은 흰 타일이 깔려 있었고 딱딱한 의자만 놓여 있을 뿐이었다. 그리고 소변 냄새가 났다. 실내는 추웠다. 에블린의 내면에서 느끼는 추위와 똑같았다. 그녀는 다리를 꼬고 의자에 앉아 있었다. 손은 스웨터 안으로 넣었다. 어머니가 주신 파란색 노르웨이 스웨터에선 소금물 냄새가 났다. 지난 몇 시간 동안 흘린 눈물이 너무 많아서 눈이 따가웠다. 비누가 눈에 들어간 기분이었다.

어느새 새벽 3시가 됐다. 밖에는 칠흑 같은 어둠만 깔려 있었다. 멀리서 번개 치는 소리가 들렸다. 천둥소리는 거의 들리지 않았다.

관자놀이 뒤부터 두통이 시작되었다. 이럴 때면 항상 무서운 속도로 두통이 머리 전체로 퍼진다. 그녀는 이따금씩 화장실 문과 지저분한 대기실 창문을 번갈아 보기도 했다. 그녀의 렌터카는 주차장에 세워놓았다. 아우디에 앉아 있는 것이 분명 더 편안했을 테지만 그래도 몇 시간 전부터 계속 속이 울렁거리는 기분이 들었다. 구토를 해야 할 것 같은데 화장실에 가도 위산만 조금 올라올 뿐 아무것도 나오지 않았다. 어느새 입안에 느껴지는 신맛에도 적응이 되었다. 5시가 되면 섬에서 육지로 가는 첫 기차가 출발한다. 자동차를 태우고 가는 카트레인이다. 니뷜에 도착하면 방을 얻어서 샤워를 하고 크루아상을 먹을 예정이다. 적어도 차한 잔이라도 마셔야겠다고 마음먹었다.

옆자리에 매리 히긴스 클라크의 소설책이 놓여 있다. 에블린은 첫 장을 읽어보려 했다. 물론 기분 전환을 위해서였다. 평상시에는 이런 방법이 통했으나 이번에는 잘 안 됐다. 그녀는 심지어 이 책이 뭐에 관한 것인지조차도 파악이 되지 않았다. 그래서 20분도 안 돼 책 읽는 걸 포기했다. 시간이 지날수록 점점 더 자주 슈몰레의 얼굴이 눈앞에 떠올랐다. 난로 연통 옆 천장 고리에 매달려 있는 밧줄을 풀어보려 했지만 어떻게 할수 없었던 무기력했던 순간이 기억 속에서 떠나질 않았다. 그 순간 그녀는 휴대폰을 얼른 움켜잡고 캠핑카에서 나와 해안가 도로에 세워둔 자동차로 달려갔던 것이다.

그녀는 자신이 어떻게 그곳에서 나왔는지조차 기억할 수 없었다. 마지막 시간들이 서서히 영상 속에서 사라지는 것 같았다. 자동차를 타고 달리면서 파트릭과 통화했었다는 사실만 기억날 뿐이다. 그러고 나서 끔찍한 구토증이 시작되었다. 차에서 내리자마자 곧바로 그녀는 지갑을 들고 대기실로 뛰어들어왔다.

새벽 4시, 수평선에 밝은 빛이 한 줄 나타났다. 비는 그쳤지만 에블린은 여전히 추웠다. 뼛속까지 추위를 느꼈다. 처음에 그녀는 전화벨 소리를 전혀 듣지 못했다. 한참 뒤에 떨리는 손으로 전화기를 들었다.

"어때, 고슴도치?"

그녀는 눈을 감고 숨을 깊게 쉬었다. 계속 얘기해달라는 말이 머릿속에 맴돌았다. 그의 목소리를 들으니 그렇게 좋을 수가 없었다. 그의 목소리를 듣자 자신이 크라거 변호사 사무실에서 일하고 있다는 것과 빈의 아파트, 이웃집 친구 탄야와 그녀의 딸 코니, 자신이 키우는 고양이 두 마리가 떠올랐다. TV 앞 소파에 앉아 보니와 클라이드를 쓰다듬고 있을 수 있다면 얼마나 좋을까, 하는 생각도 들었다.

"리니, 내 말 듣고 있어?"

"응."

생각에 잠겨 있던 그녀가 대답했다. 당장 아스피린부터 구해야 할 것 같다.

"지금 나한테 변호사 유머 하나 해줄 수 있어?"

"지금 당장 떠오르는 게 없는걸."

파트릭은 말이 없었다. 그의 목소리는 몹시 피곤한 듯했다.

"괜찮아. 나 때문에 밤새 잠도 못 잤을 텐데, 미안해."

"무슨 말이야. 독일로 가면서 나한테 밤낮으로 연락받을 수 있게 대기하라고 말했잖아."

에블린은 그가 웃는 모습이 눈앞에 그려졌다. 하지만 그녀의 상상 속 모습은 슬픈 미소였다. 그녀가 물었다.

"새로운 소식이라도 있어?"

"플렌스부르크 경찰에 전화했어. 야간 당직했던 형사에게 설명을 했지. 내가 아는 대로 다 얘기했고, 네 전화번호와 정보도 주었어. 이미 구급차가 슈몰레의 캠핑카로 가는 길일지도 몰라. 가서 슈몰레 목에 걸려 있는 밧줄을 끊어야겠지. 아침이 되면 경찰들이 헬기를 타고 현장에 가서 사진도 찍을 거야. 상황을 보고 나서 경찰에서 너한테 전화를 걸 거야. 그러면 플렌스부르크 경찰서에 가서 진술을 하면 돼."

"고마워, 파트릭."

"별것도 아닌 걸 뭐. 내가 그런 상황이었더라도 똑같이 행동했을 거야. 곧바로 도망 나왔겠지."

그녀는 파트릭이 거짓말한다는 걸 알고 있다. 그러나 아무 상관 없다. 그는 에블린의 마음을 편하게 해주려는 것뿐이다.

그가 물었다.

"내가 어제 팩스로 명단을 받고 알아낸 게 뭔지 알고 싶어?"

명단에 있는 사람들한테 관심을 기울일 여력이 없었다. 그녀는 목을 매단 남자의 잔상을 잊기 힘들었다.

"에블린?"

그녀는 기억을 되살리려 했다.

"응, 맞다. 시한폭탄 같은 자료가 있다고 했잖아."

파트릭이 그녀의 기억을 상기시켰다.

"맞아, 승객 명단. 호킨슨의 손님들 직업이 의사, 정치인, 공무원, 변호사야."

에블린은 배 안에서 어떤 일이 있었는지를 생각하자 갑자기 역겨워졌다. 그에 관해 파트릭에게는 아직 한마디도 하지 않았다. 그녀는 파트릭에게 그 얘기를 할 수 있을지조차도 의문이었다. 그녀가 생각에 빠져 있는 동안 파트릭의 목소리가 멀리 그녀의 무의식 속으로 가라앉았다. 갑자기 귀가 솔깃해졌다.

"뭐라고?"

"그중 두 사람은 시간이 지나면서 자연사로 죽었어."

파트릭이 반복해서 설명했다.

"다른 사람들은 두 달 사이에 차례로 아주 이상한 사고의 희생자가 되어 세상을 떠났어."

"프랑게나 키슬링거, 호킨슨, 홀로베크처럼?"

"리니, 그동안 살펴보니 살인이란 생각이 들어. 사고로 위장한 살인인 거지. 그런데 왜 이제 와서 그랬을까? 살인의 동기가 무엇이었을까?"

에블린이 말했다.

"배에 탔던 놈들이 어린아이들을 강간했어."

그녀는 파트릭이 숨을 깊게 내쉬는 소리를 들었다.

"나도 그와 비슷한 예상을 했었어. 프랑게와 키슬링거가 아동 포르노 그래피로 고발당한 게 우연이 아니었군. 그런데 원피스 입은 소녀는 누구야?"

에블린이 말했다.

"그녀가 강간당한 아이 중 한 명이었어. 그녀 이름은 리자야. 남동생 마누엘이 그 배 안에서 죽었어."

파트릭이 잠시 말을 멈췄다.

"세상에! 서서히 모든 게 밝혀지고 있어. 명단에 있는 남자들 모두가 협박을 받았어. 송금은 똑같이 함부르크 폴크스방크 익명 계좌로 했어. 어쩌면 마누엘의 사망이 협박 수단이었을지도 모르지."

"그런데 돈을 지불한 사람들인데 누가 이 사람들을 죽이는지 이해가 안 돼."

파트릭이 말했다.

"살인자와 협박자가 동일 인물일 필요는 없지."

"그런데 짧은 시간 동안에 어떻게 그렇게 다 알아본 거야?"

"당신한테 미리 말하고 싶지 않았는데 사실은 빈 경찰에 얘기해서 알아봤어. 빈 경찰에서 자료를 검증해보고 곧바로 독일 경찰에 넘겼지."

"내가 그 명단 경찰에 넘기지 말라고 했잖아."

그가 그녀의 말을 중단했다.

"리니! 나도 알아. 홀로베크의 명성에 누가 되는 사건이 알려지기 원치 않겠지. 그런데 이 문제는 이미 오래전부터 홀로베크 혼자만의 것이 아니야. 여기엔 열 명도 넘는 영향력 있는 남자들이 10년 전부터 협박을 받아왔고, 지난 2개월 동안 전부 세상을 떠났어. 단 한 사람만 빼놓고."

"한 사람?"

"이름이 검정색으로 지워진 사람을 빼놓고 승객 명단에 있는 단 한 사람만 현재 살아 있어."

에블린은 이상한 생각이 들었다.

"경찰이 그 얘기를 너한테 했어?"

"베르네커라고 그 친구가 내 부탁을 들어줄 일이 있었거든."

에블린은 파트릭의 친구 관계에 대해서는 더 알고 싶지 않았다.

그녀가 물었다.

"살아남은 마지막 남자가 누구야?"

그녀는 가방에서 승객 명단을 꺼내 이름을 훑어보기 시작했다.

하인츠 프랑게

레네 만존

마르크 펠링

쿠르트 한존

리하르트 루슈코

마르틴 리터

루돌프 키슬링거

토마스 에버하르트

게오르크 팔로크

에드워드 호킨슨

페터 홀로베크

알폰스 볼텐

███████████

"누군데?"

에블린이 다시 물었다. 어쩌면 그 사람의 주소가 아직 바뀌지 않고 그대로일지도 모른다.

"내가 얘기하면 그리로 갈 계획이지? 그렇게는 못 하겠어."

"파트릭, 제발 부탁이야."

그녀는 그렇게 말했지만 자신이 듣기에도 설득력 있는 말은 아니었다.

"리니, 나를 속일 순 없어. 모르고 있는 편이 더 나아. 이 사건은 그동안 너무 뜨거운 문제가 되었어. 게다가 독일 경찰에서 이미 수사에 착수했어."

"언제? 경찰이 손썼을 때 이미 그 남자가 죽어 있을지도 몰라. 그리고 그 남자는 우리의 유일한 마지막 증인이란 말이야."

"있잖아, 나한테는 그 남자가 죽더라도 네가 죽지 않는 편이 더 좋아."

파트릭과 더 이상 논쟁을 하는 건 의미 없는 일이었다. 사실 파트릭은 그녀가 독일로 가려고 할 때부터 반대를 하지 않았던가.

마침내 에블린이 물러섰다.

"알았어. 알아봐줘서 고마워. 나 눈 좀 붙일게."

"그래, 몸이 우선 회복되어야 하니 좀 자두는 게 좋을 거야. 그래야 플렌스부르크 경찰서로 갈 체력이 될 거야. 나중에 전화해줘. 경찰서에 가서 어땠는지 말이야. 나도 이제 눈이 막 감긴다. 정신없는 밤이었어."

"안녕, 뽀뽀!"

"안녕, 뽀뽀!"

에블린이 대답하고 전화를 끊었다.

두통이 심했지만 그녀는 잘 생각이 없었다. 그녀는 플렌스부르크 경찰서로 가서 진술할 계획이 없었다. 아직은 아니었다.

승객 명단에 있는 살아 있는 사람이 누구인지 파트릭이 얘기해주지 않아도 크게 변할 건 없었다. 그녀는 다른 계획이 있었다. 슈몰레가 했던 말이 생각났다.

'내가 알고 있는 한 그 애는 함부르크에 있는 폐쇄병동 시설에 있었소. 옥센촐 아동 정신과 병동이었지. 그런데 이제 거기에서 나왔소.'

지금 그곳에 없더라도 과거에는 그곳에 있었다! 에블린의 생각이었다. 그리고 이것이 리자에 대해 알고 있는 유일한 단서였다.

49

주행 길은 생각했던 것보다 힘들었다. 헤드라이트가 비추고 있어도 시야는 겨우 10미터 밖에 되지 않았다. 비가 억수같이 쏟아졌다. 와이퍼를 최고 단계로 해놨지만 창에는 빗물이 바닷물처럼 흘렀다. 지금까지 폴라스키가 한 번도 경험하지 못한 폭우였다.

고속도로임에도 시속 70킬로미터 이상 달릴 수 없었다. 폴라스키는 비구름이 자신을 따라오면서 폭우를 쏟아내는 것 같다는 생각이 들 정도였다. 어느 방향으로 차를 모는지, 얼마나 빨리 달리는지 상관없이 자기 머리 위에서 큰 양동이로 쏟아붓는 느낌이었다. 게다가 고속도로 위에 고인 물도 차가 달릴 때 차 옆으로 높이 튀었다.

포벨스키 박사가 적어준 함부르크 옥센촐 병원 전화번호가 적힌 포스트잇을 운전대에 붙여놓았다. 계속 전화를 걸어보았지만 아무도 받지 않았다. 지금 통화 중이니 통화가 끝나면 연결해주겠다는 녹음된 음성만이 반복해서 들렸다. 폴라스키는 전화를 기다릴 상황이 아니었다. 휴대폰 배터리가 방전되기 직전이었다. 그래도 그는 10분 간격으로 통화 버튼을 반복해서 누르며 통화를 시도했다.

눈꺼풀이 무겁게 느껴져서 자동차 옆 유리 창문을 조금 열었다. 폭우가 쏟아지는 소리와 신선한 공기, 빗물이 문틈으로 몰아치니 잠이 확 깼다.

수평선에 희미하게 동트는 빛이 들 때쯤 마침내 누군가 전화를 받았다.

배터리가 얼마 남지 않아서 그는 돌려 말하지 않고 곧장 본론으로 들어갔다.

"라이프치히 경찰서에 근무하는 발터 폴라스키라고 합니다. 그곳 환자에 대해 다급하게 물어볼게 있습니다. 환자 이름은 리자 구르디에프라고 합니다. 리자가 아직도 그곳에서 치료를 받고 있습니까? 혹시 그녀가 지금 어디 있는지 아십니까?"

전화기 저편에서 긴 침묵이 흐르자 폴라스키는 조급해졌다.

"누구라고 하셨죠?"

세상에! 분명 전화를 받는 어린 여자는 금발의 업무보조사원일 것이다. 이 시간에 눈이 떠지지 않아 헛소리를 하고 있는 게 분명했다.

"라이프치히 경찰! 리자 구르디에프라는 환자가 그곳에서 치료 중이냐고요?"

"잠시만요. 이름 철자를 말씀해주시겠어요?"

"구스타프(Gustav), 울리히(Ulrich), 리차드(Richard), 도라(Dora)……."

"아니, 제 말은 형사님 이름이요!"

폴라스키는 전화기를 들지 않은 손으로 핸들을 내리치며 소리쳤다.

"이런, 망할! 리자 구르디에프가 그 병원에 있는지 말해달라고요. 아니면 당신 상사를 바꿔요!"

"네, 네……."

그녀가 중얼거렸다.

컴퓨터 자판 두드리는 소리가 전화기 너머로 들려왔다.

"리자 구르디에프는 10년 전부터 여기서 치료받고 있어요. 정신과 폐
쇄병동에 있습니다. 더 이상은 제가 전화상으로 말씀드릴 수 없습니다."

"리자가 아직 살아 있나요?"

"네?"

"리자가 살아 있느냐고요?"

"그럼요."

휴대폰 배터리가 없다는 경고음이 들렸다.

"제 전화기 배터리가 곧 방전됩니다. 리자가 경찰 보호를 받을 수 있게
조치를 취해주십시오. 경찰에 전화……."

전화가 끊어졌다. 풀라스키는 이를 갈았다. 화가 나서 전화기를 조수
석에 던졌다.

출발할 때 풀라스키는 계기판 주행 거리계를 0으로 해놨었다. 계량기
를 보니 절반 정도 남은 것 같았다. 90킬로미터만 더 가면 함부르크에 도
착할 것이고, 전화받은 여자의 얼굴도 보게 되리라!

이틀 전......

그녀는 문 앞에 서서 귀를 기울였다. 그런 다음 초인종을 눌렀다. 그의 이름이 써진 문패가 문에 걸려 있었다. 그녀는 그를 주시했었다. 며칠 전부터 그랬다. 그가 지금 집에 있다는 걸 그녀는 알았다.

현관문이 열릴 때까지 초인종을 계속 눌렀다. 한 시간 전에 길 건너 다른 편에서 그가 차에서 내리는 걸 봤을 때의 모습과는 조금 달랐다. 지금 바로 앞에서 보니 좀더 나이 들어 보였고 허약해 보였다. 얼굴에는 여드름 자국으로 파인 흉터가 있었고 옆가르마를 한 금발 머리 멋쟁이 중년이었다. 그는 청바지와 폴로 셔츠를 입고 있었다. 여자 같은 걸음걸이가 전부터 그녀의 눈에 띄었다.

그는 그녀를 의아한 눈초리로 쳐다봤다. 그의 시선은 그녀의 몸으로 향하지 않았다. 무의식적으로라도 그녀의 몸을 쳐다볼 수 있었을 텐데 단 한 번도 그러지 않았다. 짜증 난다는 표정으로 그가 그녀의 눈을 쳐다봤다.

"누구시죠?"

그 순간 그녀는 알았다. 그가 동성애자라는 걸 말이다. 그녀의 본능이 이렇게 말하는 것 같았다. 이번에는 지금까지 해왔던 방법으로 안 될 거라고. 이 남자한테는 안 될 거라고 말이다. 그녀의 계획이 실현되지 않을 수도 있다. 게다가 이 남자는 손에 휴대폰을 들고 있다. 전화기 화면을 보는 건 불가능하지만 통화를 중단시켰다. 계획대로가 아닌 즉석에서 실행해야 한다는 생각이 들었다.

더 이상 고민하지 않고 그녀는 얼른 그의 손에서 전화기를 빼앗아 전화 연결을 끊었다. 그리고 전화기로 있는 힘껏 그의 관자놀이를 내리쳤다.

그가 비틀거리며 뒤로 물러섰다. 곧이어 그녀는 전화기 모서리로 계속 그의 얼굴을 때려 남자가 손을 쓰지 못하게 했다. 손으로 막을 겨를도 없이 계속 내리쳤다. 남자가 신음하다 그녀 앞으로 쓰러졌다. 그의 동공이 풀리면서 기절하기 직전, 그녀는 얼른 현관문을 닫았다. 쿵 소리가 나면서 문이 닫혔다.

그녀는 단 한순간도 남자에게서 시선을 뗄 수가 없었다. 남자가 일어나려고 했던 것이다.

"당신 독일에서…… 당신이 프랑게를 죽였지!"

그가 기침하며 힘들게 말했다. 손으로 코와 뺨에 흐르는 끈적끈적한 피를 만졌다.

한순간 그녀는 움찔했다. 대체 이 사람이 그 사실을 어떻게 안단 말인가?

"내가 맡은 사건이었어! 증인들이 당신 얼굴을 말해줬지. 언젠가는 당신이 나한테도 올 거라고 예감했어."

"얘기 집어치워!"

그녀의 심장이 빨리 뛰었다. 그녀가 일어나 전화기로 그의 코를 다시 내리쳤다. 그가 몸을 움츠리더니 머리가 앞으로 고꾸라졌다. 신음 소리를 내면서 그가 상처를 만졌다.

"이런 식으로 나를 해치우지 못할 거야."

"조용히 해!"

그녀가 다시 일어나자 그가 흠칫했다. 어느새 코피가 흘러내려 폴로 셔츠까지 묻었다. 피가 카펫에 묻기 전에 얼른 일을 치러야 했다. 게다가 사건은 우연한 사고로 보이게 해야 했다.

그녀는 휴대폰을 청바지 주머니에 넣고 얼른 집 안을 둘러보았다. 옳거니! 거실 끝에 발코니가 있었다! 그녀는 남자의 겨드랑이 밑을 붙잡고 거실에서 발코니 쪽으로 질질 끌고 갔다. 팔에 들고 있는 것이 흠뻑 젖은 모래 자루처럼 굉장히 무거웠다. 그녀는 남자를 뒤에서 끌고 갈 힘이 어디서 나왔는지 자신도 놀랐다.

발코니 문 바로 앞에서 남자가 그녀를 때리려고 몸을 움직이기 시작했다. 그런데 이미 그녀는 남자를 손에서 내려놓은 상태였다. 신선한 바람에 머리카락이 날렸다. 오후의 햇살은 강했고, 그대로 발코니 안으로 들어왔다. 그녀는 누워 있던 남자를 들어 올려 난간으로 밀쳤다. 23층이었다. 기겁한 남자가 뒤를 돌아보았다. 그의 눈꺼풀이 부들부들 떨렸다. 남자는 양손을 거칠게 휘저으며 닥치는 대로 손에 닿는 물건들을 잡았다. 하마터면 그가 빗자루로 그녀의 얼굴을 정면으로 가격할 뻔했다. 이 멍청이가 자신의 운명을 받아들이려 하지 않다니. 그녀는 복수의 여신이라도 된 듯 돌격해서 빗자루를 움켜쥐고 남자의 몸을 고꾸라뜨려 난간 너머로 밀치려 했다. 남자는 빗자루를 손에서 떨어뜨렸다. 무언가라도 잡고 버티려고 그는 한 손으로는 난간을, 다른 한 손으로는 새장을 붙잡았다. 새장은 후크로 천장에 고정된 채 아래로 매달려 있었다. 앵무새가 깜짝 놀라 소리를 내면서 날개를 푸드득거렸다. 깃털이 새장 밖으로 마구 날렸다.

남자가 절규했다.

"이러지 마시오……."

그녀는 빗자루를 있는 힘껏 남자의 목을 향해 눌렀다. 남자가 균형을 잃었다. 그녀는 계속해서 남자를 밀었다. 남자의 다리가 바닥에서 떨어지도록 계속 밀었다. 절망적으로 남자가 새장을 꽉 잡았다. 그때 새장 문이 열리고 새들이 밖으로 나왔다. 그 순간 천장에 고정되어 있던 후크가 떨어졌다.

갑자기 남자의 저항이 약해졌다. 순간 남자는 난간 너머로 떨어졌다.

지금까지 그녀는 항상 승리의 감정을 느꼈고, 일을 해결할 때 마음의 짐을 더는 기분이 들었었다. 남자들이 죽는 순간, 그들의 숨이 멎고 동공이 풀리고 심장이 멈추는 순간을 지켜보면서 말이다. 그런데 이번에는 좀 달랐다. 남자의 마지막 시선을 보면서 전혀 만족스러운 기분을 느끼지 못했다. 남자의 얼굴에 쓰여 있는 건 후회와 부끄러움, 무기력, 공허함, 용서를 구하는 부탁에 가까웠다. 한순간 그녀는 그의 폴로셔츠를 붙잡기까지 했다. 하지만 셔츠는 그녀의 힘없는 손가락에서 미끄러져버렸다. 덜거덕거리며 새장이 난간으로 떨어졌다. 손에 새장을 든 채 그는 깊은 곳으로 추락했다.

그녀는 내려다보지 않았다. 대신 그녀는 빗자루를 아래로 던지고 얼른 집 안으로 들어왔다. 그녀에게 시간이 얼마나 남아 있을까? 거실 모퉁이에 있는 PC 책상 앞에 바퀴 달린 의자가 보였다. 그녀는 의자를 굴려 발코니로 가져갔다. 그리고 의자를 발로 밀어 발코니 유리문을 깼다. 유리가 산산조각 났다. 그런 다음 그녀는 다용도실에서 청소기를 꺼내 플러그를 꽂고 청소기 전원을 켰다. 청소기 소리가 시끄러워 23층 아래에서 사람들이 내지르는 비명 소리가 거의 들리지 않았다. 이제 정말 이곳을 떠날 시간이다.

현관문 앞에서 그녀는 잠시 멈칫했다. 피가 묻어 있는 휴대폰을 주머니에서 꺼내 들여다봤다. 금발 머리카락이 버튼 위에 붙어 있었고 금이 가 있었다. 한순간 그녀는 구토를 느꼈다. 피 묻은 전화기를 여기에 놓고 가는 건 도저히 안 될 일이다. 게다가 발코니 밖으로 던지기엔 이미 너무 늦었다.

잠시 생각해보고 그녀는 휴대폰을 주머니에 다시 넣고 피 묻은 손가락을 바지에 쓱 닦았다. 그런 다음 열쇠걸이에 걸려 있는 아파트 열쇠를 꺼냈다. 이 열쇠가 없어졌다는 걸 알 만한 유일한 사람은 지금 길바닥에 쓰러져 있으니 문제없었다.

그녀는 잽싸게 밖으로 나가 문을 닫았다. 복도에는 아무도 없었다. 어딘가에서 웅성거리는 소리와 발소리가 들렸고 엘리베이터가 열리는 소리도 들렸다.

그녀는 열쇠를 바지 주머니에 넣고 방화문을 열고 계단으로 내려갔다.

몇 시간 뒤 그녀는 빈 서부역에 도착해 여행 가방을 들고 승강장으로 가는 에스컬레이터 위에 있었다. 밤이었다. 모든 일을 해치웠다. 그녀가 이 도시에서 할 일은 더 이상 없었다.

11번 승강장으로 가야 한다고 개표소 직원이 얘기해줬다. 야간기차는 이미 승강장에 도착해 기다리고 있었다. 10분 후면 출발이다.

그녀는 기차 앞쪽으로 걸어갔다. 그녀가 예약해둔 침대기차는 맨 앞의 1번 차였다. 침대가 있는 1인실이었다. 식당칸으로 시선을 돌렸다. 기차에 오르면 샌드위치와 캔 음료를 살까 하고 말이다. 아니면 보는 사람이 아무도 없다면 훔칠 생각도 있었다. 가진 돈은 충분했다. 하지만 훔치고 싶다는 욕구가 강하게 일었다. 이것이 바로 그녀의 두 번째 본능이다. 빵 하나와 생수 한 병이면 충분했다. 배 속에서 꼬르륵 소리가 나기는 했지만 더 이상은 받아들일 수 없었다. 잠시 후면 극심한 피로로 머리를 기대고 누워 꿈을 꾸게 되리라. 언제나 꾸는 항상 같은 꿈을 말이다. 플랫폼에서 나는 소리가 잠을 더 부추겼다.

승강장을 울리는 스피커 소리가 들렸다. 기차가 정시에 출발한다는 안내방송이었다.

그녀는 도시의 풍경을 바라봤다. 도시 전체에 어두운 카펫이 깔려 있는 느낌이었다. 회색빛 건물 외벽, 석회 반죽인 모르타르 구조물, 백회 모르타르 창문, 암적색 지붕, 녹슨 물받이와 검댕이로 얼룩진 굴뚝. 깜빡이는 네온 불빛도 눈앞에 보였다. 노면 전차 한 대가 지나갔다.

그녀가 자선행사를 찾았던 그날과 비슷했다. 도시는 그녀에게 낯이 익었다. 마치 이곳에서 몇 년간 지낸 것처럼 친숙했다. 그녀는 확신이 서지 않았다. 정말 이곳에서 살았던 것일까?

어쩌면 누군가 다른 사람이 이곳에 살았는지도 모른다. 그래서 그녀에게 다 얘기해준 걸까? 사실이라면 대체 누가 얘기를 해준 걸까? 그녀는 아는 사람이 없었다. 단 한 번 그 소녀에 대해 생각했다. 그녀가 그 소녀에게 이 도시에서 일어난 사건에 대해 얘기를 해주어야 할까?

휴대폰 벨소리가 생각에 잠긴 그녀를 깨웠다. 그녀의 전화기다. 바지 주머니에서 나는 소리였다. 어쩌면 그 소녀의 전화일지도 몰랐다. 그녀는 서둘러 가방을 바닥에 놓고 전화기를 꺼내 받았다.

"리자입니다. 안녕? 네 전화를 기다렸어……."

그녀는 말을 하다 말았다.

낯선 목소리가 전화기 너머에서 들려왔다.

다음 순간 그녀는 기억이 났다. 귀에 대고 있는 전화기가 누구 것인지 말이다.

천천히 전화기를 내리고 금이 간 암적색 전화기 화면을 들여다봤다. 피 묻은 머리카락이 기억났다. 이제 더 이상 그에 관해 아무것도 보고 싶지 않았다. 그녀가 아파트에 갔었던 일이 착각인가, 아니면 머리카락이 바지 주머니 안쪽에서 닦인 걸까?

그녀는 구토가 났다.

속이 울렁거려서 그녀는 전화를 끊었다. 전화기를 스웨터 소매로 닦고 휴지통에 던졌다. 전화기는 휴지통 신문지 더미 속으로 사라졌다.

승강장 스피커 안내방송이 나오자 그녀는 현실로 돌아왔다. 찢어질 듯 울리는 호루라기 소리가 들리자 머리가 아파왔다.

그녀는 1번 차 문 앞에 서 있었다. 기차는 이미 움직이고 있었다. 바퀴가 서서히 굴러갔다.

그때 뒤편 휴지통에서 전화벨 소리가 들렸다. 본능적으로 뒤를 돌아봤다. 이번엔 그 소녀일까?

다시 기차를 보았다. 이제 기차역을 떠날 준비가 다 끝난 듯했다. 그녀 뒤에서 여전히 전화벨 소리가 들렸다. 심호흡을 힘겹게 했다. 그녀의 시선이 앞뒤로 오갔다.

마침내 그녀는 여행 가방을 들고 기차 발판으로 뛰어올랐다.

구식 접이문이 덜커덩 부딪히자 그녀는 움찔했다. 그녀 앞에 안내원이 서서 손을 잡아주었다. 그녀가 기차 안으로 들어오도록 안내원이 안에서 잡아당겨주었다.

안내원이 미소 지었다.

"아슬아슬하게 승차했군요, 아가씨."

"감사합니다."

"어디까지 가세요?"

그녀는 청바지 안에 넣어둔 차표를 꺼냈다. 차표 말고 뭔가 뾰족한 물체가 만져졌다. 아파트 열쇠라는 생각이 그녀의 머리를 스쳤다. 그녀는 열쇠를 기차 안에서 창밖으로 던지게 되리라. 터널을 지날 때 던지면 아무도 찾지 못하리라.

생각에 잠긴 채 그녀는 안내원에게 기차표를 건넸다.

그가 차표를 개찰하며 말했다.

"아, 쿡스하펜까지 가시는군요. 장거리 여행이 되겠어요."

그녀는 기차표를 받아 식당칸으로 갔다.

9월 19일, 금요일

50

에블린은 플렌스부르크 경찰서를 사실 급한 문제로 생각하지 않았다.
이 순간 그녀의 머리를 스치는 건, 플렌스부르크로 가서 진술을 하는 게
아니었다. 대신 렌터카를 타고 함부르크로 가는 일이 더 중요했다. 계속
리자의 얼굴이 눈앞에 어른거렸기 때문이다.

북쪽 해안 고속도로 첫 출구에 모텔이 눈에 띄었다. 그녀는 방을 빌렸
다. 주인은 길게 물어보지 않고 그녀가 돈을 지불하자 마그네틱 카드를
주었다. 얼른 옷을 벗고 아스피린 두 알을 삼켰다. 일부러 거울을 보지
않고 샤워하러 욕실로 들어갔다.

9시가 조금 지나 그녀는 청바지에 티셔츠를 입고 그 위에 노르웨이산
스웨터를 껴입고 조식 식당으로 가 진한 커피 한 잔과 빵을 먹었다. 지난
밤 잠을 못 잔 터라 여전히 머리가 멍했지만, 약을 먹어서 그런지 두통은
곧 사라졌다. 항상 그래왔다.

안타깝게도 어젯밤 기억을 지울 수 있는 약은 없었다. 계속 리자를 생
각했다. 10년 전 함부르크 옥센촐 병원에 들어갔던 그 소녀를 말이다.

모텔에 마련된 인터넷 방에서 그녀는 옥센촐 병원 위치를 확인했다.

그렇게 멀지 않은 곳에 있었다. 약도를 인쇄했다. 잠에 대해서는 생각하지 않기로 했다. 그녀는 방 카드를 손에 들었다. 체크아웃할 시간이었다.

자동차로 20분을 달려 병원에 도착했다. 주변은 숲으로 둘러싸여 있었고 건물이 여러 개였다. 이 건물 중 한 곳 어딘가에 리자의 과거 담당의사가 있다면 그를 찾아야 한다.

그녀는 방문객 주차장에 주차를 하고 본관 건물로 들어갔다. 지난밤 번개 때문인지 나뭇가지가 부러져 있었다. 아침 하늘은 맑았다. 적어도 반나절 동안은 그대로 맑을 듯했다.

건물 중앙 출입구뿐 아니라 후문에도 경찰차가 세워져 있었다. 경찰차 안에서 무전기 소리도 들렸다. 제복 경찰들이 건물 주변을 거닐고 있었다. 처음 경찰을 본 순간 에블린은 경찰들이 자신을 만나러 왔거나 슈몰레 자살사건 때문에 왔으리라 생각했다. 그런데 다시 생각해보니 그럴 리가 없었다. 잠을 못 자서 잠시 이상한 생각이 들었던 것 같았다. 경찰들은 분명 다른 일 때문에 이곳에 왔으리라. 어쩌면 환자가 도망을 갔을지도 모를 일이다.

에블린이 본관 건물에 들어서자 경찰 두 명이 건물 밖으로 나왔다. 긴장감이 도는 분위기였다. 건물 관계자로 보이지 않는 외부인이 너무 많아 보였다. 건물 안에서 바삐 움직이는 사람도 있었고 휴대폰으로 통화하는 사람도 있었다. 어쩌면 그녀의 눈에 그렇게 보이는 것일지도 모른다. 뜬눈으로 밤을 새워 정신이 몽롱한 상태이고, 자신이 이곳에서 할 수 있는 일이 정확히 무엇인지조차 분명하지 않았기에 다른 사람들이 바쁜 것처럼 보였을지도.

안내창구에는 인격장애/외상후증후군 담당과라는 표지가 붙어 있었다. 창구 안에는 칠흑같이 검은색으로 머리를 염색한 중년 부인이 앉아 있었다. 알이 두꺼운 검은색 뿔테 안경을 쓰고 있는 안내직원은 통화 중이었다.

에블린은 통화가 끝나길 기다리는 동안 생각에 잠겨 안내 카탈로그를 뒤적거렸다.

병원은 500개의 침상, 100개가 넘는 병동을 가지고 있었고, 연간 치료 환자 수가 8,000명에 달했다. 8,000명이라니! 카탈로그에는 병원이 어떻게 운영되는지도 적혀 있었다. 기가 죽어 그녀는 어깨를 축 내렸다. 사실, 그녀는 이곳에서 직접 알아보는 게 훨씬 더 수월하리라고 생각했었다. 그런데 이 정도의 규모라면 제대로 정보를 얻기가 불가능해 보였다. 그리고 아침에 분주한 병원 모습이 특별한 일이 아니라 일상적이라는 생각도 들었다.

"여기요!"

뿔테 안경을 쓴 안내창구 직원이 연필로 유리를 톡톡 치며 말했다.

에블린은 올려다봤다.

"그 카탈로그는 가져가셔도 됩니다. 아니면 저한테 볼일이 있으면 말씀하시고요. 그렇지 않으면 다음 분."

중년의 직원이 복도 쪽을 보며 끄덕였다.

에블린은 뒤돌아봤다. 그녀 뒤에 여자 두 명이 서 있었다. 지금이 나나 무스쿠리와 복사판인 안내직원한테 부탁하기에 좋은 시간이 아닌 건 분명했다.

그래도 그녀는 시도해보기로 했다.

"10년 전에 이곳에 열 살짜리 소녀가 들어왔습니다. 그 당시 소녀를 치료했던 담당의사와 면담을 하고 싶습니다."

"의사 이름은요?"

"의사 이름은 모릅니다."

안내창구 안쪽에 앉아 있는 부인이 얼굴을 찡그리는 모습을 에블린은 유리로 지켜봤다.

부인이 천천히 물었다.

"환자 이름은요?"

"성은 모르고 이름만 알고 있습니다. 하지만⋯⋯."

부인이 얕잡아 보는 말투로 물었다.

"이름만 안다고요? 좀더 자세히 알고 다음에 다시 방문해주세요. 다음 분!"

에블린은 몸을 숙여 유리가 없는 틈 사이로 부인의 얼굴을 직접 보고 말했다.

"굉장히 중요한 일입니다. 이 일 때문에 아주 멀리서 왔어요."

"당신 말투만 들어도 멀리서 온 걸 알겠군요. 당신 나라인 오스트리아에서는 성도 없이 이름만으로 환자 정보를 줄지 몰라도 여기선 그렇게 할 수 없어요. 다음 분! 말씀하세요."

어떻게 사람이 이렇게 꽉 막혀 있을 수 있는지. 에블린은 안내창구를 떠날 생각을 하지 않았다.

"10년 전 이 병원으로 온 여자아이였어요. 여러 차례 강간당하고 병원에 실려 왔어요."

부인은 더 이상 에블린의 말을 듣지 않았다. 그녀는 전화기를 들고 버튼을 눌렀다.

"이름은 리자고요, 여기 왔을 때 겨우 열 살이었고⋯⋯."

부인이 전화기에 대고 막 말을 하려다 갑자기 멈췄다. 부인은 전화기

356

를 내려놓고 에블린을 뚫어져라 쳐다봤다.

"지금 리자라고 했어요?"

에블린도 창구 안의 부인처럼 당황했다.

"네, 맞아요."

"리자 구르디에프?"

에블린은 어깨를 으쓱했다.

"그럴지도 모르죠."

나나 무스쿠리 복사판인 부인은 이상하다는 듯이 에블린을 바라봤다. 부인이 벽 쪽 의자를 가리키며 말했다.

"저쪽에서 기다리세요."

그러고 나서 부인은 전화기를 다시 들었다.

의자에 앉아 테이블에 있는 정신의학 잡지를 넘기며 기다리는 시간이 법정에서 판결을 기다리는 시간만큼 더디게 느껴졌다. 안내창구 직원이 누구에게 전화를 걸었을까? 방문객과 간호사, 환자와 간병인이 끊임없이 분주하게 오갔다. 이곳이 성수기의 오스트리아 빈 서부역보다 더 북적거렸다. 안내창구 부인이 에블린의 존재를 이미 잊어버렸다는 생각이 들 때쯤 한 남자가 건물 안으로 들어왔다. 구겨진 바지에 검은색 외투를 입고 있었다. 얼굴은 50세 전후로 보였고, 이 남자도 에블린처럼 힘든 밤을 보냈는지 셔츠까지 다 구겨져 있었다. 하지만 남자의 얼굴로 봐서는 의사나 간호사 같지는 않았고 그렇다고 일반 방문객도 아닌 것 같았다. 그가 안내창구로 다가갔다. 나나 무스쿠리 복사판인 직원이 남자를 보자 그녀는 고개를 끄덕이며 에블린이 앉아 있는 의자를 가리켰다. 남자가 아무 말 없이 방향을 돌려 에블린이 있는 곳으로 다가오자 그녀의 심장박동이 빨라졌다. 다음 순간 남자가 그녀 앞에 서서 잠시 그녀를 바라봤다.

"안녕하세요. 리자 구르디에프에 관심이 있으시다고요. 어떤 이유 때문인지 여쭤봐도 되겠습니까?"

각진 얼굴형에 짧은 머리 남자가 물었다. 귀밑머리가 희끗희끗했다.

"여기 병원 안에 왜 이렇게 경찰이 많은가요?"

남자의 두 뺨이 불룩해졌다.

"제 질문에 먼저 답을 해주시는 게 좋을 텐데요."

에블린이 말했다.

"제가 보기에 선생님도 여기 근무하는 분 같지는 않아 보이네요."

그가 졸린 눈을 비볐다.

"다행이죠. 제가 보기에 당신도 마찬가지 같은데요. 맞아요, 전 라이프치히에서 왔습니다. 어제 밤사이에 일이 많았죠. 그러니 일을 더 복잡하게 만들지 말아주시죠."

"저도 어젯밤 편히 쉬지는 못 했어요."

남자가 긴장된 표정으로 넥타이 매듭을 만졌다.

"그렇군요. 자, 다시 한 번 물어보겠습니다. 리자 구르디에프에 관심을 가지는 이유가 뭡니까?"

"먼저 선생님 성함부터 제게 말씀해주시겠습니까?"

남자가 멈칫하더니 그녀를 쳐다봤다. 그는 바지에서 가죽 케이스를 꺼내 경찰 신분증을 에블린에게 펼쳐 보였다. 그리고 이름을 밝히고 자기소개를 했다.

"죄송합니다. 당신 말이 맞아요. 제가 굉장한 실수를 범했어요. 발터 폴라스키라고 합니다."

51

이제 남자의 이름을 알았다. 남자는 그녀에게 명함도 주었다. 경위라고 쓰여 있었다. 에블린은 명함을 바지 주머니에 넣고 자리에서 일어나 풀라스키에게 손을 내밀었다.

남자의 표정과 태도가 무뚝뚝해 보이지만 가혹하기만 한 수사관은 아닐 거라고 에블린은 직감했다. 실제로 풀라스키는 유머 있는 사람일 것 같았다. 아무튼 잠시 풀라스키의 눈에서 파트릭에게서 느껴지는 시니컬한 표정이 보이기도 했다.

그녀가 명함을 건네며 말했다.

"에블린 마이어스입니다. 형사님 얼굴을 보니 아주 진한 커피라도 다 드실 것 같은데 제가 커피 한 잔 사드려도 될까요?"

풀라스키는 미소 지었다.

"아, 좋습니다. 커피 사주겠다는 여성과 데이트한 적이 얼마 만인지 모르겠습니다."

그가 명함을 보더니 "변호사시군요"라고 말했다. 그는 병원 카탈로그를 주머니에서 꺼냈다. 에블린이 이미 안내창구에서 본 것이었다. 종이가 얼마나 구겨져 있는지 풀라스키가 카탈로그를 며칠 동안 들고 다녔던 것처럼 보였다.

그가 안내지도를 들여다보며 말했다.

"최근에 정신과 병원을 여러 군데 가봤지만 이곳 규모가 압도적입니다. 다른 곳과는 상대가 안 돼요. 너무 복잡해서 길 찾기가 쉽지 않아요. 그래도 어딘가 우리가 대화할 수 있는 커피숍은 있겠죠."

카페 이름은 알트 빈으로 17동 건물에 있었다. 안에 들어가니 갓 내린 신선한 커피 향과 쿠키, 애플파이 냄새가 났다. 스피커에서 조용한 왈츠 음악이 흐르고 있었다.

풀라스키는 에블린을 데리고 구석 자리로 갔다.

"카페 이름에 '빈'이 들어가 있으니 고향에 온 것처럼 편한 느낌이시겠어요?"

에블린이 말했다.

"네, 집에 온 것 같아요."

'빈'이란 이름을 쓰는 카페가 전 세계에 얼마나 많은지 형사가 모르고 하는 소리란 생각이 에블린의 머리를 스쳤다. 그러다가 실제로 이곳 의자와 철제 테이블이 문득 빈의 링가(街)에 있는 카페와 비슷하다는 느낌을 받았다.

이른 시간이라 그런지 카페 안에는 손님들이 많지 않았다. 몇 안 되는 손님들은 전부 창가에 앉아서 경찰들이 움직이는 모습을 지켜보고 있었다.

음료를 주문하고 나서 풀라스키는 외투를 벗고 천식 스프레이와 에른테 23 담배를 주머니에서 꺼냈다.

순간 무의식적으로 에블린의 눈썹이 치켜 올라갔다.

풀라스키가 물었다.

"왜 그러세요?"

그녀가 말했다.

"치명적인 조합이군요."

풀라스키가 담배 한 개비를 꺼내며 말했다.

"말씀하신 그대로입니다. 불과 휘발유의 관계라고 제 딸이 말하기도 하죠."

"저는 괜찮은데, 여기서 담배에 불을 붙이시면 저분들이 하이에나처럼 달려들 기세인데요."

그러고 보니 테이블 위에 재떨이가 있는 곳이 없었다.

풀라스키는 주변을 둘러보다 커피 조리대에서 시선이 멈췄다.

"당신 말이 맞는군요. 저기 계신 분들이 상당히 날카로운 시선으로 주시하고 있네요."

한숨을 쉬면서 그는 담배를 집어넣었다. 곧 주문한 음료가 나왔다. 진한 블랙커피 향으로도 에블린의 하품을 막을 수는 없었다.

풀라스키가 물었다.

"잠이 부족했나요?"

에블린이 말했다.

"전혀 못 잤어요."

풀라스키는 자신의 처지와 비슷해서 잘 안다는 듯 고개를 끄덕였다.

그는 얼굴을 찡그렸다.

"사실, 이 사건은 공식적으로 내 담당이 아닙니다. 단지 여기서 알아볼 게 있어서 온 거요. 휴가를 냈지만 오늘은 라이프치히로 출근을 해야 했지요."

에블린이 물었다.

"어떤 사건이요?"

풀라스키는 그녀를 천천히 바라보고 목소리를 낮췄다. 그가 제안을 했다.

"우리 거래합시다. 에블린 변호사, 당신이 왜 리자 구르디에프에 관심이 있는지 나한테 얘기하고, 나는 내가 왜 여기 와 있는지 말씀드리겠소."

"먼저 시작하세요."

풀라스키가 한순간 멈칫했다.

"아니죠. 그렇게는 안 되오."

"안 되다니요? 거래는 형사님 아이디어잖아요. 그러니까 제가 형사님께 우선권을 드리는 거예요."

"지금 우리가 말하는 주제가 심각한 것이라 사실은 경찰서에서 얘기를 해야 하는 겁니다."

그녀는 그가 과장한 것이라는 걸 알고 있었다.

"경찰서라고요? 좋아요. 빈 9지역구 경찰서에 가서 얘기합시다."

그녀가 웃으면서 핸드백을 들고 자리에서 일어났다.

풀라스키가 한숨을 쉬었다.

"기다려요. 좋소, 내가 먼저 사건에 대해 얘기하리다. 얘기해도 될지 모르겠지만."

그녀는 다시 의자에 앉았다.

풀라스키가 목소리를 낮추고 몸을 앞으로 숙여 말을 꺼낼 때 에블린은 그의 홀스터 끈이 어깨에 있는 걸 보았다.

"나타샤 좀머라는 스무 살 여자의 자살사건으로 시작됩니다. 마르크 클레베르크 정신치료 병원에서 일어난 사건이오."

에블린은 그의 얘기를 경청했다. 나타샤 좀머와 마르틴 호르너, 제바스티안 제멜슐레거의 사망과 레샤 프로코포비치를 살해하려던 사건, 그리고 풀라스키가 유력한 용의자로 보고 있는 백발 남자를 쫓아갔던 얘기였다.

그가 긴 얘기를 마무리했다.

"아직 연관 관계는 잘 모르겠지만 리자가 생명의 위협을 받는 상황일 거라고 예상하고 있어요."

에블린은 생각에 잠긴 표정으로 창문을 응시했다. 리자가 생명의 위협을 받고 있다고? 이 무슨 말도 안 되는 얘기란 말인가! 리자는 천사의 얼굴을 한 살인마란 말이 더 어울리지 않는가. 호킨슨 리스트에 있던 사람들을 차례로 죽인 연쇄살인범이 아니었던가. 그런데 라이프치히 형사가 들려준 이야기는 그녀가 지금까지 조사한 사실과는 눈곱만큼도 맞는 게 없었다.

"제 생각에 우리 두 사람이 지금 서로 다른 사건에 대한 얘기를 하고 있는 것 같습니다. 전혀 상관이 없는 두 개의 다른 사건이요."

"이제 당신 얘기를 들어봅시다. 여기 온 이유가 뭐요?"

에블린은 자신이 일하는 변호사 사무실에서 맡았던 의문의 사건 얘기를 했다. 소아과 의사 키슬링거와 같은 회사에 근무하는 페터 홀로베크와 시참사회 위원 하인츠 프랑게가 연이어 사망했다는 것과 독일 선박업자 에드워드 호킨슨이 카브리오를 타고 해안도로를 달리다 실크 스카프가 뒷바퀴 차대에 감겨 목숨을 잃었다는 것까지.

풀라스키는 메모를 하지 않았다. 그는 무표정한 표정으로 그녀의 얘기를 경청했다. 그의 얼굴을 보면 아주 세세한 것까지 머릿속에 저장하고 있음을 알 수 있을 정도로 진지했다.

"세상을 떠난 남자들 전부 공통된 과거가 있어요."

에블린이 말했다. 그녀는 프리트베르크호 크루즈 여행에 대해 얘기했다. 10년 전에 10여 명의 남자들이 참가했었고 협박에 의해 익명의 계좌에 송금했다는 말도 했다. 리자의 남동생과 다른 아이들 이야기가 나오자 풀라스키의 눈이 가늘어졌다.

"리자 구르디에프와 그녀의 남동생 마누엘이 10년 전에 그 배에 탔었다는 게 확실히 밝혀진 거요?"

그녀는 고개를 끄덕였다.

"그럼, 그 당시 아이들이 여섯 명이었단 말이네. 이런 젠장!"

풀라스키 입에서 자기도 모르게 이런 말이 튀어나왔다. 그는 자리에서 일어나 카페 안을 걸었다.

"크루즈라니, 망할!"

생각에 잠겨 그는 담배에 불을 붙이고 카페 안에서 담배를 피우기 시작했다.

"그럼, 브레머하펜 의사가 말해준 건 뭐란 말이지?"

풀라스키는 기억을 되살리려고 애쓰면서 혼자 중얼거렸다.

"프랑스와 그리스에서도 아이들이 학대당하는 비슷한 사건이 있었고 그때도 해안가라고 했지. 배란 말이지! 그런데 당시에 그런 생각을 아무도 못 했다는 거 아냐!"

그는 큰 소리로 웃었다.

"경찰들은 해안 마을만 뒤졌고 아무것도 밝혀내지 못 했다고 했지. 당연한 결과야! 배는 이미 산으로 도망갔겠지."

"무슨 말씀을 하시는 건가요?"

카페 계산대에 있던 여자가 소리쳤다.

"이것 보세요! 여기서 담배 피우면 안 돼요. 금연 구역이에요."

풀라스키는 그녀의 말을 못 들은 척했다. 그는 에블린이 있는 테이블로 돌아와 목소리를 낮추고 말했다.

"리자와 다른 네 명의 아이들은 그 당시 온몸이 약물로 범벅이 된 채 각각 다른 해안가에서 발견되었단 말이오. 그 아이들이 바로 크루즈 여행에서 학대당한 아이들인 셈이고. 10년 뒤 그 아이들이 차례로 다 살해되었소. 리자와 레샤가 유일한 증인이에요. 그때 무슨 일이 있었는지 얘기해줄 수 있는 유일한 생존자라고요. 그런데 누군가 이 모든 증거를 없애려 하고 있어요. 증언을 못 하게 방해하려는 거요. 그래서 리자가 경찰의 보호를 받아야 한다고 요청한 거요."

"경찰의 보호라고요? 형사님이 착각하고 계신 거예요. 이 사건은 완전히 다른 것이에요. 리자는 살인자라고요."

에블린이 되받았다. 그녀의 머릿속에 모든 것이 한꺼번에 떠올랐다.

카페 직원이 소리쳤다.

"여기는 금연 구역이에요!"

지금까지 창밖을 바라보던 다른 손님들이 일제히 에블린과 풀라스키 쪽으로 시선을 향했다.

풀라스키가 말했다.

"에블린 변호사, 당신이 착각하고 있는 거요! 리자는 살인범이 아니에요. 그 반대라고요. 제때에 경찰 보호를 요청하지 않았더라면 리자는 연쇄살인의 희생자가 되었을 거요. 다섯 번째 희생자가 되었겠지."

카페 직원이 또다시 소리쳤다.

"여보세요, 손님!"

"알겠습니다!"

풀라스키는 담배를 커피 잔 받침에 눌러 껐다. 그는 여전히 에블린 앞에 서서 그녀를 향해 몸을 숙이고 속삭이듯 말했다.

"리자한테 물어보려 했었소. 그런데 지금까지는 그녀에게서 얻어낸 정보가 아무것도 없어요."

에블린이 물었다.

"리자가 여기 있어요? 그리고 형사님이 리자와 얘기를 하셨다고요?"

풀라스키는 고개를 끄덕였다. 그의 표정에는 당연하다는 의미가 담겨 있었다. 그 순간 에블린의 심장이 멎는 기분이었다.

에블린은 이 형사가 자신이 한 행동을 착각하고 있음이 분명하다고 생각했다.

"형사님은 리자가 얼마나 위험한 인물인지 모르고 계시는군요."

에블린이 주변을 둘러봤다. 카페 손님들은 여전히 두 사람을 쳐다보고 있었다. 두 사람의 논쟁이 병원의 단조로운 일상을 깨는 아주 흥미진진한 얘기라고 생각하는 것 같았다.

에블린은 재빨리 현금지급기 감시카메라 사진을 꺼내 책상 위에 올려놓았다.

"리자가 맞나요?"

"이 사진은 어디서 구했죠?"

에블린은 재차 물었다.

"리자가 맞냐고요?"

풀라스키가 고개를 끄덕였다.

에블린은 접혀 있던 수배 몽타주를 펼쳤다.

"그럼, 이건요?"

"맞아요! 대체 어디서 이것들을 구한 거요?"

사진 속 소녀 이름이 리자 구르디에프가 맞다는 얘기다. 그 순간 에블린은 자신이 원피스를 입은 주인공을 아주 오래전부터 찾고 있었다는 기분이 들었다.

그녀는 몸을 숙이고 목소리를 낮춰 말했다.

"이 사진은 3주 전 빈 시내의 감시카메라에 찍힌 것이고, 수배 몽타주는 며칠 전 쿡스하펜 옷가게 주인의 진술로 작성된 거죠."

폴라스키는 사진을 손에 들고 자세히 봤다.

"말도 안 돼! 이건 불가능한 얘기요."

에블린이 반박했다.

"그렇지 않아요. 이 여자는 교활하고 지능적인 살인범이에요. 키슬링거와 프랑게, 호킨슨이 죽은 그 현장에 항상 있었어요."

폴라스키는 넥타이 매듭을 잡아당겼다.

"리자가 그 정도로 지능적이었을 리가 없소. 직접 가봅시다. 이리 와요."

그가 문을 향해 걸어갔다.

에블린도 그를 따라갔다.

뒤에서 앙칼진 여자 목소리가 들렸다.

"계산은 하고 가셔야죠!"

"네, 알겠습니다!"

폴라스키는 지폐 한 장을 테이블 위에 올려놓고 카페 밖으로 나왔다.

밖으로 나오자마자 그는 천식 스프레이를 꺼내 입안에 분사했다.

에블린이 강조해서 말했다.

"리자를 체포하셔야 해요, 형사님."

그도 지지 않았다.

"에블린 변호사가 착각한 거요. 리자는 10년 전부터 정신과 병원 폐쇄병동에 갇혀서 지냈고, 한 번도 여길 떠난 적이 없단 말이오."

52

리자가 입원해 있는 곳은 46병동이었다. 18세부터 30세까지의 남녀 구별 없이 비교적 젊은 환자들이 있는 곳이었다. 풀라스키는 46병동으로 가는 길을 알고 있었다. 에블린에게 말하기로는 안내창구에서 전화를 받고 그녀가 있는 곳으로 오기 전까지 리자 방에 있었다고 했다.

건물 앞에는 제복을 입은 젊은이 두 명이 서 있었다. 에블린이 보기에 두 청년의 얼굴이 이 병원과 맞지 않는다는 생각이 들었다. 그들이 입고 있는 옷도 가슴 부분이 툭 튀어나와 있어 마치 영화의 한 장면 같았다.

풀라스키를 따라 건물 안으로 들어가자 벽면에 있는 건물 평면도와 비상구 안내가 에블린의 눈에 들어왔다. 건물에는 약 스무 개의 1인실과 2인실 병실이 있었고, 치료실과 휴게실도 여러 군데 있었으며, 의사들과 사회교육자들을 위한 개별 공간도 있었다.

두 사람이 위층으로 올라가자 흰 가운을 입은 머리가 희끗희끗한 중년 여성이 다가왔다. 돋보기안경이 목걸이에 걸려 가슴까지 내려와 있었다.

풀라스키가 에블린에게 말했다.

"저분은 이 병동 수석과장이오."

"좋은 징조는 아닌 것 같네요, 맞죠?"

"곧 아시게 될 거요."

여의사는 풀라스키 앞에 멈춰 섰다.

"아, 형사님 또 오셨군요. 형사님이 가시고 난 뒤 이제야 저의 평화로운 하루가 시작된다고 생각했었는데요."

에블린은 풀라스키가 무슨 말을 하려고 했다가 참는다는 걸 알았다. 대신 그는 덫에 갇힌 온순한 늑대처럼 행동했다.

"리자와 더 얘기할 게 있어서 다시 왔습니다."

여의사는 에블린을 위에서 아래로 노골적으로 훑어봤다.

"이번엔 또 누구와 동행해서 오셨나요?"

에블린은 여자에게 경계의 시선을 던지는 이런 유형의 여자들을 알고 있다. 그녀의 시선은 얼음장같이 차가웠고, 이기적이었으며, 말투에는 조금도 따뜻한 마음이 들어 있지 않았다.

그녀의 가슴에 있는 이름표에는 멜라니 게슬러 박사라고 적혀 있었다.

"에블린 마이어스입니다."

자신을 소개하고 에블린은 의사에게 손을 내밀었다. 그런데 의사는 이 동작에 반응하지 않았다. 뼈만 앙상한 주먹 쥔 손을 옆구리에 댔다.

풀라스키는 에블린 쪽으로 시선을 돌렸다. 그의 눈은 이렇게 말하는 것 같았다. '이런 무서운 용 같은 여자한테 뭘 기대했소?'라고 말이다.

풀라스키가 게슬러 박사에게 말했다.

"마이어스 씨는 제 동료입니다. 우리는 이 사건을 맡아 같이 일하고 있습니다."

'동료라고?' 에블린의 심장이 떨어지는 것 같았다. 이 남자가 대체 무슨 말을 하는 건가? 에블린이 입을 열기만 하면 누구나 그녀가 형사가 아니라는 걸 알 텐데 말이다. 중고자동차 딜러만큼 형사에 대해서도 아는 게 없는데 어쩌라는 건지?

게슬러 박사의 얼굴 표정이 돌처럼 굳어졌다.

"함부르크 경찰에서 우리 쪽에 얘기하기론 형사님이 이곳에 자문을 구하러 오셨을 뿐이고, 형사님이 원내에서 어디를 가는지 보고를 하라고 했습니다."

풀라스키가 대답했다.

"그렇게 하십시오. 그래도 리자와 한 번 더 얘기를 해야 합니다."

"형사님은 이미 제가 허락한 5분을 다 쓰셨고 의학적 관점으로 봐서 더 이상은 허락해드릴 수 없습니다. 게다가 형사님도 이미 보셨잖습니까? 리자는 지금 말을 걸 수 있는 상태가 아닙니다."

"새로운 정보를 입수했습니다. 리자의 과거에 대해 좀더 자세히 알아봐야 합니다."

게슬러 박사는 말을 더듬었다.

"아, 세상에! 형사님 눈에는 모든 게 그렇게 간단하군요. 우리는 10년 전부터 리자를 치료하고 있어요. 그런데 형사님은 그냥 여기 와서 몇 초 안에 모든 걸 다 끄집어낼 수 있다고 생각하시나 봐요. 제 생각엔 우리 병원 환자를 범인 대하듯 착각하시는 것 같군요."

그녀는 손가락을 튕겼다.

풀라스키가 말했다.

"5분만 부탁합니다. 어쩌면 이 대화에 사람들 생명이 달려 있을 수도 있습니다."

의사가 비꼬듯 말했다.

"어쩌면이라고요? 제가 생명을 걱정하는 단 한 사람은 바로 리자예요.

오늘 충분히 시달렸다고요. 미안합니다."

의사는 고개를 저었다.

에블린은 풀라스키의 턱이 덜덜 떨리는 걸 봤다. 그녀 자신도 신경이 날카로워져 자제심을 잃기 직전이었다. 의사 앞을 가로막고 서 있기라도 하고 싶었다. 그런데 풀라스키는 등 뒤로 주먹만 쥘 뿐이었다.

의사는 두 사람 옆으로 지나쳐 가려고 했지만 풀라스키가 길을 비켜주지 않았다. 그는 게슬러 박사 코앞에 현금지급기 감시카메라 사진을 들이댔다.

그가 물었다.

"리자 사진인 줄 알아보시겠죠? 이 사진은 3주 전 빈 시내에서 찍힌 겁니다."

게슬러 박사는 사진을 떨떠름한 얼굴로 관찰했다.

"우연히 닮은 사람이겠죠."

풀라스키가 대답했다.

"이 사람은 리자 구르디에프입니다. 리자의 과거에 대해 밝혀낸 게 있고 빈에서 쿡스하펜까지 그녀의 행적을 알아봤습니다."

에블린은 순간 숨을 멈췄다. 풀라스키는 지금 살얼음판 위에 서 있는 상황이다. 사실, 에블린은 사진 속 얼굴이 정말 이 병원 환자와 동일 인물인지 이곳에 와서 확신하지 못했다.

게슬러 박사가 풀라스키에게 사진을 돌려주었다.

"빈이요? 쿡스하펜이요? 그건 불가능합니다."

풀라스키가 침묵하자 에블린이 말을 꺼냈다.

"리자가 병원을 며칠 떠날 방법을 모색했겠지요. 리자는 그 당시 배에 누가 타고 있었는지 알게 됐어요. 감시 없는 틈을 타 자유롭게 활동한 거죠. 가석방이라도 된 듯."

게슬러 박사가 에블린의 말을 도중에 끊었다.

"가석방이라뇨? 자유롭게 활동할 수 있는 상황은 단 한 번도 없었어요! 리자를 치료했던 병원의 의사와 상담사, 간호사들을 대표해서 내가 장담해요. 지난 10년간 리자가 외출한 적은 단 몇 번이고, 그것도 항상 누군가의 보호하에 다녀왔단 말이에요."

폴라스키는 그녀의 말이 거짓이란 걸 증명이라도 하듯 사진을 흔들어 보였다.

"그렇다면 박사님 병동에 엄청난 안전상의 틈이 있다는 말이군요."

그는 협박이라도 하듯 꿈쩍도 안 하고 계속 서 있었다.

한순간 게슬러 박사의 얼굴이 얼음장같이 싸늘해졌다.

"얼마 전 환자가 도망간 사건을 착각하시나 본데, 그 사건은 라인베르크에 있는 성 니콜라우스 병원이지 우리 병원이 아니라고요!"

"아닙니다. 저는 아무것도 착각하지 않았습니다. 하지만 박사님도 이런 경우 언론의 반응이 어떨지 잘 아실걸요."

이 말이 명중했다.

게슬러 박사는 턱을 치켜세웠다.

"딱 5분입니다. 1초도 넘기면 안 됩니다! 그다음 여기서 나가주세요."

53

집단 치료실은 아이 방 정도의 크기로 내부도 아이들 공간처럼 꾸며놓았다. 박하 향이 났다. 벽에는 화려한 색상의 그림이 테이프로 붙어 있었고 테이블 위에는 그림책이 쌓여 있었다. 창가에 동물 모양의 봉제 인형이 여러 개 있었다. 곰돌이 푸, 토끼 로저, 생쥐 탐정 바실 등은 에블린도 아는 인형이었다. 동물 인형의 앞발에는 다른 곳에 흡착할 수 있는 흡반이 있었다. 이곳이 어떤 방인지 모르고 겉모습만 봤더라면 열 살 아이의 방이라고 착각했을 거라고 에블린은 생각했다. 하지만 오트푸리트 프로이슬러의 『작은 악마』라는 동화책 옆에는 두꺼운 심리학 책도 있었다. 책 한가운데 갈피표가 꽂혀 있었다.

리자는 침대에 걸터앉아 있었다. 그녀의 무릎 위에는 마술 큐브라 불리는 루빅스 큐브가 놓여 있었다. 큐브 한 면은 모두 파란색으로 되어 있었다. 그녀는 군청색 파자마를 입고 게슬러 박사를 무감각한 표정으로 바라봤다.

에블린은 숨을 죽이고 벽 옆에 서서 소녀를 바라봤다. 리자가 감시카메라 사진과 현상수배 몽타주의 얼굴과 동일 인물이라는 데는 의심할 여지가 없었다. 몸매도, 머리 모양도 똑같았고 창백한 얼굴색과 조그만 얼굴 모양도 똑같았다. 바라보는 시선도 같았다. 그러나 마치 어린아이가 장난감을 가지고 놀고 있는 모습이었다. 어디를 봐도 파란색 원피스를 입은 자신감 있고 이기적인 모습으로는 보이지 않았다.

"리자, 안녕? 여기 너를 만나러 오신 손님이 계셔. 오래 걸리진 않을 거야. 시간 좀 내주고 폴라스키 씨가 묻는 말에 대답을 해주면 좋겠어."

의사가 말했다. 이번에는 그녀의 목소리가 1분 전보다 훨씬 부드러웠다.

게슬러 박사는 폴라스키 쪽으로 몸을 돌렸다. 그리고 그를 향해 속삭였다.

"리자는 해리성정체장애를 앓고 있어요. 리자의 정신세계 중 일부는 열 살 아이에 머물러 있어요. 반면, 다른 부분은 매우 활동적이고 힘이 넘칩니다. 리자는 강한 사람도 될 수 있어요. 그러니 리자가 흥분을 하면 할돌 주사 2밀리그램을 주어 진정시켜야 해요. 두 분에게 주어진 시간은 정확히 5분입니다."

그녀는 창가 의자에 앉아 벽시계를 쳐다봤다.

"여기 앉아도 될까?"

폴라스키가 말했다. 그는 대답을 기대하지 않고 침대 위에 걸터앉았다.

리자는 전혀 반응이 없었고 큐브만 돌리고 있었다.

"리자, 너한테 동생이 있었다는 걸 좀 전에 알았어."

리자는 계속 큐브만 돌렸다.

"마누엘 기억하니?"

갑자기 리자가 동작을 멈췄다. 그녀의 시선이 천천히 폴라스키를 향했다.

"네가 동생과 같은 배에 탔다는 사실도 알고 있어."

리자는 입술을 꽉 물었고 이마를 찡그렸다.

에블린은 게슬러 박사가 불안해하는 걸 눈치챘다. 게슬러 박사는 리자의 모든 몸짓과 행동을 주시했지만 조치를 취하지는 않고 가만히 보고 있었다.

"너와 네 동생에게 나쁜 짓을 했던 남자들을 우리가 다 찾아낼 거라고 약속할게."

이제 리자는 폴라스키에게 굉장한 관심을 보였다. 그녀의 손에서 큐브가 미끄러져 떨어졌다. 그녀는 눈을 크게 뜨고 폴라스키를 뚫어져라 쳐다봤다.

"최근에 레샤를 만났어. 그 애도 너와 같은 배에 있었잖아, 그렇지?"

리자의 입이 조금 열렸다. 그녀의 입술은 갈라져 거칠게 터 있었다. 그녀가 무슨 말을 하려고 했다.

폴라스키는 리자를 궁금해하는 눈초리로 바라봤다.

그녀가 속삭였다.

"어떤 배요?"

"어떤 배냐 하면?"

폴라스키가 그녀의 질문을 되풀이했다. 그는 에블린에게 도움을 요청하는 눈빛을 보냈다.

에블린은 머릿속에서 생각이 요동했다. 리자가 모른 척하는 걸까? 리자는 분명 배에 대해서 알고 있을 텐데! 그렇지만 리자의 궁금해하는 눈빛을 보면 진실로 보여서 리자가 정말로 크루즈 여행에 대해 한 번도 들어본 적이 없는 듯했다.

이번에는 폴라스키가 에블린에게 물었다.

"어떤 배죠?"

그녀는 리자 쪽으로 몸을 돌렸다.

"그 배는 브레머하펜을 출항했어. 에드워드 호킨슨이란 사람 소유의 배였어."

리자의 얼굴에 아무 반응이 없었다.

"배 안에는 하인츠 프랑게, 루돌프 키슬링거, 페터 홀로베크……."

같은 회사에서 근무했던 홀로베크의 이름을 말하자 그녀는 목구멍이 턱 막혔다. 잠시 쉬었다 다른 사람들 이름을 계속 말했다. 어느새 에블린은 배에 탔던 남자들 이름을 다 외우고 있었다.

"배의 선장이 너희에게 음식을 가져다주었잖아."

에블린은 계속 말을 이었다. 곁눈질로 보니 게슬러 박사가 불안해하는 모습이 보였다. 그녀의 이마에 주름이 깊게 파였다. 분명 게슬러 박사도 이 이야기에 대해서는 처음 듣는 말일 것이다. 게슬러 박사의 손이 주머니로 가더니 주사기를 꺼냈다.

풀라스키가 속삭였다.

"계속하세요."

"선장의 팔뚝에 문신 자국이 있어. 흉터도 있지. 선장 이름은 파울 슈몰레."

리자의 눈이 더 커지고 호흡이 점점 빨라졌다.

게슬러 박사가 에블린의 말을 막았다.

"그만하세요! 됐습니다. 이걸로 충분해요."

그녀는 주사기 포장을 조심스럽게 벗겼다.

풀라스키가 말했다.

"그 배 이름은 프리트베르크……."

갑자기 리자가 소리를 질렀다. 그녀는 이리저리 돌아다니다 갑자기 풀라스키의 팔을 할퀴었다. 큐브가 바닥에서 덜커덩거리며 움직였다. 풀라스키가 리자의 팔을 잡고 진정시키려는데 게슬러 박사가 다가와 진정제 주사를 리자의 팔뚝에 놨다. 그러자 리자의 손가락이 경련으로 마비되었다. 그녀는 침대에 주저앉아 다시 조용해졌다.

게슬러 박사가 리자의 이마에 손을 대보고 맥박을 쟀다. 그러고는 두 사람을 쳐다보지도 않고 말했다.

"이 방에서 나가요. 당장이요!"

풀라스키와 에블린은 복도에서 기다렸다.

에블린이 물었다.

"왜 저를 도와주시는 거죠?"

풀라스키는 복도 끝을 바라봤다.

"좋은 질문이오. 한쪽에는 학대당한 아이들이 살해당하는 살인사건이 있었고, 다른 쪽에는 당신이 설명해준 대로 과거 같은 배에 탔던 승객들이 의문의 죽음을 당한 사건이 있었소. 그런데 우리가 알고 있는 두 개의 다른 사건들이 크루즈 여행이라는 걸 통해 서로 연결이 됐어요. 지금은 내가 해왔던 수사가 막다른 골목에 와서 정체 상태에 빠져버린 거요."

그는 에블린에게로 시선을 돌리고는 말을 이었다.

"당신이 얘기해준 단서를 계속 쫓아가며 찾아내는 것이 살인 용의자를 찾을 유일한 기회가 된 셈이오."

에블린은 고개를 끄덕였다. 풀라스키의 말이 설득력 있게 들렸다.

몇 분 뒤 게슬러 박사가 방에서 나왔다. 그녀의 얼굴이 굳어 있었다. 그녀가 풀라스키와 에블린을 번갈아 쳐다봤다.

"당신들 미쳤어요? 당신들이 리자한테 빈에서 찍혔다는 사진을 보여줄 것이라 생각하고 면담을 허락했어요. 그런데 당신들이 말도 안 되는 질문을 해서 우리가 수년간 치료해온 아이를 더 위험한 상태에 빠뜨렸어요. 리자가 과거에 무슨 일을 겪었는지 의식을 돌아오게 하기 위해 우리가 얼마나 많은 상담과 그룹 치료를 하는지 당신들이 알기나 하느냐고요?"

에블린은 아랫입술을 깨물었다. 그녀와 풀라스키도 리자에게 물어본 걸로 얻은 게 하나도 없었다. 한 발자국도 진전이 없었고, 오히려 정반대로 의사의 화만 돋운 결과를 가져왔다. 그래도 쉽게 포기하고 싶지는 않았다.

"혹시 상담치료를 녹화해둔 비디오가 있습니까?"

54

그룹 상담 치료실에는 원탁이 있고 원탁을 따라 의자 일곱 개가 놓여 있었다. 방 한가운데는 빈 공간이 있었다. 벽에는 책장과 TV, 칠판이 있었다. 놀이 공간에는 나무 블록과 커다란 고무공이 있었다. 폴라스키는 TV 뒤에 있는 블라인드를 내렸다. 한낮의 강한 태양이 방 안에 들어와 방해가 될 것 같았다.

함부르크 경찰 한 명이 에블린, 폴라스키와 동행했다. 게슬러 박사와 몇 마디 대화를 나누고 경찰은 두 사람과 같이 방에 들어갔다.

폴라스키가 에블린에게 속삭였다.

"저 사람은 비디오에 전혀 관심이 없어요. 그냥 우리를 감시하는 거요."

에블린은 경찰의 이름이 뭔지도 몰랐다. 삼십대 초반으로 보이는 경찰은 구석에 앉아 블록을 만지작거리고 있었다.

리자의 단독 상담 비디오를 게슬러 박사가 허락하지 않았음은 물론이다. 폴라스키가 게슬러 박사에게 상세히 설명하고 간곡하게 부탁했지만 소용없었다. 그나마 다행히 게슬러 박사는 그룹 치료 비디오를 보는 건 허락했다. 매주 월요일 아침마다 치료실에서 사회복지사가 46병동 환자들과 대화를 나눈다. 잘 지내는지, 그들에게 부족한 건 없는지 물어보는 그룹 면담이다. 지난 2년간 월요 그룹 상담은 아흔세 번 있었고 한 번에 30분씩 걸렸다. 모든 장면은 삼각대를 놓고 카메라로 녹화된다. 나중에 담당의사가 녹화 비디오를 볼 수 있게 하기 위해서란다. 게슬러 박사는 두 사람에게 90분을 허용했다. 그 후에 치료실을 사용해야 한다고 했지만 에블린은 게슬러 박사의 말을 믿지는 않았다. 게슬러는 타협적인 태도를 보이기는 했다. 물론 자신이 담당하는 병동이 안전상의 허점으로 인해 언론에 오르락내리락할까 봐 두려워서 그랬겠지만 말이다. 그러면서도 게슬러 박사는 에블린과 풀라스키를 가능하면 빨리 병원 밖으로 내쫓고 싶어 했다.

시계를 본 뒤 풀라스키는 가장 오래된 녹화 테이프부터 시작했다. 몇 개를 꺼내 리모컨으로 빨리 돌리면서 리자가 입을 여는 장면만 자세히 보았다. 그런데 리자가 말하는 장면은 거의 없었다.

첫 비디오를 보고 나서 에블린은 게슬러 박사가 그들에게 비디오를 기꺼이 보도록 허락해준 이유를 알았다. 녹화 테이프에서 특이한 사항을 도무지 찾을 수가 없었다. 상황은 거의 비슷했다. 리자가 말하는 건 대부분 잘 잤는지, 꿈은 어땠는지, 전 주에 무슨 일이 있었는지, 특별히 즐거웠던 게 무엇이었는지, 그녀를 아프게 했던 게 무엇이었는지 정도다. 가끔 리자는 파란색 파자마에 털슬리퍼를 신기도 했고, 어떨 땐 노란 점이 있는 원피스나 회색 트레이닝복에 두건을 쓰기도 했다. 그러는 사이에 에블린은 비디오에 등장하는 사회복지사가 세 사람인 것도 알았고, 이들 모두 부드럽고 졸린 목소리로 말한다는 것도 알았다. 마치 이들이 정신과 병동 환자들과 말할 땐 큰 목소리가 나오지 않도록 조정 장치라도 되어 있는 게 아닐까 하는 생각이 들 정도였다.

치료실 방 안에 블라인드가 내려져 있고 희미한 빛만 TV에서 나오자 에블린은 하품이 자주 나왔다. 지난밤 한잠도 못 잔 후유증이 이제 나타나는 것 같았다. 하품은 나오지만 이상하게 졸리지 않고 정신은 멀쩡했다. 그다음 비디오 장면이 에블린의 감정을 뜨겁게 달구었다. 지난해 여름 집단 상담 시간에 리자가 발작을 일으킨 것이었다. 집단 상담 중 갑자기 리자의 목소리와 얼굴 표정이 변했다. 리자의 목소리가 저음으로 변했고 성인 같은 소리가 났다. 그녀가 뭔가 기억을 해낸 것 같았다. 에블린은 그 기억이 무엇인지 너무도 잘 알고 있었다.

"방은 좁았어요. 전 배가 고팠는데 그 사람들이 먹을 것을 거의 가져다주지 않았어요. 마실 거라곤 미지근한 물밖에 없었죠. 술통만 보면 그 자리에서 구토가 났어요. 밤마다 벽 옆에서 시끄러운 진동음이 들려 잠을 잘 수 없어요. 그리고 난 항상 같은 꿈을 꿔요."

에블린은 모니터를 똑바로 봤다. 화면 속에서 리자의 모습을 지켜보던 사회복지사가 갑자기 일어나 방에서 나갔다. 그동안에도 리자는 쉬지 않고 계속 말을 이어갔다. 마치 자기 혼자 방 안에 있는 듯 거리끼지 않았다.

"그 사람들이 마누엘을 데려가요. 간격이 점점 짧아져요. 마누엘이 다시 올 때마다 그 애는 영혼이 몸에서 빠져나가듯 심하게 울어요. 그런데 어느 날 마누엘이 울음을 그치는 거예요. 그 애는 아무것도 기억하지 못해요. 마누엘의 눈빛은 그냥 멍하니 바라보기만 할 뿐이에요. 가장 심각한 건 마누엘이 더 이상 나와 얘기를 안 하는 거예요."

어느새 사회복지사가 의사를 데리고 왔다.

리자는 자제력을 잃고 분노했다. 그녀의 목소리가 점점 커졌다.

"너 왜 나한테 말을 안 하는 거야? 대체 무슨 일이야? 그 사람들이 너한테 무슨 짓을 했어?"

의사가 리자를 옆으로 데려가 주사를 놓으려 했지만 리자는 팔을 힘껏 뿌리쳤다.

리자가 몸부림치며 절규했다. 그녀의 머리카락이 이마를 덮을 정도로 헝클어졌다. 그녀의 얼굴은 분노로 가득했다.

의사가 주사를 놓을 수 있도록 사회복지사가 리자를 뒤에서 붙잡아야 했다.

"그 사람들이 너한테 왜 그런 짓을 했느냐고?"

그녀는 무슨 일을 당했는지 알았다. 동생의 외침과 사내의 목소리는 여지없이 들려왔다. 그녀는 소리를 들었다. 그가 그녀에게 했던 것과 같은 짓을 그녀의 동생에게도 했다. 그런데 산드라는 그녀보다 두 살 어렸고 사내가 무슨 짓을 하려는지 이해할 수 없었다. 어째서 사내가 그녀보다 산드라를 더 자주 찾았던 것일까?

그녀 입에 청테이프가 없었더라면 어떻게 됐을까? 그녀는 산드라를 소리쳐 불러서 얘기해줬을 것이다. 언니가 옆방에 있으니 같이 이겨내고 도망가자고 말이다. 남자가 다시 산드라에게 가면 차라리 눈을 감고 있으라고 얘기해줬을 것이다. 그리고 모든 게 다 잘될 것이라고. 그런데 잘되지 않았다. 그녀는 테이프로 재갈이 물려 있었고 지하실 한가운데 쇠고랑에 묶여 있었다. 그녀는 벽으로 다가가 두드릴 수도 없었다. 그런데 그녀가 그렇게 했더라면 어떻게 됐을까? 남자는 그녀에게 협박했었다. 그녀가 도망을 가거나 저항을 하면 산드라를 죽여버리겠다고 말이다.

남자가 산드라와 일을 끝내고 나서 다시 그녀의 방으로 들어왔다. 이번에 들어온 목적은 재갈과 쇠고랑에 묶인 끈을 확인만 하려는 것이었다. 그렇게 매일 밤 같은 일이 반복되었다. 남자가 자기 차를 타고 나가기 전까지는. 몇 분 후 차의 엔진 소리가 들렸다. 헤드라이트가 창문 틈으로 사라지자마자 그녀는 손목에 묶여 있는 줄을 쇠고랑이 부착된 철판에 비비고 문지르기 시작했다. 쇠고랑은 날카로운 모서리가 있는 철판에 돌출되어 있었다. 그녀의 손에서 피가 흘렀다. 그래도 그녀는 모서리에 줄을 계속 문질렀다.

도망가려고 하면 반드시 붙잡을 것이라고 남자가 협박했던 말이 자꾸 떠올랐다. 서둘러야 했다. 손목을 묶은 줄을 더 세게 철판 모서리에 문질렀다. 남자가 한밤중에 다시 돌아온 적도 여러 번 있었다.

어느새 옆방에서 들리던 동생의 흐느끼는 소리가 멎었다. 몇 시간이 흘렀다. 마침내 줄이 끊어졌다. 어깨에 통증이 느껴졌다. 떨리는 손으로 입에 붙어 있는 테이프를 벗기고 손가락에서 흐른 피 냄새를 맡자 구토가 났다.

희미한 달빛이 전부라 방 안이 어두웠지만 더듬거려서 문을 만졌다. 문고리에서 날카로운 소리가 났다. 잠겨져 있었다. 그녀는 숨을 죽이고 주변에 무슨 소리가 들리는지 귀를 기울였다. 아무 소리도 나지 않았다. 그러자 그녀는 산드라 방 뒤에 있는 벽으로 갔다.

벽을 두드렸다. 소리가 울렸다.

그녀가 속삭였다.

"산드라?"

대답이 없었다. 분명 남자가 산드라의 입에도 재갈을 물리고 손을 뒤로 묶었으리라.

그녀는 방의 다른 쪽 끝, 달빛이 좁은 창문 틈으로 들어오는 곳으로 갔다. 창살은 없었다. 나무 궤짝 몇 개만 올려놓으면 창문까지 오를 수 있어 보였다. 창문엔 손잡이가 있었다. 운이 좋으면 열린 문틈으로 몸이 빠져나갈 수도 있을 것 같았다. 바깥을 살펴봤다. 헤드라이트 불빛은 없었다. 서둘러야 했다. 그가 오늘 밤에는 돌아오지 않기를 바랄 뿐이다.

창문으로 오르는데 어디서 그런 힘이 나왔는지 그녀는 알지 못했다. 나무 궤짝 없이 창문으로 뛰어올랐다. 팔꿈치에 찰과상을 입었지만 창문으로 올라갔다. 조심스럽게 상체를 밖으로 내보내고 양손으로 땅바닥을 짚었다. 숲 속 냄새가 얼마나 좋았는지 모른다. 열린 창문으로 몸을 밀어붙여서 밖으로 나갔다. 기어서 지하실 다른 방 창문 앞에서 쪼그리고 앉아 돌멩이를 찾았다. 마침내 돌멩이를 찾아서 그걸 들고 유리창을 때렸다. 네다섯 번을 때리고 나서야 깨졌다. 그녀는 유리가 박살 날 때까지 계속 때렸다.

조심스럽게 그 방으로 몸을 숙였다.

어둠 속에서 그녀는 외쳤다.

"언니가 여기서 널 꺼내줄게. 조금만 기다려."

그녀가 산드라 방 창문 손잡이를 만지려는데 자동차 헤드라이트 불빛이 숲 속에 비쳤다. 그녀는 깜짝 놀랐다. 다음 순간 자동차 소리가 들렸다. 다시 남자의 목소리가 들리는 듯했다. 그녀가 도망가면 동생을 죽여버릴 거라는 소리가 들리는 것 같았다. 그 사람이 거짓말을 했다. 그녀는 알고 있었다. 그가 거짓말했다는 것을 말이다. 그는 그녀와 그녀의 동생을 망가뜨리고 차지하려고 거짓말을 했음에 틀림없다. 그녀가 다시 방으로 기어들어가야 할까? 아니다. 그녀는 도망가야 했다! 그녀가 없다는 것을 남자가 아는 순간 그는 공포를 느끼고 그녀를 찾아 헤맬 것이다. 이건 내기다! 그녀는 자신에게 엄격하게 말했다. 그녀가 무조건 이 내기에서 남자를 이겨야 한다고 말이다. 산드라를 구하기 위해서 이겨야 했다.

그리고 내기에 이기기 위한 기회를 이제 겨우 얻은 것이다.

그녀가 속삭였다.

"난 지금 도망가야 해. 하지만 널 여기서 꺼낼 거야. 언닐 믿어."

자동차 바퀴가 집 뒤에서 멈추는 소리가 들렸다. 그녀는 일어났다. 동생을 맹수한테 홀로 놔두고 그곳에서 뛰쳐나왔다. 오두막은 숲 속 한가운데 있었다. 그녀는 비틀거리며 숲을 헤쳐나갔다. 바닥에 튀어나온 뿌리에 걸려 넘어지기도 하면서 달빛에 비치는 나무와 나무 사이를 헤쳐 길이 있는 곳을 찾았다.

동이 틀 때쯤 그녀는 마을에 도착했다. 그녀가 알고 있는 동네였다. 그녀의 집에서도 멀지 않은 곳이었다. 절반쯤 얼어버린 몸과 굶주림에 지치고 온통 더러워진 몰골로 무릎을 덜덜 떨며 그녀는 문을 두드렸다. 안에서 누군가 문을 열어주었다. 나머지는 기억이 희미해졌다. 따뜻한 차를 마시고 포근한 담요를 덮고 경찰에게 숲 속 오두막과 승합차에 대해 담담히 얘기했다. 그녀가 생각하기에 몇 주가 걸려 집을 찾은 느낌이 들었지만 경찰은 오두막을 몇 시간 만에 발견했다. 모든 것이 기억 속에서 희미해졌다. 그런데 단 한 가지 분명한 것이 있다. 그 남자는 거짓말을 하지 않았다.

"에블린? 에블린?"

그녀는 화들짝 놀랐다.

풀라스키의 손이 그녀의 어깨 위에 있었다.

"깜빡 잠이 들었나 봐요."

그동안 풀라스키는 넥타이를 풀고 재킷을 벗고 있었다. 셔츠 맨 위 단추가 열려 있었다. 셔츠의 겨드랑이 부분이 땀으로 얼룩져 있었지만 에블린의 눈에 거슬리지는 않았다. 그런데 그의 홀스터에 있는 총은 그녀를 혼란스럽게 했다.

"괜찮소?"

"네."

에블린은 주변을 둘러보았다. 함부르크 경찰은 여전히 구석에 앉아 있었다. 풀라스키는 비디오를 중지해놨다. 모니터는 화면이 정지된 상태로 있었다.

"제가 얼마 동안 그랬나요?"

그녀가 물었다. 그녀의 목소리는 쉬어 있었다.

풀라스키는 그녀에게 물 한 잔을 건넸다.

"20분 정도요. 악몽을 꿨나 보군. 힘들었소?"

"괜찮아요. 새로운 걸 찾아내셨나요?"

"안타깝게도 좋은 소식은 아닐 것 같소."

에블린은 눈을 비비고 물을 한 모금 마셨다.

"좋은 소식이었으면 더 좋았을 텐데요."

풀라스키는 현금지급기 카메라 사진을 흔들어 보였다.

"사진에 나와 있는 날짜가 맞는다면 8월 31일 일요일일 거요."

"사진 속 날짜와 시간은 정확해요."

에블린이 말했다. 그날 밤은 루돌프 키슬링거가 하수구에 빠져 사망한 날이다.

풀라스키는 그녀에게 비디오테이프를 건넸다.

"그렇다면 리자가 그날 밤 빈에 있어야 하오. 그런데 9월 1일 월요일 아침 비디오를 보면 리자가 함부르크의 그룹 상담에 참가했다는 게 증명되고 있소. 1,000킬로미터 가까이 되는 거리를 그녀가 그 시간에 자동차로 달린다는 건 불가능해요."

"비행기라면요?"

"한밤중에 빈에서 함부르크로 가는 비행기는 없소."

에블린은 파란 원피스를 입은 금발 소녀의 사진을 응시했다. 넌 대체 누구니? 쿡스하펜의 수배 전단과 여기 있는 리자는 분명 동일 인물이다. 파울 슈몰레를 찾아갔던 여자와도 동일 인물이다. 슈몰레에게 자신의 이름이 리자라고 말하지 않았던가. 정말 미칠 노릇이었다.

에블린은 사진을 접었다.

"제가 유령을 찾아다니고 있나 봐요?"

풀라스키가 미소 지었다.

"꼭 그런 건 아닐 거요. 우연히 비디오에서 흥미로운 걸 찾아냈소."

55

풀라스키는 포스트잇으로 표시해놓은 비디오테이프를 찾아 꺼냈다. 그런 다음 비디오 레코더에 넣었다.

"2006년 여름이고 가장 오래된 녹화 테이프요. 처음엔 젊은 여성이 전혀 눈에 안 띄었소."

그는 TV 옆에 서서 손가락으로 한 여성을 가리켰다. 리자가 앉아 있는 의자에서 세 개 떨어진 곳에 앉아 있었다.

그가 설명했다.

"이름은 지빌이오. 리자보다 한두 살 정도 많아 보여요. 목소리를 한번 들어봐요. 이제 말을 할 테니."

에블린은 잠시 기다렸다 지빌의 말을 유심히 들었다.

"오스트리아 억양이 있네요."

에블린은 확신했다.

"다른 비디오에서 알아냈는데 지빌은 빈 출신이오. 빈 시내 프라터 놀이공원에서 자란 거리의 아이요. 부모도 없고 도둑과 걸인들 사이에서 성장했다고 그럽디다. 이 병원 내 대부분의 아이들처럼 어렸을 때 성적 학대를 당했고."

에블린은 빈의 프라터 공원을 떠올렸다. 회전목마, 대관람차, 롤러코스터 등 어려서 부모님과 자주 갔던 곳이다.

"그런데 이 여자 얘기를 왜 하시는 거죠?"

"반년 뒤 어떤 일이 일어나는지 잘 봐요."

풀라스키가 테이프를 바꿨다. 이번에는 지빌이 리자 옆에 앉아 있었다.

"머리를 길렀네요."

"그것뿐이 아니오. 말투를 들어봐요."

에블린은 TV 앞으로 다가갔다. 음질이 좋지 않았다. 지지직거리는 소리가 나는데도 지빌의 발음이 달라진 것이 분명히 들렸다.

"리자처럼 북독일 억양으로 말을 하네요."

"좀더 자세히 봐요. 말투만 모방하는 게 아니라 강세까지도 똑같아요."

에블린은 등 뒤에서 식은땀이 흘렀다.

"기가 막히네요. 섬뜩해요."

뒤에서 삐거덕거리는 소리가 났다. 함부르크 경찰이 의자에서 일어나고 있었다. 그는 손목시계를 들여다봤다.

"자, 이제 한 시간 반이 지났습니다."

풀라스키는 손으로 막는 시늉을 했다.

"잠깐만 더 보겠습니다."

"제가 말씀드렸죠. 시간이 다 됐습니다."

"알고 있습니다. 젠장, 테이프 한 개만 더 볼게요."

풀라스키가 비디오테이프를 바꿨다.

"분명 이곳 병원 안에서 친밀한 관계는 그렇게 많지 않을 거요. 그런데 지빌은 리자와 친구 사이잖소. 사회복지사의 말로는 지빌은 창의적이고 굉장히 영리하며 뛰어난 조직 능력의 소유자라는군요."

경찰이 풀라스키 옆으로 왔다.

"지금 뭐 하시는 겁니까?"

"테이프 한 개만 더 볼게요, 아시겠습니까?"

풀라스키는 대답을 기다리지 않고 리모컨을 눌렀다.

화면에는 다른 그룹 치료 모임이었다.

풀라스키가 설명했다.

"이 비디오는 올해 봄에 촬영된 거요."

그가 계속 설명할 필요가 전혀 없었다. 에블린은 첫눈에 알아봤다. 지빌은 리자와 똑같은 옷을 입고 있었다. 청바지에 꽈배기 무늬가 있는 니트 상의는 똑같았다. 소매를 팔꿈치까지 접어 올린 것도 똑같았다. 두 사람은 왼쪽 손목에 똑같은 팔찌를 하고 있었고 동일한 모양과 방향으로 다리를 꼬고 앉아 있었다. 두 사람은 누가 누군지 모를 정도로 비슷해 보였다. 그때 지빌이 뭔가 말했다. 몇 마디 안 됐지만 딱딱한 북독일식 억양이었다. 에블린은 이 목소리를 과거에 한 번 들어본 적이 있다는 느낌이 들었다.

에블린이 다그쳤다.

"되돌려보세요! 제 생각에 제가 아는……."

갑자기 화면이 멈췄다. 다음 순간 모니터가 꺼지고 검은 화면이 되었다.

함부르크 경찰이 콘센트 옆에서 손에 플러그를 들고 있었다.

"자, 지그문트 프로이트 여러분, 쇼는 끝났습니다."

"이것 봐요, 젠장."

풀라스키는 더 이상의 말이 나오지 않았다.

바로 그 순간 문이 열렸던 것이다. 게슬러 박사가 두 명의 병원 직원을 데리고 치료실 안으로 들어왔다.

"두 분에게 드린 시간은 끝났습니다. 부탁입니다."

게슬러 박사는 문을 가리켰다.

에블린은 목구멍이 턱 막히는 걸 느꼈다. 이곳 사람들은 시간 엄수에 목숨을 건 듯했다.

풀라스키가 말했다.

"몇 가지만 더 처리……."

게슬러 박사가 말을 가로막았다.

"제가 드리고 싶은 말씀인데요. 다름 아니라 두 분은 먼저 카페테리아 계산서부터 처리하시는 게 어떨까요? 커피값을 다 안 내셨다는군요!"

"이런 수전노 같은 사람들."

풀라스키가 작은 소리로 중얼거리며 무슨 말인지 이해가 안 간다는 듯 게슬러 박사를 쳐다봤다.

에블린이 말했다.

"남은 금액은 당연히 제가 처리해드리겠습니다. 우리한테 특별 우선권을 주셨으니 분명하게 해결해야지요."

게슬러 박사는 에블린의 비꼬는 말투를 못 들은 척했다. 그녀는 다시 풀라스키 쪽으로 방향을 바꿨다.

"좋습니다. 그렇다면 문제는 해결됐군요. 형사님이 오늘 아침부터 병원을 들쑤셔놨는데 이제 여자 형사님과 두 분이 이곳을 떠나신다니 다행이군요."

"꼭 대화를 나누고 싶은 여자 환자가 있습니다."

게슬러 박사가 웃었다.

"그러시겠죠. 또 다른 부탁은요? 제가 좀 전에 라이프치히 경찰서에 있는 형사님 상사와 통화를 했습니다. 먼저 형사님이 휴가 중이란 사실을 제게는 말씀 안 해주셨죠. 두 번째로 그곳 경찰서에는 에블린 마이어스란 이름의 동료 형사를 아는 사람이 한 사람도 없다는군요. 그러면 이런 사건에 대해 언론은 뭐라고 말할까요?"

에블린은 순간 멈칫했다. 이제 다 드러났다. 법조인으로 그녀는 자신의 행동이 악영향을 끼칠 수 있다는 걸 잘 알고 있었다. 게다가 그녀 자신도 현재 휴가 중이고 공식적으로 맡은 사건도 아니지 않은가.

그런데 풀라스키는 게슬러 박사의 말에 개의치 않고 부드럽게 부탁했다.

"지빌과 몇 마디만 나누고 싶습니다."

게슬러 박사는 고개를 저었다.

"지빌이라고요? 절대 안 됩니다. 형사님이 병원에 진을 치고 있는 걸 얼마나 인내하면서 참았는지 아십니까? 여기 계신 두 분이 밖으로 나가는 길을 안내해줄 겁니다. 안녕히 가십시오."

풀라스키는 넥타이를 목에 걸고 재킷과 외투를 걸쳤다. 게슬러 박사에게 인사말은 하지 않고 제복을 입은 두 남자를 따라나섰다. 그도 화가 머리끝까지 치솟았으리라. 적어도 에블린은 그렇게 느꼈고, 풀라스키도 그녀와 비슷할 거란 생각이 들었다. 그 순간 그녀는 풀라스키가 탁상행정이란 풍차와 싸우고 있는 것 같은 느낌을 받았다. 갑자기 그녀의 입에서 웃음이 터져 나왔다.

"왜 웃는 거요?"

풀라스키가 투덜대듯 물었다. 출구로 가는 계단을 내려갈 때였다.

"갑자기 돈키호테 생각이 났어요."

그는 잠시 생각에 빠졌다.

"누구 생각이 났다고 했소? 정신 나간 노인네 말하는 거요? 변호사님 유머감각이 부럽소이다."

"형사님 기분 상하게 해드리려는 건 아니고요. 혹시 안 좋은 일이 있으셔서 유머를 잃어버리셨다는 말씀이신지?"

그는 고개를 끄덕였다.

"이번 주 내내 과거 어느 때보다 힘들었소. 4일 전부터 계속 의사들, 심리치료사들과 얘기를 했더니만. 저 정도 탁상공론쯤이야 별거 아니오. 그간 계속 들어온 환자의 비밀 누설을 하지 않을 의무라는 쓰레기 같은 말을 한 번 더 들으면 이제 구역질이 날 지경이라오."

건물 앞까지 나오자 제복 차림의 젊은이가 출구를 가리켰다.

"카페테리아는 저쪽에 있습니다."

풀라스키가 언짢은 말투로 말했다.

"고맙소, 나도 알아요!"

그 젊은이는 인사도 없이 사라졌다.

풀라스키는 담배에 불을 붙였다. 남아 있는 제복 차림의 남자는 비쩍 마른 젊은이였다. 얼굴에 여드름이 있는 청년은 학생처럼 보였다. 그가 가만히 서 있다가 담배에 불을 붙였다. 첫눈에 보기에도 이 젊은이는 담배를 자주 피우는 사람은 아닌 것 같았다. 직원이 주변을 살펴봤다. 마치 누군가 그들을 따라오는 사람이라도 있는지 확인하려는 것처럼 보였다.

갑자기 그가 풀라스키가 있는 쪽으로 몸을 돌렸다. 그러더니 작은 목소리로 말했다.

"제가 그녀와 자주 만났습니다."

풀라스키가 미소 지었다. 그는 기침이 나오자 담배를 출구 옆에 있는 커다란 재떨이에 비벼 껐다.

"여기는 암시장이 아니니 소리 내서 말해도 됩니다. 당신이 보기에도 시간이 흐르면서 지빌이 리자와 똑같아지는 게 눈에 띌 정도였습니까?"

젊은이는 여전히 작은 목소리로 말했다.

"관찰력이 대단하십니다. 정신 건강을 회복하기 위한 가장 좋은 전략은 가족이나 친구에 대한 애착을 보이는 것입니다. 그런데 지빌은 가족이 없었죠. 하지만 그녀는 리자의 폭력성과 잠재력을 다 받아들인 것처럼 보였습니다."

"그런데 젊은이는 누구요? 군 사령관이오?"

"마티라고 합니다. 이곳에서 병역대체근무를 하고 있습니다."

그 순간 그는 부끄러운 듯 땅바닥으로 시선을 돌렸다.

풀라스키가 중얼거렸다.

"놀려서 미안해요."

"괜찮습니다. 놀림받는 데 익숙해서요."

젊은이는 담배 연기를 빨아들이다가 순간 심한 기침을 했다.

풀라스키가 말했다.

"마티, 담배를 끊는 게 좋을 것 같군요."

"형사님도 피우시면서!"

풀라스키가 그의 말을 받아쳤다.

"나도 방금 끊었소."

에블린이 두 사람의 대화에 끼어들었다.

"지빌을 얼마나 잘 알고 있죠?"

마티는 웃었다.

"저를 사로잡았었어요. 지빌은 생각이 무한대로 깊었고 창의성이 뛰어났어요. 두 가지 다 극한상황에서 살아남기 위한 전제 조건이었죠."

마티는 자신이 그녀에 대해 모든 것을 알고 있다는 듯 말했다.

그런데 에블린은 젊은이가 지빌에 대해 말할 때 과거형을 쓰는 게 거슬렸다.

에블린이 물었다.

"지빌은 어디 있나요?"

젊은이가 미소 지으며 담배꽁초를 재떨이에 비벼 껐다.

"여기 없어요. 지빌은 네 달 전에 킬(Kiel)에 있는 여성 보호시설로 갔어요."

56

1시 반이 지나서야 에블린은 카페테리아에서 늦은 점심을 먹었다. 그리고 오전에 그곳에서 마신 커피값도 그녀가 마저 계산했다.

에블린이 진한 커피를 곁들여 토스트와 오믈렛을 먹는 동안, 풀라스키는 카페테리아 앞에서 전화를 하고 있었다. 그는 자신의 휴대폰 배터리가 나가서 그녀의 휴대폰을 빌려 통화를 하고 있는 중이었다. 통화는 좀처럼 끝날 기미가 보이지 않았다. 그녀는 그가 화난 표정으로 왔다 갔다 하는 모습을 창밖으로 지켜보았다. 마침내 통화를 마친 그가 카페테리아 안으로 들어와 그녀 앞에 앉았다. 넥타이는 여전히 풀린 채로 그의 목에 걸려 있었다.

풀라스키가 설명을 했다.

"며칠 전 마르크클레베르크에서 정신과 의사로 일하는 여자를 알게되었어요. 나타샤의 치료를 담당했었는데, 내 수사를 도와주고 있거든요. 아이들을 죽인 범인이 하루빨리 잡히기를 그녀도 바라고 있으니까. 방금 그녀와 통화한 거요."

"그 여자 이름이 뭐죠?"

그는 창밖을 응시하며 대답했다.

"소냐 빌할름. 이 사건을 맡은 검사의 전 부인이기도 하죠."

에블린은 귀가 솔깃해졌다. 그가 그녀의 이름을 강조하듯 말하는 것이나 그녀의 전남편에 대해 경멸적으로 이야기하는 것이 왠지 의미심장하게 들렸기 때문이다.

"그녀에게 특별한 감정이라도?"

그 순간 그의 손에 끼어진 결혼반지가 눈에 들어오자 에블린은 당황하며 말했다.

"아, 죄송해요."

"괜찮아요. 당신이 생각하는 그런 관계는 아니니까. 나는 상처했어요."

그녀는 다시 사과를 했다.

"죄송해요."

"미안해할 필요 없어요. 벌써 오래전 일이니까."

잠시 멍하니 손가락에 낀 반지를 돌리다가 그가 물었다.

"결혼하셨나요?"

그녀는 고개를 저었다.

그가 넘겨짚었다.

"그래도 남자는 있겠지요?"

그녀는 자기도 모르게 파트릭을 떠올렸다. 이른 새벽에 질트에서 카트레인을 타고 출발한 이후로 줄곧 그와 한 번도 연락을 하지 못했다. 그는 아마도 진통제에 취해서 곯아떨어져 있으리라. 그렇지 않다면 진즉에 그녀에게 전화를 걸어댔을 것이다.

"아니요. 남자가 아닌 그냥 친구일 뿐이에요."

폴라스키가 파고들었다.

"그럼, 남자가 아닌 그 친구 이름은 뭐요?"

능구렁이 같으니라고! 그녀는 싱긋 웃으며 대답했다.

"파트릭."

"그 파트릭이라는 사람은 당신 같은 친구가 있어서 행복해하고 있을 거요."

파트릭과 여태껏 아무 일도 없었는데 그런 대화를 하는 것이 그녀에게는 불편한 일이었다. 하지만 이런 이야기를 끄집어낸 사람은 그녀 자신이었다.

"그래서 빌할름 박사님이 어떤 사실을 알아냈다던가요?"

풀라스키도 얼른 본론으로 돌아왔다.

"킬에 있는 외상후증후군 여성 보호시설에 아는 사람이 있는데, 4개월 전에 지빌이라는 환자가 그곳에 들어온 게 사실인지 알아보겠다고 했소. 알아내는 대로 연락을 해줄 거요."

그는 그녀의 휴대폰을 내밀며 말을 이었다.

"먼저 연락이 올 때까지 기다렸다가 출발을 했으면 해요. 킬은 여기서 100킬로미터나 떨어져 있으니까."

두 사람은 아무 말 없이 전화벨이 울리기를 기다렸다.

잠시 후 풀라스키가 먼저 침묵을 깨고 말을 꺼냈다.

"우리가 리자 방에 갔을 때 당신이 여러 사람의 이름을 열거했었소. 키슬링거, 프랑게, 홀로베크, 펠링, 한존 등등. 모두 크루즈 여행 참가자들 같은데, 어디서 그 이름들을 알아낸 거요?"

에블린은 잠시 뜸을 들였다. 그녀는 내면의 소리에 귀를 기울여보았지만, 배 속이 뭔가 근질근질한 느낌 같은 것은 전혀 들지 않았다. 그녀의 몸은 풀라스키를 믿어도 좋다고 말해주는 것 같았다. 어쨌든 그 역시 그녀와 마찬가지로 이 사건이 빨리 해결되기를 바라는 사람이고, 휴가 중인데도 여기서 이 고생을 하고 있지 않은가. 혼자 아이를 키우는 아빠로서 다른 걱정거리도 많을 텐데 말이다.

그녀는 가방에서 종이 한 장을 꺼내 풀라스키에게 건넸다.

"그 배 주인의 빌라에 갔을 때 이 명단을 발견했어요."

그는 그 종이에 적힌 명단을 찬찬히 살펴보았다.

"발견했다? 그랬을 것 같진 않은데?"

"훔쳤어요."

"알겠소. 못 들은 걸로 합시다. 여기 명단에 이름 하나가 지워져 있군."

"지금까지 한 사람만 빼고 모두 죽은 셈이지요. 지난 두 달 사이에 대부분 사고로 목숨을 잃었어요."

"타살이라고 생각하시오?"

에블린은 고개를 끄덕였다.

"지빌이 그런 것 같아요. 달리 설명할 길이 없어요. 이들 모두 협박을 당해서 3개월마다 한 번씩 함부르크 폴크스방크의 동일한 익명 계좌로 돈을 보낸 사실도 그렇고. 아마 마누엘의 죽음을 빌미로 협박했을 거예요."

풀라스키는 생각에 잠긴 채 불붙이지 않은 담배를 손가락 사이에 끼고 돌려댔다.

"그럼, 지빌이 우리의 유일한 단서인 셈이군."

그 말이 떨어지기가 무섭게 전화벨이 울렸다. 휴대폰 화면에 표시된 전화번호에는 독일 지역번호가 붙어 있었다.

"소냐 빌할름 박사요."

풀라스키는 통화 버튼을 누르고 휴대폰을 귀에 갖다 대며 덧붙였다.

"잠시만요. 스피커폰으로 통화합시다. 에블린 마이어스 양도 같이 들을 거요.”

그가 휴대폰을 테이블 위에 내려놓자 두 사람은 전화기 위로 몸을 숙였다.

“안녕하세요. 마이어스 양, 풀라스키 씨. 제가 알아낸 내용이 두 분에게 도움이 되었으면 좋겠네요.”

에블린은 마음이 따뜻해지는 것 같았다. 정감 가는 그녀의 목소리를 들으니 천군만마라도 얻은 듯 든든한 느낌이 들었다.

빌할름은 보고를 시작했다.

“지빌의 성이 뭔지 알아냈어요. 그녀의 이름은 지빌 보스카예요. 나이는 스물한 살. 본인의 뜻에 따라 장기치료를 중단하고 킬에 있는 보호시설로 옮겼다고 해요.”

에블린이 물었다.

“보호시설에 있으면 외국으로 여행이 가능해서 옮겼을까요?”

빌할름은 잠시 아무 말이 없다가 대답했다.

“마이어스 양이 왜 하필 그 점을 궁금해하는지 흥미롭네요. 실제로 지빌은 3개월 전에 옷가지 몇 개와 주방에서 훔친 100유로만 달랑 들고 달아났거든요. 그 후로 행방이 묘연해요.”

15분이 지났는데도 여전히 두 사람은 카페에 앉아 있었다. 풀라스키는 그를 위해 채소만 들어간 오믈렛을 주문하자는 에블린의 제안을 거절했다. 그는 완전히 입맛을 잃은 것 같았다.

그는 담배를 손가락 사이에 끼우고 돌리면서 중얼거렸다.

“지빌이 어디에 있는지 알 수가 없군.”

“그래도 차를 몰고 100킬로미터를 달려가지 않아도 되니 다행이죠.”

"그걸로 위안을 삼을 수는 없어요. 지빌이 언제 어디에 나타나서 일을 저지를지 모르니까. 그녀가 자신을 리자로 여기고 리자 행세를 한다고 생각하시오?"

"그럴 수도 있죠. 만약 그렇다면 그녀는 리자를 대신해서 남동생을 죽인 사람들에게 복수하기 위해 정의감을 불태웠을 거예요."

"생판 모르는 남의 동생인데 말이오?"

풀라스키가 덧붙였다.

"단순한 복수일까, 아니면 또 다른 범행 동기가 있을까?"

그는 호킨슨의 승객 명단을 가리키며 다시 말을 이었다.

"이자들 가운데 한 사람은 아직 살아 있다고 하셨소. 그 사람이 누구요?"

"누군지는 파트릭이 내게 말해주지 않았어요."

"그 친구에게 알아낼 수는 없는 거요?"

"불가능해요."

풀라스키는 승객 명단을 응시했다.

"제기랄! 우리가 알고 있는 걸 다시 정리해봅시다. 4개월 전 지빌은 이 병원에서 한 보호시설로 옮겨 가고, 그로부터 한 달 뒤 그녀는 그곳을 나와 자취를 감춘다. 그리고 그 직후에 연쇄살인이 시작된다. 우리가 지금까지 알아낸 바에 의하면 지빌은 영리하고 치밀하게 범행 계획을 세우며, 사고사로 위장하는 등 계획적으로 행동한다. 이 사건이 언제 어디서 시작되었다고 생각하시오?"

에블린은 두 눈을 감고 관자놀이를 마사지했다.

"그녀가 두 달여 전에 질트로 파울 슈몰레를 찾아가면서 사건이 시작되었어요. 슈몰레는 프리트베르크호의 선장이었죠. 그에게서 그녀는 에드워드 호킨슨이 크루즈 여행을 주관했다는 사실을 알게 되었어요."

"그 슈몰레라는 남자도 그녀가 죽였나요?"

"그는 아이들에게 아무 짓도 하지 않았어요. 그래서 그녀는 그를 살려주었는데, 어젯밤 제가 그를 찾아갔을 때 그 사람은 스스로 목숨을 끊고 말았어요."

풀라스키는 애잔한 표정으로 그녀를 바라보았다.

"그런 일을 겪느라 많이 힘들었겠군요."

"그 일 때문에 오늘 안으로 플렌스부르크에 가서 진술을 해야 해요."

"서두를 필요 없소. 자살사건일 경우 그렇게 빨리 조사에 착수하지는 않으니까. 이야기를 계속해봐요!"

그녀는 지빌을 생각했다. 갑자기 등에 오싹한 전율이 느껴졌다. 그녀는 벌떡 일어났다. 일순간 모든 연관 관계가 명확해지는 것 같았다.

"맞아요! 그길로 지빌은 쿡스하펜에 있는 호킨슨의 집으로 간 거예요. 호킨슨의 딸과 이야기를 나눠보았는데, 두 달 전쯤 집에 도둑이 들어 그 집 안의 보석을 모조리 훔쳐 갔다고 했거든요."

풀라스키가 중얼거렸다.

"교활한 아가씨군."

"보석을 판 돈으로 독일과 오스트리아를 누비고 다니는 여행 경비를 댔을 거예요."

"거리에서 자란 아이에게는 누워서 떡 먹기였겠지."

"하지만 그녀는 전혀 다른 것을 찾기 위해 호킨슨의 집에 들어갔을 거예요. 그녀는 호킨슨의 서재에서 이 명단을 발견하고 이름과 주소를 옮겨 적은 게 분명해요. 그런 다음 일을 저지르기 시작한 거죠."

"어떤 범행 순서라도 있는 것 같소?"

에블린은 기억을 더듬었다.

"하인츠 프랑게가 첫 번째 피해자였을 거예요. 그는 두 달 전쯤 알프스 산속의 베르히테스가텐에서 죽었어요. 루돌프 키슬링거는 3주 전 빈에서 죽었고요. 그다음 에드워드 호킨슨은 지난 금요일 북해의 해안도로에서 죽었고, 그리고 페터 홀로베크는 3일 전 빈에 있는 자신의 아파트에서 추락사했지요."

"정말 알 수가 없군. 어째서 지빌은 제일 먼저 빈으로 갔다가 북해까지 올라간 다음 다시 빈으로 내려와야 했을까? 또 무슨 이유로 그녀는 호킨슨의 집에 침입했던 바로 그날 호킨슨을 죽이지 않고 일주일 후에야 살해했단 말이오?"

에블린이 말했다.

"주의를 다른 데로 돌리기 위해서?"

풀라스키는 고개를 저으며 호킨슨의 명단을 주시했다. 그러더니 갑자기 그의 눈이 휘둥그레졌다. 그는 명단을 가리키며 말했다.

"이 명단의 순서를 한번 봐요."

하인츠 프랑게
레네 만존
마르크 펠링
쿠르트 한존
리하르트 루슈코
마르틴 리터
루돌프 키슬링거
토마스 에버하르트
게오르크 팔로크

에드워드 호킨슨

페터 홀로베크

알폰스 볼텐

██████████

에블린은 나지막하게 읊었다.

"프랑게, 키슬링거, 호킨슨, 홀로베크……. 그녀는 위에서부터 순서대로 살인을 하고 있군요!"

"마치 명단을 한 줄씩 차례로 지워나가려는 것처럼 말이오."

에블린은 현기증이 났다.

"그렇다면 그녀는 몇 개월 전부터 서로 아무 연관도 없는 곳을 사방팔방으로 누비고 다녔다는 이야기가 되네요."

그처럼 정신 나간 방법에 대해서는 여태껏 듣도 보도 못 했지만, 어쨌든 지빌의 머리는 보통 사람과 다른 사고방식으로 돌아가는 것 같았다.

갑자기 에블린은 마지막 이름을 손가락으로 가리키며 말했다.

"형사님 말이 옳다면 알폰스 볼텐이라는 자가 이 사망 리스트의 마지막 생존자예요."

명단에 적힌 주소를 본 풀라스키는 손목시계를 보면서 말했다.

"그가 얼마나 더 생존해 있을지 의문이오. 그 작자는 쿡스하펜에 살고 있소. 이 주소가 아직 맞는다면, 우린 두 시간 안에 그의 집 앞에 도착할 수 있을 거요."

"우리라고요?"

"그 볼텐이라는 자의 집을 불쑥 쳐들어가볼까 하는데, 같이 가겠소?"

에블린은 슈몰레의 자살과 자신이 해야 할 진술을 떠올렸다.

"하지만……."

"플렌스부르크에는 천천히 가도 괜찮소. 내가 상관한테 말해서 조치를 취해놓을 테니까."

에블린이 그를 상기시키려고 말했다.

"휴가 중이시잖아요."

그는 서글픈 미소를 지으며 대답했다.

"지금 이게 휴가라고 할 수 있겠소? 안 그래도 내 상관과 진작 통화를 했어야 했소. 호르스트 푹스 국장이 길길이 뛰겠지."

그는 그녀의 휴대폰으로 라이프치히에 전화를 했다. 상관과의 통화가 곱게 이어질 리 만무했다. 카페테리아에 있는 다른 손님들이 또다시 호기심에 찬 눈빛으로 두 사람을 쳐다보았다. 이제 그만 이곳에서 나갈 때가 된 것 같았다. 이 함부르크 병원에서 두 사람은 잊히지 않겠지만 결국 좋지 않은 인상을 남기게 될 것 같았다.

풀라스키는 좀 진정이 되고 나자, 말테라는 사람을 바꿔달라고 했다. 그리고 바로 볼텐의 주소 밑에 전화번호를 받아 적었다.

"고맙네."

마침내 그는 통화를 끝냈다.

그녀는 자신이 한심한 듯 웃음 짓는 그의 표정을 놓치지 않았다.

"상관이 손해배상 운운하며 정직 처분이라도 내리던가요?"

"그런다 해도 난 할 말이 없어요. 휴가 중인데 근무를 자처해서 이렇게 사고를 치고 있으니까. 내 상관도 달리 어쩔 도리가 없었겠지. 어제는 용의자에게 총상을 입히더니 오늘은 또 신변보호를 요청하고. 하지만 뭐, 상관없소! 중요한 건 주소가 아직 바뀌지 않았다는 것이오. 은퇴한 청소년 담당 판사 알폰스 볼텐이라는 자의 주소가 맞는다는군."

눈썹을 치켜 올리며 그가 덧붙였다.

"그러니까 당신의 동료인 셈이지."

홀로베크도 있으니까 볼텐이 유일한 인간쓰레기 동료는 아니라는 생각에 그녀는 씁쓸해졌다.

"이게 그자의 전화번호요."

그렇게 말하면서 풀라스키는 벌써 번호를 누르고 있었다.

에블린이 속삭였다.

"그가 전화를 받으면 뭐라고 할 거예요? 불쑥 쳐들어간다고 하지 않으셨어요?"

풀라스키는 아무 소리도 내지 않고 귀를 기울이더니 전화를 끊었다.

"그럴 거요, 쉿! 그는 집에 있소."

오싹한 전율이 그녀를 엄습했다.

"비밀 수사라도 하고 있는 기분이에요."

"여기서 그만두시겠소?"

"아니요!"

풀라스키가 미소를 지으며 말했다.

"젊은 변호사님이 용감하시군. 운 좋게도 우리 두 사람 휴대폰이 같은데, 혹시 충전기 가지고 있나요?"

에블린이 고개를 끄덕였다.

"쿡스하펜으로 가는 동안 휴대폰 배터리를 충전해야겠으니 좀 빌려주시오. 고물차라서 충격 흡수장치는 망가졌지만, 시가 라이터는 아직 잘되니까."

그녀가 제안을 했다.

"거기 갔다가 바로 함부르크 공항으로 돌아와야 하니까 형사님 차는 여기 세워두고 쿡스하펜까지 제 차로 같이 가시죠?"

"덜거덕거리는 스코다보다는 나은 차겠지요?"

"렌터카예요."

그가 눈썹을 치켜 올리며 물었다.

"오, 차 안에서는 금연이오?"

"당연하죠. 어차피 담배를 끊으려고 하지 않으셨나요?"

그는 손으로 턱을 쓰다듬으면서 말했다.

"그렇긴 해요. 제안을 고맙게 받아들이겠소. 브레멘과 브레머하펜을 거쳐 해안을 따라 올라가기로 합시다. 늦어도 두 시간이면 쿡스하펜에 도착할 거요. 출발하기 전에 먼저 내 차에 가서 예비 탄창을 좀 가져와야 겠소. 문제가 생길 경우를 대비해서 그냥 챙겨두는 것뿐이오."

그가 그녀를 안심시키기 위해 얼른 덧붙였다.

에블린의 눈이 휘둥그레졌다.

"어떤 문제가 생긴다는 건가요?"

"나도 모르겠소. 이 사건을 쫓아다니면서 지금까지 내 목 상태를 빼고 는 별문제가 없었는데."

57

에블린은 앞서가는 포르쉐의 백라이트를 보면서 고속도로를 달렸다. CD에서는 엔야의 노래가 흘러나오고 있었다. 풀라스키는 무슨 노래가 나오든 상관없었다. 자신의 휴대폰만 충전기에 꽂혀 있으면 그만이었다.

주유하려고 한 번 정차한 것 말고는 쉬지 않고 달렸다. 풀라스키는 쿡스하펜까지 가장 빨리 갈 수 있는 길을 그녀에게 가르쳐주었다. 사실 그녀는 어제 호킨슨의 빌라에 처음 갔다가 서둘러 나오고 나서 다시 그곳으로 가게 될 줄은 꿈에도 몰랐다. 그것도 이렇게 짧은 시간 안에 말이다.

시내를 가로지르면서 그녀는 볼텐의 주소를 내비게이션에 입력했다. 볼텐의 저택은 호킨슨의 빌라와 멀지 않은 곳에 있었다. 두 집 모두 그녀가 이미 알고 있는 해안 근처의 주택가에 위치했다.

높은 산울타리가 대지를 에워싸고 있었다. 에블린은 입구 바로 옆에 차를 세웠다. 풀라스키는 차에서 내려 고개를 이리저리 젖히고 허리를 쭉 폈다. 그의 척추에서 뚝 하는 소리가 들렸다. 에블린은 고통으로 일그러진 그의 얼굴을 보았다.

그녀가 물었다.

"힘드셨죠?"

이번에는 외투와 넥타이를 벗어놓고 재킷만 걸친 채 그가 말했다.

"운전을 편안하게 잘하더군요. 하지만 이렇게 오래 차를 타는 건 워낙 익숙하지 않아서 말이오."

두 사람은 문으로 향했다.

울타리 사이로 언뜻 보니 볼텐의 집은 호킨슨의 집처럼 화려한 것이 아니라 현대적이고 단순한 건축양식에 가까웠다. L자 형태로 지어진 단층집의 창문들은 모두 크롬색의 메탈 블라인드로 차단되어 있었다. 지붕 위에는 위성안테나가 두 개 달려 있었고, 구석구석 감시카메라가 장치되어 있었다. 포트 녹스 같은 철옹성에 뒤지지 않을 만큼 보안이 철저해 보였다.

풀라스키는 열려 있는 정문 안으로 들어섰다. 에블린은 그의 뒤를 따라 현관으로 이어지는 자갈길을 걸어갔다.

"판사 양반은 아직 집에 있는 것 같군."

풀라스키는 집 건물에 붙어 있는 차고를 턱으로 가리켰다.

차고 문이 열려 있어서 흰색 카시트와 회색 가죽 핸들커버가 씌워진 회색 메르세데스가 보였다. 아직도 저런 차를 타는 사람이 있다니. 에블린의 눈에는 골동품처럼 보이는 차를 타고 다니는 것이 신기하기만 했다. 오스트리아에서 저런 차를 몰고 다니는 사람들은 대부분 모자를 쓰고 1차선 도로에서 60킬로미터 이상 속력을 내는 법이 절대 없어서 그녀를 분통 터지게 만들곤 했다.

정원은 관리가 잘된 듯 보였다. 늦은 오후의 햇살이 나무 사이로 빛나고 있었다. 깎은 지 얼마 안 되는 잔디 냄새가 났다. 장미 화단에는 시든 꽃잎이 단 한 개도 보이지 않았고 길에 깔린 자갈돌마저 가지런한 모양

새였다. 다만 비료 더미 옆에 생뚱맞게 놓여 있는 지저분한 양철통과 잔디 트랙터가 그 완벽한 정원의 모습을 해치고 있었다. 볼텐은 정원사를 따로 고용하고 있거나 은퇴 후 취미 생활로 직접 정원을 가꾸고 있는 듯 보였다. 흉악한 크루즈 여행도 즐기면서 말이다. 이 작자는 어떻게 생겼을까? 잘 가꿔진 산울타리와 잔디의 모습을 보고 에블린은 매력적이고 교양 있는 중년 신사의 모습을 기대했다. 그러면서 그럴듯한 외모에 속아 추악한 인간의 내면을 보지 못할 때가 얼마나 많은지 새삼 깨달았다.

풀라스키는 계단을 올라가 초인종을 눌렀다. 현관문 뒤로 울리는 초인종 소리만 들어도 그 집 안에는 가난한 사람이 살지 않는다는 것을 알 수 있었다.

에블린은 풀라스키 옆에 서서 물었다.

"나를 또 동료 형사라고 소개할 건가요?"

풀라스키는 옆에서 그녀를 살펴보며 되물었다.

"형사가 마음에 드시오?"

"재미있잖아요."

"그런 것 같소만, 우리가 곧 알아내게 될 사실은 장담하지만 재미있지 않을 거요."

"그런 말이 아니었어요."

그는 다시 한 번 그녀를 보며 말했다.

"알아요. 솔직히 말해, 나는 이렇게 예쁜 형사를 본 적이 없소."

에블린은 웃음을 터뜨렸다. 며칠 전만 하더라도 그런 말을 들었다면 당황해서 어쩔 줄 몰랐을 것이다. 그런데 이상하게도 그 말이 기분 좋게 들렸다.

"고마워요. 하지만 칭찬을 엉뚱한 사람한테 하고 있는 것 같은데요."

"알겠소. 당신한테는 파트릭이라는 친구가 있으니까."

"그런 칭찬은 소냐 빌할름한테 하라는 말이었는데요."

그는 미소를 지었다.

"그렇게 하지. 나중에 돌아가면 말이오."

그는 다시 한 번 초인종을 울렸다.

곧 현관문이 열렸다. 에블린은 그 튼튼한 나무문에 5중으로 잠금장치가 달려 있는 것을 보았다.

문턱에 서 있는 남자는 에블린이 상상한 모습 그대로였다. 큰 키에 위풍당당한 그는 귀밑머리가 희끗희끗하고 어두운색 맞춤 정장을 입고 있었다. 잘 다듬어진 그의 손톱을 보고 에블린은 그가 직접 잔디 손질을 하지 않았음을 알아차렸다.

풀라스키가 물었다.

"볼텐 씨?"

"그렇소만?"

에블린은 광고에서 성우가 말하는 것처럼 듣기 좋은 그의 목소리를 들으면 어느 여자나 홀딱 반하겠다는 생각이 들었다.

풀라스키는 주머니에서 형사 신분증을 꺼내 보이며 말했다.

"라이프치히 경찰 발터 풀라스키입니다. 그리고 이쪽은 법률 전문 형사 에블린 마이어스라고 합니다. 진한 커피 좀 마실 수 있을까요?"

남자는 그 질문을 이해하는 데 몇 초쯤 시간이 필요한 듯 보였다.

"미안하지만, 우리 집에는 커피가 없습니다. 무슨 일로 오셨는지?"

"좀 들어가도 되겠습니까? 몇 가지 물어볼 것이 있어서요."

남자는 문을 활짝 열어젖히고 옆으로 비켜섰다.

"그럼요."

그가 다리를 절뚝거리는 것이 에블린의 눈에 띄었다. 폴라스키도 물론 그것을 간과하지 않았다. 그는 너무 지나치다 싶을 만큼 한참 절뚝거리는 다리에 시선을 고정시켰다.

에블린이 '동료' 형사를 따라 집 안으로 들어서려는 순간, 그녀의 휴대폰이 울렸다. 그녀는 현관 밖에 멈춰 서서 전화기 화면을 힐끗 보았다. 파트릭이었다! 하필 이런 때를 골라 전화를 하다니.

"잠시만요."

그녀는 전화를 받았다.

"여보세요, 파트릭. 내가……."

"안녕, 고슴도치. 변호사와 하느님의 차이가 뭔지 알아?"

"지금은 통화할 수 없으니까 나중에 다시……."

"변호사는 자기가 하느님인 줄 아는데, 하느님은 자신이 변호사라고 생각하지 않는 거지."

그녀는 그의 웃음소리를 들으면서 말했다.

"웃기기도 하겠다. 30분쯤 후에 다시 전화 걸어줄래?"

"안 되는데. 관할 경찰서에 가봐야 하거든. 베르네커 팀이 놀라운 사실을 알아냈다고 해서 말이지."

그녀는 볼텐 옆에 서 있는 폴라스키를 응시했다. 두 남자는 호기심에 찬 시선으로 그녀를 쳐다보고 있었다.

"리니? 여보세요? 내 말 듣고 있어?"

그녀는 휴대폰을 귀에서 떼고 말했다.

"잠깐 실례 좀 할게요. 먼저 들어가세요."

그러고는 혼자 계속 떠들어대고 있는 파트릭과 다시 통화를 했다.

볼텐이 중얼거리듯 말했다.

"알겠습니다."

그녀는 볼텐이 어두운 전실 쪽으로 발걸음을 옮기고, 풀라스키가 뒤따라 들어가는 모습을 곁눈으로 보았다. 이내 무거운 현관문이 닫히고 그녀는 현관 밖에 혼자 남겨졌다.

58

에블린은 청바지 주머니에 한 손을 찔러 넣고 자갈길을 따라 걸으면서 통화를 계속했다.

"플렌스부르크 경찰서에 가서 진술을 하고 빈으로 오고 있는 길이겠지?"

"아니, 그렇지 않아."

"경찰 놈들이 너를 아직도 붙잡아두고 있단 말이야?"

에블린은 한숨을 내쉬며 대답했다.

"아니야. 거긴 아직 가지도 못했는걸. 함부르크에 갔다가 지금은 쿡스하펜에 있어."

"거긴 또 왜?"

설명하려면 너무 복잡했다. 하지만 알아듣게 설명을 안 해주면 파트릭은 절대 그녀를 가만 내버려두지 않을 터였다.

"라이프치히 형사를 만나게 되었는데……."

"라이프치히에도 갔었어?"

"아니, 가만히 좀 들어봐! 한 정신과 병원에서 그 형사를 만났고, 지금은 그 사람과 함께 조사를 하고 있는 중이야."

파트릭이 중얼거렸다.

"정신과 병원이라……. 그 남자 진짜 형사가 아니라 자기가 형사인 줄 아는 환자인 거 아니야?"

"허튼소리 좀 하지 마! 좋은 사람이야."

파트릭은 잠시 말이 없었다.

"도대체 어떻게 생긴 놈인데?"

"그게 무슨 상관이야?"

"나보다 잘생겼어?"

그녀는 웃음을 터뜨렸다.

"세상에, 혹시 질투하는 거야? 믿을 수가 없어. 그렇담 걱정하지 않아도 돼. 발터 풀라스키는 오십이 넘은 아저씨고, 내 타입은 아니니까. 됐어?"

그래도 꽤 매력적이라고 그녀는 마음속으로 덧붙였다.

파트릭이 투덜댔다.

"깁스한 다리를 끌고서라도 내가 따라갔어야 하는 건데. 하루 잠깐 혼자 두었더니 그새 제복 입은 녀석이 너한테 달라붙었잖아."

"그 사람은 제복을 입지 않아. 그리고 나한테 달라붙지도 않았고."

"쿡스하펜에서 대체 뭘 하고 있는 거야? 그레타 호킨슨의 온실에서 커피를 마시며 담소라도 나누고 계신가?"

"알폰스 볼텐이라는 사람을 찾아와서 막 집 안으로 들어가려던……."

순식간에 장난기가 싹 가신 목소리로 파트릭이 다그쳤다.

"볼텐? 둘이 지금 볼텐 집에 있는 거야?"

"그래."

"제기랄! 명단의 마지막 생존자가 그자라는 걸 일부러 숨겼는데. 네가 당장 쫓아갈까 봐!"

"어렵지 않게 알아냈는데. 지빌이 차례대로 남자들을 살해하고 있으니까."

"지빌이 도대체 누군데?"

"지금 설명하기엔 너무 복잡해."

"됐어! 리니, 내 말 잘 들어. 지금 당장 그 집에서 나와! 그자는 위험하다고. 내가 좀 전에 이야기하려던 게 그거였어."

에블린은 주위를 둘러보았다. 그녀는 정원 한가운데에 있는 장미 덩굴 사이에 서 있었다. 그 위치에서는 테라스가 있는 집 건물 뒷면이 잘 보였다. 그곳도 모든 창문이 메탈 블라인드로 완벽하게 차단되어 있는 것을 알 수 있었다.

"얼마나 위험한데?"

"넌 안전한 곳에 있어? 통화 가능한 거야?"

"괜찮아. 난 정원에 서 있어."

그녀는 테라스 쪽을 살피며 말했다. 풀라스키에게 아무 일이 없는지 걱정되기 시작했다. 무장한 형사에게 무슨 일이야 있을까 싶었지만, 그녀는 심장박동이 빨라지는 것을 느꼈다.

"얼마나 위험하냐니까?"

"빈 범죄수사부는 그 전직 판사가 에드워드 호킨슨과 아주 가까운 친구라는 것을 알아냈지."

"그래서? 그게 뭐 특별한 건가? 둘 다 쿡스하펜에 살고 있고……. 잠깐!"

그녀는 멈칫했다. 그 순간 그레타 호킨슨과 나누었던 대화가 떠올랐던 것이다. 그 여자가 말하기를 부친이 죽고 나서 은퇴한 법조인 친구가 유산을 관리해주고 있다고 했었다. 그 친구가 바로 볼텐이었다! 그뿐만 아니라 그는 당시 크루즈 여행을 함께한 승객이기도 했다. 호킨슨이 죽고 나서부터 그가 재산을 관리해오고 있었다. 다시 말해 그는 어떤 서류든 볼 수 있었을 것이다.

파트릭이 무슨 말을 하려는 순간, 에블린이 끼어들었다.

"볼텐이 바로 그 협박범이었을 거야!"

"아니, 그렇지 않아. 범죄수사부는 함부르크 폴크스방크의 그 익명 계좌가 누구 것인지 알아냈지. 놀라지 마. 예금주는 에드워드 호킨슨으로 되어 있어."

에블린은 갑자기 멍해지는 기분이었다. 어디서 추리가 틀린 것일까?

"어쨌든 볼텐이 호킨슨의 공범인 건 분명해."

"그럴지도 모르지. 하지만 협박으로 뜯어낸 돈의 수익자는 명명백백 호킨슨이었어."

에블린은 블라인드로 차단된 집 건물 뒷면을 계속 응시하면서 물었다.

"어째서 볼텐이 위험하다는 거야?"

"왜냐하면 그가 최근 상당량의 고농도 보톡스를 손에 넣은 사실이 드러났기 때문이지."

"보톡스? 주름을 없애려고?"

"보톡스로 사람을 마비시킬 수도 있지."

"그가 어떻게 그런 것을 손에 넣었을까? 약국에 가서 사지는 않았을 테고."

"제조사의 외판원이 성형외과 의사에게 주는 샘플을 빼돌려서 몰래 판 거야. 그 전직 판사가 고객 중 한 사람으로 밝혀지는 바람에 일이 이렇게 커진 거지. 게다가 그는 루거 자동권총 무기 소지증도 있어."

보톡스! 그리고 루거 자동권총!

그녀는 풀라스키의 신변이 걱정되었다.

"그만 끊어야겠어."

전화를 끊는 동시에 그녀는 이미 잔디를 가로질러 테라스 쪽으로 달려가고 있었다.

소리를 내지 않으려고 조심하면서 그녀는 캠핑 의자를 지나 다섯 짝 유리문이 있는 테라스로 살금살금 다가갔다. 늦은 오후의 햇살이 유리문에 반사되고 있었다. 그녀는 두 손을 눈 위에 올려 햇빛을 가리면서 유리문에 얼굴을 갖다 댔다. 하지만 아무것도 보이지 않았다. 어두운색 커튼 때문에 집 안을 들여다볼 수가 없었다. 그녀는 유리문을 따라 미끄러지듯 걸으면서 집 안으로 들어가거나 최소한 안을 들여다볼 수 있는 가능성이 없는지 탐색하기 시작했다. 그런 곳을 한 군데도 찾지 못하면 현관문으로 들어가는 방법밖에 없었다.

유리문에 다시 얼굴을 갖다 대는 순간, 갑자기 유리문이 안쪽으로 스르르 열리더니 무거운 커튼에 부딪혀 멈췄다.

그제야 에블린은 누군가 밖에서 유리를 깨서 손을 넣어 안쪽 손잡이를 돌릴 수 있을 만큼 구멍을 내놓은 것을 알아차렸다.

그녀는 조심조심 유리문 안으로 들어가 커튼을 옆으로 밀쳤다. 커튼 사이로 비쳐 드는 노을빛에 거실의 모습이 드러났다.

59

방 안 공기는 곰팡내와 좀약, 담배 연기, 소파 커버와 묵은 신문에 쌓인 먼지 등이 뒤섞여 불쾌한 냄새가 배어 있었다.

에블린은 조심스럽게 걸음을 옮겼다. 운동화 밑에 깨진 유리 조각이 밟히자 그녀는 잠시 멈춰 섰다. 그러고는 소리 나지 않게 테라스 문을 닫은 후 커튼을 다시 원래 위치로 끌어당겼다.

조금씩 그녀의 눈이 어둠에 익숙해지기 시작했다. 서서히 소파와 테이블, 스탠드 그리고 묵직한 장식장이 윤곽을 드러냈다. 벽에는 기괴한 그림들이 걸려 있었다. 아무 소리도 들리지 않았다. 볼텐과 풀라스키는 어디로 갔을까?

에블린은 숨죽여 거실을 가로질러 갔다. 신문대 같은 것에 부딪힐까 봐 그녀는 신경을 곤두세웠다. 바지 주머니에서 휴대폰을 꺼내서 화면 조명을 바닥에 비추며 걸음을 옮겼다. 그 조명만으로도 앞에 장애물이 없는지 확인할 정도는 됐다.

그녀는 천천히 거실을 가로질러 전실로 이어져 있는 아치형 입구에 다다랐다. 그곳은 훨씬 더 어두웠다. 손으로 벽을 더듬으며 장식장과 액자 그리고 촛대를 지나 앞으로 움직였다. 쥐 죽은 듯 고요한 이 정적이 그녀를 더 불안하게 만들었다. 그때 벽에 있는 전등 스위치가 손에 만져졌다. 불을 켜야 하나? 그러면 그 즉시 볼텐이 눈치채고 말 것이다. 지금 섣불리 행동하다가는 끝장이야! 창문들이 하나같이 꼭꼭 가려져 있어 정원이 내다보이지 않기 때문에 볼텐은 그녀가 아직 밖에 있을 거라고 생각할 성싶었다. 그래서 일단은 불을 켜지 않기로 했다. 그녀는 어둠 속에서 계속 벽을 더듬으며 전실을 지나갔다.

그러다가 문을 발견하자 에블린은 문을 살짝 열고 머리를 안으로 들이밀었다.

그녀가 속삭였다.

"폴라스키?"

아무 대답도 없었다.

휴대폰 화면 불빛을 비춰가며 그녀는 다음 문에 다다랐다. 그 문을 열고 다시 한 번 폴라스키를 불러보았으나 역시 대답이 없었다.

이윽고 그녀는 복도로 들어섰다. 중간에 방향감각을 상실한 그녀는 어느 쪽이 현관문이고 또 어느 쪽이 테라스인지 알 수가 없었다.

결국 손에 잡히는 대로 아무 문이나 열고 안으로 들어가 문을 닫았다. 그러고는 손으로 벽을 더듬어서 전등 스위치를 찾아 불을 켰다.

붉은색 조명에 눈이 부셨다. 그녀는 손을 눈 위에 받치고 눈을 깜박이며 주위를 둘러보았다. 방 안에는 더블 침대와 카메라 삼각대 그리고 서랍장이 놓여 있었다. 애프터셰이브와 남자 향수 냄새가 코를 찔렀다. 전등갓 없이 천장에 달려 있는 붉은색 백열등이 몽롱한 분위기를 자아내고 있었다. 그리고 이상하게도 그 방에는 창문이 하나도 없었다.

그녀가 생각을 좀 해보려고 침대에 걸터앉으려는데, 매트에 비닐이 깔려 있었다. 그것을 보는 순간 앉고 싶은 마음이 싹 사라졌다. 베개 옆에는 완전히 똑같이 생긴 동물 인형이 여러 개 놓여 있었다. 귀가 긴 노란색 토끼 인형이었다. 그중 한 마리는 다리부터 목 부분까지 배가 갈라져 있어서 솜이 밖으로 튀어나와 있었다.

삼각대 위에는 카메라가 없었다. 열 개도 넘어 보이는 서랍 가운데 한 곳에 들어 있을 것 같았다. 에블린은 마구잡이로 서랍을 몇 개 열어보았다. 어떤 서랍 안에는 수갑이 대여섯 개쯤 들어 있기도 했지만 카메라는 보이지 않았다. 또 어떤 서랍에는 제목이 붙어 있는 비디오 케이스가 무더기로 들어 있었다. 나디네 2004년 2월, 페트라 2004년 6월, 마르기트 2005년 10월, 안나 2005년 12월······. 모두 연휴가 끼어있는 달이었다. 그녀는 속이 메스꺼워졌다.

에블린은 재빨리 서랍을 닫고 불을 끈 다음 두 눈을 감았다. 붉은색 원들이 그녀의 동공 앞에서 어른거리는 듯했다. 문에 등을 기대고 그녀는 파트릭 생각을 했다. 하느님과 변호사에 관한 유머가 어떤 내용이었더라? 그녀는 생각을 해내려고 애를 썼으나 집중을 할 수가 없었다. 비디오 케이스가 그녀의 뇌리에서 떠나지 않았다. 그녀는 희끗희끗한 머리에 고급 슈트를 차려입은 고상한 신사가 투명비닐이 깔린 침대 위에 앉아 있는 모습을 상상해보았다. 더구나 그 신사는 한때 청소년 담당 판사였다. 틀림없이 그는 쿡스하펜에서 존경받는 인물이었을 것이다. 그녀는 목구멍까지 올라온 위산을 억지로 삼켰다.

풀라스키를 찾아야 해! 그를 찾지 못하면 정신병자의 마수에 걸려들 테니. 그 전에 되도록 빨리 이 집을 빠져나가야 해. 그녀는 아랫입술을 깨물다가 하마터면 휴대폰을 손에서 놓칠 뻔했다. 그때서야 손바닥에 땀이 홍건하다는 것을 깨달은 그녀는 청바지에 손을 문질러 땀을 닦았다. 그 순간 청바지 주머니 밖으로 튀어나와 있는 풀라스키의 명함이 만져졌다. 그렇지! 그가 자기 휴대폰을 차에 두고 내리지 않았기를 바랄 뿐이었다. 그녀는 그와 통화를 하려고 그의 휴대폰에 전화를 걸려는 게 아니었다. 그냥 집 안 어디에서 벨소리가 나는지만 확인하고 바로 전화를 끊을 생각이었다.

그녀는 주머니에서 명함을 꺼내 휴대폰 화면의 불빛을 비춰보았다.

경위라는 글씨 밑에 그의 전화번호가 적혀 있었다. 외우기 쉬운 번호였다. 어둠 속에서 그녀의 손가락이 휴대폰 번호 버튼 위에서 이리저리 움직였다. 번호를 다 누르고 나면 1초도 지체할 시간이 없다. 자칫하다가는 벨소리를 놓칠 수도 있기 때문이다. 연결음이 들리기 전에 그녀는 얼른 문을 열고 복도로 나와 손으로 더듬으면서 전실 쪽으로 향했다.

그때 갑자기 문틈 사이로 빛줄기가 새어 들어와 그녀의 발끝을 비추었다. 에블린은 전실에 누군가 서 있는 것을 보고 숨이 멎는 것 같았다.

검은 그림자는 미동도 없이 그곳에 서 있었다. 볼텐도 아니고 풀라스키도 아니었다. 건장한 체격의 사내라고 하기에는 실루엣이 너무 가냘팠기 때문이다. 게다가 여자 향수 냄새도 났다. 그 제3의 인물이 조심스럽게 에블린이 있는 쪽으로 한 걸음 움직였다. 어깨 밑으로 내려오는 긴 머리가 언뜻 보였다.

에블린은 자기 눈을 의심했다. 설마, 지빌? 다음 순간 그녀 옆에 있는 방에서 어렴풋이 전화벨 소리가 들렸다. 방문 틈 사이로 빛이 새어 나오고 있었다. 에블린이 황급히 전화를 끊자 동시에 전화벨 소리도 멈췄다.

에블린은 여자가 거실로 사라지는 모습을 곁눈으로 보았다. 그녀를 따라가야 하나? 하지만 풀라스키가 더 중요했다. 결단을 내리고 에블린은 옆에 있는 방문을 열었다.

침침한 형광등 불빛에도 눈이 부셨다. 그녀 앞에는 좁고 가파른 콘크리트 계단이 지하로 이어져 있었다. 그 순간 불이 꺼졌다.

60

"제기랄!"

에블린은 낮게 내뱉었다. 그녀는 휴대폰을 청바지 주머니에 넣고 손으로 차가운 콘크리트 벽을 더듬으며 계단을 내려갔다.

그녀는 차가운 냉기를 느꼈다. 석회 냄새가 났다. 계단을 다 내려오니 조금 밝아졌다. 그곳에 전실이 있고 묵직한 방화문이 여러 개 보였다. 그 가운데 조금 열려 있는 문이 하나 있었다. 문틈 사이로 희미하게 햇빛이 비쳐 들고 있었다. 방금 전 형광등 불을 끈 자가 누구든 간에 아직 이 아래에 있을 것이다. 에블린은 열려 있는 문으로 조심스럽게 가서 천천히 문을 밀었다. 다행히 문돌쩌귀에서 아무 소리도 나지 않았다.

비스듬한 천창의 창살 사이로 석양빛이 들어와 방 안을 어두운 오렌지 빛으로 물들이고 있었다. 한쪽 구석에는 석탄, 나무판자, 걸레, 구겨진 신문지 등이 지저분하게 널려 있고, 다른 쪽 구석에는 화로와 장작이 높이 쌓여 있었다. 그 옆에는 계기판과 밸브, 파이프 따위가 잔뜩 달려 있는 온수보일러가 놓여 있었다. 그녀가 어렸을 때 여동생과 함께 숨바꼭질 놀이를 하곤 했던 부모님 집의 지하실에 있던 것과 비슷했다. 다만 이

지하실 보일러는 뒤쪽에 다리 두 개가 불쑥 튀어나와 있는 것이 달랐다. 그 다리에 신겨져 있는 풀라스키의 신발이 눈에 들어왔다.

그녀는 장작 더미를 뛰어넘어 보일러 뒤로 달려갔다. 풀라스키는 바닥에 누워 있었다. 손에는 수갑이 채워져 있었고, 수갑의 쇠사슬은 보일러 관에 감겨 있었다. 그리고 그의 입에는 넓은 청테이프가 붙어 있었다. 바지 주머니에서 빠져나온 휴대폰은 그의 손이 닿지 않는 곳에 놓여 있었다.

에블린은 몸을 숙여 그의 입에 붙어 있는 테이프를 떼어냈다. 그는 숨을 헐떡거리며 간신히 입을 열었다.

"볼텐이 아이들을 죽인 범인이오. 내가 어제 그의 다리에 총상을 입혀서……. 스프레이 좀!"

그녀는 급하게 그의 재킷 안주머니를 뒤졌다. 그때 풀라스키의 권총 홀스터가 비어 있는 것을 알아차렸다. 스프레이를 찾아낸 그녀는 얼른 그의 입에 두 번 분사했다.

힘겹게 숨을 들이마시면서 풀라스키는 머리를 벽에 기댔다.

그가 속삭였다.

"그놈이 아이들에게 한 것과 똑같은 짓을 내게 저질렀소. 등 뒤에 감추고 있던 보톡스 주사기를 내 어깨와 허벅지에 찌르더군."

에블린은 패닉 상태에 빠졌다.

"형사님 총은요?"

"놈이 가져갔소."

"움직일 수 있어요?"

"오른쪽 다리만."

그녀는 수갑을 만지면서 물었다.

"어쩌죠? 우선 형사님부터 풀어줘야겠는데. 형사님 건가요? 열쇠 가지고 있어요?"

풀라스키가 신음하듯 말했다.

"아니요. 서둘러야 해요. 좀 전에 볼텐이 불을 껐으니 아직 여기 어딘가에 있을 거요. 당신이 집 안으로 들어오는 걸 그가 봤소?"

에블린은 고개를 저었다.

"내가 아직 밖에 있는 줄 알 거예요."

"여태 밖에서 뭘 했소?"

"볼텐과 호킨슨이 살인과 관련된 승객들을 협박했다는 사실을 알아냈어요."

에블린이 목소리를 낮춰 말했다. 그리고는 일어나서 보일러 관에 감겨 있는 쇠사슬을 살펴보기 시작했다.

"그런데 볼텐은 예전에 같이 크루즈 여행을 갔던 사람들이 차례대로 죽은 것을 알고, 그때 그 아이들 중 하나가 그들에게 복수를 하려는 거라고 짐작을 한 거죠."

그녀는 쇠사슬에 채워진 자물쇠를 어떻게든 열어보려고 했지만, 쇠사슬이 달그락대는 소리만 날 뿐 꿈쩍도 하지 않았다.

"쉿!"

그가 조심하라는 신호를 보냈다.

그녀는 쇠사슬을 움켜쥐며 말을 이었다.

"자기가 저지른 짓이 드러날까 봐 두려웠든가, 아니면 자신도 살해당할지 모른다는 생각에 아이들을 찾아내서 죽이고는 자살로 위장했어요."

이야기를 하는 동안 그녀는 보일러 관을 따라 쇠사슬을 밀어서 빼내보려 했지만, 관이 몇 미터쯤 가다가 벽 속으로 들어가버려서 그 방법도 여의치 않았다.

"그렇다면 어떻게 그놈이 아이들의 정보를 금방 손에 넣을 수 있었던 거지?"

"전직 청소년 담당 판사였으니까 자료에 접근하기가 쉬웠겠죠. 이 망할 놈의 쇠사슬을 풀 수가 없네요!"

"쇠사슬은 포기하고 휴대폰으로 경찰에 신고부터 하시오. 전화번호는 110이오! 자동으로 연결이 될 거요!"

에블린은 풀라스키의 말을 따랐다. 전화가 막 연결이 되려는 순간, 그녀 뒤에서 목소리가 들렸다.

"헛수고 마시오, 마이어스 양!"

에블린은 화들짝 놀라 뒤를 돌아보았다.

라텍스 장갑을 손에 낀 채 그녀 뒤에 서 있던 알폰스 볼텐이 그녀에게 한 손을 내밀며 말했다.

"전화를 이리 주시오!"

그의 다른 손에 쥐어진 권총은 에블린의 머리를 겨냥하고 있었다.

61

떨리는 손으로 그녀는 볼텐에게 휴대폰을 넘겨주었다.

"고맙소."

그가 전화를 끊는 순간, 갑자기 전화벨이 울렸다. 놀란 눈으로 그는 휴대폰을 내려다보았다.

"전화를 기다리고 있었나?"

그녀는 대꾸하지 않았다.

"죽음을 목전에 두고 있는 당신에게 누가 아직도 관심이 있는지 궁금하군."

그는 기대에 찬 표정으로 전화기를 귀에 갖다 댔다.

"여보세요?"

귀를 기울이면서 그는 총을 겨누어 에블린과 폴라스키를 꼼짝 못 하게 했다.

"미안하지만 마이어스 양은 지금 상태가 좋지 않아서 통화를 할 수 없습니다."

그렇게 말하고 그는 전화를 끊었다. 그러고는 흡족한 미소를 지으며 말했다.

"타이밍이 좋지 않군. 플렌스부르크 경찰이오."

볼텐은 버튼을 눌러 휴대폰을 꺼버렸다. 그러더니 그것만으로는 충분하지 않은 듯, 뒤로 한 걸음 물러나 열려 있는 문틈에 휴대폰을 놓고 방화문을 힘껏 닫았다. 문에 낀 휴대폰은 우지끈 부서지는 소리가 나더니 덮개와 부속품이 사방으로 튀었다.

폴라스키가 중얼거렸다.

"한두 번 해본 솜씨가 아니군."

볼텐이 응수했다.

"난 즉흥적으로 행동하는 걸 좋아해서 말이야."

"네놈이 비상사다리를 타고 도망가는 걸 보고 진즉에 알았지."

볼텐은 미소를 지으며 말했다.

"숨이 턱까지 차서 날 쫓아오더군."

"다리에 한 방 맞힌 것으로 충분했지."

"당신은 총 솜씨도 형편없어."

볼텐은 총을 다른 손으로 바꿔 쥐면서 다시 에블린을 향해 말했다.

"즉흥적이라는 말이 나왔으니 그냥 넘어갈 수는 없지. 당신은 동료를 찾아내는 데 너무 오래 꾸물거렸어."

그러고는 가까이 다가와 총이 없는지 그녀의 몸을 더듬기 시작했다.

"손 치워. 이 변태 새끼!"

그는 총 손잡이로 그녀의 얼굴을 내리쳤다. 그 충격에 그녀는 뒤로 넘어져 폴라스키의 다리 위로 쓰러졌다. 얼굴로 온 신경이 쏠리듯 고통스러웠다. 다음 순간 입안에서 비릿한 피 맛이 났다. 떨리는 손가락으로 그녀는 자신의 입술을 만져보았다. 찢어진 입술에서 흘러나오는 피가 그녀의 스웨터 위로 떨어졌다. 이 인간쓰레기가 나를 때리다니! 그녀는 어이가 없었다.

"당신들이 지껄이는 소리를 처음부터 다 들었소. 그 많은 것을 알아내다니 정말 놀랍군. 다만 당신의 추리에서 정직한 호킨슨 씨에 대한 부분은 맞지 않아. 협박에 관해 그가 전혀 모르고 있었던 것이 사실이니까."

에블린이 믿을 수 없다는 듯 말했다.

"설마, 그럴 리가!"

"마누엘이 죽고 나자 그는 양심의 가책을 느꼈지. 더러운 사업가 기질은 다분해도 살인자가 될 인물은 못 되었으니까. 호킨슨은 크루즈 여행을 중단하고 모든 서류를 불태워 없애려고 했지. 그런데 마음씨 착한 그레타가 마지막 크루즈 여행의 승객 명단 원본을 다른 서류들과 함께 벽난로 속으로 던져질 운명으로부터 구해냈어. 당신이 그 명단을 발견한 것 아니오? 명단은 어디 있소?"

매력적인 어투가 돌변하면서 그가 다그쳤다.

에블린은 아무 대답도 하지 않았다.

볼텐이 말했다.

"당신 차에 있겠군."

에블린은 갑자기 모든 의문이 풀리는 것 같았다.

"함부르크의 폴크스방크의 익명 계좌는 그레타 것이었어. 협박의 배후 인물은 바로 그녀였군."

놀랍다는 듯 볼텐의 얼굴이 일그러졌다.

"오호, 그 계좌에 대해서도 알고 계신가?"

풀라스키가 그녀 뒤에서 경고했다.

"에블린, 더 이상 아무 말도 마시오!"

볼텐은 부드러운 미소를 지으며 말했다.

"친절도 하셔라! 어차피 당신의 여자 친구 머리에 곧 총알이 박힐 텐데. 그것도 당신의 지문이 묻어 있는 당신의 총으로 말이지. 어제 발사한 총의 화약 흔적이 아직 당신 손에 남아 있을 테니 증거로 충분할 것이고."

풀라스키가 으름장을 놓았다.

"그런 어처구니없는 계획은 절대 통하지 않을걸!"

볼텐은 침착하게 말을 이었다.

"통하지 않으면 어쩔 수 없고. 우린 돈이 충분하니까 안전한 곳으로 도망가면 그만이거든."

에블린은 더 이상 그의 말이 들리지 않았다. 총알이 머리에 박혀 죽는다는 생각이 돌연 그녀에게는 너무 비현실적으로 여겨져 무서워해야 할지 말아야 할지 알 수가 없었던 것이다. 볼텐은 사람을 때리고 협박해서 돈을 뜯어내는가 하면, 붉은 조명이 켜진 방에서 비디오를 찍거나 아이들을 비열한 방법으로 살해하는 짓을 얼마든지 할 수 있는 인물이었다. 하지만 성인 두 사람을 지하실에서 총으로 쏴 죽일 정도의 냉혈한은 오히려 그레타 쪽일 것 같은 느낌이 들었다. 그 여자는 에블린이 그때까지 짐작했던 것보다 더 영리하고 사악했다.

그레타! 그녀는 갑자기 머릿속이 하얘지는 기분이었다. 그녀가 명단을 훔쳐 가지고 나온 곳이 에드워드 호킨슨이 아니라 그레타의 서재였다는 생각이 문득 들었기 때문이다. 벽에 스포츠용 활이 걸려 있고 진열장 안에 석궁이 놓여 있던 그 방은 그레타의 서재였던 것이다. 활쏘기는 그녀가 즐기는 스포츠였다.

그녀가 언성을 높여 말했다.

"그레타는 처음부터 자기 아버지와 같이 크루즈 여행을 준비했어! 그

나쁜 년이 여행 내내 같이 있었던 거야."

풀라스키가 끼어들었다.

"에블린, 조용히 해요!"

에블린은 격앙된 목소리로 계속 떠들어댔다.

"싫어요! 그레타가 명단 맨 끝에 있는 자기 이름을 지운 거예요! 그녀가 바로 열세 번째 승객이었어요!"

"나쁜 년?"

볼텐의 낮은 어조가 위협적으로 들렸다.

"고아들을 데려온 것도 그 나쁜 년 짓이지? 그년도 소년의 죽음에 똑같이 책임이 있어. 그런데 조금도 거리낌 없이 열두 명의 남자를 협박해서 돈을 뜯어내다니!"

에블린은 자제력을 잃고 퍼부어댔다.

그러자 볼텐은 또다시 에블린의 얼굴을 향해 총을 내리쳤다. 하지만 이번에는 에블린이 팔을 들어 막았기 때문에 총 손잡이가 팔목에 맞았다.

볼텐이 소리를 질렀다.

"그레타는 아무 잘못도 없어! 남자아이가 죽자 다들 꽁무니를 빼려 했지. 그레타가 나서서 다른 사람들 대신에 뒷일을 수습했고 시체를 처리했을 뿐이라고. 그녀가 그들을 협박한 건, 우리 둘이 시체를 처리하느라 애를 먹는 동안 다른 놈들은 배 안에 죽치고 앉아서 술이나 마시고 있었기 때문이야!"

그가 에블린을 향해 몸을 숙이자 그의 입가에서 침이 흘러나왔다.

"당신은 그 여자와 보통 사이가 아니지, 안 그래?"

에블린이 소곤거리듯 말했다. 그러면서 또 맞을까 봐 두 손으로 얼굴을 가렸다.

"그레타는 너희 둘을 합친 것보다 더 용감해!"

볼텐은 덤벼들듯 으르렁거렸다.

"그 여자는 당신과 똑같이 환자야. 그리고 당신은 그 나쁜 년의 하수인이고!"

에블린도 소리를 질러댔다. 그녀도 자기가 왜 입을 다물지 않는지 알 수가 없었다. 그냥 걷잡을 수 없이 말이 튀어나왔다. 이것이 그녀의 마지막 말이 된다 해도, 또 그가 아무리 그녀를 때린다 해도 멈출 수 없었다. 그녀가 과거에 겪은 고통에 비하면 이 정도쯤은 아무것도 아닌 것 같았다.

하지만 더 이상 때릴 생각은 없는 듯 볼텐은 구석으로 가서 신문지와 나무판자, 걸레 따위가 쌓여 있는 쓰레기 더미를 뒤지기 시작했다. 그러더니 더러운 베개를 하나 찾아내서 에블린에게 던졌다.

제정신이 아닌 상태로 그는 총을 겨누며 그녀에게 다가갔다. 그는 총구를 그녀의 이마에 갖다 댔다.

"두 손으로 그걸 얼굴에 대고 있어. 어서! 시키는 대로 하라고! 총소리가 너무 크면 곤란하니까."

에블린이 날카롭게 외쳤다.

"싫어!"

"빨리 해!"

그녀는 베개를 구석으로 던져버렸다.

"할 수 없군."

볼텐은 쓰레기 더미 쪽으로 가서 더러운 석탄 자루를 끄집어냈다. 그러고는 자루를 펼쳐 들고 에블린에게 다가왔다.

"안 돼! 머리에 씌우지는 마세요, 제발!"

그녀는 공포에 사로잡혀 벽 쪽으로 기어갔다. 애원하듯 말하는 그녀의 눈에서 눈물이 흘러내렸다.

갑자기 그녀는 열 살 때로 돌아간 것 같았다. 황마 자루 맛이 입안에 느껴지고 깔끄러운 감촉이 살에 닿는가 하면 어디선가 곰팡내도 나는 듯했다.

그녀는 두 눈을 꼭 감고 다시 애원을 했다.

"제발 안 돼요! 뭐든 하라는 대로 할게요."

볼텐은 그녀의 애원에도 아랑곳하지 않고 자루를 그녀의 머리에 씌웠다.

그 순간 그녀는 눈앞이 캄캄해지고 몸이 마비되는 듯한 느낌이 들었다. 온몸이 뻣뻣하게 굳어오고 근육이 경련을 일으키기 시작했다. 그녀는 숨을 쉴 수가 없었다. 지난 일을 떠올리지 않으려고 안간힘을 썼지만, 그녀에게는 생각할 시간이 많지 않았다. 다음 순간 그녀는 총구가 자기 이마에 와 닿는 것을 느꼈기 때문이다. 그녀는 쏘지 말라는 말이라도 내뱉고 싶었으나, 목소리가 얼어붙은 듯 나오지 않았다. 그때 볼텐이 총을 장전하고 방아쇠를 당기는 소리가 들렸다. 격발핀이 움직였다.

찰칵!

그는 총구를 더 세게 그녀의 이마에 갖다 붙이고 다시 한 번 방아쇠를 당겼다.

찰칵!

"제기랄!"

그녀는 총 손잡이에서 탄창이 빠지는 소리를 들었다.

볼텐이 소리를 질렀다.

"총알이 하나도 없잖아."

풀라스키의 목소리가 어렴풋이 들렸다.

"괴팅겐 경찰공무원들이 내 총에 든 탄환을 압수해 갔지."

볼텐이 소리를 지르면서 권총을 바닥에 내동댕이쳤다.

"빈총을 들고 겁도 없이 내 집에 발을 들여놓았다고? 정말 미련하기
짝이 없군. 그럼, 내 총으로 끝을 내주지."

그녀는 무슨 소리를 들었다. 그가 허리춤에서 권총을 꺼내 든 것일까?
이어서 총의 공이치기를 당기는 소리가 났다.

"그만둬!"

풀라스키가 외쳤다. 그의 목소리가 공포로 떨리는 듯 들렸다.

에블린은 자신의 이마에 또다시 총구가 와 닿는 것을 느꼈다.

풀라스키가 쇠사슬을 잡아당겨보았으나 소용이 없었다.

"개새끼! 쏘지 마! 그녀는 변호사일 뿐이야. 이 일과는 무관하다고!"

"천만에, 무관하지 않지."

볼텐은 속삭이며 총구를 그녀의 머리에 더 바짝 갖다 댔다.

에블린은 슬라이드가 뒤로 당겨지는 동시에 장전되는 소리를 듣는 순
간, 정신이 혼미해졌다.

"알폰스?"

갑자기 그녀의 머리를 누르고 있는 총구가 느슨해졌다.

"알폰스?"

매혹적인 젊은 여자의 목소리가 또다시 계단 위에서 들려왔다.

에블린은 뭔가 덜커덕거리는 소리를 들었다. 공포에 떨고 있는 와중에
도 그녀는 그 목소리에 북독일 억양이 배어 있음을 알아차렸다.

"알폰스? 이리 와요!"

덜커덕거리는 소리는 수갑에서 나는 것처럼 들렸다.

62

볼텐은 그녀의 머리에 대고 있던 총구를 거두면서 나지막하게 내뱉었다.

"누구를 또 데리고 온 거야?"

에블린은 더 이상 생각을 할 수가 없었다. 볼텐이 풀라스키를 발로 걸어차는 소리와 풀라스키가 신음하는 소리를 그냥 듣고만 있을 뿐이었다.

볼텐이 다그쳤다.

"누구를 또 데려온 거냐고?"

풀라스키가 억지로 쥐어짜듯 대꾸했다.

"나도 몰라, 개새끼!"

에블린은 볼텐의 발소리를 들었다. 그러고는 방화문이 닫히고 열쇠를 두 번 돌려 잠그는 소리가 들렸다.

풀라스키가 속삭였다.

"에블린?"

그녀는 대답을 할 수가 없었다. 그녀의 몸이 완전히 굳어 있었기 때문이다. 아까부터 계속되고 있는 위경련은 그칠 기미가 보이지 않았다.

"에블린! 놈이 갔소. 내 말 들리오?"

'이리 와요!'

누가 그랬을까? 그녀 자신이? 그녀는 다시 사냥꾼 오두막에 갇혀 있던 열 살짜리 소녀가 된 것일까? 황마 자루와 노끈 그리고 청테이프. 그녀의 기억이 그 끔찍했던 날로 거슬러 올라갔다.

"에블린?"

폴라스키의 발이 그녀의 다리를 건드렸다. 그녀는 몸을 움찔했다.

"에블린! 좀 도와주시오!"

식은땀이 그녀의 등줄기를 타고 흘러내렸다. 그녀의 손은 얼음처럼 차가웠고 덜덜 떨리고 있었다. 그녀는 꼼짝도 할 수가 없었다.

폴라스키가 외쳤다.

"놈이 갔다니까! 우린 안전하오. 머리에 쓰고 있는 자루를 벗어요."

위경련으로 힘겨워하면서 에블린은 간신히 팔을 들어 올렸다. 자루 끝부분이 손에 닿자 힘껏 잡아당기기 시작했다. 일순간 그녀는 신선한 공기가 자신에게 확 밀려들어오는 느낌이 들었다.

"그렇지, 잘하고 있어요. 힘을 내요!"

그녀는 깊게 심호흡을 한 다음 두 손으로 자루를 벗겨냈다. 눈앞이 밝아졌다. 그녀는 눈을 뜨고 비스듬한 지하실 천창 너머로 저녁노을을 바라보았다. 그리고 자신의 폐를 산소로 가득 채웠다. 뻣뻣하게 굳어 있던 어깨와 팔이 차츰 풀리기 시작했다.

폴라스키가 물었다.

"세상에, 에블린! 왜 그래요?"

그녀는 고개를 돌려 대답을 하려고 했으나, 입안이 바짝 말라 있어서 말이 나오지 않았다.

"백지장같이 창백하오."

풀라스키는 놀란 표정으로 그녀를 응시했다. 그의 절망 어린 시선에서 그가 얼마나 그녀를 걱정했는지 엿보였다.

그녀는 애써 미소를 지으며 입을 열었다.

"괜찮아요."

"방금까지는 전혀 괜찮아 보이지 않았소."

그녀가 물었다.

"어떻게 된 건가요?"

"볼텐이 문을 잠가버리고 위로 올라갔소. 집 안에 누군가 또 있나 본데."

그녀가 소리 죽여 말했다.

"지빌이에요."

바로 그 순간 두 사람은 외마디 비명 소리와 함께 의자가 쿵쾅거리는 소리를 들었다. 유리가 산산조각 깨지는 소리에 이어 뭔가 계단을 굴러 떨어지는 소리가 들렸다. 그리고 다시 한 번 비명 소리가 나더니 갑자기 조용해졌다.

"에블린, 서둘러요! 보일러 뒤쪽에 내 총이 떨어져 있을 거요."

그녀는 일어서서 후들거리는 다리로 비틀비틀 걸었다. 총은 쓰레기 더미 옆에 놓여 있었다.

"내 바지 뒷주머니에 예비 탄창이 있소. 탄창을 총에 끼워요."

그제야 에블린은 서서히 제정신이 들었다. 최면 상태에 빠진 것처럼 그녀는 총을 주워 들고 풀라스키에게로 가서 그의 몸을 옆으로 돌렸다. 그리고 뒷주머니에 들어 있는 탄창을 꺼냈다. 풀라스키는 탄창을 어떻게 끼워야 하는지 설명하기 시작했다.

"그리고 옆에 안전장치가 보일 거요. 그다음은 슬라이드를 뒤로 당겨요. 그러면 첫 번째 탄환이 약실에 장전되지."

"설마 나보고 총을 쏘라는 건 아니겠죠?"

"내가 쏘고 싶어도 근육이 풀려서 고무처럼 흐물흐물하니 어쩌겠소. 보톡스 때문에 앞으로 두세 시간은 더 내 신경이 마비되어 있을 거요."

에블린은 슬라이드를 뒤로 당겼다.

"워, 워! 총구가 나를 겨누고 있지 않소."

"이제 어떻게 해야 하죠?"

갑자기 풀라스키의 시선이 천창에 고정되었다.

"믿을 수가 없군."

그녀는 그의 시선을 좇았다. 비스듬한 천창의 창살 사이로 정원의 일부분이 보였다. 볼텐과 지빌이 그곳을 막 지나가고 있었다. 젊은 여자는 검은색 스웨터와 회색 조깅 팬츠를 입고 있었다.

에블린은 벌떡 일어나서 창가로 가더니 나무 궤짝을 밟고 올라가 까치발을 하고 섰다.

풀라스키가 소리쳤다.

"뭐가 보이오?"

볼텐과 지빌은 나란히 잔디밭을 가로질러 비료 더미 옆에 세워져 있는 잔디 트랙터 쪽으로 가고 있었다. 두 사람의 태도가 좀 이상해 보였다. 볼텐은 순한 양처럼 고분고분했다. 어찌 보면 도살장에 끌려가는 모습 같기도 했다.

풀라스키가 닦달을 했다.

"뭐가 보이느냔 말이오?"

창문턱에 걸레가 놓여 있는 것을 발견한 에블린은 그을음이 앉은 안쪽 유리를 걸레로 닦아서 더 잘 보이게 했다.

"지빌이 볼텐의 목덜미에 주삿바늘을 꽂고 있는 것 같아요. 그의 두 팔이 힘없이 축 늘어져 있어요. 금방이라도 쓰러질 것처럼 비틀거리는 데요."

풀라스키는 통쾌하다는 듯 큰 소리로 웃었다.

"자기 주삿바늘에 자기가 당하다니."

"볼텐이 그녀 앞에 무릎을 꿇고……."

에블린은 말을 잇지 못했다. 믿을 수 없는 광경이 눈앞에서 펼쳐지고 있었기 때문이다.

볼텐은 우는소리를 내며 살려달라고 애원했지만, 지빌은 그의 머리를 사정없이 뒤로 밀쳤다. 그녀의 목소리가 기울어진 지하실 창문을 통해 희미하게 들려왔다.

"내가 당신을 위해 뭘 준비했는지 보세요."

그녀는 잔디 트랙터의 주유구를 열고 호스를 그 안에 끼웠다. 그리고 호스의 다른 한쪽은 볼텐의 입안으로 밀어 넣었다.

"빨아 마셔!"

볼텐은 고개를 저었다.

"탱크가 비어 있는데."

그는 두 팔을 바닥에 축 늘어뜨린 채 호스를 입에 꽂고 웅얼거렸다. 그의 상체는 힘없이 앞뒤로 흔들거렸다.

"내가 디젤을 채워놨지. 이제 마셔!"

볼텐이 억지로 내뱉었다.

"이건 휘발유 엔진인데."

지빌은 손바닥으로 그의 뒤통수를 때리며 말했다.

"저런, 어쩌나! 그럼 뭐 휘발유를 빨아 마셔야지. 자, 어서!"

볼텐은 고개를 가로저었다. 그의 얼굴 위로 눈물이 흘러내렸다. 지빌이 주삿바늘을 그의 목덜미에 더 깊숙이 꽂아 넣자, 결국 그는 시키는 대로 했다. 구역질을 해대는 그를 보고 지빌은 계속 호스를 빨아들이라고 재촉했다. 마침내 누런 액체가 호스로 빨려나왔는데도 지빌은 그의 입에 찔러 넣은 호스를 빼지 않았다. 삼키고 토하고 기침하면서 그의 몸은 온통 디젤 범벅이 되었다.

그러자 지빌은 한 걸음 옆으로 물러나 자신의 바지 주머니를 뒤졌다.

풀라스키가 물었다.

"그녀가 뭘 하고 있소?"

에블린은 여전히 까치발로 서서 머리를 위로 쭉 뺀 채 대답했다.

"잘 보이지는 않는데요, 담배와 성냥을 꺼내는 것 같아요."

풀라스키가 소리쳤다.

"그를 불태워 죽이려는 거요! 어떻게 좀 해봐요!"

"어떻게요?"

"유리창에 총을 한 방 쏴요!"

"그다음은요?"

"지빌을 막아야지! 이건 엄연한 살인이오. 살인을 막아야 해요!"

저놈을 죽이지 못하게 막아야 한다고? 그녀는 내면의 소리가 침묵하는 것을 느꼈다. 자기도 모르게 그녀는 숲 속의 사냥꾼 오두막과 그 사내를 떠올렸던 것이다. 그자는 자기가 내뱉은 말을 그대로 실행에 옮겼다.

네가 저항하거나 도망가면 산드라를 죽이겠어! 그자는 여러 번 그녀에게 경고를 했었다. 하지만 그녀는 그의 말을 믿지 않았다. 그녀는 더 현명하게 대처해야 한다고 생각했다. 그러나 열 살짜리가 얼마나 똑똑하다고 정신병자를 상대할 수 있겠는가? 경찰이 그 오두막을 찾아내기 불과 몇 시간 전에 그는 산드라를 목 졸라 죽이고 근처에 파묻었다.

그 후 그녀는 그의 얼굴을 딱 한 번 보았다. 대질조사를 하는 자리에는 경찰보다 의사와 심리학자가 더 많이 와 있었다. 그는 모든 혐의를 부인했지만, 산드라와 그녀에게 그가 남겨놓은 증거가 있었다.

그녀는 아직 어린아이였음에도 불구하고 그때 자기 손으로 그를 땅에 파묻고 그의 얼굴을 갈기갈기 찢어버리거나 그에게 휘발유를 끼얹고 불을 붙이고 싶은 생각이 간절했다. 그리고 몇 주 후 비어 있는 2층 침대를 보는 순간, 죄책감이 밀려왔다. 내가 도망치지 않더라면……

"에블린!"

그녀는 화들짝 놀랐다.

"지빌이 뭘 하고 있소?"

"담배를 피우고 있어요."

"어떻게 좀 해보시오!"

어서 그 개새끼에게 불을 붙여 태워버려! 에블린은 어느새 그런 생각을 하고 있는 자기 자신이 끔찍해졌다. 그 순간 그녀는 눈이 부셔서 뒤로 물러났다.

잔디 트랙터 옆으로 불길이 활활 타올랐다. 그 열기가 그녀의 얼굴에도 느껴지는 것만 같았다. 그녀는 두 눈을 감고 절망적으로 살려달라고 외치는 다른 누군가의 모습을 상상해보았다.

풀라스키가 외치는 소리도, 볼텐의 비명 소리도 더 이상 들리지 않았다.

에블린은 천천히 나무 궤짝에서 내려와 벽 쪽으로 가서 주저앉았다.

그녀의 등에 콘크리트 벽의 냉기가 느껴졌다. 손이 총 손잡이만큼이나 차가웠지만 그녀의 마음은 평온해졌다. 저 짐승만도 못한 인간은 두 번 다시 그녀나 다른 여자의 머리에 자루를 씌우지 못할 것이다. 두 번 다시는 붉은 조명이 켜진 방에 아이를 끌어들이지 못할 것이다. 두 번 다시 아이를 노란색 토끼 인형이 놓여 있는 침대에 앉혀놓고 비디오를 찍어대지 못하리라.

풀라스키가 중얼거렸다.

"에블린……."

"조용히 좀 해요!"

그 순간 그녀는 어떤 소리도 참을 수 없었다. 그녀의 머릿속을 울리는 혼돈의 소리만으로도 충분히 시끄러웠기 때문이다. 두 사람은 잠시 아무 말 없이 타닥타닥 불타는 소리에 귀를 기울였다. 불길이 차츰 잦아들며 정적이 흘렀다.

그 정적을 깨고 차고에서 희미하게 엔진에 시동이 걸리는 소리가 들렸다. 지빌은 도대체 어디서 볼텐의 메르세데스 열쇠를 찾아냈을까? 제대로 운전을 할 수는 있는 걸까?

에블린은 타이어가 자갈길을 밟고 지나가는 소리와 정원의 자동문이 열리고 차가 밖으로 나가는 소리를 들었다.

그녀가 혼자 중얼거렸다.

"어디로 가는 거지?"

"모르겠소?"

그녀가 자신을 쳐다볼 때까지 기다렸다가 그는 다시 말을 이었다.

"당신 스스로 진상을 알아내지 않았소. 지빌은 그레타 호킨슨의 빌라로 가는 거요. 명단의 마지막 인물을 없애버리기 위해."

63

에블린은 풀라스키의 다음 말을 듣고 자신의 귀를 의심했다.

"우리가 가서 그레타를 죽이지 못하게 막아야 하오!"

그녀는 그를 뚫어져라 쳐다보았다. 이 남자가 대체 무슨 말을 하는 거야? 그레타 호킨슨은 크루즈 여행의 배후 조종자였다. 그 아이들이 겪고 있는 모든 고통은 그녀가 초래한 것이었다. 아이들 대부분은 정신병원 신세를 지지 않았는가. 그녀가 없었다면 마누엘은 아직 살아 있을지도 모른다. 아니면 적어도 그 아이의 시신이 모래사장 어딘가에 묻히는 일은 없었을 것이다.

풀라스키가 재촉했다.

"어서 서둘러야 하오. 이리 와서 도와주시오."

에블린은 그를 일으켜 앉혀서 벽에 등을 기대게 했다. 쇠사슬이 보일러 관에 감겨 있어서 수갑이 채워진 팔을 무릎 위로는 올릴 수 없었다.

그가 부탁했다.

"휴대폰 좀 주시오."

그녀는 아까 그의 바지 주머니에서 빠져나와 바닥에 놓여 있던 휴대폰을 갖다 주었다.

"내가 전화번호를 눌러줄까요?"

"괜찮소."

그는 기력 없는 손가락으로 전화기를 손에 들고 스피커폰 기능을 작동시켰다.

"그레타의 신변보호를 요청할 작정이오. 하지만 시간이 너무 지체된다면 최악의 사태를 막지 못할 거요."

그녀는 자신을 쳐다보는 풀라스키의 강렬한 눈빛을 느꼈다.

"나도 뒤따라갈 테니 당신 먼저 그레타 집으로 가보시오!"

에블린은 아직 손에 쥐고 있는 총을 내려다보며 말했다.

"이걸로 쏘면 방화문이 열릴까요?"

"문에서 1미터쯤 떨어져서 왼쪽 눈을 감은 다음 두 손으로 총을 잡고 자물쇠를 겨냥하시오. 그리고 가늠구멍과 가늠쇠가 일직선이 되게끔 조준을 해야 하오."

에블린은 문 앞에 섰다.

"두 팔을 쭉 뻗고, 반동에 놀라서 움찔하면 안 되오."

에블린은 총 손잡이를 꽉 움켜쥐었다. 총을 단단히 움켜쥘수록 그녀의 손이 더 많이 떨렸다.

"자, 침착하게! 긴장을 풀어요."

그녀는 방아쇠를 당겼다. 방아쇠는 그녀가 생각했던 것보다 더 가볍게 당겨졌다. 하지만 총소리는 귀가 멀 것처럼 요란했다. 붉은 연기가 자욱하게 그녀를 감쌌다. 그을린 금속 냄새가 났다.

"약간 더 위로 그리고 더 오른쪽으로 조준을 하시오. 문 자물쇠 안의 날름쇠를 관통해야 하오."

그녀는 두 팔을 쭉 뻗고 방아쇠를 연달아 세 번 더 당겼다. 문에는 검은색 구멍이 네 개 나 있었고, 그 주변의 금속이 뒤틀려 있었다. 에블린이 손잡이를 잡아당기자 삐걱거리는 소리가 나면서 문이 열렸다.

그녀는 풀라스키를 뒤돌아보며 말했다.

"형사님을 이렇게 내버려두고 갈 수는 없어요."

"내 걱정은 조금도 마시오."

"총을 쏴서 수갑을 끊어볼까요?"

"그러다 총알이 내 팔에 박히라고? 사양하겠소."

그는 힘없이 웃으며 말을 덧붙였다.

"게다가 당신 혼자서 나를 끌고 계단을 올라가는 건 불가능하오. 빨리 그레타한테 가보시오. 그동안 나는 경찰과 구급차를 부르겠소."

그녀는 안전장치를 걸고 총을 그의 무릎 위에 올려놓았다.

"뭐 하는 거요? 총을 가지고 가야지!"

가져가라고? 나를 뭘로 보는 거야?

"절대 안 가져가요! 나더러 사람을 쏘라는 거예요?"

"그러라는 게 아니오. 하지만 당신과 생각이 다른 사람도 있지 않겠소."

"난 괜찮아요."

"그럼 그레타를 어떻게 도울 작정이오?"

"그 나쁜 년을 죽이지 못하게 막으라는 거예요?"

풀라스키는 놀란 표정으로 그녀를 쳐다보았다.

"그 여자를 체포해서 법의 심판을 받게 해야⋯⋯."

"그러면 가벼운 판결을 받고 몇 년 징역을 살다가 다시 자유의 몸이 되겠죠."

에블린은 냉소적인 어투로 말했다.

"그럴 리 없소."

"형사님은 아무것도 몰라요."

에블린은 자기가 왜 그러는지 너무나 잘 알고 있었다. 그런 식으로 사건이 종결되는 것을 억울하게 지켜봐야 했으니까. 그녀는 다시 그 사내를 떠올렸다.

그녀의 가정을 파괴한 그 사내는 10년 후에 석방되었다. 에블린의 동생 나이보다 딱 2년 더 징역을 산 셈이었다. 판결 규정에 따라 그는 석방이 된 후 에블린이 사는 곳에서 반경 3킬로미터 이내 접근금지 명령을 받았으나, 그런다고 뭐가 달라지겠는가? 그자는 이미 그녀에게 삶의 일부가, 그녀의 영혼에 박힌 가시 같은 존재가 되어버렸는데 말이다. 그 사냥꾼 오두막에서 도망쳐 나온 순간부터 그녀는 그 남자와 여동생 생각을 하지 않고 지나가는 날이 단 하루도 없었다. 다행히도 그녀의 부모님은 그가 석방되는 꼴을 보지 못하고 돌아가셨다.

다들 그녀의 부모님이 끔찍한 사고를 당했다면서 그 비극적인 운명 때문에 에블린을 불쌍히 여기곤 했다. 대학에 갓 입학할 무렵 갑자기 혼자가 되어 아르바이트와 장학금으로 근근이 생활하고 있는 그녀를 보고 용기가 대단하다고 칭찬하면서……. 하지만 그것이 사고가 아니었다는 것을 알고 있는 사람은 그녀뿐만이 아니었을 것이다. 재정적인 문제를 다 정리해놓고 일주일 후 보슬비가 내리는 날 나란히 손을 잡고 급행열차가 달려오고 있는 철길을 건넌 그녀의 부모님이 사고를 당했다고 생각할 사람이 누가 있겠는가? 그녀의 부모님은 위험하게 그런 일을 해서 사고를 당할 사람들이 절대 아니었다. 어느 누구도 진실을 알 수는 없겠지만, 에블린은 마음속 깊이 직감하고 있었다. 유괴사건으로 절망에 빠진 부모님을 죽음으로 몰아간 것은 그자의 석방일이 다가오고 있다는 사실이었음을.

"그녀가 살인을 저질렀다고 해도 그녀의 목숨은 보호해줘야 하오. 어쨌든 당신은 법의 편에 선 변호사로서 이 사건을 맡은 것 아니오."

풀라스키의 말은 그녀에게 공허하게 들릴 뿐이었다.

그녀는 그를 쳐다보며 목소리를 낮춰 대답했다.

"난 이 사건을 맡은 적 없어요."

그의 눈이 휘둥그레졌다.

"뭐요?"

그에게 진실을 말할 때가 된 것 같았다.

"일주일 휴가를 얻어서 개인적인 조사를 위해 독일로 온 거예요."

"개인적인 일로 이 사건에 끼어들었다는 말이오?"

잠시 홀로베크를 생각하면서 그녀는 대꾸했다.

"부분적으로는 그런 셈이죠."

그녀는 풀라스키가 이 정도로 그냥 넘어갔으면 했다. 에어백 사고와 하수구 사고를 우연히 조사하다가 시작된 그녀의 여행이 어느새 과거의 감정으로 거슬러 올라가는 긴 여정이 되어버린 것을 그가 눈치채지 못하길 바랐다. 하지만 그의 눈을 보자 그녀는 그에게 아무것도 숨길 수가 없음을 깨달았다.

"당신도 리자와 비슷한 일을 겪은 것 아니오?"

그녀는 굳이 대답할 필요가 없었다. 풀라스키는 사람들을 하도 많이 접하다 보니 그녀의 얼굴만 봐도 대답을 알 수 있었던 것이다.

"정말 유감이오. 그렇지만 당신은 변호사요. 그러니까 당신이 나서서 살인을 막을 수 있다면 그래야 하오."

"형사님 말이 맞을지도 몰라요."

그녀는 문을 향해 돌아섰다.

"총을 가져가시오!"

그가 그녀 뒤에 대고 소리쳤다.

"문에 대고 총을 쏘는 건 사람을 쏘는 것과 달라요. 총은 필요 없어요."

어둠 속에서 계단을 올라가는 동안 그녀는 호킨슨의 빌라로 가는 길을 떠올려보았다. 그곳까지는 10분도 채 안 걸릴 것이다. 틀림없이 거기서 그레타와 지빌을 만나게 되리라.

그러나 그녀가 그곳에 가서 누구 편에 설지는 아직 미지수였다.

64

호킨슨의 빌라에 도착해보니 대지로 들어가는 정문이 열려 있었다. 이번에는 시쿠로란 회사 트럭이 진입로를 막고 있지 않았다. 에블린은 빌라 건물 쪽으로 차를 몰고 들어갔다. 그새 날이 저물어 어두웠다. 헤드라이트 불빛으로 보니 볼텐의 메르세데스가 집 현관으로 올라가는 계단 바로 앞에 세워져 있었다. 그녀는 차에서 내려 차문을 잠그고 볼텐의 차로 다가갔다. 차문은 열려 있고 열쇠도 꽂혀 있었지만, 지빌은 어디로 갔는지 보이지 않았다.

에블린은 정원을 둘러보았다. 보안경비회사의 설치기사들이 아직 작업을 못 끝낸 듯 보였다. 정자의 처마 밑에 공구상자와 케이블 드럼이 그대로 놓여 있었기 때문이다. 그 뒤로 수련 연못의 검은 수면이 반짝거리고 있었다.

"그레타?"

에블린은 집 건물을 빙 둘러 나 있는 자갈 콘크리트 길을 걸어가면서 그녀의 이름을 불렀다.

대답이 없었다.

처마 밑에 달려 있는 감시카메라는 아직 작동이 되지 않는 것 같았다. 빌라 뒤쪽으로 돌아가니 어제 점심때 에블린이 이 집 여주인과 차를 마셨던 온실과 테라스가 나왔다. 정말 불과 하루 전의 일이었단 말인가? 그녀는 그때 배 속이 근질근질했던 느낌을 문득 떠올렸다. 그 느낌은 한 번도 틀린 적이 없었다. 그런데 이상하게도 그녀가 어둠 속에서 지빌과 맞닥뜨렸을 때는 그런 느낌이 들지 않았었다. 거기에 신경 쓸 겨를이 없어서 놓친 것뿐일까?

"그레타?"

에블린은 테라스로 이어져 있는 계단을 올라갔다. 짭짤한 소금기를 머금은 해풍이 불어왔다. 검은빛 바다의 수평선 위로 아직 한 줄 얇게 남아 있는 붉은 석양이 희미한 빛을 내고 있었다. 공기가 차가워졌다.

가까운 곳에 있는 등대 불빛이 유리창에 반사되고 있었다. 볼텐의 테라스에서 볼 수 있었던 것처럼 이곳 유리문에도 침입 흔적이 있었다. 지빌은 자신의 목표에 가까워질수록 더 대담해졌다. 볼텐이 죽은 모습을 보고 사고사로 받아들일 사람은 아무도 없을 것이다. 마지막으로 그레타를 해치우면 그녀의 복수전도 끝이 날 테니 사고로 위장할 필요도 없겠지만 말이다. 복수가 끝나면 그녀는 어떻게 할 작정일까? 옥센츌 정신과 병원에 있는 리자를 찾아가 그녀에게 다 끝났다고 이야기해주려나? 그녀가 훔친 보석을 판 돈이 아직 남아 있을까? 그녀는 또 다른 사람 행세를 하며 대신 복수를 하게 되는 건 아닐까?

이런저런 생각에 빠져 있던 에블린은 흠칫 놀랐다. 집 안에 불이 켜졌기 때문이다. 그녀는 문을 열고 온실 안으로 들어섰다. 희미한 불빛으로 테이블과 서랍장 그리고 등나무 의자의 윤곽이 보였다. 그녀는 거실을 가로질러 그레타의 서재로 이어지는 긴 복도 쪽으로 갔다. 불빛은 그레

타의 서재가 아니라 열려 있는 주방 문에서 새어 나오고 있었다,

에블린은 주방으로 들어갔다. 스테인리스 장식과 거대한 환풍기 후드가 달린 싱크대로 모던하고 냉랭한 분위기를 자아내는 주방의 차가운 타일 바닥 위에 지빌이 웅크리고 있었다.

긴 금발 머리가 쏟아져 내려 그녀의 얼굴을 가리고 있었다. 그녀는 커다란 가스통의 레버를 만지고 있었다. 그 옆에는 철사와 양초 몇 개 그리고 성냥 한 통이 놓여 있었다.

에블린은 더 가까이 다가가며 속삭였다.

"지빌?"

아직 앳된 여자는 소스라치게 놀랐다. 한 손으로 그녀는 흘러내린 머리를 쓸어 올리면서 동시에 다른 한 손을 번쩍 들어 올렸다. 그녀의 손에 총신이 짧은 여성용 권총이 쥐어져 있었다.

"총을 내려요, 지빌. 아무 짓도 안 할 테니."

에블린은 가급적 침착하게 말을 하려고 했지만, 목소리가 떨려서 말이 잘 나오지 않았다.

그녀는 총의 공이치기가 당겨져 있는 것을 보았다. 구식 모델의 연발 권총이었다. 총구가 똑바로 그녀의 머리를 향하고 있었다.

"너무 일찍 오셨네요."

지빌의 목소리는 힘이 넘치고 자신감 있게 들렸다. 그리고 북독일 억양은 리자의 목소리를 완벽하게 흉내 낸 것이었다. 선이 곱고 가녀린 얼굴 모양과 인상적인 푸른 눈까지 리자와 헷갈릴 정도로 닮은 모습이었다.

지빌은 총으로 냉장고가 있는 쪽을 가리키며 말했다.

"저기 벽에 등을 대고 앉아요."

"난 그레타 호킨슨이 아니에요."

452

에블린은 뒷걸음질 치면서 설명했다.

지빌이 말을 잘랐다.

"알아요! 그레타를 잘 아니까."

에블린은 멈칫했다. 그녀가 그레타를 잘 알고 있을 리 만무했다. 기껏해야 리자한테 들은 설명이 다일 텐데.

"어떻게요? 그레타를 한 번도 본 적이 없을 텐데!"

"당신이 뭘 안다고 그래요? 그녀는 당신보다 열 살쯤 더 많아요. 냉혹하게 생긴 그 얼굴은 평생 잊을 수 없을 거예요. 그렇게 세월이 흘렀는데도 그녀는 조금도 변하지 않았더군요."

세월이 흘렀다고? 에블린의 이마에 주름이 잡혔다. 잘못 들은 건가? 지빌은 정말 자기가 말한 대로 생각하고 있는 것일까? 아니면 정신이 이상한 척하고 있는 것뿐일까? 하지만 그녀의 눈은 진실을 말하고 있는 듯 보였다. 에블린은 그처럼 완벽하게 위장할 수 있는 사람을 한 번도 본 적이 없었다. 기가 막히게 훌륭한 배우라야 그런 연기를 할 수 있을 성싶었다.

"지빌, 그레타를 어떻게 알아요?"

지빌은 심한 편두통이 엄습하기라도 하는 것처럼 두 눈을 질끈 감았다. 잠시 후 그녀가 눈을 뜨자, 동공에 광기가 어려 있었다. 한순간 손을 내리는가 싶더니 다시 에블린에게 총을 겨누었다.

그녀는 자기 이름을 되뇌며 머뭇거렸다.

"지빌? 그 애는 내가 어떤 일을 당했는지 아무것도 몰라."

"하지만 당신이 지빌이잖아요. 당신 이름은 지빌 보스카예요."

"닥쳐!"

지빌이 거칠게 내뱉었다. 자신의 내면과 싸움을 벌이고 있는 듯 그녀의 얼굴이 일그러졌다.

에블린이 물었다.

"병역대체복무 중이던 마티 생각나요? 옥센촐 정신과 병원 46병동에서 근무하고 있죠. 그는 담배를 끊고 싶어 해요. 마티는 당신을 좋아했다더군요. 그런데 당신은 치료를 중단하고 킬에 있는 요양시설로 옮겼어요. 그러고는 주방에서 돈을 훔쳐 그곳에서도 도망쳤지요."

"아니야, 아니야, 아니야!"

지빌은 에블린의 말을 머리에서 몰아내기라도 하려는 것처럼 총을 움켜쥐고 있는 손을 이마에 대고 눌렀다.

에블린은 목소리를 낮춰 말했다.

"지빌, 당신은 리자보다 두 살이 많아요. 그리고 빈에서 태어나 자랐어요."

그녀는 미소를 지으려고 애쓰면서 이야기를 계속했다.

"나도 빈 출신이죠. 프라터 공원 생각나요? 대관람차와 유령열차는요? 가로수길, 마로니에, 초원 그리고……."

"그만!"

지빌은 눈물을 훔치며 외쳤다.

에블린은 몇 걸음 더 그녀에게 다가가 그녀 앞에 무릎을 꿇고 앉았다.

"당신은 거리에서 자랐어요. 오타크링, 마이들링, 파보리텐……. 이런 동네 이름을 들으면 뭐 생각나는 거 없나요?"

"없어요, 난……."

더 이상 말을 잇지 못하고 그녀는 총이 쥐어져 있는 손을 힘없이 내렸다. 그녀의 손가락에서 미끄러진 총이 타일 바닥 위로 떨어졌다.

그 순간 지빌에게서는 위험한 정신이상 살인자의 모습을 조금도 찾아볼 수 없었다. 그녀는 무릎을 턱까지 끌어당긴 자세로 바닥에 웅크리고 앉아 자신의 손목을 응시하고 있었다. 스웨터의 소맷단 밖으로 깨끗하게 아물지 않은 흉터가 삐죽 나와 있었다. 그 흉터를 보자 에블린의 심장이 터질 것만 같았다.

에블린은 조심스럽게 바닥에 떨어진 총을 주워 들고 공이치기를 원위치로 돌린 다음 총을 허리춤에 끼우면서 말했다.

"지빌 보스카, 당신은 이렇게 착한 빈 아가씨예요."

지빌은 잠시 고개를 들었다. 울어서 그녀의 두 뺨이 빨갛게 상기되어 있었다. 이런 얼굴로 어떻게 살인을 저지를 수 있었을까? 지빌은 자신의 정체성을 찾느라 혼란에 빠진 소녀와도 같은 모습이었고, 리자가 그녀와 삶을 이어주는 단 하나의 끈과도 같은 존재인 듯 보였다.

에블린이 물었다.

"리자 말고 또 친구가 있나요?"

지빌은 말을 제대로 이을 수 없을 정도로 격하게 울음을 터뜨렸다.

"아뇨. 난……."

그녀는 눈을 들어 에블린을 쳐다보며 간신히 덧붙여 물었다.

"병원에서 오신 의사 선생님이신가요? 리자는 잘 지내나요?"

에블린은 흠칫 놀랐다. 지빌의 말투에서 북독일 억양이 감쪽같이 사라졌기 때문이다.

65

에블린이 대꾸했다.

"난 의사가 아니에요. 하지만 리자를 알고 있고 같이 이야기도 나눴어요. 리자는 잘 지내요. 루빅스 큐브를 가지고 놀면서."

"리자는 큐브를 맞추는 데 1분밖에 안 걸려요."

그 말을 하는 지빌의 얼굴에 미소가 번졌다.

"리자와 언제 처음 만난 건가요?"

"병원에서요. 난 한참 전부터 그곳에 있었는데, 어느 날 그 애가 왔어요. 리자는 별로 말이 없었고, 자기가 무엇 때문에 그곳에 왔는지도 모르고 있었어요. 몇 년 후 내가 열일곱 살이 되던 해에 우리 둘은 같은 병실에서 지내게 되었어요. 어느 날 밤 그 애는 잠결에 이야기를 하기 시작했는데……."

그렇게 해서 지빌은 리자의 이야기를 알게 된 것이었다. 에블린은 이마를 찌푸렸다. 단순히 그 이야기를 들었다는 것이 완벽하게 다른 사람 행세를 하면서 대신 복수극을 펼칠 동기가 될 수 있단 말인가? 문득 풀라스키의 말이 떠올랐다. 그 이야기 뒤에 어떤 비밀이 감춰져 있든 간에 언젠가는 밝혀질 거라고 그가 말했었다. 그러나 에블린은 자신이 변호사이니만큼 일단 살인은 막아야 한다는 생각이 들었다. 그녀는 천천히 지빌의 손을 잡고 소곤거리듯 말했다.

"사람을 죽이는 건 이제 그만두어야 해요."

그녀가 흐느끼며 말했다.

"그들이 먼저 시작했어요."

"그렇다고 사람을 죽이면 그들보다 조금도 나을 게 없잖아요."

"그자들을 살려두어서는 안 돼요."

"그들이 마땅한 벌을 받아야 한다는 건 나도 이해해요. 하지만 살인을 함으로써 훨씬 더 끔찍한 일이 일어나게 만들었어요."

지빌은 눈을 치켜뜨고 말했다.

"몇 달 동안 배 안에 갇힌 채 단 한 가지 목적을 위해 선실 밖으로 끌려나오는 것보다 더 끔찍한 일이 뭔데요?"

에블린은 일순간 망설였지만, 지빌을 막으려면 진실을 이야기해줄 수밖에 없었다.

"볼텐은 그 배에 탔던 피해자들을 차례로 살해하기 시작했어요."

"내가 그놈을 불태워버렸는데요."

"알아요, 나도 봤어요. 하지만 더 이상 살인은 안 돼요. 리자는 무사해요. 레샤라는 다른 소녀도요. 그런데 세 명의 피해자가 목숨을 잃어야 했어요. 리자의 남동생처럼."

"그럼 나 때문인가요? 내가 무슨 짓을 한 거죠?"

손톱을 물어뜯고 있는 그녀의 두 눈에서 다시 눈물이 흘러내렸다. 상체를 앞뒤로 심하게 흔들며 그녀가 울먹였다.

에블린은 옆에 앉아 조심스럽게 그녀의 어깨에 팔을 둘렀다. 그녀가 지빌을 끌어당길 겨를도 없이 지빌이 먼저 머리를 에블린의 가슴에 파묻었다. 그녀는 떨고 있는 지빌의 몸이 자신에게 바싹 달라붙는 것을 느꼈다. 지빌은 반쯤 얼어버린 것처럼 몸이 차가웠다. 갑자기 에블린은 그녀를 쓰다듬어서 몸을 덥혀주고 싶은 충동이 들었다. 그녀가 지빌의 어깨와 등을 쓰다듬어주는 동안 지빌은 두 팔로 그녀의 허리를 안고 있었다. 그러더니 지빌이 흐느껴 울기 시작했다. 에블린은 그토록 슬프게 흐느끼는 사람을 한 번도 본 적이 없었다.

그 순간 에블린은 마치 자기 여동생을 팔에 안고 있는 것 같은 기분이 들었다. 정말로 그럴 수만 있다면 무슨 짓이라도 할 텐데! 여동생을 구할 수만 있다면, 그래서 부모님도 살아 있을 수 있다면 말이다.

그녀는 지빌의 머리를 쓰다듬으며 말했다.

"다 잘될 거예요. 약속할게요. 나는 언제나 당신 편이에요."

지빌은 고개를 저었다.

"돕게 해줘요."

갑자기 에블린이 입을 다물었다.

집 안에서 무슨 소리가 들렸기 때문이다!

에블린은 벌떡 일어나 귀를 기울였다. 두근거리는 그녀의 심장 소리가 밖에까지 들릴 것만 같았다. 열쇠 다발이 찰랑거리는 소리가 들리더니 곧 현관문이 열렸다. 그리고 발소리가 집 안을 가득 채웠다.

"알폰스?"

전실을 통해 울려오는 그 목소리를 듣자 지빌의 몸이 뻣뻣하게 굳었다.

그레타 호킨슨이 집 안으로 들어온 것이다.

66

"조용!"

에블린이 숨죽여 말했다. 그녀는 발뒤꿈치를 들고 주방문 쪽으로 가서
전등 스위치를 껐다.

사방이 캄캄해졌다. 주방에 난 창문 너머로 바람에 흔들리는 나뭇가지
가 보였다. 그리고 그 배경에는 밝은 달이 떠 있었다.

에블린은 기억을 되짚어보았다. 정원으로 들어오는 진입로나 집 현관
에서는 주방에 불이 켜져 있는지 아닌지 보이지가 않았다. 다행스럽게
도 그레타는 아무 눈치도 채지 못한 것이 분명했다.

그때 복도 천장 등에 불이 켜졌다. 반사적으로 에블린은 문을 닫았다.
복도로 걸어 들어오는 발소리가 좁은 문틈 사이로 들렸다.

"알폰스? 당신 차문이 열려 있던데요."

에블린은 기다렸다. 지빌은 구석에 웅크리고 앉아 나지막한 숨소리만
내뱉고 있었다. 그녀가 제발 입을 다물고 있기를 바랄 뿐이었다.

"알폰스?"

이번에는 그레타의 목소리가 더 가깝게 들렸다. 뭔가 이상한 낌새를

눈치챈 듯한 목소리였다.

에블린은 그레타의 서재 문이 열리는 소리를 들었다. 이어서 전등 스위치가 딸칵하고 켜지는 소리가 들렸다.

그녀는 문틈 사이로 복도 끝 쪽을 계속 살펴보았으나, 서재의 책장에 비치는 그림자만 보일 뿐이었다. 잠시 후 또 한 번 딸칵하는 금속음이 들렸다. 유리 진열장이 열릴 때 나는 소리 같았다.

에블린은 그 진열장 안에 어떤 물건이 있었는지 떠오르자 몸이 얼어붙었다. 보관 상자가 열리고 활줄이 삐걱거리는 소리가 들렸다. 어쩌면 잘못 들은 것일지도 모른다는 생각이 들면서도 그레타가 석궁에 화살을 넣고 장전하는 모습이 머릿속에 그려졌다.

에블린은 주방문을 조금 열어둔 채 지빌이 앉아 있는 곳으로 살금살금 돌아가기 시작했다. 그런데 어두워서 그만 가스통을 발로 차고 말았다.

"이런!"

그녀가 낮게 외쳤다. 그러면서 가스통에 달린 밸브를 붙잡아 가스통이 넘어지는 것을 간신히 막았다.

그녀의 심장이 빠르게 고동쳤다. 움직임을 멈추고 귀를 기울여보았으나 아무 소리도 들리지 않았다.

그레타는 알폰스를 불러봐도 소용이 없다는 것을 알아차린 것 같았다.

에블린은 가스통을 조심스럽게 똑바로 세워놓고 손으로 더듬어 지빌을 찾았다. 그리고 지빌 옆에 같이 웅크리고 앉아 그녀의 귀에 대고 속삭였다.

"지빌, 여기서 도망쳐야 해요. 일어나요. 테라스 문으로 몰래 빠져나가요."

지빌은 고개를 저었다. 지빌의 손을 잡은 순간, 에블린은 그녀의 손가락이 완전히 굳어 있는 것을 감지했다. 마비를 풀어주려고 애써보았으나 지빌의 몸은 점점 바위처럼 굳어만 갔다.

"여기서 나가야 해요!"

"난 못해요."

지빌이 협조를 해주지 않으면 그녀를 일으켜 세우는 건 불가능했다.

그때 밖에서 주방 문을 지나가는 발소리가 들렸다. 에블린은 얼어붙었다. 그레타가 지금 문을 열어젖히고 불을 켜면 끝장이다! 에블린은 지빌의 입을 손으로 막고 숨소리도 내지 못하게 했다.

현관문이 잠겨 있었으므로 그레타가 온 집 안을 샅샅이 뒤지고 다니는 수고는 하지 않기를 바랄 뿐이었다.

에블린은 그레타가 장식장 서랍 안을 뒤지는 소리를 들었다. 이어서 서랍이 닫히고 발소리가 다시 멀어졌다. 전실은 아직 불이 켜져 있었다. 잠시 후 그레타가 현관문을 잠그는 소리가 들렸다. 그녀는 밖으로 나간 걸까, 아니면 집 안에 있는 걸까? 에블린은 귀를 기울여보았지만, 아무 소리도 들리지 않았다.

그녀는 지빌의 입을 막고 있던 손을 떼고 속삭였다.

"여기 계속 이러고 있을 수는 없어요."

지빌은 고개를 젓기만 할 뿐, 꼼짝도 하지 않았다. 그녀는 한 시간 전 석탄 자루를 머리에 뒤집어썼을 때 에블린이 그랬던 것처럼 몸이 완전히 마비되어 있었다.

난감해진 에블린은 생각을 하기 시작했다. 지빌을 혼자 집 안에 남겨두고 갈 수는 없었다. 아직까지는 무엇 때문에 지빌이 리자 행세를 하게 되었는지 알아내지 못했다. 그 이유는 그녀의 영혼 깊숙이 감춰져 있는 것 같았다.

하지만 지금은 그 이유가 무엇이든 중요하지 않았다.

에블린이 지빌의 귀에 대고 속삭였다.

"리자라면 지금 어떻게 할까요?"

"리자?"

"그래요. 리자라면 벌떡 일어나서 나를 따라올 거예요. 나하고 같이 이 집을 빠져나가겠죠, 안 그래요?"

에블린은 뻣뻣하게 굳어 있던 지빌의 몸이 풀리는 것을 느꼈다. 그녀는 지빌의 겨드랑이를 부축해 일으켜 세웠다. 지빌은 그녀가 하는 대로 순순히 따랐다.

"따라와요."

에블린이 소곤대듯 말하면서 지빌의 손을 잡고 앞장섰다. 지빌의 손가락은 얼음장처럼 차가웠다. 그녀는 물에 빠져 허우적대는 사람처럼 에블린의 손을 꽉 붙들었다.

주방 문에 다다르자 에블린은 문틈 사이로 비어 있는 복도를 엿보았다. 어쩌면 그레타가 어딘가에 숨어서 두 사람이 주방에서 나오기를 기다렸다가 석궁을 쏠지도 모르는 일이었다. 더군다나 그녀는 두 사람이 자신의 집에 침입한 도둑인 줄 알고 쐈노라고 해명하면 그만이라고 생각할 수도 있었다.

에블린은 숨을 멈추고 귀를 기울였다. 그 순간 앞마당 쪽에서 차문이 쾅 닫히는 소리가 들렸다.

"지금이에요!"

그녀는 문을 열고 자기 뒤쪽으로 지빌을 잡아끌면서 거실로 향했다. 그리고 최대한 빨리 거실을 지나 온실 쪽으로 달려갔다. 달은 구름에 가려 보이지 않았다. 그래도 테라스 유리창으로 비쳐 들었다 사라졌다 하는 등대 불빛 덕분에 앞이 보이지 않을 정도로 캄캄하지는 않았다.

에블린은 손으로 더듬어가며 지빌이 깨고 들어온 유리문으로 향했다. 밖으로 나오자 차가운 밤공기와 해풍의 짭짤한 맛이 느껴졌다. 지빌의 손가락이 에블린의 손에서 빠져나갔다. 지빌은 어떤 보이지 않는 힘이 그 집에서 나가지 못하게 막기라도 하듯 문틀 위에 서서 꼼짝도 하지 않았다.

에블린이 재촉했다.

"빨리 와요!"

지빌은 한 발자국도 움직이지 않았다.

에블린이 속삭였다.

"여기서 그레타에게 들키면 끝이에요."

"그녀가 우리를 죽일 거예요."

얼어붙은 것처럼 꼼짝도 하지 않는 지빌이 간신히 내뱉었다.

조금 전의 그 자신만만하던 모습은 어디로 갔을까? 이런 순간에는 리자 행세를 하는 것이 더 나을 것 같았다.

"자신이 리자라고 생각해봐요!"

"하지만 난 리자가 아니에요! 투명인간이 될 수 있다면 좋을 텐데."

"정원으로 해서 집 건물을 빙 둘러 가기만 하면 돼요. 입구에 내 차가 서 있으니까 차를 타고 출발하는 거예요."

"우린 해내지 못할 거예요."

"해낼 수 있어요! 나를 믿어요. 내 뒤에 바싹 붙어서 따라와요."

에블린은 지빌의 손을 밖으로 잡아끌었다.

지빌은 온몸을 덜덜 떨고 있었다. 에블린은 그녀를 꼭 안아주면서 말했다.

"우린 할 수 있어요! 자, 따라와요!"

그녀는 돌계단을 내려와 건물 외벽을 따라 살그머니 빌라 앞쪽으로 갔다. 지빌도 그녀를 쫓아왔다. 모퉁이에서 에블린이 멈춰 섰다. 자기 뒤에 지빌이 있는 것을 확인한 그녀는 조심스럽게 주변을 살폈다. 그녀한테서 몇 미터 떨어지지 않은 전방에 그레타 호킨슨이 등을 돌린 채 현관 밑 계단에 서 있었다. 그녀는 몸에 딱 달라붙는 검은색 가죽 원피스를 입고 무거워 보이는 오토바이 부츠를 신은 모습이었다. 그리고 그녀의 긴 머리는 한 갈래로 땋아져 있었다. 빌라 입구에 볼텐의 메르세데스와 에블린의 렌터카가 서 있었다. 그 뒤에는 메탈릭 블랙의 오토바이가 진입로를 가로막고 있었다. 오토바이 손잡이에는 풀페이스 헬멧이 걸려 있었다.

현관문 조명으로 그레타가 정말로 석궁을 손에 들고 있는 것이 보였다. 그녀는 심지어 망원 조준기까지 석궁에 꽂고 있었으며 손가락이 없는 가죽 장갑과 손목 보호대를 끼고 있었다. 그레타가 약간 옆으로 몸을 돌리자, 가슴에 있는 주머니 밖으로 튀어나와 있는 뾰족한 화살이 눈에 들어왔다.

그레타가 언제 뒤돌아볼지 알 수 없는 노릇이었다. 어떻게 해야 하나? 그레타가 차 쪽으로 가는 길을 가로막고 있는 한, 그곳에 숨어서 기다리는 것 외에는 달리 방법이 없을 것 같았다. 게다가 볼텐이 그녀의 휴대폰을 망가뜨려서 도움을 요청할 수도 없었다.

지빌이 뒤에서 자꾸 그녀를 밀었다. 에블린은 계속 앞을 주시하면서 그녀의 손을 붙잡았다. 그 순간 그레타가 주머니에서 리모컨을 꺼내더니 버튼을 눌렀다. 그러자 갑자기 집 건물 둘레에 빼곡히 설치되어 있는 투광조명 램프에 불이 들어왔다. 사방이 대낮처럼 환해졌다.

에블린은 반사적으로 머리를 움츠렸다. 잠시 동안 빛 동그라미가 그녀의 눈앞에서 어른거렸다. 옆에서 지빌이 흐느끼기 시작했다. 에블린은 옆으로 몸을 돌려 손으로 그녀의 입을 막았다.

"쉿!"

그녀가 지빌의 귀에 대고 속삭였다.

그러고는 지빌을 건물 외벽 쪽으로 끌고 가서 정원을 가로질러 빽빽하게 우거져 있는 산울타리 뒤에 몸을 숨기게 했다. 완벽해! 그레타가 진입로 쪽에 서 있는 동안에는 들킬 염려가 없을 성싶었다.

에블린은 쪼그려 앉아 산울타리 그늘에 몸을 숨긴 채 잔디밭 위를 기어가며 소리 죽여 말했다.

"이리 와요!"

지빌은 고분고분 그녀의 말을 따랐다.

두 사람은 집 건물에서 몇 미터쯤 떨어진 산울타리 뒤에 몸을 엎드렸다. 얼굴을 바닥에 바짝 붙이고 에블린은 나뭇가지와 뿌리 사이로 진입로 쪽을 살폈다. 그레타가 볼텐의 메르세데스로 가더니 자동차 키를 빼고 차문을 꽝 닫은 다음 잠그는 것이 보였다.

"마이어스 양, 이 아우디는 당신 차인가 본데? 당신이 말한 것처럼 함부르크로 돌아갔더라면 지금 이런 수고는 할 필요가 없었을 텐데 말이지."

그녀는 정원을 향해 소리쳤다. 그러고는 천천히 렌터카 주변을 돌다가 번호판에 시선을 던졌다.

에블린의 호흡이 빨라졌다. 다행히 그녀는 자동차 키를 빼서 청바지 주머니에 찔러 넣었었다.

그레타는 조수석 창문 쪽으로 몸을 숙이고 차 안을 들여다봤다. 차문을 당겨보았으나 잠겨 있었다. 그러자 그녀는 몇 걸음 뒤로 물러나 석궁을 들어 올렸다.

에블린은 더 자세히 보려고 덤불 가까이로 기어갔다. 설마 차창에 대고 활을 쏠 정도로 정신 나간 건 아니겠지? 다음 순간 석궁의 방아쇠를 당기는 소리가 들렸다.

화살이 날았다. 그리고 타이어에서 바람 빠지는 소리가 잔디밭 너머로 두 사람이 숨어 있는 곳까지 들려왔다.

"개 같은 년!"

자기도 모르게 에블린의 입에서 욕이 튀어나왔다.

그녀 옆에서 지빌이 다시 흐느끼기 시작했다. 에블린은 그녀의 손을 잡고 달랬다.

"걱정 마요. 무사히 여기서 빠져나갈 테니."

그러는 사이에 그레타는 차 뒤편으로 가서 석궁에 새 화살을 장전했다. 그녀는 다시 한 번 석궁을 당겨 뒤쪽 타이어에도 구멍을 냈다. 바람 빠지는 소리가 나더니 차가 한쪽으로 기울어졌다.

에블린은 그레타가 또다시 리모컨을 눌러서 이번에는 정문을 닫는 것을 지켜보았다. 그러더니 그레타는 주머니에서 휴대폰을 꺼내 들고 번호를 눌렀다.

그레타는 휴대폰을 귀에 대고 차 주변을 돌면서 에블린이 근처에 숨어 있는 것을 알고 있는 것처럼 정원을 주시했다.

"여보세요? 그레타 호킨슨이라고 해요. 한 명, 아니 어쩌면 그 이상의 도둑이 저희 집에 들어왔어요."

그녀는 집 주소를 대고는 덧붙였다.

"아직 집 안 어딘가에 있는 것 같아요."

에블린은 숨이 멎는 것 같았다. 저 여자가 지금 제정신인가? 무엇 때문에 경찰에 전화를 한 거지? 그것은 곧 경찰이 들이닥치기 전에 그녀가 에블린과 지빌을 죽여야 한다는 뜻이었다.

"네, 빨리 순찰차를 좀 보내주세요."

그레타는 전화를 끊고 휴대폰을 주머니에 넣었다.

그녀는 입구에서 벗어나 정원으로 성큼성큼 걸어 들어왔다.

"마이어스 양! 이제 끝장을 내야지!"

그녀가 석궁을 어깨에 메면서 외쳤다.

67

투광조명 불빛에 그레타 호킨슨의 몸이 잔디 위에 긴 그림자를 드리웠다. 그녀는 곧바로 목조 정자가 있는 쪽으로 향했다. 어떻게 할 작정일까? 그녀가 정자를 지나면 곧 10초도 안 걸려서 에블린과 지빌이 엎드려 있는 산울타리에 닿게 될 것이다.

에블린은 그녀의 차가 있는 쪽을 쳐다보았다. 한순간 그녀는 지빌을 데리고 진입로 쪽으로 뛰어가서 차 안에 숨을까, 하는 생각을 해보았다. 타이어 두 개가 펑크 났어도 도주는 할 수 있겠지만, 아우디로 굳게 닫힌 정문을 부수고 나가는 것은 불가능한 일이었다. 저렇게 튼튼한 철문을 감당하기에는 너무 약한 차였다. 더군다나 그레타의 오토바이가 길을 가로막고 있었다.

지빌의 손이 에블린의 스웨터를 움켜잡고 있는 동안 에블린은 그레타를 지켜보았다. 집주인 여자는 정자와 산울타리에 점점 가까이 다가왔다. 다급해진 에블린은 주위를 둘러보았다. 집 안으로 다시 들어갈까 망설여지기도 했다.

그레타는 정자를 향해 직진했다.

그녀는 정자 안에 두 사람이 숨어 있다고 짐작한 것 같았다. 그녀는 정말로 빠져나갈 구멍이 전혀 없는 저 조그만 정자에 숨을 만큼 에블린이 멍청하다고 생각한 걸까?

정자의 나무문이 조금 열려 있었다. 그 옆에는 공구상자와 케이블 드럼이 몇 개 놓여 있었다. 석궁을 겨누면서 그레타는 문을 활짝 열고 잽싸게 정자 안을 구석구석 살폈다.

에블린의 심장이 쿵쿵 뛰었다. 열쇠가 문에 꽂혀 있었기 때문이다. 운이 좋으면, 그레타가 정자 문을 잠그지 않고 열쇠를 꽂아둘지도 모른다.

약이 오른 그레타가 욕설을 내뱉으며 문을 쾅 닫고 뒤로 돌아 수련 연못 쪽으로 발걸음을 옮겼다. 에블린이 숨어 있는 곳에서 그레타가 멀어지는 동안, 에블린의 시선은 여전히 정자에 머물러 있었다.

"따라와요!"

에블린이 소리 죽여 말했다. 그녀는 일어나서 몸을 숙인 채 산울타리를 따라 달렸다. 잠깐 뒤를 돌아보니 지빌이 잘 따라오고 있었다. 풀잎과 젖은 흙이 그녀의 바지와 스웨터에 잔뜩 달라붙어 있었다.

산울타리가 끝나는 지점에서 두 사람은 멈춰 섰다. 그곳에서 정자까지 탁 트인 잔디밭은 몇 미터밖에 안 되었다. 두 사람은 적당한 기회가 올 때까지 기다려야 했다. 그레타가 나무 뒤로 사라지는 순간을 틈타 재빨리 뛰어갈 작정이었다.

그레타가 소리쳤다.

"에블린? 당신이 여기 있는 거 다 알아."

'아니, 넌 아무것도 모를걸' 하고 에블린은 생각했다.

석궁을 겨누면서 그레타는 연못가를 따라 걸었다. 곧 그녀는 갈대와 몇 그루의 전나무 뒤로 모습을 감추었다.

에블린은 신경을 곤두세우고 기다렸다.

"지금이에요!"

그녀는 지빌을 잡아끌면서 뛰었다. 몇 걸음도 채 안 뛰어서 그들은 정자의 측벽에 바싹 달라붙었다. 측벽의 나무판자에서 송진과 타르페이퍼 냄새가 났다.

에블린의 눈길이 잠시 지빌에게 향했다. 그녀의 얼굴 표정은 불안감으로 어둡게 그늘져 있었다. 에블린은 이렇게 앳된 아가씨가 어떻게 그 많은 남자들을 살해할 수 있었는지 도저히 이해가 되지 않았다. 몸을 덜덜 떨면서 곧 실신하기 직전인 이런 상태로는 정문에 이르기도 전에 쓰러져버릴 것만 같았다. 에블린은 그녀의 손을 잡아끌면서 측벽을 따라갔다. 그레타는 수련 연못을 벌써 다 돌아보고 지금쯤 테라스로 가고 있는 중일 것이다.

에블린은 모퉁이에서 조심스럽게 주위를 살폈다. 그레타는 어디에도 보이지 않았다. 에블린은 문손잡이를 잡았다. 제발 삐걱거리는 소리가 나지 말아야 할 텐데. 조심조심 그녀는 문을 조금 열었다. 그러다가 하마터면 케이블 드럼을 걷어찰 뻔했다. 그녀는 심장이 멎는 줄 알았다. 간신히 케이블 드럼을 타넘은 에블린은 문을 열고 어둠 속으로 미끄러지듯 들어갔다.

"빨리!"

그녀가 속삭였다.

지빌이 그녀를 따라 들어왔다.

에블린은 자물쇠가 찰칵 잠기는 소리가 나지 않게 문을 꼭 닫지 않은 채로 두었다. 대충 칠을 해놓은 유리창으로 투광조명의 불빛이 새어 들어왔다. 정자 안은 자전거, 페인트 통, 잔디 깎는 기계, 비료 자루, 캠핑

의자, 테이블보, 벽면에 걸린 벽걸이 접시 등으로 발 디딜 틈이 없었다. 워낙 물건이 많아서 구석에 웅크리고 앉을 자리조차 없었지만, 여기라면 우선은 안전할 것 같았다.

지빌은 에블린의 가슴에 머리를 파묻었다. 그녀의 몸이 심하게 떨렸다. 에블린은 그녀를 두 팔로 꼭 안아주었다. 몇 분만 버티면 이 집에 들었다는 도둑을 잡기 위해 경찰이 들이닥치겠지. 에블린은 경찰에 자수해서 난동이나 주거침입이라는 이유로 체포되고 싶은 마음이 굴뚝같았다.

그녀는 얼룩덜룩 지저분한 유리창으로 밖을 살폈다. 그레타는 어디 갔는지 보이지 않았다. 그리고 그녀가 에블린을 부르는 소리도 더 이상 들리지 않았다.

그 순간 지빌이 큰 소리로 흐느끼기 시작했다.

"조용히 해요!"

에블린이 주의를 주었지만 지빌은 진정이 되지 않았다.

에블린은 그녀를 꼭 안고 머리를 쓰다듬어주었다.

"우린 해낼 거예요."

그녀는 다시 창문 밖을 주시했다. 그사이 그레타는 테라스 앞에 서 있었다. 에블린은 그녀가 온실 유리문이 깨져 있는 것을 발견하고 집 안으로 들어가기를 간절히 빌었다.

그 간절한 바람이 통했는지 정말로 그레타가 돌계단을 올라가 깨진 유리문을 살펴보았다. 그런 다음 그녀는 집 안으로 사라졌다. 에블린은 멈추고 있던 숨을 내뱉었다. 그레타가 침입자를 찾기 위해 빌라를 모조리 다 뒤지려면 시간이 꽤 걸릴 것이다.

"금방 끝날 거예요."

에블린이 속삭였다.

지금이 달아나기 좋은 기회였다. 하지만 차도 없이 어디로 간단 말인가? 지빌을 데리고 닫힌 정문을 기어 넘어가야 하나? 1초가 아무리 10년 같을지언정 정자 안에서 경찰을 기다리는 것이 더 나을 성싶었다. 그렇지 않으면 그레타가 소름 끼치는 이야기를 꾸며내어 경찰에게 진술할지도 모르는 일이었다.

지빌은 에블린의 불안한 마음을 감지한 듯 다시 큰 소리로 흐느끼기 시작했다.

"진정해요. 그레타는 집 안으로 들어가……."

젠장! 그녀는 자신의 혀를 깨물고 싶었다. 지빌이 그레타의 이름을 듣자 다시 발작적으로 울음을 터뜨렸기 때문이다.

에블린은 창문 너머를 응시했다. 집 안에 불이 몇 군데 켜졌다.

지빌은 감정을 억누르지 못하고 대성통곡을 했다.

"도대체 무슨 일을 당한 거예요?"

에블린은 눈물을 펑펑 흘리며 오열하는 그녀를 보고 나지막하게 물었다.

"프리트베르크호."

눈물이 지빌의 뺨을 타고 흘러내렸다.

에블린이 말했다.

"당신은 프리트베르크에 탄 적이 없어요. 그냥 리자한테 이야기를 들어서 그 배를 알고 있을 뿐이에요."

지빌은 거의 눈에 띄지 않을 정도로 희미하게 고개를 저었다.

"리자보다 먼저 나도 그 배에 탔었어요. 12년 전에……."

에블린은 등에 소름이 쫙 끼치는 기분이었다. 이어지는 지빌의 이야기를 들으면서 그녀는 마침내 끔찍한 진실을 알게 되었다.

68

지빌이 흐느끼며 말했다.

"그 사람들은 나를 프랑스 해변에 버리고 갔어요."

에블린은 기억을 더듬었다. 병원 카페테리아에서 이야기를 나눌 때 풀라스키가 또 뭐라고 중얼거렸던가. 그래, 프랑스와 그리스에서도 아이들이 해안가에 버려졌다고 했었지!

슈몰레의 이야기를 듣고 그녀는 호킨슨이 5월부터 8월까지 쉬지 않고 9일간의 크루즈 여행을 주관했다는 사실을 알게 되었다. 그런데 이제 1998년만이 아니라 해마다 그 크루즈 여행을 떠났다는 사실이 밝혀진 셈이었다. 아드리아, 리비에라, 에게, 코트다쥐르 등 매번 다른 항로를 택해서 말이다. 도대체 얼마 동안 그 짓을 해왔을까? 생각만 해도 그녀는 속이 메스꺼워졌다. 마누엘이 죽지 않았더라면 그 크루즈 여행은 계속되었을 것이다. 그동안 얼마나 많은 아이들이 그 배에 태워졌을까?

에블린이 물었다.

"리자가 잠결에 어떤 이야기를 했나요? 배에 대한 이야기를 하던가요?"

지빌은 고개를 저었다.

"리자는 어떤 한 사람의 이름만 말했을 뿐이에요. 파울 슈몰레라고. 그 이름을 듣자 그 배가 생각난 거예요. 슈몰레는 내가 잠긴 선실 문 밖으로 들어본 유일한 이름이었어요. 그 사람은 내게 먹을 것과 비누, 옷 같은 것을 가져다주었어요. 그 순간 나는 리자에게 어떤 일이 있었는지 알게 되었어요."

"리자와 그 이야기를 해본 적 있어요?"

"처음에는 안 했어요. 그러다 우리가 친해졌을 때 리자에게 내 이야기를 해주었어요. 어느 날 리자가 마누엘 이야기를 하더군요. 자기 동생이 배 위에서 죽었다며……."

"나도 알아요. 슈몰레한테 들었어요. 당신처럼 나도 그를 찾아갔었거든요. 지빌, 왜 이런 엄청난 일을 벌인 거예요?"

지빌은 손을 들어 올려 다시 손톱을 물어뜯기 시작했다.

"리자는 하나밖에 없는 내 친구예요. 그런데 그들이 그녀를 망가뜨렸어요. 내가 그녀를 구해야 했고, 그녀 대신 그 일을 해야 했어요. 리자에게는 나 말고 아무도 없으니까."

"리자가 그렇게 해달라고 부탁했나요?"

에블린은 지난 두 달 사이에 병원 밖에서 어떤 일이 일어났는지 리자가 까맣게 몰랐다는 것을 알고 있으면서도 질문을 던졌다.

"리자가 병원 밖으로 나올 수만 있었다면 자기 손으로 그렇게 했을 거예요."

지빌은 흐르는 눈물을 멈추려는 듯 손가락 끝을 입안에 집어넣으며 덧붙였다.

"아, 그녀의 분노와 강인한 의지가 내게 있었더라면."

"그래서 당신은 스물한 살이 되자 치료를 중단하고 요양시설로 옮긴

건가요?"

"슈몰레를 찾아야 했어요. 그는 우리를 도와줄 수 있는 유일한 사람이었으니까."

우리? 그녀가 리자 대신 복수를 했다고는 하지만 진짜 이유는 따로 있을 성싶었다. 어쨌든 에블린은 지빌이 단지 친구를 도우려고 했던 것이 아님을 깨달았다. 에블린이 분명하게 말할 수 있는 단 한 가지는, 지빌이 수년 동안 자신의 억압된 과거를 이겨내기 위한 길을 찾아 헤매다가 마침내 찾았다는 것이었다. 황당하게 들리겠지만 아마도 지빌은 리자 행세를 함으로써 리자의 공격성을 습득했을 것이다. 그래야만 그녀 혼자서는 도저히 할 수 없는 일, 즉 건장한 남자들에게 복수를 하고 자신의 고통을 분노로 바꾸는 것이 가능했을 테니까. 그녀는 그런 방법으로 자신의 상처를 치유하려 했을 것이다.

지빌은 다시 흐느끼기 시작했다.

그때서야 에블린은 테라스 문에서 눈을 떼지 말아야 한다는 것을 완전히 잊어버리고 있었음을 깨달았다. 그레타가 그사이에 집 건물에서 나와 다시 정원을 가로질러 왔으면 어쩌지?

에블린이 속삭였다.

"조용!"

그녀는 창문 밖을 살폈다. 잔디밭은 여전히 밝은 투광조명을 받아 대낮처럼 환했다. 그런데 그레타는 흔적조차 없었다. 빌라의 창문 뒤로 어른거리는 그림자도 전혀 보이지 않았다. 경찰은 도대체 언제 오는 거야? 정자 안에 10분은 족히 서 있었던 것 같았다.

그때 정자 밖에서 무슨 소리가 들렸다. 에블린의 몸이 얼어붙었다. 다음 순간 정자 문이 살며시 움직였다.

69

한 줄기 빛이 안으로 새어 들어왔다. 에블린은 숨을 멈췄다. 자기도 모르게 지빌을 두 팔로 감싸 안았다. 지빌의 몸은 사시나무처럼 계속 떨리고 있었다.

정자 안의 희미한 빛으로 에블린은 문손잡이가 움직이는 것을 보았다. 문이 활짝 열리더니 그레타가 석궁을 겨누면서 들이닥쳤다. 화살이 에블린의 머리를 정확하게 겨냥하고 있었다.

지체 없이 방아쇠를 당기려던 그레타가 멈칫했다. 당황한 시선으로 그녀는 지빌을 쳐다보았다. 에블린 혼자 있을 거라고 예상한 것 같았다.

"돌아버리겠군."

그레타가 중얼거렸다. 그녀는 지빌의 긴 금발 머리를 홀린 듯 응시하며 말을 이었다.

"축하해. 몽타주 사진 속 여자를 정말로 찾아서 이렇게 데려오기까지 했으니. 이 계집애는 어디에 숨어 있었던 거야? 이렇게 조그만 계집애가 어떻게 실크 스카프로 우리 아버지를 목 졸라 죽일 수 있었을까?"

그레타는 머리카락에 가린 지빌의 얼굴을 보려고 머리를 숙였다.

그레타의 목소리를 듣자 지빌은 간질 발작처럼 경련을 일으키기 시작했다. 에블린이 그녀를 진정시키려고 애쓰는 동안, 화살은 여전히 그녀의 머리를 겨냥하고 있었다.

"우리를 도둑인 줄 알고 쏐았다는 말은 아무도 안 믿을걸."

에블린이 억지로 내뱉었다. 그녀의 목 안이 바짝 말라 있었다.

빈정대는 목소리로 그레타가 말했다.

"도둑이라니? 저런, 정말 내가 경찰을 부를 거라고 생각했어?"

에블린은 한순간 심장이 멎는 것 같았다. 하지만 이 여자가 경찰에게 전화하는 소리를 들었는데!

그레타는 그 순간을 음미하듯 물었다.

"내가 누구한테 전화를 했을까?"

그제야 에블린은 자신이 너무 멍청했음을 깨달았다.

"알폰스 볼텐!"

"영리하기도 해라. 그의 차가 우리 집 진입로에 서 있는데, 그는 흔적도 없어."

그녀는 지빌을 쳐다보며 덧붙였다.

"이 계집애가 운전을 할 수 있으리라고는 생각도 못 했는데. 알폰스가 전화를 받지 않았어. 그를 어떻게 한 거지?"

그녀는 한 걸음 뒤로 물러나 주위를 둘러보았다.

에블린은 침을 삼켰다. 그레타에게 사실대로 말하는 건 결코 좋은 생각이 아닐 것 같았다. 볼텐이 그녀의 휴대폰으로 걸려온 플렌스부르크 경찰의 전화를 받아서 뭐라고 했더라?

에블린이 대꾸했다.

"그는 지금 상태가 좋지 않아서 통화를 할 수 없는데."

"상태가 좋지 않아? 그에게 무슨 짓을 한 거지?"

그레타가 소리를 질러대더니 석궁을 내려 에블린의 허벅지를 겨냥했다. 방아쇠에 대고 있는 손가락이 꿈틀거렸다.

"그는 상태가 좋지 않다고!"

에블린은 간신히 짜내듯 말했다. 이런 화살은 얼마나 깊이 살을 뚫고 들어갈까?

그 순간 멀리서 비상 차량의 사이렌 소리가 들려왔다. 그레타는 머리를 비스듬히 하더니 소리에 귀를 기울였다. 에블린은 숨을 멈췄다. 사이렌 소리가 점점 더 가깝게 들렸다. 하지만 경찰차에서 나는 소리는 아니었다. 그녀는 집중을 하려고 애썼다. 경찰이 아니면 도대체 누구란 말인가?

소리가 더 커졌다. 그레타 뒤로 비상등의 푸른 불빛이 보였다. 이어서 차바퀴의 날카로운 마찰음이 들렸다. 다음 순간 쾅 하는 금속성 굉음에 에블린은 몸을 움찔했다.

그레타가 깜짝 놀라 몸을 돌린 사이, 에블린은 더 자세히 보려고 문 쪽으로 한 발짝 다가갔다.

두 짝으로 된 정문 한가운데가 박살 나면서 양쪽 문이 삐걱거리며 열렸다. 푸른 불빛을 번득이며 요란하게 사이렌을 켜고 구급차 한 대가 진입로를 지나 자갈길로 돌진해 들어왔다.

구급차가 가로놓인 오토바이를 들이박으려는 찰나, 끽 하고 브레이크 밟는 소리가 들렸다. 구급차 뒷부분이 앞으로 미끄러지면서 타이어가 자갈 속으로 파고들었다. 차가 정지하자마자 차문이 홱 열리더니 웬 남자가 차에서 내렸다. 발터 폴라스키잖아! 그는 발이 걸려서 땅바닥에 고꾸라질 뻔했다. 가까스로 그는 차문에 달린 사이드미러를 잡고 몸을 일으켰다.

에블린이 외쳤다.

"이쪽이에요."

그녀는 풀라스키가 자신을 건너다보며 홀스터에서 총을 꺼내는 것을 보았다.

바로 그 순간 그레타는 석궁을 마치 소총처럼 어깨에 메고 풀라스키를 겨냥하면서 다가갔다.

"조심해요!"

에블린이 날카롭게 외쳤으나, 그레타가 이미 방아쇠를 당긴 후였다.

70

　잔디밭을 가르고 날아간 화살은 풀라스키의 어깨에 박혔다. 그 충격으로 그는 구급차 보닛에 내동댕이쳐졌고, 부딪히면서 손에 들고 있던 총을 떨어뜨리고 말았다. 총은 구급차 밑으로 굴러들어갔다.

　에블린은 숨이 멎는 것 같았다. 그다음 순간들은 흡사 고속촬영으로 느린 화면을 보고 있는 것처럼 느껴졌다. 풀라스키가 일그러진 얼굴로 고통스러워하며 바닥으로 쓰러지는 사이, 그레타는 가죽 재킷 주머니에서 새 화살을 꺼내 석궁에 장전했다.

　두 다리를 벌리고 풀라스키 앞에 버티고 선 그녀는 활을 당겨 그를 겨냥하며 말했다.

　"당신이 누군지 말해. 2초의 시간을 주지!"

　풀라스키는 손으로 상처를 누르면서 간신히 대답했다.

　"당신은 체포되었소."

　"웃기고 있네! 당신이 뭔데 그러는 거지?"

　지빌이 에블린의 품 안에서 꼼지락거렸다.

　"총이요."

그녀가 속삭였다.

총이라니?

지빌의 손가락이 떨면서 에블린의 허리춤을 더듬었다.

불현듯 조금 전에 지빌이 가지고 있던 여성용 권총이 생각났다. 그녀는 허리춤에서 소형 칼리버 권총을 꺼내 공이치기를 당겼다.

지빌이 소리 죽여 말했다.

"총열이 왼쪽으로 움직여요."

"알겠어요."

에블린은 이미 정자를 빠져나와 잔디 위를 달려가고 있었다.

"마지막으로 묻지. 당신 누구야?"

그레타가 흥분해서 소리쳤다.

"라이프치히 형사요."

"제기랄!"

그레타는 풀라스키의 가슴에 화살을 겨냥했다. 그녀가 자제력을 잃고 방아쇠를 당길 것만 같았다.

그 순간 에블린이 외쳤다.

"무기를 내려놔!"

그녀는 그레타한테서 몇 미터도 안 떨어진 곳에 서서 풀라스키가 가르쳐준 대로 두 팔을 쭉 뻗고 양손으로 총을 움켜쥐었다. 가늠구멍과 가늠쇠가 일직선이 되게끔 조준해야 한다는 말이 생각났지만, 손이 떨려서 그레타를 겨냥하기가 힘들었다.

그레타는 흠칫 놀라며 뒤를 돌아보았다.

에블린은 숨을 내쉰 다음 눈을 질끈 감고 방아쇠를 당겼다. 총이 발사되는 소리에 그녀의 몸이 움찔했다.

그녀는 그레타가 한 걸음 뒤로 비트적거리는 것을 보았다. 활시위를 떠난 화살은 구급차의 옆쪽 창문을 관통했다. 깨진 유리 파편이 풀라스키의 몸 위로 후두둑 떨어졌다.

풀라스키가 외쳤다.

"공이치기를 당겨요!"

에블린은 당혹스러운 시선으로 총을 쳐다보고 있었다. 방아쇠가 당겨지지 않았던 것이다. 그녀는 탄창이 돌아가게끔 공이치기를 당긴 다음, 다시 그레타를 겨냥했다. 소형 권총치고는 반동이 꽤 큰 편이었다.

그레타는 신음하면서 구급차에 몸을 기댔다. 그녀는 갈비뼈 아랫부분을 만지더니 얼굴이 일그러졌다. 그녀의 손에 피가 흥건했다.

에블린은 그녀에게 다가가며 말했다.

"활을 저리 치워!"

풀라스키가 구급차 밑에서 자기 총을 꺼내는 모습이 보였다. 그는 화살이 오른쪽 어깨에 꽂혀 있었기 때문에 왼손에 총을 쥐었다. 쇠사슬이 절단된 채 그의 손목에 채워져 있는 수갑이 에블린의 눈에 들어왔다.

"집 안으로 들어가서 구급차를 부를게요."

그렇게 말하는 순간 그녀는 눈앞에 있는 구급차를 보고 자기 말이 얼마나 어이없게 들렸을까 싶었다.

그는 기운을 차리고 말했다.

"그럴 필요 없소. 이미 조치를 취해놨으니까. 경찰과 구급대가 곧 올거요."

그리고 정자 쪽을 가리키며 덧붙였다.

"가서 당신 친구나 돌봐주시오."

에블린은 정자 쪽으로 시선을 돌렸다. 지빌은 문틀 위에 쪼그리고 앉아 있었다.

"의식을 잃거나 하면 어떡해요?"

"내 걱정은 마시오. 지금 마라톤이라도 뛸 수 있을 만큼 많은 아드레날린이 내 몸 안에 분비되고 있으니까."

그러고는 그레타를 향해 말했다.

"무릎을 꿇고 두 손을 머리에 올린 다음 얼굴을 바닥에 대시오. 당신을 체포합니다. 당신은 묵비권을 행사할 수 있고······."

풀라스키가 미란다 원칙을 고지하는 동안 에블린은 정자로 갔다.

그녀가 가까이 다가가자 지빌이 먼저 두 팔을 벌려 그녀에게 안겼다.

그 순간까지 긴장의 끈을 놓지 않느라 겨를이 없기도 했지만, 그제야 참았던 눈물이 에블린의 뺨 위로 흘러내렸다.

71

15분 후 다른 구급차 두 대와 한 떼의 경찰 차량이 호킨슨의 빌라로 들어서는 진입로를 가득 메우고 있었다.

경찰은 빌라의 통행을 차단했다. 일부는 빌라 건물을 위에서부터 아래까지 샅샅이 수색하고, 또 어떤 경찰들은 개를 데리고 정원을 살폈다. 그레타는 특수수사전담반에 의해 체포, 이송되었다.

에블린은 간신히 길을 뚫고 풀라스키가 누워 있는 구급차로 갔다.

구급차 후면에 있는 문이 열려 있었다. 풀라스키 위에 수액 병이 여러 개 매달려 있었다. 구급대원들이 그의 셔츠를 잘라내고 압박붕대로 지혈을 해놓은 상태였다. 그는 소독약 냄새를 풍기며 처참한 몰골로 누워 있었다. 그의 어깨에는 아직 화살이 박혀 있었다.

에블린은 구급차 안으로 올라가 풀라스키 옆에 앉았다. 그녀가 의사에게 물었다.

"상태가 어떤가요?"

의사가 뭐라고 하기도 전에 풀라스키가 대답했다.

"아주 좋소. 기분을 업시켜주는 주사를 맞았더니."

그는 미소를 지으려고 했지만 고통스러운 듯 금방 얼굴이 일그러졌다.

의사가 그에게 경고했다.

"움직이면 안 됩니다!"

풀라스키가 중얼거렸다.

"브레머하펜에 있는 병원으로 가게 될지도 모르겠소. 그곳에 잘 아는 외과 전문의가 있는데, 포벨스키 박사라고 믿을 수 있는 의사지. 내가 장담하는데 수술 하나는 끝내주게 잘하는 사람이오. 중환자 병동에 있다가 지금은 내과 과장이 되었다더군."

에블린은 의아한 눈빛으로 의사를 쳐다보았다. 그러자 의사는 풀라스키 위에 걸려 있는 수액을 손가락으로 두드렸다.

에블린은 풀라스키에게 더 가까이 몸을 숙이고 말했다.

"알겠어요. 우리가 곧 다시 만나게 될지 모르겠네요. 형사님 차는 아직 함부르크에 있잖아요."

"괜찮아요. 그런 고물차를 누가 훔쳐 가겠소?"

그녀 뒤에서 경찰들이 무전기로 대화를 하면서 분주하게 지나다녔다. 개가 시끄럽게 짖어댔다.

"투입된 경찰 병력이 좀 과하다 싶네요."

그가 웃음을 머금고 말했다.

"볼텐의 지하실에서 보일러 관에 묶여 있을 때 구급차를 부르고 라이프치히 상관에게 연락을 했었소. 그랬더니 모든 수단을 총동원해서 이렇게 야단법석을 피우게 만들었지 뭐요."

"그렇게 형편없지는 않은데요?"

"라이프치히 경찰 말이오?"

"아뇨. 그 상관이요."

풀라스키는 입을 비죽거렸다.

"아, 호르스트 푹스 국장? 나를 보면 또 못 잡아먹어서 안달이겠지만, 뭐 그 정도면 괜찮은 사람이오."

에블린은 아직도 풀라스키의 손목에 채워져 있는 수갑을 만지며 물었다.

"어떻게 빠져나왔어요?"

그는 미소를 지었다.

"지하실에서 나를 발견한 구급대가 펜치로 쇠사슬을 끊어주고 마비가 풀리는 주사를 놔주었소. 구급대원들이 잔디밭에서 타고 남은 볼텐의 사체를 살펴보는 사이에 마비가 많이 풀려서 그들의 구급차를 빌려 타고 이리로 온 거요. 그 불쌍한 녀석들은 아직까지 그 자리에 멍하게 서 있을지도 모르겠군."

에블린이 따져 물었다.

"빌렸다고요? 그런데 차를 그렇게 엉망진창으로 망가뜨린 거예요?"

"에블린 변호사를 구하려고 그런 거요."

그녀는 한참 그를 뚫어지게 쳐다보았다.

"글쎄요."

"아니, 정말이오. 투광조명과 굳게 닫힌 정문을 보는 순간 불길한 예감이 들어서 그렇게 할 수밖에 없었소."

"거짓말에는 영 소질이 없으시네요!"

그는 천장을 보고 한숨을 내쉬며 말했다.

"그래요. 사실은 내 다리가 말을 듣지 않아서 가속페달에 올린 발을 제때 떼지 못한 거지. 하지만 누구한테도 이 이야기를 하면 안 되오!"

"걱정 마세요. 우리 다시 만날 수 있을까요?"

"당신이 라이프치히에 오면 볼 수 있겠지. 주말에는 딸아이를 데리고 요한나 공원에 가서 이웃집 개 렉스와 함께 원반던지기를 하며 놀 생각이오."

"이번 주말에는 아무 데도 갈 수 없습니다."

의사가 그의 말을 자르고 상처에 직접 주사를 놓았다.

폴라스키는 이를 악물었다.

"그럼 다음 주말엔 가도 되겠소?"

의사가 주삿바늘을 빼면서 대꾸했다.

"뭐, 형사님 하시기 나름이지요."

에블린은 잠시 옆으로 고개를 돌리고 말했다.

"상처가 회복되고 나면 형사님 부녀를 빈으로 초대하고 싶어요. 프라터 공원에 가보면 마음에 들 거예요."

"기대되는군요."

의사가 에블린을 향해 말했다.

"이제 출발해야 합니다. 빨리 수술을 해야 하니까요."

"네, 알겠어요."

그녀는 구급차에서 내릴 채비를 했다.

"잠깐만."

그러면서 일어나 앉으려는 폴라스키를 의사가 도로 눕혔다.

에블린은 그를 향해 몸을 숙이고 물었다.

"왜요?"

폴라스키는 천장을 응시하며 말했다.

"이 주사액 때문에 내가 지금 약간 정상이 아니라고 생각하는 거 아는데…… 내 말을 믿어요. 정신은 아주 멀쩡하오."

의사가 재촉했다.

"그럼요. 빨리 끝내세요!"

풀라스키가 의사에게 따지듯 말했다.

"여기 이 여자분이 내 목숨을 구해줬소! 그러니까 아직 할 말이 남았단 말이오."

에블린은 그를 진정시키려고 애썼다.

"말해보세요."

"난 장님이 아니오. 오늘 당신에 대해 몇 가지 알게 되었소. 당신이 과거에 겪은 일은 정말 유감이오."

그는 적당한 표현을 찾으려는 듯 허공을 바라보며 말을 이었다.

"나는 젊은 사람들의 인생이 어떤 식으로 파괴될 수 있는지 거의 매일 들어서 잘 알고 있소. 하지만 당신은 강해요. 난 그저 당신이 그 파트릭이라는 친구에게 기회를 주었으면 좋겠다는 말을 하고 싶었소. 그 친구는 행운아요."

풀라스키는 그녀의 손을 잡았다가 놓아주었다.

구급차에서 내린 에블린은 얼어붙은 듯 자갈길 위에 서서 아무 말도 하지 않았다.

"자, 됐어요. 출발!"

구급대원이 뒷문을 닫으며 외쳤다.

에블린은 그 자리에 꼼짝 않고 서서 떠나는 구급차를 눈으로 좇았다. 후미등이 사라지고 나자, 그녀는 돌아서서 그레타의 오토바이 옆에 서 있는 다른 구급차로 향했다. 지빌은 뒷자석에 앉아 있었다. 의사가 그녀를 돌봐주고 있었고, 그 옆에 경찰관 한 명이 서서 그녀를 감시하고 있었다.

구급차가 떠나려고 시동을 걸자, 경찰관이 차 안쪽으로 들어갔다. 에블린은 급히 구급차를 향해 달렸다.

"멈춰요, 기다려요! 저도 같이 가요."

경찰관이 물었다.

"보호자신가요?"

"지빌은 보호자가 없어요."

"그럼, 누구시죠?"

"에블린 마이어스, 변호사예요."

"변호사? 농담이시죠?"

경찰관과 의사는 황당한 눈빛으로 서로를 마주 보았다.

"농담 아니에요."

의사가 말했다.

"우린 함부르크 정신과 병원으로 갑니다. 같이 가고 싶으면 타시죠. 하지만 거기까지 적어도 두 시간은 걸릴 거예요."

"알아요."

에블린은 차에 올라타 지빌 옆에 앉았다. 지빌이 얼른 그녀의 손을 잡았다. 에블린은 그녀를 안고 머리를 쓰다듬어주었다. 그동안 의사가 지빌에게 안정제 주사를 놔주었다.

그녀는 지빌이 잠들면 경찰관의 휴대폰을 빌려 파트릭에게 전화를 할 생각이었다. 파트릭이 걱정스러운 나머지 물고 늘어지지 않는 한, 이 사건을 처음부터 찬찬히 생각해볼 시간은 충분했다.

에블린은 머리를 뒤로 기대고 잠시 두 눈을 감았다. 함부르크까지는 한참을 가야 했다. 그녀는 이 사건을 수십 번도 더 확실하게 머릿속에 그려볼 수 있었지만 아직도 이해가 가지 않는 것이 한 가지 있었다. 이토록 연약한 소녀가 어떻게 호킨슨의 목을 조르고 또 다른 남자들을 죽일 수 있었을까? 지빌은 자기가 살인을 저질렀다는 것을 알고 있을까?

그로부터
일주일 전......

속도계 바늘이 부르르 떨렸다.

시속 110킬로미터.

카브리오가 등대로 이어지는 급경사 커브길로 돌진했다.

호킨슨이 울부짖었다.

"난 모른다고!"

리자는 원심력으로 인해 좌석에서 몸이 붕 뜨는 걸 느꼈다. 자기도 모르게 발이 가속페달에서 떨어졌다.

그러자 호킨슨이 브레이크를 밟았다.

타이어가 날카로운 마찰음을 냈다.

마치 롤러코스터를 탄 기분이었다. 주행풍에 그녀의 머리카락이 흩날리고 갈매기가 끼룩거렸다. 입술에 해풍의 짭짤한 소금기가 느껴졌다. 그녀는 지금 죽어도 괜찮을 것 같았다. 이 개자식도 같이 죽을 테니까! 그녀는 두 팔을 치켜들고 비명을 질러댔다.

그사이 호킨슨은 핸들을 움켜잡고 있었다. 차는 아슬아슬하게 절벽에 바짝 붙어 도로를 반쯤 벗어난 채 달렸다. 그녀는 차 밖으로 몸을 내밀었다. 타이어 두 개는 아스팔트에 걸쳐 있고, 다른 쪽 타이어 두 개는 자갈돌을 절벽 밑으로 튕겨내고 있었다.

호킨슨의 얼굴은 절벽의 석회석처럼 하얗게 질려 있었다. 땀이 그의 이마를 타고 흘러내렸다. 카레이싱이라도 하는 것처럼 그는 작은 스포츠카 핸들을 이리저리 마구 꺾어댔다.

가파른 커브길이 끝나자 주행속도를 간신히 제어할 수 있었다.

시속 65킬로미터.

그는 차가 천천히 굴러가게 내버려뒀다가 다음 고갯길에서 도로가로 차를 꺾었다. 절벽을 불과 몇 미터 남겨놓고 차가 멈춰 섰다. 해안에서 조금 떨어진 바위섬 위에 우뚝 서 있는 등대가 내려다보였다. 호킨슨은 핸드브레이크를 잡아당겼다. 엔진이 계속 공회전을 하면서 소리를 냈다.

라디오에서는 「스테어웨이 투 헤븐(Stairway to Heaven)」이 흘러나오고 있었다.

리자가 헝클어진 머리를 쓸어 올리며 감탄을 했다.

"굉장한데!"

호킨슨은 기진맥진해서 주저앉아 있었다. 그의 손이 부들부들 떨렸다. 심근경색을 일으키기 직전같이 보였다.

리자는 그 어느 때보다 살아 있는 느낌이 들었다. 그녀는 자리에 가만히 앉아 있지 못하고 들썩이며 말했다.

"축하해요, 에디! 아직 살아 있다니. 명단 맨 끝에 있는 이름이 뭐지?"

호킨슨은 그녀를 쳐다보지도 않고 숨을 헐떡거리며 간신히 말했다.

"내려요, 어서!"

순식간에 그녀가 호킨슨을 올라타고 앉았다. 그가 저항을 하려고 했으나 소용이 없었다. 그가 손을 들어 올릴 겨를도 없이 그녀가 이미 스카프를 그의 목에 감고 양 끝을 잡아당기고 있었던 것이다.

스카프에 달려 있던 진주 장식들이 떨어져서 차 바닥에 흩어졌다.

호킨슨은 숨이 막혀 말을 하기가 힘들었다.

"몰라!"

리자가 소리를 질렀다.

"이름을 대!"

그녀는 더 힘껏 잡아당겼다. 실크 스카프가 그의 목 깊숙이 파고들어서 목주름이 스카프 위로 불룩 튀어나왔다. 몇 초도 안 돼서 그의 얼굴이 시뻘게졌다. 그가 그녀의 머리채를 잡으려고 했지만, 그녀가 스카프를 너무 바짝 조여서 그의 눈이 튀어나올 지경이었다. 그의 뺨 위로 눈물이 흘러내렸다.

그녀가 다그쳤다.

"이름!"

그는 아무 소리도 낼 수 없었다. 그의 입이 벌어지고, 혀는 잔뜩 부풀어 오른 이물질처럼 그의 벌어진 입 밖으로 축 늘어졌다.

그녀 자신도 어디서 이런 괴력이 나오는지 알 수가 없었다. 심지어는 특별히 힘을 많이 들이지 않고서도 단단히 그의 목을 조일 수 있어서 그의 머리가 당장이라도 어깨에서 툭 떨어져버릴지도 모르겠다는 생각이 들 정도였다.

정신병자는 설명할 길이 없는 엄청난 괴력을 보여줄 때가 많다. 누가 그랬지? 마티? 아니면 게슬러 박사?

그녀가 속삭였다.

"이름을 말해!"

그러나 호킨슨은 더 이상 대답을 할 수 없었다. 그의 눈은 갈매기들이

빙빙 맴돌고 있는 푸른 하늘을 응시하고 있었다. 어쩌면 그도 지금 저 위에 있는 건 아닐까? 아니, 저 위가 아니지. 그녀는 뜨거운 열기로 달아오른 아스팔트를 쳐다보면서 다시 생각했다. 지옥불에 떨어져 고통받고 있을 거야.

그녀는 그를 풀어주었다.

호킨슨의 눈에 초점이 없었다. 그의 머리가 옆으로 힘없이 기울어졌다.

그녀는 얼른 등대 쪽을 살핀 다음, 해안도로의 양방향을 주시했다. 사람도 자동차도 전혀 눈에 띄지 않았다.

시간이 얼마나 있을까?

그녀는 차에서 내려 호킨슨의 배에 안전벨트를 둘렀다. 이어서 그녀는 바람에 나부끼는 실크 스카프를 손에 쥐고 차 밑으로 기어들어갔다.

휘발유와 고무 타는 냄새가 코를 찔렀다. 그녀는 스카프 끝을 차 뒤축의 휠 서스펜션에 감았다. 자연스럽게 보여야 하므로 스카프를 묶지는 말아야 했다.

스카프를 단단히 감은 후, 그녀는 차 밑에서 기어 나왔다.

"빌어먹을!"

그녀가 투덜거렸다. 그녀의 하이힐 굽이 진짜로 부러졌기 때문이다. 그녀는 재빨리 구두를 벗어 도로가로 던졌다. 그러고는 차 안쪽으로 몸을 숙여 핸드브레이크를 풀었다.

그녀는 별로 힘들이지 않고 뒤에서 차를 밀기 시작했다. 몇 미터쯤 가자 스카프가 팽팽하게 당겨졌다. 그러자 호킨슨의 머리가 뒤로 당겨져 목받침에 눌렸다.

그녀가 속삭였다.

"잘 자요, 나의 왕자님."

절벽까지는 몇 미터도 채 남지 않았다.

차 배기통에서 매캐한 연기가 뿜어져 나왔다.

마침내 앞바퀴가 절벽 모서리를 넘어갔다. 리자는 마지막으로 있는 힘을 다해 차 뒷부분을 밀었다. 스카프는 찢어질 정도로 팽팽하게 당겨졌다.

갑자기 저항력이 약해지면서 카브리오가 요란하게 부서지는 소리와 함께 절벽 아래로 굴러떨어졌다. 뒤집히며 굴러떨어지던 차는 등대로부터 몇 미터도 안 떨어진 지점에서 멈췄다.

리자는 몸을 돌렸다. 그녀는 자신의 더러워진 손과 휘발유가 묻은 원피스를 내려다보았다. 그제야 자기가 맨발임을 깨달았다.

구두가 어디 갔지?

그녀는 주위를 둘러보았다.

현기증이 났다.

도로가에 우아한 구두 한 켤레가 놓여 있었다. 리자의 하이힐이잖아! 왜 여기에 있지? 리자는 대체 어디 간 거야? 지빌은 두리번거렸다.

절벽이 끝나는 지점에 찌그러진 차 한 대가 놓여 있고 그 안에 남자 하나가 죽은 듯 널브러져 있었다. 그 모습이 그녀의 눈앞에서 어른거렸다. 그녀는 관자놀이를 손으로 눌렀다. 갑자기 끔찍한 두통이 또다시 엄습했다. 이 광경은? 또 일을 저질렀단 말인가? 어떻게 된 거지? 죄책감으로 위가 경련을 일으켰다. 그녀는 금방이라도 머리가 터져버릴 것 같은 기분이 들었다.

리자를 위해서 한 일이라고 스스로를 타일렀다. 이 일을 결국 끝내야 했으니까. 그녀는 무슨 주문을 외우듯 그 말을 계속 되풀이했다.

리자를 위해서 한 일이야!

이윽고 머리를 짓누르는 압박감이 사라졌다.

손에 구두를 들고 그녀는 해안도로의 아스팔트 위를 걸어 다음 장소로
향했다.

그녀가 중얼거렸다.

"난 너를 도와주고 싶었을 뿐이야."

너를 도와주고 싶었을 뿐이라고.

에필로그

쿡스하펜에서 사건이 일어난 지 3일 만에 풀라스키는 드디어 퇴원을 했다.

그가 꼼짝 못 하고 침대 신세를 지고 있는 동안, 의사들이 그의 어깨를 가만 놔두지 않고 계속 들쑤셔댔다. 그래도 돌팔이 의사들 덕분에 그는 공원이 한눈에 내려다보이는 독방을 쓰게 되었다. 하지만 그의 딸을 비롯해서 작센, 플렌스부르크, 함부르크, 니더작센 등지의 관할 경찰서 동료들이 연신 병문안을 와서 부코스키의 장편소설을 끝까지 읽을 시간조차 없었다. 심지어는 속물 콜러 검사 양반까지 마지못해 그의 병실을 찾아와 그와 단둘이 이야기를 나누고 싶어 했다. 단둘이는 무슨!

호르스트 푹스는 지난주 내내 그를 들들 볶아댔었다. 어쨌든 그 덕분에 풀라스키는 여러 살인사건의 진상을 밝히고, 지빌과 그레타 호킨슨을 체포할 수 있었다. 물론 빈에서 온 젊은 여변호사가 없었더라면 그렇게 빨리 사건을 해결하지 못했을 것이다. 그가 하필 그 시간, 그 장소에서 그녀를 만난 것은 정말 우연이라고 할 수밖에 없었다.

사건을 해결하는 과정에서 발생한 형식적인 절차상의 문제는 행정직 관리들이 알아서 처리할 일이었다. 한편으로 풀라스키는 라이프치히 신문의 한 기자가 자신을 '영웅'으로 치켜세운 것을 보고 조금 우쭐하기도 했다. 그가 약속한 대로 나타샤 좀머를 살해한 범인을 찾아냈으므로 적어도 그의 딸한테는 영웅이나 다름없었다. 심지어 어떤 지역방송은 그에 대한 짤막한 르포를 제작해서 내보내기도 했는데, 병실에 누워 인터뷰하는 그의 모습도 30초쯤 나왔다.

이처럼 별의별 사람들이 다 그의 병실을 찾아왔지만, 한 사람은 오지 않았다. 그는 콜러 검사에게 그녀에 대해 물어보려다가 간신히 참았다. 어차피 퇴원을 하고 우스꽝스러운 환자복 대신에 다시 평상복을 입게 되면 직접 그녀에게 전화를 해볼 생각이었다. 소냐 빌할름이 TV에 나온 그의 꼴사나운 모습을 보지 않았기를 바랄 뿐이었다.

풀라스키는 팔걸이 붕대에 팔을 끼우고 어깨에 외투를 걸친 채 밖으로 나왔다. 햇볕이 따뜻하게 느껴지는 것을 보니 가을이 성큼 다가온 것 같았다. 병원 입구에서 딸아이가 기다리고 있었다. 딸아이는 요즘 한창 유행인 듯 무릎 위가 찢어진 청바지를 입고 운동화에 파란색 바람막이 점퍼를 걸친 채였다. 그리고 바퀴가 다 닳은 스케이트보드를 팔 밑에 끼고 있었다. '저 애의 주근깨와 뾰족하게 튀어나온 무릎은 엄마를 빼다 박았군' 하고 그는 생각했다.

"학교는 어쩌고?"

그는 손목시계를 보며 말했다. 오전 10시였다.

야스민의 얼굴이 환하게 빛났다.

"휴가를 얻었죠. 간병 휴가요! 우리 반 아이들이 아빠를 텔레비전에서 봤대요."

"너도 봤어?"

야스민은 씨익 웃으며 대답했다.

"비디오테이프에 녹화해놨어요. 아빠는 화면에 아주 잠깐밖에 안 나오던데요. 아빠 모습이 얼마나 처참하던지. 근데 지금도 못 봐주겠네요. 면도는 언제 할 거예요?"

그는 3일 동안 깎지 못한 수염을 쓰다듬으며 말했다.

"오늘 저녁에."

그러고는 외투 주머니를 뒤져 담뱃갑을 꺼냈다. 옥센촐에 갔을 때부터 지금까지 그는 담배를 한 대도 피우지 않았다.

"이참에 담배를 완전히 끊어야겠어."

그러면서 담뱃갑을 구겨 라이터와 함께 자동문 옆에 있는 휴지통에 버렸다.

"엄마가 좋아할 거예요."

"너는?"

야스민이 그를 안으면서 말했다.

"당연히 나도 좋죠."

"조심!"

그는 흠칫하며 팔걸이에 낀 팔을 옆으로 돌렸다. 그러면서도 야스민이 어린아이처럼 그에게 찰싹 달라붙는 것이 싫지 않았다.

버스정류장으로 걸어가면서 그는 주머니에서 휴대폰을 꺼내 들었다.

"잠깐 비켜줄래? 어른들끼리 통화를 좀 해야 하니까."

"알겠어요."

야스민은 그의 외투 밑에서 빠져나와 심심한 듯 지나가는 차들을 바라보았다.

안 듣는 척하고 있지만, 아이는 한마디도 놓치지 않으려고 귀를 쫑긋

세우고 있을 것이 분명했다.

풀라스키는 소냐 빌할름의 번호를 눌렀다. 다섯 번 신호음이 울리고 나서 그녀가 전화를 받았다.

"혹시 치료 중이신가요?"

"마침 쉬는 시간이에요."

그녀가 대답했다. 잠시 어색한 침묵이 흐르고 나서 그녀가 말을 이었다.

"아직 병원에 계신가요?"

"방금 퇴원했어요."

"병문안을 가고 싶었는데, 온갖 부서 사람들이 밤낮없이 들이닥쳐서 이곳을 뒤집어놨어요. 그래서 제 환자들도 예민해졌고요."

"나타샤와 마르틴이 타살된 사건으로 결론이 나서, 틀림없이 한바탕 소동이 일어났을 거요."

그녀의 웃음소리가 들렸다.

"형사님 덕분이에요. 영웅이 되셨더군요. 어제저녁 TV에 나오시는 거 봤어요."

"딸아이는 내 모습이 영 이상하게 나왔다고 하던데요."

그녀가 또 웃었다.

"네. 뭐, 실물이 더 나으시죠."

그 말을 듣는 순간, 갑자기 그의 심장박동이 빨라졌다.

"내가 저녁을 사겠다고 약속해서 말입니다."

"잊지 않으셨네요?"

"어떻게 잊을 수가 있겠소?"

그러자 야스민이 궁금해 죽겠다는 듯 그를 쳐다보았다.

'누군데?'라고 아이의 입술이 묻고 있었다.

"이번 주 금요일 저녁 어떠시오? 8시에 데리러 가겠습니다."

제발 거절하지 마시오, 제발! 그는 조마조마했다.

"네, 좋아요."

잠시 그는 할 말을 잃었다. 어쨌든 몇 년 만에 처음 데이트다운 데이트를 하는 셈이었다.

야스민이 옆에서 그를 툭툭 건드리기 시작했다. '누군데요?'

"스케이트보드 타고 정류장으로 가렴."

그가 속삭였다. 하지만 야스민은 그가 전화를 하는 동안 한시도 그의 곁을 떠나지 않을 것이 뻔했다.

"누구한테 말하는 거예요?"

"내 딸이요. 잠시도 나를 가만두지 않지요."

"한번 만나고 싶네요."

"뭐요?"

풀라스키의 심장이 마구 뛰었다. 지난 몇 년 동안 이런 흥분은 단 한 번도 느낀 적이 없었다.

갑자기 그가 말을 더듬었다.

"난…… 우리는…… 어쩌면 우리는…….."

그때 야스민이 휴대폰을 가로채더니 스케이트보드를 타고 복도를 따라 달아났다.

아이가 전화에 대고 말했다.

"여보세요? 야스민이라고 하는데요."

그가 소리쳤다.

"무슨 짓이야? 전화 이리 내놔!"

야스민을 붙잡기에는 이미 거리가 너무 벌어져버렸다.

야스민이 제안했다.

"혹시 생각 있으시면 주말에 우리와 함께 가시겠어요? 날씨가 우리 계획을 방해만 안 한다면, 이웃집 개를 데리고 요한나 공원에 갈 거예요. 아줌마 원반던지기 놀이 할 줄 아세요? 정말요? 옆집 개가 그 놀이를 완전 좋아하거든요. 놓치면 후회하실 거예요. 아참, 아빠가 TV에 나온 거 보셨어요? 맞아요. 아빠 꼴이 우스꽝스러웠죠?"

아이가 킥킥대며 웃었다.

잠시 후 야스민이 스케이트보드를 타고 돌아와서는 버릇없이 휴대폰을 그의 코앞에 불쑥 내밀었다.

"이렇게 하는 거예요."

아무 말 없이 그는 전화기를 받아 들고 화면을 살폈다. 전화는 끊겨 있었다.

"너 또 이런 짓하면……."

야스민이 말을 자르며 종알댔다.

"괜찮은 아줌마던데요. 주말에 아줌마를 만날 생각을 하니 설레요."

"너는 집에 두고 가는 편이 낫겠어."

"절대 안 돼요. 아빠가 나를 보일러 관에 수갑을 채워 묶어둔다 해도 어림없어요."

야스민은 TV에 보도된 내용을 빗대어 말했다.

요 꼬마 악마 같으니라고! 그는 소녀 빌할름이 이제 자신을 어떻게 생각할지 문득 궁금해졌다. 천방지축 딸아이를 제대로 교육도 못 시켰다고 한심해하지는 않을까? 그래도 어쨌거나 두 사람은 말이 잘 통하는 것처럼 보였다. 비록 그를 놀려대기는 했지만 말이다. 여자들이란! 그제야 그는 괴팅겐에서 살해될 뻔한 레샤 프로코포비치가 출혈 과다에도 불구하고 간신히 목숨을 건졌다는 이야기를 소녀에게 깜빡 잊고 하지 않았다는 것을 깨달았다. 레샤는 다시 헤르버하우젠 정신과 병원으로 돌아가 핀스거 박사한테 치료를 받고 있는 중이었다. 깜짝 놀란 닭처럼 사람을 쳐다보던 그 의사는 어제 그에게 전화를 걸어와서 그녀의 안부를 전해주었다.

할 수 없군. 소녀에게 이야기해줄 기회가 또 있겠지. 단둘이서!

"다음 통화는 공적인 것이니까 저리 가 있어!"

"네, 아빠."

그는 싱긋 웃으며 스케이트보드를 타고 멀어져가는 딸아이의 뒷모습을 눈으로 좇았다.

그러는 동안 풀라스키는 버스정류장에 도착했다. 이제 빈에 전화를 할 차례였다. 그는 나무 벤치에 걸터앉아 이틀 전 SMS로 수신한 전화번호를 눌렀다.

오전 10시경 에블린은 모든 일을 마쳤다. 월요일 하루 더 휴가를 냈던 그녀는 오늘 아침에야 회사에 모습을 나타냈다. 이른 아침부터 그녀는 사무실에 틀어박혀 정리를 하느라 정신이 없었다. 이제 마지막 종이 박스가 가득 채워지자 테이프를 붙였다.

그녀의 새 휴대폰이 울렸다. 독일 지역번호가 화면에 표시되어 있었다.

그녀가 전화를 받았다.

"에블린 마이어스입니다."

"유능한 여변호사 좀 추천해주시겠소?"

그녀가 웃음을 터뜨렸다.

"풀라스키 형사님! 좀 어떠세요?"

그녀는 의자에 털썩 주저앉아 책상에 다리를 올렸다.

"당신네 빈 사람들이 즐겨 쓰는 표현대로 불만 없소!"

그는 지난 며칠 새 겪은 난리에 대해 이야기한 다음, 가장 중요한 대목으로 넘어갔다.

"어제부터 100명가량의 자원봉사자들과 함께 경찰이 브레멘 해변의 모래사장을 샅샅이 수색하고 있소."

"마누엘의 시신을 찾아낼까요?"

"물론이오. 그레타도 상당히 협조적으로 나오고 있어서 그녀와 볼텐이 소년의 시신을 묻은 곳이 어딘지 자세하게 진술을 했다니까. 10년이면 긴 시간이지만 더 오랜 세월 땅속에 묻혀 있던 시신들도 많이 발견되었소."

그는 잠시 뜸을 들인 후 물었다.

"그쪽 상황은 어떻소?"

"지난 며칠은 정신이 하나도 없었지만 자세히 이야기할 필요는 없을 것 같고, 슈몰레의 자살 건으로 플렌스부르크 경찰을 만나 진술을 했어요. 그리고 옥센출 정신과 병원의 멜라니 게슬러 박사하고도 이야기를 나눴고요."

"아, 그 깐깐한 의사 선생!"

"이번에는 내게 상냥하기까지 하던데요."

"설마, 그럴 리가."

"커피값을 마저 계산한 사람이 나라는 걸 알았을지도 모르죠."

그녀의 말에 한바탕 웃고 나서 그는 진지하게 물었다.

"지빌은 어떻소?"

"그녀는 지금 게슬러 박사에게 치료를 받고 있어요."

"그럼, 에블린 변호사 당신은 어때요?"

에블린은 한숨을 내쉬었다.

"두 가지 사건을 조사하다가 이 모든 일이 시작된 것을 생각하면……. 하지만 그 덕분에 진실이 세상에 드러나긴 했죠. 연방 범죄수사국은 지빌이 사고사로 꾸민 다른 사건들도 재조사를 해야 할 거예요."

"게다가 살해된 세 아이들에 대한 조사도 다시 해야 하니 경찰들 할 일이 산더미 같겠군. 아, 그리고 볼텐의 집을 수색하는 과정에서 몇 가지 끔찍한 물건들이 발견되었소."

에블린은 붉은 조명과 동물 인형 그리고 비디오테이프가 있던 방을 떠올렸다.

"자세한 이야기는 하지 않겠소. 하지만 한 가지 분명한 것은 그 개자식이 이제 이 세상에 없어도 아쉬울 게 전혀 없다는 것이오."

두 사람은 잠시 말이 없었다. 그 순간 그녀는 20년 전 오두막으로 그녀를 끌고 갔던 그 사내를 생각했다. 그가 지금 어디에 살고 있든, 그녀는 더 이상 그 남자에 대한 생각으로 시간을 낭비하지 않기로 했다. 알폰스 볼텐이 그 대신 불에 타 죽었고, 그와 함께 그녀의 증오와 모든 죄책감도 같이 사라졌으니까.

풀라스키가 물었다.

"구급차 안에서 내가 당신에게 한 말 아직도 기억하시오?"

"정신이 몽롱한 상태에서 한 말이요?"

그가 반박했다.

"정신은 말짱했다니까!"

에블린은 웃었다.

"네, 기억해요."

"그래서 어떻게 하기로 했소?"

"형사님 조언을 따를 거예요. 그뿐만 아니라 내 삶에서 긍정적인 방향으로 바뀌게 될 게 몇 가지 있어요."

그녀는 텅 빈 사무실 바닥에 놓여 있는 종이 박스를 쳐다보았다.

"반가운 소식이군요."

"빈으로 오시면 더 자세히 말씀드릴게요."

"좋소. 벌써 궁금해지는걸요."

"그럼, 그때까지 잘 지내세요."

에블린은 작별 인사를 하고 전화를 끊었다.

크라거 변호사 사무실에 대한 기억을 떠올리자, 마음 한구석이 시려왔다. 이곳에서 몇 년을 일했던가? 부모님이 돌아가시고 나서 그녀는 대학을 다닐 때부터 이미 이 회사에서 매년 현장 실습을 했었다. 이 로펌에서 보낸 11년은 정말 긴 시간이었다. 처음에는 파트릭도 그의 아버지 밑에서 일을 하고 있었고, 나중에는 홀로베크가 그녀를 자기 밑에 두고 돌봐주었다. 그 짧지 않은 시간 동안 그녀는 이 로펌 사람들과 동고동락해왔다. 하지만 11년 동안 그렇게 해왔으면 이제 됐다는 생각이 들었다. 그녀는 사무실 열쇠를 빈 책상 위에 놓고 일어섰다.

반투명 유리문 뒤에 그림자가 하나 나타났다. 문이 열리고 크라거가 들어왔다. 언제 봐도 투견의 일종인 '피트불'이라는 별명이 그에게 참 잘 어울린다는 생각이 들었다. 그는 아무 말 없이 그녀의 사무실을 둘러보았다. 그의 손에는 구겨진 사직서가 들려 있었다.

그가 못마땅한 듯 말했다.

"어지간히 급하기도 하군. 페터 홀로베크에 대한 에블린 변호사의 추측이 옳았는데, 내가 그 말을 믿지 않았소. 미안하오."

에블린은 눈썹을 치켜 올렸다. 그의 입에서 그런 말이 나오리라고는 생각조차 하지 못했다.

"이곳을 떠나려는 이유가 그 때문이오?"

그녀는 고개를 저었다.

"조언해주신 걸 명심했을 뿐이에요."

그는 무슨 말인지 모르겠다는 표정으로 그녀를 쳐다보았다.

"제 과거를 싹 지워버리라고 하셨잖아요. 이제는 제가 원하는 게 뭔지 잘 알게 됐어요."

"원하는 게 무엇이오?"

"늘 저를 말리셨지만 이 일이 바로 저의 소명이에요. 형사사건 전담 변호사로 독립할 생각이에요."

그녀는 자신의 목소리에 약간의 자부심이 담겨 있음을 느꼈다.

"형사사건?"

"제가 제일 처음 맡게 될 사건의 피의자는 지빌 보스카라고 해요. 그녀는 스물한 살이고, 오스트리아 국적을 갖고 있지요. 남자 열 명을 살해한 혐의로 다음 주 안에 독일에서 이곳으로 송치될 거예요. 제가 그녀의 변호인이에요."

"돈이 좀 있는 아가씨인가?"

그다운 질문이었다.

"거의 없을 거예요. 하지만 대중매체를 이용해서 국선변호 비용을 대줄 스폰서를 충분히 구할 수 있어요."

크라거는 천천히 고개를 끄덕였다.

"힘든 싸움으로 스타트를 하게 되겠군. 혹시 내 도움이 필요하면……."

그러면서 그는 언제든 그녀를 도와주겠다는 뜻의 손동작을 취했다.

"고맙습니다."

"그리고······."

크라거가 주춤거리며 말을 이었다.

"아들에게 안부 전해주시오."

그는 그녀에게 손을 내밀어 악수를 청했다.

그녀는 깜짝 놀란 표정으로 그를 쳐다보았다. 전혀 예상하지 못한 일이었기 때문이다.

"네, 그럴게요."

밖에서 파트릭이 그녀를 기다리고 있었다. 왼쪽 바짓가랑이 옆이 찢어져 있고 엉덩이 아래까지 깁스를 한 상태 그대로였다. 그는 목발을 짚은 채 맞은편 길가에 비스듬히 기대고 서 있었다. 어딘지 모르게 상태가 좀 안 좋은 제임스 딘 같은 인상이 풍겼다.

그녀는 길을 건너 그에게로 갔다.

"안녕, 고슴도치."

"안녕."

"어땠어?"

"당신 아버지가 안부 전해달라던데?"

"농담이겠지, 설마?"

"천만에, 농담 아니야. 크라거 씨가 이 일로 뭔가 깨달은 것 같은 인상을 받았어. 어쩌면 그 양반이 어느 날 점심을 같이하자고 당신을 부를지도 몰라."

"스타 변호사 크라거와 점심을? 아니, 사양하겠어. 그 말을 들으니까 유머가 하나 생각나는걸."

그녀는 기대에 찬 표정을 지었다.

"해봐!"

그는 뜻밖이라는 듯 되물었다.

"해보라고? 평소에는 내 유머를 듣고 싶어 하지 않더니."

"이번엔 듣고 싶어. 어서 해봐!"

두 사람은 길을 따라 에블린의 차가 서 있는 공원으로 내려갔다.

"좋아. 요트 한 대가 바다 한가운데서 상어가 득실대는 곳에 침몰했어. 요트에 탄 사람 모두 상어한테 잡아먹혔는데 딱 한 사람, 변호사만 살아남았대. 왠지 알아?"

"더 빨리 헤엄칠 수 있어서?"

그는 큰 소리로 웃음을 터뜨렸다.

"상어는 같은 종족끼리 잡아먹지 않거든."

에블린도 싱긋 웃으며 물었다.

"오늘 저녁에 뭐 해?"

"우리 같이 조깅이나 할까?"

"아니, 진지하게 묻는 거야."

"내 다리를 높이 받치고 텔레비전이나 보겠지. 왜?"

"내가 차로 데리러 가면 마리오트에 가서 촛불을 켜고 근사한 저녁을 먹을 수 있겠어, 캔들라이트 디너?"

"진심이야? 하지만 지금 테이블을 예약하는 건 힘들 것 같은데."

미소를 지으며 그녀는 구급차 안에서 주삿바늘을 꽂은 채 기운을 차리려고 애쓰던 라이프치히의 늙수그레한 형사를 떠올렸다. 그의 말이 맞았다. 그날 저녁 그는 정말로 정신이 말짱했다.

"당신이 좋다고 하길 바라면서 3일 전에 내가 전화로 예약해놓았지."

옮긴이 송경은

성신여자대학교 독문과를 졸업하고 독일 괴팅겐 대학에서 독문학을 전공했다. 독일 박
람회와 대전 엑스포에서 독일관 통역으로 활약했으며, 독일 바이에른 주 경제협력청 한
국사무소와 독일 회사에서 근무했다. 현재 KBS 다큐멘터리 시리즈를 포함한 다양한 책
들을 번역하는 전문 번역가로 활동하고 있다. 역서로는 안드레아스 그루버의『새카만
머리의 금발소년』을 비롯해『영재공화국』,『줄리아』,『Be You! 성공을 부르는 자기 PR』,
『재능의 탄생』외 다수가 있다.

여름의 복수

© 안드레아스 그루버, 2016

초판 1쇄 인쇄일   2016년 6월 7일
초판 1쇄 발행일   2016년 6월 13일

지은이 안드레아스 그루버
옮긴이 송경은
펴낸이 정은영
편집국장 사태희
편집 최성휘

펴낸곳 (주)자음과모음
출판등록 2001년 11월 28일 제2001-000259호
주소 04083 서울시 마포구 성지길 54
전화 편집부 (02)324-2347, 경영지원부 (02)325-6047
팩스 편집부 (02)324-2348, 경영지원부 (02)2648-1311
이메일 literature@jamobook.com

ISBN 978-89-544-3591-8 (03850)

단숨은 (주)자음과모음의 해외문학 분야 브랜드입니다.

이 도서의 국립중앙도서관 출판시도서목록(CIP)은 서지정보유통지원시스템 홈페이지
(http://seoji.nl.go.kr)와 국가자료공동목록시스템(http://www.nl.go.kr/kolisnet)에서
이용하실 수 있습니다.(CIP제어번호: CIP2016013400)